MINGUO TONGSU XIAOSHUO
DIANCANG WENKU

秦淮世家

民国通俗小说典藏文库·张恨水卷

张恨水 ◎ 著

中国文史出版社

图书在版编目（CIP）数据

秦淮世家／张恨水著. — 北京：中国文史出版
社，2018.3
（民国通俗小说典藏文库·张恨水卷）
ISBN 978-7-5034-9996-8

Ⅰ. ①秦… Ⅱ. ①张… Ⅲ. ①长篇小说-中国-现代
Ⅳ. ①I246.5

中国版本图书馆 CIP 数据核字（2018）第 010344 号

责任编辑：卢祥秋
整　理：澎　湃

出版发行：**中国文史出版社**
网　址：http://www.chinawenshi.net
社　址：北京市西城区太平桥大街 23 号　邮编：100811
电　话：010-66173572　66168268　66192736（发行部）
传　真：010-66192703
印　装：廊坊市海涛印刷有限公司
经　销：全国新华书店
开　本：720×1020　1/16
印　张：17.25　　字数：250 千字
版　次：2018 年 3 月第 1 版
印　次：2018 年 3 月第 1 次印刷
定　价：49.80 元

小说大家张恨水（代序）

张赣生

　　民国通俗小说家中最享盛名者就是张恨水。在抗日战争前后的二十多年间，他的名字真是家喻户晓、妇孺皆知，即使不识字、没读过他的作品的人，也大都知道有位张恨水，就像从来不看戏的人也知道有位梅兰芳一样。

　　张恨水（1895—1967），本名心远，安徽潜山人。他的祖、父两辈均为清代武官。其父光绪年间供职江西，张恨水便是诞生于江西广信。他七岁入塾读书，十一岁时随父由南昌赴新城，在船上发现了一本《残唐演义》，感到很有趣，由此开始读小说，同时又对《千家诗》十分喜爱，读得"莫名其妙的有味"。十三岁时在江西新淦，恰逢塾师赴省城考拔贡，临行给学生们出了十个论文题，张氏后来回忆起这件事时说："我用小铜炉焚好一炉香，就做起斗方小名士来。这个毒是《聊斋》和《红楼梦》给我的。《野叟曝言》也给了我一些影响。那时，我桌上就有一本残本《聊斋》，是套色木版精印的，批注很多。我在这批注上懂了许多典故，又懂了许多形容笔法。例如形容一个很健美的女子，我知道'荷粉露垂，杏花烟润'是绝好的笔法。我那书桌上，除了这部残本《聊斋》外，还有《唐诗别裁》《袁王纲鉴》《东莱博议》。上两部是我自选的，下两部是父亲要我看的。这几部书，看起来很简单，现在我仔细一想，简直就代表了我所取的文学路径。"

　　宣统年间，张恨水转入学堂，接受新式教育，并从上海出版的报纸上获得了一些新知识，开阔了眼界。随后又转入甲种农业学校，除了学习英文、数、理、化之外，他在假期又读了许多林琴南译的小说，懂得了不少描写手法，特别是西方小说的那种心理描写。民国元年，张氏的父亲患急症去世，家庭经济状况随之陷入困境，转年他在亲友资助下考入陈其美主持的蒙藏垦殖学校，到苏州就读。民国二年，讨袁失败，垦殖学校解散，张恨水又返回原籍。当时一般乡间人功利心重，对这样一个无所成就的青年很看不起，甚至当面嘲讽，这对他的自尊心是很大的刺激。因之，张氏在二十岁时又离家外出投奔亲友，先到南昌，不久又到汉口投奔一位搞文明戏的族兄，并开始为一个本家办的小报义务写些小稿，就在此时他取了"恨水"为笔名。过了几个月，经他的族兄介绍加入文明进化团。初始不会演戏，帮着写写说明书之类，后随剧团到各处巡回演出，日久自通，居然也能演小生，还演过《卖油郎独占花魁》的主角。剧团的工作不足以维持生活，脱离剧团后又经几度坎坷，经朋友介绍去芜湖担任《皖江报》总编辑。那年他二十四岁，正是雄心勃勃的年纪，一面自撰长篇《南国相思谱》在《皖江报》连载，一面又为上海的《民国日报》撰中篇章回小说《小说迷魂游地府记》，后为姚民哀收入《小说之霸王》。

1919年，五四运动吸引了张恨水。他按捺不住"野马尘埃的心"，终于辞去《皖江报》的职务，变卖了行李，又借了十元钱，动身赴京。初到北京，帮一位驻京记者处理新闻稿，赚些钱维持生活，后又到《益世报》当助理编辑。待到1923年，局面渐渐打开，除担任"世界通讯社"总编辑外，还为上海的《申报》和《新闻报》写北京通讯。1924年，张氏应成舍我之邀加入《世界晚报》，并撰写长篇连载小说《春明外史》。这部小说博得了读者的欢迎，张氏也由此成名。1926年，张氏又发表了他的另一部更重要的作品《金粉世家》，从而进一步扩大了他的影响。但真正把张氏声望推至高峰的是《啼笑因缘》。1929年，上海的新闻记者团到北京访问，经钱芥尘介绍，张恨水得与严独鹤相识，严即约张撰写长篇小说。后来张氏回忆这件事的过程时说："友人钱芥尘先生，介绍我认识《新闻报》的严独鹤先生，他并在独鹤先生面前极力推许我的小说。

那时，《上海画报》（三日刊）曾转载了我的《天上人间》，独鹤先生若对我有认识，也就是这篇小说而已。他倒是没有什么考虑，就约我写一篇，而且愿意带一部分稿子走。……在那几年间，上海洋场章回小说走着两条路子，一条是肉感的，一条是武侠而神怪的。《啼笑因缘》完全和这两种不同。又除了新文艺外，那些长篇运用的对话并不是纯粹白话。而《啼笑因缘》是以国语姿态出现的，这也不同。在这小说发表起初的几天，有人看了很觉眼生，也有人觉得描写过于琐碎，但并没有人主张不向下看。载过两回之后，所有读《新闻报》的人都感到了兴趣。独鹤先生特意写信告诉我，请我加油。不过报社方面根据一贯的作风，怕我这里面没有豪侠人物，会对读者减少吸引力，再三请我写两位侠客。我对于技击这类事本来也有祖传的家话（我祖父和父亲，都有极高的技击能力），但我自己不懂，而且也觉得是当时的一种滥调，我只是勉强地将关寿峰、关秀姑两人写了一些近乎传说的武侠行动……对于该书的批评，有的认为还是章回旧套，还是加以否定。有的认为章回小说到这里有些变了，还可以注意。大致地说，主张文艺革新的人，对此还认为不值一笑。温和一点的人，对该书只是就文论文，褒贬都有。至于爱好章回小说的人，自是予以同情的多。但不管怎么样，这书惹起了文坛上很大的注意，那却是事实。并有人说，如果《啼笑因缘》可以存在，那是被扬弃了的章回小说又要返魂。我真没有料到这书会引起这样大的反应……不过这些批评无论好坏，全给该书做了义务广告。《啼笑因缘》的销数，直到现在，还超过我其他作品的销数。除了国内、南洋各处私人盗印翻版的不算，我所能估计的，该书前后已超过二十版。第一版是一万部，第二版是一万五千部。以后各版有四五千部的，也有两三千部的。因为书销得这样多，所以人家说起张恨水，就联想到《啼笑因缘》。"

不论张氏本人怎样看，《啼笑因缘》是他最有影响的作品，这一点毫无疑问，可以随便举出几件事来证明。《啼笑因缘》发表后，被上海明星公司拍成六集影片，由当时最著名的电影明星胡蝶主演，同时还被改编为戏剧和曲艺，在各地广泛流传；再有《啼笑因缘》

被许多人续写，迫使张氏不得不改变初衷，于 1933 年又续写了十回，张氏在《我的写作生涯》中说："在我结束该书的时候，主角虽都没有大团圆，也没有完全告诉戏已终场，但在文字上是看得出来的。我写着每个人都让读者有点儿有余不尽之意，这正是一个处理适当的办法，我绝没有续写下去的意思。可是上海方面，出版商人讲生意经，已经有好几种《啼笑因缘》的尾巴出现，尤其是一种《反啼笑因缘》，自始至终，将我那故事整个地翻案。执笔的又全是南方人，根本没过过黄河。写出的北平社会真是也让人又啼又笑。许多朋友看不下去，而原来出版的书社，见大批后半截买卖被别人抢了去，也分外眼红。无论如何，非让我写一篇续集不可。"这种由别人代庖的续作，出书者至少有四种：惜红馆主《续啼笑因缘》、青萍室主《啼笑因缘三集》、康尊容《新啼笑因缘》和徐哲身《反啼笑因缘》。虽然远不如《红楼梦》续作之多，但在民国通俗小说中已经是首屈一指了。张氏在《我的小说过程》一文中还说："我这次南来，上至党国名流，下至风尘少女，一见着面便问《啼笑因缘》。这不能不使我受宠若惊了。"

《啼笑因缘》使张氏名声大振，约他写稿的报刊和出版家蜂拥而至，有的小报甚至谣传张氏在十几分钟内收到几万元稿费，并用这笔钱在北平买下了一所王府，自备一部汽车。这自然不是事实，但张氏当时收到的稿酬也有六七千元，的确不能算少。这样，他就可以去搜集一些古旧木版小说，想要作一部《中国小说史》。就在此时，日寇侵华的"九一八事变"爆发，张氏的希望随之化为泡影。作为一位爱国的作家，在国难当头的状况下自不会沉默，张恨水在1931 至 1937 的几年间，先后写了《热血之花》《弯弓集》《水浒别传》《东北四连长》《啼笑因缘续集》《风之夜》等涉及抗敌御侮内容的作品。

1934 年，张恨水到陕西和甘肃走了一遭，此行使他的思想发生了很大的变化。张氏在《我的写作生涯》中说："陕甘人的苦不是华南人所能想象，也不是华北、东北人所能想象。更切实一点地说，我所经过的那条路，可说大部分的同胞还不够人类起码的生活。……

4

人总是有人性的，这一些事实，引着我的思想起了极大的变迁。文字是生活和思想的反映，所以在西北之行以后，我不违言我的思想完全变了，文字自然也变了。"此后，他写了《燕归来》，以描写西北人民生活的惨状。

抗日战争全面爆发后，张恨水取道汉口，转赴重庆，于1938年初抵达，即应邀在《新民报》任职。抗战八年间，他除去写了一些战争题材的小说外，还有两种较重要的作品，即《八十一梦》和《魍魉世界》（原名《牛马走》），均先于《新民报》连载，后出单行本。抗战胜利，张氏重返北平，担任《新民报》经理，此后几年他写了《五子登科》等十来部小说，但均未产生重大影响。1948年底，张氏辞去《新民报》职务。1949年夏，他患脑溢血，经过几年调治，病情好转，张氏便又到江南和西北去旅行。1959年，张氏病情转重，至1967年初于北京去世，终年七十三岁。

张恨水一生写了九十多部小说，印成单行本的也在五十种左右。说到张氏作品的总特色，一般常感到不易把握，因为他总在不断地变。其实，这"变"就正是张恨水作品最鲜明的总特色。

张恨水是一个不甘心墨守成规的人，他好动不好静，敢于否定自己，这正是作为开创者必须具备的素质。读一读张氏的《我的写作生涯》，就会发现他总是在讲自己的变，那变的频繁、动因的多样，在民国通俗小说作家中实属仅见。……待到《金粉世家》《啼笑因缘》相继问世，张恨水的名声已如日中天，他在思想上的求新仍未稍解，他说："我又不能光写而不加油，因之，登床以后，我又必拥被看一两点钟书。看的书很拉杂，文艺的、哲学的、社会科学的，我都翻翻。还有几本长期订的杂志，也都看看。我所以不被时代抛得太远，就是这点儿加油的工作不错。"

追求入时，可说是张恨水的一贯作风，不仅小说的内容、思想随时而变，在文字风格上也不断应时变化。仅就内容、思想方面的变化而言，在民国通俗小说作家中也很常见，说不上是张氏独具的特色，但在文字风格上也不断变化，就不同于一般了。张氏在《我的写作生涯》中经常提到这方面的事例，譬如他曾提及回目格式的变化，他说："《春明外史》除了材料为人所注意而外，另有一件事为人所喜于讨论的，就是小说回目的构制。因为我自小就是个弄辞章的人，对中国许多旧小说回目的随便安顿向来就不同意。即到了我自己写小说，我一定要把它写得美善工整些。所以每回的回目都很经一番研究。我自己削足适履地定了好几个原则。一、两个回目，要能包括本回小说的最高潮。二、尽量地求其辞藻华丽。三、取的字句和典故一定要是浑成的，如以'夕阳无限好'，对'高处不胜寒'之类。四、每回的回目，字数一样多，求其一律。五、下联必定以平声落韵。这样，每个回目的写出，倒是能博得读者推敲的。可是我自己就太苦了……这完全是'包三寸金莲求好看'的念头，后来很不愿意向下做。不过创格在前，一时又收不回来。……在我放弃回目制以后，很多朋友反对，我解释我吃力不讨好的缘故，朋友也就笑而释之，谓不讨好云者，这种藻丽的回目，成为礼拜六派的口实。其实礼拜六派多是散体文言小说，堆砌的辞藻见于文内而不在回目内。礼拜六派也有作章回小说的，但他们的回目也很随便。"再譬如他在谈及《金粉世家》时说："以我的生活环境不同和我思想的变迁，加上笔路的修检，以后大概不会再写这样一部书。"诸如此类的变化不胜列举。

张氏的多变还体现在题材的多样化。他说："当年我写小说写得高兴的时候，哪一类的题材我都愿意试试。类似伶人反串的行为，我写过几篇侦探小说，在《世界日报》的旬刊上发表，我是一时兴到之作，现在是连题目都忘记了。其次是我写过两篇武侠小说，最先一篇叫《剑胆琴心》，在北平的《新晨报》上发表的，后来《南京晚报》转载，改名《世外群龙传》。最后上海《金刚钻小报》拿去出版，又叫《剑胆琴心》了。"第二篇叫《中原豪侠传》，是张氏自办《南京人报》时所作。此外，张氏还写过仿古的《水浒别传》和《水浒新传》，他说："《水浒别传》这书是我研究《水浒》后一时高兴之作，写的是打渔杀家那段故事。文字也学《水浒》口气。这原是试试的性质，终于这篇《水浒别传》有点儿成就，引着我在抗战期间写了一篇六七十万字的《水浒新传》。""《水浒新传》当时在上海很叫座。……书里写着水浒人物受了招安，跟随张叔夜和金人打仗。汴梁的陷落，他们一百零八人大多数是战死了。尤其是时迁这路小兄弟，我着力地去写。我的意思，是以愧士大夫阶级。汪精卫和日本人对此书都非常地不满，但说的是宋代故事，他们也无可奈何。这书里的官职地名，我都有相当的考据。文字我也极力模仿老《水浒》，以免看过《水浒》的人说是不像。"再有就是张氏还仿照《斩鬼传》写过一篇讽刺小说《新斩鬼传》。张恨水的一生都在不停地尝试，探寻着各色各样的内容及表达方式，他甚至也写过完全以实事为根据、类似报告文学的《虎贲万岁》，也写过全属虚幻的、抽象的或象征性的小说《秘密谷》，他的作风颇有些像那位既不愿重复前人也不愿重复自己的现代大画家毕加索。

张恨水写过一篇《我的小说过程》，的确，我们也只有称他的小说为"过程"才最名副其实。从一般意义上讲，任何人由始至终做的事都是一个过程，但有些始终一个模子印出来的过程是乏味的过程，而张氏的小说过程却是千变万化、丰富多彩的过程。有的评论者说张氏"鄙视自己的创作"，我认为这是误解了张氏的所为。张恨水对这一问题的态度，又和白羽、郑证因等人有所不同。张氏说："一面工作，一面也就是学习。世间什么事都是这样。"他对自己作品的批评，是为了写得越来越完善，而不是为了表示鄙视自己的创作道路。张氏对自己所从事的通俗小说创作是颇引以自豪的，并不认为自己低人一等。他说："众所周知，我一贯主张，写章回小说，向通俗路上走，绝不写人家看不懂的文字。"又说："中国的小说，还很难脱掉消闲的作用。对于此，作小说的人，如能有所领悟，他就利用这个机会，以尽他应尽的天职。"这段话不仅是对通俗小说而言，实际也是对新文艺作家们说的。读者看小说，本来就有一层消遣的意思，用一个更适当的说法，是或者要寻求审美愉悦，看通俗小说和看新文艺小说都一样。张氏的意思不是很明显吗？这便是他的态度！张氏是很清醒、很明智的，他一方面承认自己的作品有消闲作用，并不因此灰心，另一方面又不满足于仅供人消遣，而力求把消遣和更重大的社会使命统一起来，以尽其应尽的天职。他能以面对现实、实事求是的态度对待自己的工作，在局限中努力求施展，在必然中努力争自由，这正是他见识高人一筹之处，也正是最明智的选择。当然，我不是说除张氏之外别人都没有做到这一步，事实上民国最杰出的几位通俗小说名家大都能收到这样的效果，但他们往往不像张氏这样表现出鲜明的理论上的自觉。

张恨水在民国通俗小说史上是一位名副其实的大作家，他不仅留下了许多优秀的作品，他一生的探索也为后人留下了许多可贵的经验。

目　录

第一回

唐大嫂茶座说前因
徐二哥河厅做上客

这是很多年以前的事了。秦淮河在一度商业萧条之后，又大大地繁荣起来。自然到了晚上是家家灯火、处处笙歌。便是一大早上，那赶早市上夫子庙吃茶的人，也就挤满了茶楼的每一个角落。一个秋初的早上，太阳带了淡黄的颜色，照在庙门前广场上，天上没有风，也没有云，半空里含着一些暴躁的意味，所以市民起得早，光景不过是六点多钟，庙附近几所茶楼人像开了水闸似的向里面涌着。

夫子庙广场的左首的奇芳阁是最大的一家茶楼，自然是人更多。后楼的栏杆边有四五个男子，夹了一位中年妇女，围了一张方桌坐着。桌上摆了三只有盖茶碗、两把茶壶、四五个茶杯、大碗干丝汤汁、六七个空碟子，另有两个碟子里，还剩着两个菜包子和半个烧饼。再加上火柴盒、卷烟盒、包瓜子花生的纸片，还有几双筷子，堆得桌上一线空地没有。

茶是喝得要告终了，那妇人穿了件半旧的青绸夹袍，垂着半长的头发，右角上斜插了一把白骨梳子，长长的脸儿，虽不抹胭脂，倒也扑了一层香粉，两只手臂上戴了两只黄澄澄的金镯子。在座的人，年纪大的叫唐大嫂，都不住地恭维她。唐大嫂在身上摸出两元钞票，放在空碟子里，站起来，两手扑扑胸襟上的烟灰，正待会钞要走，一转眼看到斜对过桌上坐了一个青年汉子，不由得咦了一声，这就低声向在座的一个麻子道："老刘，你去把窗户前那个人请过来，我有话和他说。"

刘麻子向那边桌上望道："是哪一个？"唐大嫂道："穿了灰布长衫，戴了鸭舌帽，团团脸，两只大眼睛的那个就是。"刘麻子站起

1

来道:"他姓什么?"唐大嫂笑道:"我要知道他姓什么,还用得着你去请吗? 他倒是认得我,你就说唐小春的娘请他说话,他就会来的。"刘麻子果然走过去,向那人一点头,笑道:"朋友,我们那边桌上,唐大嫂子请你说话,她就是唐小春的娘。"说着,将手向这边一指。

那人站起身来看着。唐大嫂就向他笑着连点了几个头。那人取下帽子在手,随了刘麻子走到这边来。唐大嫂向他笑道:"这位大哥,你还认得我吗?"他笑着点点头,连说:"认得认得。"唐大嫂腾开左首一只方凳子请他坐下,斟了一碗茶,送到他面前,笑道:"人生何处不相逢? 我们到底又遇着了。以后,我们总还有见面的日子,为什么不肯告诉我你的姓名呢?"他笑着欠欠身道:"这事何足挂齿!"

唐大嫂向同座的人看了一眼,笑道:"我暂且不追问这位的姓名,先把我认识他这一段历史,向大家介绍介绍:是前一个多月的事,我要到上海去,是我省钱,坐公共汽车到下关,偏是不凑巧,这一车子人始终是挤得要命。到了火车站下车的时候,大家一阵狂挤,把我拥下了车子。我一看车站钟楼上的钟,已经四点多,离开车只有十几分钟了,我也来不及想什么,一口气就跑到卖票的地方去买票。这一下子,把我吓慌了。我手上带来的那个皮包丢了,身上另外没有钱买票;就是有钱买票,我也不能上车;因为那皮包里的东西太值钱了。那里有一百多块钱钞票、一个钻石戒指,那都罢了;最要紧的是,这里面有两张很要紧的字据。我就是为了这两张字据,要到上海去的。这个皮包丢了,真害了我半条命。我明知道车站上的扒手,比苍蝇还多,这东西丢了,哪里还有还原的指望? 但是我已不能上车了,不死这条心,依然跑出站来到公共汽车站去找。"

刘麻子插嘴笑道:"漫说一只皮包,十只皮包也没有了。"唐大嫂道:"是呀,我想那汽车上的人已经走个干净;就是坐来的那辆车子,也已经开回了城,哪里有法子找皮包? 但我想着下汽车的时候,手上还拿着皮包的,大概这是下了车子,在路上丢的。我到了汽车

2

站，见四五辆汽车并排放着，我是坐哪辆车子来的，已经认不出来。看着地面上，真是事出意外……"同座的人，不约而同地答道："皮包在地上放着呢?"

唐大嫂笑道："哪有那种便宜事! 车站上的人，你想想有多少，漫说是皮包，就是一个铜板，在地面上也放不住。我说的事出意外，是那柏油路像水洗了一样，连橘子皮花生壳也找不到一块，我站在路上不免发呆。啰，这位大哥就过来了，他问我，是不是丢了东西。我说，丢了一个皮包。他问里面有什么。我说里面有钞票，有钻戒，有两张字据，还有几张唐小春的名片。他问我，唐小春就是你大嫂的名字吗? 我说，那是我的女孩子。他就一点儿不迟疑，在衣襟底下抽出一只手来，手上拿着我的皮包呢。他把皮包交还了我，还叫我点一点东西，看是少不少。我真感激得了不得，打开皮包来，连纸角都没有少一片。"

在座的人听到这里，哄然一声笑着，向那人连说："难得难得。"那人只是微笑了笑，并没有作声。唐大嫂将桌上的香烟盒打开，抽出一支烟，放在那人面前，笑道："这位大哥，你现在可以告诉我姓名了吧? 那天我要用点儿小意思谢谢你，你不要，那还罢了，我要问你尊姓大名，住在哪里，你也不肯告诉，说是要赶火车，立刻跑进火车站了。"说着，擦了一根火柴，站将起来递过去。

那人口衔了烟卷，就着火吸了烟，点点头说是"多谢!"唐大嫂道："抽我一支烟，就说多谢，你还了我那些东西，我要怎样地谢你呢?"他笑道："实不相瞒，那天捡到这个皮包，打开来一看，我也有些动心。后来我看那两张字纸，我想这关系很大，无论如何，我要归还原主。就是那天没有寻到唐大嫂子，我也会登报招领的。"刘麻子道："这字纸很要紧吗? 是什么字纸呢?"唐大嫂立刻向那人瞟了一眼，那人笑道："无非银钱往来的凭据。"唐大嫂这倒像心里落下一块石头一般，又眼对他看了一下。

座中有个胖子，坐在那人对面，立刻站起来，隔了桌面伸过手来，笑道："朋友，我们握握手吧，我叫赵胖子。"那人自然也就站起来和他握手。赵胖子笑道："朋友，我初次见面，虽然很佩服你，

3

可是也要说你一点儿短处。我们虽然说讲义气不是做买卖，但只能说有好处给人，不要人家报答；若是姓名也不告诉人，叫人家一辈子心里头过不去，就不近人情。"那人笑道："赵大哥，请坐请坐!"彼此坐下来。

他又起起身，向在座的人点了个头，因道："兄弟倒不是故意不近人情，因为我穷得不得了，只靠摆一个破书摊子糊口，不想在社会上谈什么交情，免得让人家瞧不起。"唐大嫂笑道："这就不对了，你看，我们这一桌的人，也没有哪个做了先生老爷，都是在秦淮河边上混饭吃的人，有什么身份不身份，敢瞧不起人。"他这才笑道："我也混到秦淮河边上来了，免不了要请诸位关照一二，当然不能不说出姓名来，我叫徐亦进，是南滁州人。实不相瞒，也进过几年学校，只因遭了一点儿意外，落得饥寒交迫，只好做小贩，原来是在下关摆摊子，因为生意不大好，现时在夫子庙里摆摊子了。"赵胖子只管睁着一双肉眼泡，看着他说话，这就摇了两摇头道："夫子庙摆摊子，这是你错了算盘了。一个陌生的人想在夫子庙里做生意，那是要碰钉子的。"徐亦进道："这个我知道的。我有两位朋友是老夫子庙，他已经给我关照过了。啰，他们就坐在那边，也许各位有认得的。"说时，回转脸来，向原坐的地方望着。

刘麻子看过了，回转头来笑道："那个和尚头矮胖子倒是很眼熟。三毛，你庙里情形比我们熟，认得不认得?"同座的一个二十来岁的瘦秃子，穿了青短夹袄，嘴里一粒金牙，笑起来常常露着，他笑道："我认得他，他是一个纰漏。"徐亦进知道纰漏这个名词，是说人不务正经，因道："他是贩卖水果的呀。现在，他在门东卖烤山薯。"三毛笑道："他天天去卖吗?"徐亦进道："偶然也停一两天。"三毛笑道："这就是他做外快的时候，他家里养了一只八哥儿会说话，是不是?"徐亦进道："是的，你老哥认得他?"三毛笑道："我不认得他，那只鸟就是……"赵胖子睃了他一眼，唐大嫂也拦着道："这孩子就是这张嘴不好。"三毛伸了一伸舌头，不说了。

唐大嫂道："徐大哥，我想请你吃顿饭，你赏脸不赏脸?"徐亦进抱了拳头一拱手，笑道："大家都在夫子庙，见面的日子多，有机会，下次再叨扰吧。"唐大嫂道："不，你非让我专诚请一顿不可，我心里不安。我也不请外人作陪，就是现在同座的人。"赵胖子笑道："徐大哥，你就恭敬不如从命吧，我们也好沾沾光，喝唐大嫂子两杯。"徐亦进笑道："其实是不必这样客气。"唐大嫂道："就是今天正午十二点钟，也不上馆子。我们这一群不三不四的人，跑进馆子去，闹得不好，又要警察先生费神了。我就是在馆子里叫几样菜到家里吃，大家有说有笑，一点儿不受拘束，你看好不好？"在座的除了徐亦进之外，都同声叫着好。唐大嫂道："徐大哥，在座的人都赞成了，难道你还不赏脸？"徐亦进笑道："唐大嫂既是这样客气，我就准于十二点钟的时候来叨扰。"唐大嫂道："你可不许不来，回头叫好了酒菜，让我自家人来吃不成？"徐亦进道："绝不绝不！"当时唐大嫂还谦让着要替他会茶账，徐亦进说："那桌也都是生朋友，人家不便叨扰。"这才分手下楼去了，徐亦进回到自己的茶桌上。

那三毛说的毛猴子先笑道："喂，老徐要走桃花运了，唐小春的娘和你谈上了交情，你怎么会认得她的？"徐亦进把过去的事略微说了一说。毛猴子将手一拍桌子，把茶碗里的水拍得溅了起来，接着道："你真是个马老板，有财不会发。别人的钱，你退还他罢了；唐小春娘的钱，你还她干什么？她自小就在秦淮河上混事，也不知道让多少公子王孙在她身上花了整千整万的冤枉钱。于今年纪大了，又把她的小女儿在庙上卖唱。那丫头拜过名师，很会两句，头子又长得好，在夫子庙是第一二把交椅的红歌女，又赚了不少的冤枉钱。这老蟹有名的糖大蒜，又甜又辣，她那样穿金戴银，我看了也红眼，就是没法子咬她一点儿元宝边。你有机会捡到她一笔大款，不但不应该还她，你说那皮包里有两张要紧的字据，你就该拿在手里，狠狠地敲她一笔竹杠。"

徐亦进笑着，没有作声。毛猴子向对过坐的矮胖子笑道："王大狗子，你说我的话对不对？"王大狗道："论起你这个说法，那是没有错的。糖大蒜得来的也是不义之财，为什么不能分她几个用用？不过徐二哥捡到了皮包，怎么知道这是不义之财呢？"毛猴子道：

"怎么不知道？他自己说的，皮包里有唐小春的名片。"王大狗道："徐二哥到夫子庙来了几天，他又知道唐小春是红的是绿的。"徐亦进笑道："你们两个人，大概是穷疯子，不劝劝你二哥做好人，只要我得那非分之财。"毛猴子道："有道是人无混财不富，马无夜草不肥。要像你这个样子做道学君子，你望到哪一年发财？"徐亦进笑道："有碗饭吃，不把我们饿死，也就心满意足了，还想发财呢。"

王大狗道："过去的事，后悔也是无用，让二哥去做一个好人吧。不过现在糖大蒜请你吃饭，你倒不要失掉这个机会。我们这穷朋友，你认得两打三打，又有什么用？不如认得这么有钱的人一个半个，还可以救救急。"徐亦进笑道："人还有半个的吗？"毛猴子道："怎么没有？那个赵胖子，他就是半个有钱的人。他自己手上没钱，在夫子庙市面上很是活动，他要和你谈交情，你就和他谈交情吧，难道他还能在你身上捉了一只虱子去？"徐亦进对于唐大嫂这番招待，本来在可去不去之间，现在经过这两位朋友一再地怂恿，便回去换了一件干净些的蓝布长衫，还同毛猴子调换了一顶新呢帽，然后按了时间，到唐大嫂家里来。

唐家已是有点儿手面的人家了，在桃叶渡对过，挨着秦淮河的一所旧式房子里居住。他们是住着房子最后的两进，内堂屋就是河厅，是沿河住家最讲究的房屋。徐亦进打听得他们家的所在，到了大门口，就感到心里有些不安。偏偏他们家又住在最后的两进，进了大门，在前进屋子里走过，脸就红着，低头向自己身上看看，这件蓝布大褂，下襟摆还有两块灰白的痕迹，其旧可知。这样的打扮向人家红歌女家里跑，未免荒唐。

正这样地想着，迎面一阵香风吹了过来，抬头看时，由天井走过来一位仙女似的小姑娘，她长长的头发，在后脑勺上烫着飞机式的卷发，额顶心里却梳得溜光，越发把那张鹅蛋脸子，衬托得像海棠花一般，有红有白；身上穿了淡黄薄呢的夹大衣，在大衣下面，拖出桃红色银灰斑点的绸衫，淡中带艳，已觉得不是平常人物；加之她穿着玫瑰紫皮的高跟鞋，走起路来，如风摆杨柳一般。徐亦进不用估量，知道这就是唐小春了。且把身子闪了一闪，让到一边去。

她倒不怕人家看她，站住了脚，向徐亦进望着，问道："找哪一家的？"看她那双水样灵活的眼睛，定了黑眼珠，微微吊起两只凤眼式的眼角，分明是在生着气。不过她虽在生气，然而她那娇滴滴的样子，并不觉得可恼。这就取下头上的帽子，半鞠着躬答道："我是唐大妈叫我来的。"她哦了一声道："你姓徐？"随着这话，在他周身上下打量了一番，接着也就微微地一笑。在她笑的时候，由红嘴唇里，露出那两排雪琢成的牙齿，实在可爱，因答道："是，我姓徐。"她将手向后面一指道："由这堂屋里一直穿了过去，就是唐大妈家里。"她说完了，也没有向他再打招呼，扭转头径自走了。

　　徐亦进望了她的后影，倒出了一会儿神，心想，美是美极了，怎么这样大的架子？正这样地出着神呢，后面有人叫道："徐大哥，徐大哥，都在这里等着你呢！"回头看时，唐大嫂正站在堂屋向后进的屏门口，连连招手。徐亦进笑道："这屋子太深，我不敢冒昧进来。"唐大嫂笑道："屋子深，怕什么？从那百年起，秦淮河上，也没有什么大小老爷在这里打过公馆，还没有什么人家挂上闲人免进的牌子呢。"说笑着，将徐亦进向里面让着。

　　这里是个长长的天井，东头有一棵说不出名字的老树，弯着树干，没有什么枝叶。两边地上，七歪八倒地躺了几块太湖石。也有两三一个瓦钵子养着菊花，一丛芭蕉有四五个苞子，并不见肥大，只是那叶子四面颠倒着，占了半个天井，所以地下都是阴湿湿的。对着这天井，有一道雕花栏杆，没有了漆，也没有了下半截，年代是相当地远了。在栏杆里，是窄窄的廊子，那里摆了水缸、破茶几、半篓子木炭。一只破的方凳子，上面放了个炉子，把靠炉子的一堵墙都熏黑了。

　　那炉子烧着炭，熬着开水壶呢。有个二十岁上下的姑娘，穿了件青布长夹袍，站在那里等水开，没有烫发，光头发剪得短短的，倒是前面养了一道长刘海发，陪衬得雪白的一个圆脸子。亦进对她，倒是加倍地注意着；因为她到书摊子上去买过两三回小唱本，在脑筋里早就有下这一个印象了。

　　随着唐大嫂子走了进去，便是河厅，赵胖子、刘麻子、三毛都

7

在这里候着。除了上午茶楼上见过的杨老四、李少泉之外，唐大嫂又介绍了一位汪老太和扬州老马一块儿见面。这里完全旧家庭的摆式，河厅朝着秦淮河，一式是四方格子的玻璃窗，现在已经完全关闭起来了。屏门反过来，背对天井，朝了玻璃窗靠屏壁，有一张琴桌，上面放着座钟、帽筒、胆瓶、小架镜，琴桌下套住一张方桌，上面摆了六个糕饼碟子。两旁六把太师椅，夹了四张茶几，另摆了两个方凳，这些男女分在两边坐着。亦进看看，只有最下方一张椅子是空的，就在那里坐着。

唐大嫂道："徐大哥，你可不要拘礼，我们随便谈谈，请你随便吃点儿东西。"亦进手上还拿了帽子，又站起来欠了一欠身子。在走廊子下的那位姑娘就进来了，笑着点点头道："徐老板，帽子交给我。"刘麻子怕他误会，立刻抢上前一步，介绍着道："这是唐家妈的二小姐。"亦进也就和她点点头道："不敢当！"二小姐笑道："不要客气。"她说着话，终于是把帽子接过去了。随着这位小姐拿了一只盖碗，放在上面桌上，再由外面提了开水壶来，在桌边泡过了茶，回着头笑道："徐老板，请上坐吧！"亦进道："这样子招待，我就不敢当。"说着，又把两手抱了拳头，连拱了两下。

唐大嫂道："徐大哥，你不用客气，我家里大大小小许多事，都是我这二丫头做。家里用了个老妈子，伺候我们三小姐一个人，就够累了。她倒是会烧两样小菜，除了在菜馆子里叫了几样菜之外，我又叫王妈也做两样，这时候让她在厨房里忙吧。"亦进道："做晚辈的，现时在夫子庙做生意，少不得请唐大嫂和各位老前辈携带一二，这样子客气，以后我倒不便来了。"唐大嫂笑道："这也不算客气，要客气我就请徐大哥到菜馆子里，恭恭敬敬喝几杯了。"

她说着话，走到桌子边，抓了一把瓜子，放到放茶碗的所在，向他点点头道："请这里坐吃瓜子。"亦进笑道："在这里坐是一样。"赵胖子坐在他上首，便拍了椅子靠道："这是主位，你在这里，你看，唐家妈不便坐下，只好站着说话了。"刘麻子更是率直，就来牵着徐亦进的衣袖，向上面推着。唐大嫂也道："徐大哥，你就上座吧。说起来，我们都是一洞神仙，拉拉扯扯，就觉着不脱俗套了。"

亦进听了这话，不便一味地谦辞，只好在那地方坐下。

　　大家先说了几句闲话，唐大嫂手里拿了烟卷，坐在下方，斜了身子向他望着，因笑道："徐大哥就是一个人在南京吗？"亦进道："便是一个人，也就无法维持哩！"唐大嫂道："家里还有什么人吗？"亦进道："家里就只有一个胞兄。"唐大嫂道："没有嫂子吗？"亦进道："唉，说起来惭愧，愚兄弟两个，都到了这样大岁数了，还是光人两个。"说到这里，二小姐正由外面进来，到屋子里去拿什么东西，向他看了一眼。唐大嫂笑道："这么说，我们应当叫你徐二哥。"亦进笑道："我是个老二的命，在南京和人家拜把子，算起来，也还是老二。"唐大嫂向他看看，又向赵胖子、汪老太笑道："做老二的人，大概在忠厚一边的居多。你看我们二春，不就是个老实孩子吗？所以我没有放她出去。"

　　这位汪老太穿了件旧青缎子短夹袄，可又下摆长齐了膝盖，半白的头发，还挽了个小圆髻，手捧了一杆水烟袋，不住地向外喷着烟，已是将亦进打量个三四回。她听了唐大嫂的话，将一张长脸，连连点了几下，在七八条皱纹的脸上，告诉了人她处世的经验很深，这就插嘴道："你们二小姐，只能说一句稳重，你要说她老实，那是看小了她，她肚子里比什么人也精灵哩！二十岁的姑娘，比人家四五十岁的人还要牢靠些。"唐大嫂笑道："还是二十岁啦，望哪辈子了，今年二十四岁了。"亦进这才知道二小姐芳名二春，是二十四岁。当二春再由屋子里出来的时候，亦进不免对她脸上多看了一眼。二春这就红着脸笑道："汪老太和我算命呢！"汪老太正燃了纸煤儿，烧着烟袋头上的烟丝，随了说话，喷出一口烟来，笑道："可不是，我在给你算命。我正在这里算着，你是哪一天红鸾星照命？"二春轻轻啐了一声，自走出去了。有了这句话以后，她就不进屋子来了。直到酒菜预备齐了，王妈进来搬台整椅，她才进来安排杯筷。

　　菜端上了桌，唐大嫂就请亦进上座，他还要谦让时，大家都说："唐家妈说了，不要拘俗套，今天总是徐二哥的主客，若让我们上座，就没有这个礼。"汪老太放下了水烟袋，上前一步，扯着亦进的衣襟，笑道："今天你就受恭敬一回吧，难得唐家妈很喜欢你，这就

9

是你的运气，将来你就把她当一个长辈，遇事都恭敬些，包有你的好处。"亦进觉得这位老太婆虽是话里有话，倒是真情，便又向大家一揖，说声"有僭"了，只好在上首坐着。唐大嫂坐在下方，亲自提壶斟了一遍酒。刘麻子就接过壶去，笑道："唐家妈，交给我吧。"唐大嫂并没有谦逊，由他代斟了。亦进这也就看出来了，唐大嫂是这一群人的首领，大家都捧着她呢，于是自己也在大家恭维之下，顺了口叫唐大妈。

　　这菜肴是相当丰盛，除了在馆子里叫来的菜之外，家里还有炖鸡、炖鸭、红烧蹄髈、红烧青鱼，一色是大碗。亦进站起来几回，只笑说"菜太多了"。家里几样菜，是二春送来的。亦进于她每送一碗菜来，就起身一下，说声："不敢当!"唐大嫂笑道："徐二哥，你这样子客气，请你吃一顿饭，是请你来受一顿饭的罪了。快不要这样子。"赵胖子也坐在邻近下方的所在，当二春送菜来的时候，伸手一把将她扯住，笑道："二小姐也坐下来吃吧，除了徐老板，这里都是自己人，要什么紧? 事让王妈做吧。"二春低头笑着，只说："等一会儿吃。"唐大嫂道："你就坐下来吃，徐二哥也是一位正人君子，你现在倒又怕起生人来了。"二春背转脸来，轻声道："你看娘说话，我怕什么生人? 厨房里的事还没有做清楚呢。"唐大嫂道："那就交给王妈吧。"说着，将椅凳向旁边挤了一挤，腾出一角空位来。二春抿了嘴微笑着，搬了一个方凳子，挨着唐大嫂坐了。

　　徐亦进坐在上面，正对了她望着，心里可就想着：一个开堂子养娼妓的人家，有这样含羞答答的姑娘出现，倒也是难得。心里想着，又不免多看二春两眼。酒到这时，大家够了，都捧了饭碗吃饭。徐亦进扶起筷子碗，只扒了一口，却将碗筷放下，突然站了起来。这一番客气，全桌人都有些莫名其妙呢。

第二回

还旧服姊妹表歉忱
赠新书良朋存厚道

　　徐亦进自到唐大嫂家里以后，越受到恭维，却越是客气，大家已觉到他有些多礼了。现时，他在吃到酒醉饭饱的当儿，无缘无故，又站了起来，都不免向他望着。但是他没有计较到众人的态度，只是朝着后面天井里笑着。大家回头看时，是唐小春小姐回来了，徐亦进点着头道："三小姐回来了，多谢得很，我在府上打扰多时了。"唐小春比出去的时候更要漂亮了。脸上带了两个桃花瓣子似的红晕，两只双眼皮儿只管向下合着，见亦进向她客气着，也就直走到桌子边来，向他笑道："没有什么好菜，多喝两杯酒吧。王妈，拿酒壶来，让我敬三杯。"说时，身子微微地有点儿晃荡。唐大嫂立刻站起来，将她搀住，皱了眉道："这又是哪一班促狭鬼请客，把她灌醉到这种样子。"说着，就在小春的大衣袋里抽出一条花绸手绢来，要替她擦嘴。

　　手绢抽出来了，两个蜜橘滴溜溜地在地面上转着，小春很快地弯腰到地面上去捡橘子。偏是她手未到之先，一脚踢去，把那橘子踢到桌子下面去了。徐亦进低头看时，那橘子已经到了自己椅子脚下，这就赶快捡了起来，走出座席向小春送了去。不想是那么巧，正当他走近了身边，小春哇的一声呕吐出来，却把肚子里一切不能消化的酒饭菜，标枪似的向亦进身上射了过去，把亦进的蓝布大褂吐湿了大半边。那还不算，便是他的脸上，也还溅了不少的点子。

　　唐大嫂哦哟了一声，抢上前就把花绸手绢交给亦进，亦进笑道："不要紧，不要紧！我这样破布衣服，用这样好的绸手巾来擦，那太不合算了。"二春也放了筷子碗，皱了眉道："妹妹怎么醉到这种样

11

子。"说着，也就在衣袋里掏出一方白纱手绢，交给亦进道："徐老板，你快拿去揩揩脸上吧，不要客气了。"徐亦进见是一条白纱手绢，这就无须痛惜，自拿了擦脸。二春转身进房去，立刻拧了一把热手巾，两手捧着，送到亦进面前，见他衣襟上，还是水汁淋漓的，便笑道："实在是对不起，你就用手绢擦吧。"徐亦进笑道："我说了，不必介意。这样一件蓝布大褂，毁了也不值什么，而况这一点儿也碍不着什么，回去下水一洗就好了。"二春道："妈呢，找一件旧衣服来给徐老板换换吧。"唐大嫂很机灵的，已由外面亲自端了一脸盆热水来笑道："真是对不起，你看小春这丫头，我不知道说她什么是好，惹了这样大一件祸事，她倒不管，扭转身子就跑了。"

二春看到母亲打了水来，自己也一扭转身子走了。亦进再三地说不要紧，将脸盆接过来，放在茶几上，搓手巾擦抹了身上，一回头正待入座，可是二春手捧了一件折叠得很平整的灰色哔叽长夹袍，在面前站着。亦进道："二小姐，不必不必，我身上已经擦干了。"二春没开口，脸上先飞红了一阵，低声笑道："换一换吧，那件衣服揩得两大块湿迹，怎样穿？"在座的人都说："二小姐的面子，徐二哥把湿衣服换下来吧。"这样说着，二春的脸子更是红了。亦进只好点着头，把衣服接了过去，走到窗户下，背了身子把衣服换过，低头看去，竟是相当合身。赵胖子笑道："真是的，人是衣衫马是鞍，徐二哥把衣服一换，人都年轻了好几岁。"二春在一边向他周身看过，也就抿嘴微笑。这样忙乱了一阵，汤也凉了，菜也不大热，二春和王妈重新端去回了一次锅。亦进虽然客气，赵胖子、三毛这些人，却要等着吃个通量。这样一混，就是大半下午。

徐亦进陪着赵胖子这班人闲话了一阵，站起来望望天上的太阳，便向唐大嫂道："我那件衣服是二小姐拿去晒了，大概干了吧？"唐大嫂道："我看见她去洗了，明天衣服干了，我叫王妈送到府上去。这件夹袍子虽然是旧的，倒还干净。徐二哥若是不嫌弃的话，你就留着穿吧。"亦进低头看看自己的衣襟，笑着摇了两摇头道："一个摆书摊子的人，穿这样好的衣服，那不是惹人家笑话吗？"

二春这时站在房门口，手扶了门框，向了大家笑着。赵胖子笑道："二小姐有什么意见发表吗？"二春本来想说句什么的，被他问着，倒有些不好意思，红了脸道："我有什么意见发表？这位徐老板太客气罢了。我也就怕徐老板客气，就在箱子里翻了这样一件很旧的衣服出来，不想徐老板还是嫌漂亮。"三毛坐在旁边，将颈脖子一伸，笑道："徐老板，你看二小姐都这样说了，你就收下吧。"亦进这就向她笑着拱了一拱手，回头对唐大嫂道："打扰得很，我要告辞了。那件蓝布衣服就请放在这里，哪天有工夫我来拿。"再又向大家说声少陪，方才向天井里走。二春拿了他的帽子，追到天井外面来，笑道："还有你的帽子呢。"亦进接过帽子，笑道："你看我自从进门起，就累着二小姐；一直到现在要走，还是累着二小姐。"

二春微微一笑。等他走了，回身进屋来，向唐大嫂道："妈，你太大意，人家早就要走的了，只为了想等着那件蓝布大褂延到这时候，你若早说把那件哔叽夹袍子送他，他老早就走了。"唐大嫂笑道："我又不是他肚子里的蛔虫，我怎样会知道这意思呢？"二春道："妹妹也是不好，我们感谢人家，特意请人家来吃饭，不想会吐了人家那样一身的腥臜，真是让人心里过不去。"唐大嫂道："你不要说了，我心里正难受。小春虽然醉过，从来也没有醉到这种样子。真是骑牛撞到亲公家，她一害羞倒在床上睡去了，明天我亲自到徐老板家里去向人家赔个不是吧。"二春道："这件事，我们实在做得不大漂亮，向人家说什么是好呢？"说着，只管皱了眉头子。唐大嫂笑道："你看这孩子说话，这件事，也不是我叫小妹妹做的，她已经做出来了，我有什么法子呢，你倒只管唠叨着我。"二春鼓着腮帮子，扭转身子回房间去了。

她是心里这样过不去，可是那惹祸的唐小春，却是放头一场大睡，醒过来的时候，屋子里的电灯，已经是亮着火了。打了个呵欠，在床柱上靠了坐着，将手揉揉眼睛，向桌上看去，那里已是放下了好几张请客条子，便噘了嘴道："请客请客，我恨死这请客的了，天王来请我，我也不去。"随了这话，是二春进来了，笑着一句话还没有说出来。小春便笑道："真是要命，妈恭恭敬敬请来一位客，我倒吐了人家一身。"二春笑道："你心里倒还明白。"小春笑道："我怎样不明白。不过胃里头只是要向上翻，无论怎么着，忍也忍不住，人家没有见怪吗？"二春道："人家见什么怪。你唐小姐吐出来的东西，人家要留在身上当香水用，能够见怪吗？"小春道："我给人家灌醉了，也是不得已，你拿话俏皮我做什么？"二春道："我为什么俏皮你，本来人家笑嘻嘻的，一点儿不介意。"小春道："这样子说起来，我明天见了他，倒要和他说两句客气话。"二春道："妈说你自己去他家里客气两句。我想那倒不必，他天天在夫子庙里摆摊子的，我知道他的地方，明天上街去，弯两步路，到庙里向他打个招呼就是了。"小春道："你怎么知道他摆摊子的地方？"二春道："前两天，我到他摊子上买过小唱本，所以我知道。"小春道："一个摆书摊子的人，也不必和他太客气了。"说着，走下床来，对了衣橱子上的镜子，理着耳朵边的鬓发。

在镜子里见母亲进来，只管撇着嘴，回转头来道："我这话错了吗？"唐大嫂道："不说别的，只看你手指头上戴的那个戒指，就是人家捡到了奉还你的。四五百块钱那还是小事，你费了多少心血，才得到手，这种年月，见财不动心，有几个人？他有这种好心，就可以佩服，管他是做什么的呢！哪怕他是做贼的，对你娘儿总算对得起。就是你今天吐了人家一身，人家脸红都没有红一下。"小春道："我正在这里和姊妹说呢，明天出门去，弯一步路，到他书摊子上客气两句。"唐大嫂点点头道："这倒像话，顺便把他留下来的那件蓝布大褂，也给送了去。我们要搭架子，也犯不上在这种人面前搭架子。今天你在家里休息一天吧，脸上哪里还有一点儿血色啊。"

正说着，自己的包车夫，在堂屋里叫道："三小姐条子，六华春姓陈的，一共是五张条子了，该预备出去了。"说时，由门帘子外面，伸进一只手来，手上就拿了那张请客条子。小春抢上前一步接了过来，三把两把，将纸条子撕个粉碎，向地下丢去，又将脚在上面连连踏了几脚。咬着牙道："以后我不当歌女了，我让人家灌醉了，现在酒还没有醒，又要叫我去灌醉，我是个垃圾箱……"唐大嫂拦着道："不用说了，你醉了没醒，我知道了。我不是对你说了，叫你在家里休息一天吗？"小春道："我从来没有这样丢过人，今天

14

在新朋友进门，我糊里糊涂地吐得人家一身，实在不好意思。"二春笑道："还好，你已经明白过来了。"唐大嫂道："我们二丫头，就是这样死心眼儿，有件事过意不去，总是挂在口里。"小春道："这是我过意不去的事，要她多什么事？姐姐看中了那个姓徐的，你要去报他的德吗？"二春红着脸呸了一声，自走了。自这以后，她就不提到徐亦进的事了。

到了次日下午，小春当着二春饭后，洗过了手脸，就迎上前向她赔笑道："姐姐，你陪我上街去一趟，好吗？"心里猜着，她一定要用一句很厉害的话碰回来了。可是二春很平和地问了一句不相干的话，现在几点钟了？小春道："一点多钟了，无论他摆书摊子在几时起，这个时候，也摆出摊子来了，我们一路去吧。"二春道："妈出去上会去了，没有留下什么话；不过那件衣服，妈倒是说过让我送去的。"小春道："既是妈叫你送去的，我不去了，你替我向他说两句道歉的话吧。"二春红了脸道："怎么你避开了，让我一个人去，那不是……"她说到这里，顿了一顿，小春倒没有明白她的意思，笑道："你真没有出息，这点儿事情也办不了，我就同你去吧。"二春听说，立刻跑回自己屋子里去，提了一只白布包袱出来，脸上白了些，似乎又是扑过一回香粉了。她似乎怕小春追问什么，先道："夹一件衣服在胁下去送给人，怪难为情的，拿一块白包袱包着好看些，并没有送什么给他。"小春也没理会，自随了她走。

走到夫子庙，二春也不用多打量，顺了东侧门里的小街，径直向前走。在那转角的所在，一列书摊子，横斜着对了人行路，摊子里面，有个人坐在矮凳子上看书，二春回转头笑道："这个人倒相当地用功，每次跑来，我都看到他在这里看书。"小春道："你都常看到他吗？"二春道："我哪里……"一句话未了，徐亦进已是抬起头来，看到二春姊妹，立刻站起身，连连地点了头笑着。二春本是走在前面的，到了这时，就不知不觉地向后退了两步，把小春让上前一步。小春倒没有什么感觉，也就走近了书摊子，笑着向他点点头道："徐老板，昨天对不住得很！"二春虽是也靠住妹妹站着的，但是只对他微笑了一笑，没有将话说出来。徐亦进放下了书本，两手

15

抱了拳头，连连拱了几下，笑道："这就实在不敢当得很。"二春这才把布包袱放在书摊子上，因道："徐老板衣服洗干净了。"小春也笑道："我本来不好意思来见徐老板的，可是想到自己做的事，未免太不像话，总要自己向你表示一下歉意。"说到这里，不免低了头，将手去翻弄摊子上的书。

徐亦进道："三小姐，你要说这话我在这里站不住了。"说话时，眼见她只管翻弄书页，便笑道："三小姐喜欢看小说书吗？"小春道："让徐老板问着了，我就有这点儿嗜好。"亦进道："那好极了，我这满书摊子都是小说，三小姐爱看哪一种的书，随便挑吧。"小春一看眼前摆的书，倒有好几种是没有看过的，就一齐捡着垒在一堆。亦进道："不好拿，就把这白布包袱包了去吧。"说着，透开包袱来，在自己的衣服下面，还露着两盒点心，便啊哟了一声，二春红着脸笑道："这是家里现成的东西，我觉空着手来，怪不好意思的。"徐亦进笑道："既然拿来了，谅着二位小姐不肯带回去，在唐家妈面前给我道谢吧。"一面说着，一面将书包了起来，小春背过身去，打开手皮包，掏出一张五元钞票捏在手上，回转身来，先把书包提着，然后将那张五元钞票向摊子上一丢，笑道："徐老板，请你收下书钱吧。"说毕，扭头就走，徐亦进拿了钞票，绕过书摊子来追她们时，她们已经走得远了，站着路头上，倒发了一阵呆。

自己回到书摊子上，将书整理了一会子，又站着发起痴来。忽然有人叫道："老徐，你这是怎么了？"亦进抬头看时，却见毛猴子站在面前，他手里提了一只鸟笼子，里面关了一只八哥儿，那笼子门是敞开的，鸟并不向外飞。笼子上面，插了一根竹片，头上挽个圈圈，表示是卖的意思。因道："你改了行了，卖鸟？"毛猴子笑了一笑，没有复他这句问话，回转头来，向庙外一努嘴道："唐小春刚才过去了，你看见吗？"亦进道："怎么没有见到，我正为她来了一趟，为起难来了。"毛猴子道："你吃了她家一顿，想还礼，是不是？我告诉你，不必在人家面前丢人了，唐小春在夫子庙酒席馆里一天进进出出的，也不知道经过了多少酒席，鱼翅海参只当了豆腐白菜吃，你……"

16

徐亦进连连摇了手道："不对，不对，我也不是那样不知进退的人。她刚才到这里来，丢了一张五元钞票在书本上，只拿了两三套书走，那差得太远了。"毛猴子笑道："你这个大傻瓜，她们家里那样有钱，多花她几文，有什么关系。而且你送还她们好几千块钱，就尽花她五元钱，也不值九牛之一毛。"徐亦进道："唯其是我送还过她们这些钱和东西，不应该再收她们这点儿小惠。"毛猴子摇摇头笑道："你这个人的脾气，我真是没有话说，我替你出个主意吧：你明天挑拣值得五块钱的书，送到她家去就是了。规规矩矩，做她五块钱生意，有什么不可以。"徐亦进笑道："这倒使得。你怎么要把这八哥儿卖了它？这鸟会说话，又很乖，卖了可惜。"毛猴子笑道："你是个傻瓜，晚上请你喝酒吧。"说着，他自提着鸟笼子走了。

徐亦进想着，这两天生意不大好，照了他的话办也好。因之早些收拾书摊子，到批发书庄上去，挑选了几部内容比较好的小说。次日上午，算着小春还没有出门去应酬，把书送了去。这时，小春正在窗户边梳妆台边洗脸抹粉，隔了玻璃，就看到徐亦进夹了一大包书进来，便由屋子里迎了出来，笑道："徐老板真是个君子，一定不肯占别人一点儿便宜，给我送得书来了。"亦进见她穿了一件旧红绸短袖夹衫，颈脖子上围了一方很大的白绸手绢，将肩上盖了，长的卷发披在白手绢上，脸上只淡淡地抹了香粉，透着淡雅之中，还有些天真，情不自禁地笑了一笑。小春道："徐老板，你笑什么？"亦进笑道："这句话，也许说得冒昧一点儿，我在一本书的封面上，看到一个时装美女画，就像唐小姐这个样子。"小春扑哧一笑道："那个书封面上，是一个丑八怪罢了，什么时装美女。"

说着，将亦进的书接了过去，就放在堂屋桌上，一本本地翻弄着，笑道："很好，只有两本是我看过的。"亦进道："现在上海书铺子，翻印旧小说很多，有些书，从前花了大价钱全买不到的，现在都可以买得到。"小春道："我想看一两部艳情小说，你有法子可以找得到吗？"说时，微微一笑，瞅了徐亦进一眼。他看到，心里就十分明白。踌躇了一会子道："也许可以找得到。"说到这里，觉得身后有人走过来，回头看时，却是二春，送了一杯茶在旁边茶几上，笑道："多谢多谢！"说着，点了两点头，二春向小春看看，微微瞪了一眼，没作声。

小春不理会，还向亦进道："明天同我送书来，好吗？不一定要旧小说，新出的也好。"亦进点头答应是是。却向二春问道："唐家妈在家吗？"二春道："不在家，请坐会儿吧。"亦进退了两步，坐在椅子上，微微咳嗽了两声，笑道："唐家妈也很忙。"二春微笑着，小春却把一个指头，蘸了桌上的水渍，在涂抹着字，身子斜靠了桌沿站着。亦进端起茶杯来喝了一口茶，站了起来，笑道："请在唐家妈面前替我说一声，看看她老人家来了，再会吧！"说时，顺眼向桌上看去，映了天井的光线，看得清楚，小春在桌面涂写的有金瓶两个字，也有个完好的性字，其余是抹糊涂了，也不便问什么，点头向外走。她姊妹们都没有送，只是小春却抬起一只手来，连连地举了几下，笑道："明天，你要送书来的呀！"亦进也就远远地点了两点头，答应着去了。

二春向小春笑道："你轻轻地对人家说，你怕我没有听到吗，叫人家送艳情小说你看呢。上次陆影送你一本不好的书，妈知道了大骂你一顿，你忘记了吗？"小春板了脸道："她不认识字的人，听她的话做什么？"说完，她自拿着书进房去了。隔了房门道："姐姐，这件事，你不许对妈说，她要唠叨我，我就同你不依。"二春道："我是好话，听不听在你，我告诉妈做什么？"小春隔了门帘子嘻嘻地笑着，二春把这事放在肚里，也没有作声。

到了次日上午，二春坐在天井里的矮凳上，靠了洗衣盆搓洗衣服，两只眼睛，却不住地对门外望着。果然地，在十一点钟的时候，徐亦进夹了一个四四方方的报纸包儿，由外带着笑容走了进来，二春由水盆里拿出湿淋淋的一双手来，自掀起胸前的蓝布围襟，互擦了两只手，亦进见她青绸夹袄的袖子外，露出雪藕似的两只手臂，不由得站定了脚，向她发出桃红色的手掌望了去。二春道："徐老板，你真信了我妹妹的话，又送着书来了。你不要信她，她是个小孩子。"徐亦进笑道："二小姐，你放心，我送来的书，没有不能看的。"小春听到徐亦进说话，一掀门帘子，直跳了出来，走到亦进面前，双手把那个书包，由他胁下夺了过去，笑道："多谢你了！"第二句话，不曾交代完。就跑进房去了。

二春道："徐老板，请坐喝杯茶吧。"亦进笑道："我请人看着摊子呢。"说时，在怀里又掏出一个小纸包来，笑道："这是我找到的几种文明小唱本，里面有女侠秋瑾，有西太后，都很新鲜，这比二度梅昭君和番那些东西好得多。"说着，把包书本子送了过来。二春笑道："我认不了三个大字，看什么书，不过睡觉的时候，拿着当安眠药罢了。"说话时，搭讪着又将围襟分别地擦手。亦进见她没有接着，就将一小包书放在廊檐下破茶几上，点头道："再见吧！"一句话毕，就出去了。

二春将书本拿到屋里去翻了一阵，再悄悄地走到小春屋子门口，隔了门帘，向里张望着，见她把书放在桌上，摊开了一本，站在桌子边，随便翻动着。二春又悄悄地走进来，站在她身边看。小春还是看书，很从容地道："你轻轻地走进来，以为我不知道呢？你看吧，这并不是什么坏书。"说着，把看的书本向前一推。二春看时，都是些印刷很美丽的书，封面上印着时装美女画，有的题着家庭杂志，有的题着戏剧月刊，有的题着家庭常识大全。二春笑道："这些书，你不大合意吧？"小春道："怎么不合意？这家庭常识就很有意思，什么去油渍法，做鸡蛋糕法，我五分钟工夫就学会了好几样。"二春笑道："那也罢了，这个人看起样子来倒很老实，做事倒很有深心。"

小春道："这里有六本杂志，全是三四毛钱一本的，合计起昨日的书，五块钱，人家要蚀本了。"二春道："终不成我们又送他五块钱，可是你要送他五块钱，这一笔账，永远没有法子算清了。"小春道："等妈回来，我们再和她商量吧。让妈送些东西给他就是了。我真没有看过这种做小生意的人这样君子，一点儿便宜也不肯占人家的。我倒想起来了，你送了他两盒点心，他又送你一些什么呢？"二春道："他送东西给我做什么，那两盒点心也不能算是我送给他的。"

两人正谈论着这事，唐大嫂走进屋子来了，见桌上堆了许多书本子，便说道："小春又买了许多书回来了。买来了，也不好好放着，床上桌上到处丢，连马子桶上也放着，我倒天天替你收拾。"小春道："这是我买的吗，是那个姓徐的送的。"唐大嫂道："大概是他不愿白得那五块钱吧？这人倒是这样干净，送的是些什么书？小春乱看书，看了胡思乱想，我就不赞成。"说着随手在桌上掏起一本书来翻弄着。二春也挤上前来，见是一本家庭常识，便用手指着书页道："这书很不坏，专门教女人怎样管理家务。"唐大嫂笑道："我晓得，这是《烈女传》。"二春笑道："妈就只知道《女儿经》《烈女传》，人家徐老板也不会送这样的旧书给小春看，这是家庭常识。"唐大嫂翻翻着书上几页插图看看，见有是裁衣服的样子，有是裁花盆的样子，因笑道："这个我明白，以前我们家里也有一本，叫《万宝全书》，认得字的管家人，是应该看一本的。"

二春笑道："你看明白起来，我妈是什么都知道的。"唐大嫂两眉一扬，笑道："你妈就是不认识几个字，要说……"小春一撇嘴，笑道："又来了，要说夫子庙上的事，你是件件精通。"唐大嫂道："岂但是夫子庙，除非外国的事我不知道，中国的事，我总不怎样糊涂。"二春笑道："那就好了，我们就请教你老人家吧，白收人家许多书，怎样谢人家呢？"唐大嫂道："啊，你倒这样急，彼此都住在秦淮河边上，往后来往的日子长着呢，忙什么？"二春碰了母亲一个钉子，红着脸子走了。自己成了戒心，就没有再提到徐亦进送书的事了。

过了两天，是个黄昏时候，小春在绸衣上罩了件蓝布大褂，在门口闲望，约莫十分钟，见亦进胁下又夹了一包书走来，小春就在大门口拦着路站定，笑道："徐老板，你真不失信。"亦进道："昨天三小姐在马路上喊着我，我没有听清楚，你的车子就跑过去了。"小春低声道："徐老板，你不要到里面去，我有话对你说呢。"说着脸一红，这种言行，出之于一个少女，徐亦进对之，怎不愕然呢。

第三回

见艺人传书有遗憾
怜神女冒雨表同情

　　唐小春是秦淮河上一位头等歌女，年纪又很轻，无论怎么样子傻，也不会爱上一个摆书摊的人。徐亦进那份愕然，倒有些不自量力。不过这情形，小春立刻看出来了，倒也觉到他误会得可笑。便沉着面孔，带了一分客气的笑容，向亦进点点头道："也没有什么了不得的事，我有一封信，要请你面交一个人。为什么不由邮政局寄去？因为信里面有点儿东西，若是别人接着了，恐怕不会转交本人，徐二哥是个君子人，一定可以带到。"

　　亦进见她说得这样郑重，便也正了颜色道："唐小姐，你放心，我一定送到。送到了，请收信人回你一封信。"小春笑道："那就更好了。不过这封信，最好还是你亲自交到我手上。你若是遇不着我，迟一点儿时候，那倒是不要紧的。"说了这句话，她脸上又红了一阵。亦进看这样子，显然是有点儿尴尬，便镇住了脸色道："那是当然。"小春笑道："也许我顺便到庙里去看看。"亦进道："这倒用不着。我自然知道三小姐什么时候在家里，那个时候，我说是送书来，把信夹在书里，亲手交给三小姐就是了。三小姐看着还有什么不妥当的吗？"

　　小春抿了嘴微笑，又点了两点头。于是伸手到怀里去掏摸了一阵，掏出一个粉红色的洋式信封，交给亦进，亦进接过来，捏住信封一只角举起来，刚待看看姓名地点，小春回头张望了一下门里，努努嘴，向他连连摇了两下手。亦进明白着，立刻揣到怀里去，正还想同她交代一句什么呢，小春低声笑道："你请便吧，也许我姐姐就要出来。"亦进听到说二春要出来，不免站着愕了一愕，但是看到小春皱了两道眉毛，却是很着急的样子，便点了个头，低声道："明天上午会吧。"说毕，立刻转身走了。

自己也是很谨慎，直等走过了两三条街，方才把那封信掏出来看，见是钢笔写的，写着请交鼓楼务仁里微波社，陆影先生亲启。亦进不由得惊悟一下，这微波社和陆影这个名字脑筋里很熟，好像在哪里见过。一面走着，心里头一面想去。顺了这封信上的地面，搭了公共汽车，先到了鼓楼，下车之后，转入那条务仁里。见墙上钉了一块木牌子，画了手指着，用美术字写着微波剧社由此前去，自己不觉得哦了一声。同时，也就停住了脚，自言自语地沉吟着道："一个歌女，向一个演话剧的小伙子送信，可瞒着人，这件事正当吗？若是这件事不正当，自己接了这一件美差来干，不但对不起唐家妈那番款待，就是唐二小姐也把自己当个好人。这样着，勾引人家青春幼女，实在良心上说不过去。"于是在怀里掏出那封信来，两手捧着，反复看了几遍。

忽然有人在身旁插嘴道："咦，这是我的信。"亦进抬头看时，迎面来了一个穿西服的少年，白净长圆的面孔，两只乌眼珠转动着，透着带几分圆滑，头发梳得乌油滑亮，不戴帽子，大概就是为了这点，颈脖子上用黑绸子打了个碗大的领结子。结子下，还拖着尺来长的两根绸子，垂在衣领外面，人还没有到身边，已然有一种香气送过来。他见亦进望了他发愕，便道："你这信不是唐小姐叫你送来的吗？我就是陆影，你交给我得了。"他操着一口北平话，有时却又露出一点儿上海语尾。亦进因道："信确是送交陆先生的，不过我并不认识你先生，怎好在路上随便就交出去？"陆影瞪了两只眼睛，向那封信望着，因道："你这话也有理。你可以同我到寄宿舍里去，由社里盖上一个图章，再给你一张收条，你总可以放心交给我了吧。"亦进道："那自然可以。并不是我过分小心，唐小姐再三叮嘱过，叫将这封信面交本人，再讨一封回信，信里似乎还有点儿东西呢！"陆影笑道："自然。这是你谨慎之处，不能怪你，回头我多赏你几个酒钱就是了。"亦进只是微笑着，跟了他走去。

到了那个剧社，却是一所弄堂式的房子，进门便是一所客堂，空空地陈设了一张写字台，随便地放了几张藤椅子，白粉墙上贴了几张白纸，写着剧社规则，和排戏日期之类。此外钉了钉子，一排排地挂着衣服。也有西服，也有裤衩，也有女人旗袍，这就代替了人家墙上的字画古董。写字台上，并没有国产笔墨，不知是什么人，穿了一身旧西服，伏在椅上，用钢笔在写信。他抬头看到陆影，微笑道："老陆，借两毛钱给我，好不好？"说着，伸出两个指头，做个夹烟卷的样子，在嘴唇边比了一比。接着道："我又断了粮了。"陆影笑道："你断了粮了，我的银行还没有开门呢。"他说这句话时，眼光已是射到亦进脸上，突然把话停住，脸也随着红了起来。

徐亦进虽然少和这种人来往，但是他们是一种什么性格，那是早已闻名的。便搭讪，向四处张望着，表示并没有听到他们说什么。陆影笑道："现在你可以放心把信交给我了吧？老王，你在抽屉里把那剧社收发处的橡皮戳子拿出来，给我盖上一个章。"那老王更不打话，把中间抽屉使劲向外一扯，将水印盒子，四五个橡皮戳子一齐放到桌上，笑道："剧务股，宣传股，编辑股的戳子都在这里，你爱用哪个戳子，就用哪个戳子。"陆影在桌上拿了一张剧社印的信纸，接过老王手上的钢笔，就在纸上斜斜歪歪地写着几个横行的中国字：兹收到交来唐先生信一封。顺手摸起了一个戳子，在水印盒子里的笃的笃乱印一阵，然后在信封正中盖了一个印，他也不看看，就将这信纸交给了亦进。亦进看时，那戳子正正当当地来一个字脚朝天，倒过纸条来看那字，却是演出股的戳子。陆影见他只管捧了字条出神，便笑道："戳子都在桌上，你若是不满意，请你顺便拿一个再盖上。"亦进笑道："不必了，陆先生我们也是早已闻名的。"说着，也就把那封信递给了他。

陆影接过信，托在手心掂了两掂，立刻就透出了满脸的笑容，背过身去，拆着信看。老王手撑了桌沿站起来，拍着手道："老陆，老陆，快拿过来我看看，信里有多少钞票，我们见财有份。"陆影笑道："你犯了钱迷了，这又不是什么挂号信、保险信，你怎么说起钞票两个字来。"老王道："你早就缺着钱，盼望唐小姐接济你，现在小唐的信来了，而且是派专人送来的，绝不能是一封空信，而且你

23

接着这封信的时候，脸上笑嘻嘻的，分明是有了收获。"口里说着，奔出了桌子来，老远地伸着手，就要去抢陆影的信。陆影似乎也有了先见之明，已是把那封信揣到怀里去了。

亦进看到他们这种情形，实在有些不入目，便和悦着脸色，向陆影道："陆先生可以回一封信让我带去吗？"陆影被他一句话提醒了，想起了小春在信上介绍的话，这就向亦进弯了一弯腰，笑道："原来你就是徐老板，我听到唐小姐说道，你是个拾金不昧的人，佩服佩服！请你在这里坐一会儿，我到楼上去写信。"说着，又将眉头皱了两皱，微笑道："我们社里人多，一时又找不到适当的房子，大家挤在一处，连一个会客的地方也没有。"亦进笑道："艺术家都是这样的，陆先生只管去写信，我在这里等一会儿就是了。"陆影急于要写回信，他是更不打招呼，一径向后面上楼去了。

那个老王见亦进一身布衣，又是个送信的，并不同他客气，大模大样地坐着，笑道："你在唐小春家里拿多少钱一月的工钱？"亦进笑道："三五块钱吧。"老王笑道："遇到送密码电报的时候，你就有好处了，至少要赏你一块钱酒钱。上两次送信来的，怎么不是你？"亦进笑道："我也是初在他们家上工。"老王笑道："听说有几个阔人捧唐小春捧得厉害，你知道花钱最多的是哪一个？"亦进笑道："我刚才说了，是初在他家上工，哪知道这些详情呢？"老王摇摇头笑道："哪一个歌女，都有她们的秘密，花冤钱的花冤钱，捡便宜的捡便宜。"说着又低了头去写他的信。

亦进在屋子里站了十分钟，有些不耐烦，就步行到屋子外面去站了一会儿。因为陆影那封信始终不曾交出来，又推了门进屋去看看，屋子里那位老王不知道到哪里去了，通后面屋子的门是大大地开着，那里有一道扶梯转折着上楼去，在楼梯下面地板之上，却是一方挨着一方的，铺了地铺，还有两位青年睡在地铺上，两手高举了一本书在看着。他们一抬头，看到有一位生人进来，立刻将门掩上。亦进本来想闯到楼上去看看的，这时见楼下就是这情形，楼上不会好到哪里去，只得依然在外面屋子里坐着。

这样足耗了一小时之久，才见陆影笑嘻嘻地手上拿了一封信出来，他虽然穿了西装，却也很沉重的，抱了拳头，向他作上一个揖，笑道："徐老板，一切拜托！"然后将那封信递到亦进手上。亦进看也不看，就揣到怀里去。陆影笑道："这封信里已经说明，送来的东西，我已经收到了；不过这封信务必请你私下给她，我想徐老板总有办法掩藏着吧？"亦进笑道："这个你放心，我一两天就要给唐小姐送一回书去的，我把信夹在书里头送去就是了。今天这封信是她等着要看的，我可以拿了这封信在莫愁轩门口等着她，晚上十点钟，她上场子的时候，总可以在门口遇着她的，那时，我不用说什么，她就会知道是送回信来的了。"陆影笑道："很好很好！徐老板这样细心，一切容我改日道谢。"亦进道："我这完全是为了唐小姐的重托，瞒着唐家妈，那是担着相当干系的，陆先生要谢我，那倒叫我不便说什么了。"他说着，把脸色正了一正，然后就点着头走了。

到了当日晚上，果然照着白天说的话，在夫子庙一带街上，来往地溜达着，不多一会子工夫，看到小春坐了雪亮的包车走到一家馆子门口停住，亦进赶上两步，还不曾近前，小春早是看到了，就站在街边的便道上，同他招了两招手，亦进走过去，她故意高声笑着道："徐老板，我托你找的书，现在找好了没有？"亦进也高声答道："书都找好了，我这里有一张书单子，请唐小姐看看，有合意的书，请你告诉我一声，我就将书送来。"说着，在怀里掏出那封信来，很快地就递过去了。小春也知道这话里藏着机锋，立刻伸手接过去，打开小提包来，将信封藏着，向亦进点了点头道："多谢你费神，明天下午，我到夫子庙你摊子上去拿书。"说着，向他丢了一个眼色，亦进不曾说得什么，小春已经走进酒馆子去了。

亦进站着呆了一呆，觉得鼻子头嗅到一种香气，将手送到鼻尖上闻了一闻，还不是手上的香味吗？这香气由哪里来，一定是陆影那封信上的。一个男子写信给女人，洒着许多香水在上面，那是什么意思，当时心里起了一种反应。把微波社那房子里的情形，同那封信漂亮的成分，联合在一处，便觉陆影这个人行为上，是一个极大的矛盾。心里想着，老是不自在。回得家去，情不自禁地，却连连地叹了几口气。

他所住的屋子，是一种纯粹的旧式房屋，中间是一间堂屋，两边却是前后住房，房又没有砖墙，隔壁的灯光由壁缝里射了过来，一条条的白光，照到亦进这黑暗的屋子里。随了他这一声叹气，隔壁屋子王大狗同道："二哥，你今天生意怎么样？老叹着气。"亦进道："虽然叹气，却不是为我本身上的事。"说着，擦起火柴，把桌上煤油灯亮了，灯芯点着了，火焰只管向下挫着，手托灯台摇晃了几下，没一点儿响声。咦了一声道："我记得出去的时候，清清楚楚儿地加满了油，怎么漏了个干净？"

隔壁王大狗随着这声音打了个哈哈。亦进望了木壁子道："我这门锁着的，是你倒了去了吗？"王大狗笑道："对不起，我娘不好过，有两天没出去做生意，什么钱都没有了，天黑了，一时来不及想法子打煤油，把你灯盏里的油，倒在我灯盏里了。"亦进道："怎么你这双手脚，还没有改过来。"王大狗笑道："我的老哥，对不起。自己兄弟，这不算我动手，你身上总比我便得多，你借几毛钱给我，让我买几两面来下给我娘吃，顺便就和你打一壶火油回来。"亦进还没有答言，又听到隔壁屋子里有人重重地哼了一声。

亦进伸手到衣袋里摸索着，掏出手来一看，却只有五毛钱和几个铜圆，因道："我就要睡觉，不点灯了。这里有五毛多钱，你都拿去吧。"王大狗手里提了油壶走过来，见亦进将那些钱全托在手心里，便道："你只有这些钱吗？"说时，伸手转了一下灯芯的钮子，亦进道："没有油，你只管转着灯芯有什么用。那还不是转起来多少，烧完多少吗？老娘病了，想吃点儿什么，赶快拿钱买去。"说着，把钱都交给了王大狗。他接着钱，向亦进道："二哥，你到我屋子里去坐一下子吧，也不知道我妈妈的病怎么了，老说筋骨痛，时时刻刻哼着。"亦进道："你去吧，我在你屋里陪着老太坐坐就是了。"王大狗还不放心这句话，直等亦进走到自己屋子里，然后才出大门来。

这时，天色黑沉沉的，飞着满天空的细雨烟子，那阴凉的夜风，由巷子头俯冲过来，带了雨雾，向人身上脸上扑了过来，直觉身上冷飕飕的。于是避了风，只在人家屋檐下走着。他因为母亲要吃花牌楼蒋复兴糖果店里的甜酱面包，自己顾不得路远，就放开大步子向太平路奔了去，当自己回来的时候，马路上的店家，十有八九是关上了门，剩下两三处的霓虹灯，在阴暗的屋檐下悬着，倒反而反映着这街上的凄凉意味。两三辆人力车子，悄悄地在空阔的马路中心走去，只有他们脚下的草鞋，踏着柏油路面上的水泥，叽喳叽喳响着。这夜是更沉寂了，这大马路上，恰又是立体式的楼房，没一个地方可以遮蔽阴雨的，自己把买了的点心包子，塞在衣襟下面，免得打湿了老娘吃凉的。

拔开了步子，向城南飞奔着走，走到四象桥，却看到前面有个女人，也在雨里走着，隔着路灯稍远的地方，看不清楚那女人是哪种人，不过可以看出她头上披了弯曲的头发，身上也穿了一件夹大衣，但是看那袖子宽大，颇不入时。在这样的斜风雨里，夜又是这样深，这女人单身走着，什么意思？这样地想着，恰好这桥上没有遮隔的，由河道上面，呜呜地吹来一阵风，把人卷着倒退了两步。那个女人紧紧地将两手拉住了大衣，身子缩着一团抢着跑了几步，很快地跑下桥去。

王大狗见了这情形，着实有点儿奇怪。心想这女人也是不会打算盘，把一身衣服全打湿了，不肯叫乘车子坐，这倒是那样地省钱，可是奇怪！还不止此，那女人到了一家店铺屋檐下，是一点儿可以避风雨的所在，就向人家店门紧紧一贴，躲去了檐溜水，竟是站着不走了。王大狗索性也挨了屋檐下走，借着路灯，就近看看她是什么人？不想到了她身边，她猛然地一伸手，将大狗衣服扯住。大狗愕然，正想问她干什么，她低声道："喂，到我家里去坐坐吧。"王大狗这才明白，不由得哈哈笑道："你也不睁开眼睛看看人说话吗？我穿的是什么衣服，你不知道吗？"说着，连连扯了两下自己的短衣襟。她道："哟，穿短衣服的人怎么样，穿短衣服的人不是人吗？是人就都可以玩一玩。"大狗叹了一口气道："是的，穷人也一样喜欢女人，可是腰里没有钱，从哪里玩起？"说话的时候，那女人的手还是扯着大狗的衣服。大狗叹过一口气之后，那女人把手才放下，随着叹了一口气道："你去吧。"她两手插在大衣袋里，双肩扛起，紧紧地向人家店门板靠贴着。

大狗向马路中心一看，街灯的惨白光里，照见那雨丝一根根地牵着，满地是泥浆，回头看那女人时，斜斜地站着，并没有要走的意思。便笑道："你也回去吧，天气这样坏，不有生意的。"她叹了一口气道："你怕我有福不会享吗？我倒不愁没钱吃饭，家里可有一个人，愁着没钱吃药。"这句话却把王大狗惊动了，回转来一步，向她望着道："你家有人吃药，是你什么人呢？"她道："你也不能救我，我告诉你有什么用？"说着，她将头偏过一边去，向马路远处看着，那边正有一个穿着雨衣的人，皮鞋踏踏地响着，王大狗笑道："不要耽误了你的生意，我走开了。"他嘴里说着，又不免回头好几次，看她和那来人的交易怎样。

不想就在这个时候，一辆汽车由南而北直冲过来，将路上的泥浆溅得丈来远、四五尺高，大狗离着那车子不远，溅了满身的泥点。还有一块泥浆，不偏不斜地正好溅在自己嘴唇上，大狗骂了一声混账东西，抬头看时，汽车一溜烟地跑得远了。这就高声骂道："有钱的人坐汽车，马路上开快车，没钱的人走在一边，老远地让着，让得不好，还要吃泥。马路是你们出钱修的，这样威风！"说时，身后有人低低地道："不要骂了，仔细警察过来了，会送雪茄烟你吃的。"

王大狗回头看时，那女人又跟着来了，因问道："怎么着？你也要回家了吗？"她道："我倒想在街上再站一下，但是遇到的，也不过是你这一样的人！我家里那个病人，离开我久了，还是不行。"大狗道："你家也有一个病人，什么人病了？"女人道："别人病了，我犯得上在雨里头来受这个罪吗？无奈她是我的娘。"大狗是慢慢地走着路和她说话的，这就突然站住了脚，向她望着道："你这话当真？"女人道："我也犯不上骗你。骗你，你也不能帮助我一块八毛的。"大狗顿了一顿，笑道："不是那样说，你猜我为什么这样夜深，在风雨里跑着，也就是为了家里有一位生病的老娘。我们是同病相怜，所以我问你真不真。你府上住在哪里？"女人道："我住在府东街良家巷三号，你打算给我介绍一个人吗？到路灯下去看看我吧，我总还让人家看得上眼。"大狗笑道："干这一行买卖，我外行，我有一个老东家，是一位有名的医生，世界上人，生得什么奇奇怪怪的病，他都能治。有时候，死人也都治得活，真的，死人他都治得活。"说毕，一阵呵呵大笑。女人道："若真是有施诊的医生，我倒用得着。"

大狗道："你贵姓?"女人道："我姓荣。荣华富贵的荣。"大狗笑道："你还认得字?"女人道："认得字。不认得字还不会做坏事呢!"大狗道："怎么个称呼呢?"女人道："也取了个做生意的名字，叫秀娟。你到了那里去，不要叫秀娟，找阿金，就找到我了。"大狗道："我也不是那样不知好歹的人，连大嫂子也会不称呼一句。"阿金笑道："什么大嫂子，我还没有出阁呢!"大狗笑道："哦，你倒是一位大姑娘，今年贵庚?"阿金道："年岁可是不小，今年二十四岁了。"大狗道："大概你也像我一样，我是为了养老娘，活到三十岁还没有娶老婆，我们是天生对儿。"阿金呸了一声道："短命的，我以为你是个好人，你倒占老娘的便宜。"骂过了这一声，她放开大步子就走向前去了。大狗站着看了一会子，叹口气道："人穷了，有好心待人，人家也是不相信的。"这时，雨更下得大了，放开了步子，赶快就跑回家了。

走在堂屋里，就听到亦进从容容地和老娘谈话。走进门来，抱着拳头，连连向他拱了几拱手，笑道："多谢多谢!"亦进笑道："老娘是闷得慌，我说了两段笑话给她老人家听，她老人家的精神，就跟着好起来了。"大狗看他娘时，见她靠了卷在床首的被服卷儿，半坐半躺着，手里捧了个茶杯，还带着笑容呢。只看那两颊的直皱纹，已是拥挤在一处，便可以知道她脸上皮肤的紧凑与闪动。在衣襟底下，摸出点心包来，两手送着交到母亲手上，笑道："妈妈，你老人家尝尝，真是蒋复兴家的点心。"王老娘接着点心包子看了一看纸是干的，笑道："外面没有下雨吗?"大狗道："下雨是下雨的，我藏在衣襟底下，雨淋不到。"王老娘听说，放下茶杯，在床沿上将巴掌放平了，比齐眉毛掩了灯光，低头向大狗身上看着，因问道："怎么你身上也没有让雨打湿呢?"亦进看大狗身上那件蓝布短夹袄，淡的颜色，已经变成深的颜色，分明是雨水湿遍了，没有一块干燥的，唯其是没有一块干燥的，所以老娘也不感到他身上淋着雨了。自己呀了一声，正想交代什么，大狗立刻丢了一个眼色，笑道："朋友借了一件雨衣我穿呢。我去烧一壶开水给你老人家泡茶喝吧。"王老娘笑道："好的，我还不睡呢。徐二哥谈狐狸精的故事，很有趣味，我还要听两段呢。"

王大狗走出去了，站在堂屋里叫道："二哥，你来，我有一句话同你说。"亦进走出来了，大狗握了他的手，低声道："温水瓶子里有热水，还用不着烧，请你多说两个故事给我娘听听，我要出去走一趟。至多一个半钟头我就回来。"亦进道："快十二点钟了，你还到哪里去?"大狗道："不要叫，务请你多坐一会子，我实在有要紧的事。"说着，也不等亦进的同意，径自向外走去。他这一走，在无事的深夜，可也就有了事了。

第四回

登门送款穷汉施仁
远道索书青年露迹

　　秋天的夜里，加上了一番斜风细雨，只要是稍微有感觉的人，都会感到一种凄凉。徐亦进究竟是念过几句书的人，坐在王大狗的屋子里，抬头看到黢黑的屋瓦，破破烂烂的瓶子罐头，堆满了的黑木桌上，放了一盏豆大火焰的煤油灯，这边几根木棍子撑的架子床上，躺着一位枯瘦如柴的老太太，听着外面檐溜滴滴答答响着，那真说不出来心里头是一种什么情绪。先是找着笔记上几则谈狐狸的事，添枝添叶地说给大狗母亲听，说得久了，这衰老的病人，究竟是不能支持，渐渐地有点儿昏沉。她是耳朵里听着，鼻子里哼着，当是答应。其后鼻子不会哼，只是把头点点。最后头也不点，亦进也就不再讲故事了。为了大狗有话在先，请他看守着母亲，因此老太太睡着了，他依然不离开，环抱了两手，斜靠在椅子背上打瞌睡。

　　蒙眬中觉得嘴唇皮子上，有一样东西碰了一碰，睁开眼看时，却是大狗站在面前，将一支雪茄烟伸来。便站起来笑道："你这家伙做事，怎么这样荒唐？说了去一会儿就来的，怎么混到这半夜才回来，老娘还病着呢！"大狗笑道："也就因为你在这里，所以我很放心。"亦进道："哪里弄来的雪茄？"说着，接过雪茄来，反复地看了一看，笑道："还是没有动的。"大狗伸手到怀里去，一把掏出四五支雪茄来，笑道："够你过四五天的瘾了。"亦进道："你连替老娘买药吃的钱也没有，有这闲钱，买许多雪茄烟送我。"大狗笑道："这时候哪里来的钱可买？这是我在一位朋友那里拿来的。蒙那朋友的情，借了几块钱给我，明天早上请你上奇芳阁。"亦进道："夜不成事，你怎么半夜里敲门捶户去向人家借钱？"大狗道："唉！这位朋友，他有一个怪脾气，非到晚上，他的银钱是不能通融的。"亦进道："哦，原来是个鸦片鬼。"大狗笑道："管他是烟鬼还是烟神呢，这个日子肯送钱给穷人养娘的，就应当感谢他。天气不早了，你该去睡觉，明天早上在奇芳阁见；不过请你在那里等我一等，九点钟以前，我还要去看一个朋友。"亦进笑道："我倒不相信你突然大活动起来，今天半夜里去找朋友，明天一早又要去找朋友。"大狗笑着，可没说什么。亦进也是倦了，摸进房去睡觉。

大狗掩上了房门，却狂笑了一阵。把老娘由蒙眬中惊醒，睁开眼问道："你看，这孩子吓我一跳，睡到半夜里，梦着捡到了米票子吗？"大狗笑道："为什么要做梦，我就硬捡到了米票子。你老人家要吃什么，明天早上我给你买去。现在身上舒服了一些吧？"老娘道："徐二哥在这里陪了我半夜，人家真是一个好朋友，总是人家帮你的忙，将来你也把什么帮帮人家的忙。"大狗道："总有一天，我要大大地帮他一下忙。"老娘道："你不要打那个糊涂主意了，哼。"在老娘这一个哼字之下，大狗也就收起了他的大话。

这晚下半夜，大狗娘睡得很舒适。到了次日早上，大狗伺候着老娘漱洗过了，又斟了一杯茶母亲喝。见母亲已经清醒多了，就把老娘在床上移得端正躺下，将被头在老娘身边牵扯好了，笑着低声道："妈妈，你昨晚上睡得太晚，今天早上补一场早觉吧。"老娘点点头，大狗看到老娘是十分地安稳了，也就放了心走出去。他并不是到夫子庙奇芳阁去，却折转了身子，向府东街良家巷子走去。当他到了那三号人家门口看时，却是一字门楼，进门便是阴寂寂的堂屋，看那屋子里摆得杂乱无章，桌椅板和洗衣盆茶壶炉子，不分高低地挤在一处。堂屋左右，都还有人家住着，却垂了由白布变成了灰布的门帘子，看不到里面。

站在门口，咳嗽了一声，却看到右边门帘子一掀，伸出一颗连鬓胡子的胖脑袋，向这里张望了一下，瞪了一双大圆眼睛问道："找哪一个？"大狗心想要说是找阿金，对了这么一个张飞模样的人去说，恐怕是自讨没趣，因之站定了笑道："这里有一位荣老太吗？"那胖子道："什么老太？找阿金的。"他不答复大狗的话，却把头向帘子里一缩。大狗虽感到他这人无礼，可是也就证明了阿金是住在这里的。自己替自己解释了一下，怕什么？无论如何，我也不像一个寻花问柳的人。

看到堂屋角上，有一个小女孩子蹲在地上扇炉子，便笑道："小姑娘，阿金家里住在这里吗？"那女孩子听到他问阿金，微笑着向他瞅了一眼。大狗倒红着脸，有些难为情。因道："我是替她家找医生来的。"小女孩子好像很稀奇，丢了扇子，向旁边一间小屋子里奔了去，口里还叫道："妈，你看，有人替阿金娘找医生来了。"大狗不想连问两个人，都不得要领。向堂屋后面看去，还是一重天井，一个挑水的挑了两只水桶，径直地就向后面走，大狗料着后进还有不少住家的，跟着水担子直奔到里面天井里站着，却见屋檐下面，有尺来宽的所在，在石阶上陈列着一个炉子，炉子上放了药罐子，热气腾绕着，老远就有一股子药味扑入鼻端。看那屋檐下的窗户报纸糊着，有许多大小窟窿，却在那窗子横档上搭了一条花绸手巾，和那漆黑的木头窗户格子，不大相称。

心里一动，就老远地向那窗户叫道："阿金姐在家吗？"果然窗户下面有人答应着："哪一个？"大狗心里头一喜，迎上前道："我请了医生来了。"那阿金在窗纸窟窿里，早向外面张望得清楚，咦了一声道："这个人真找上门来了。"她说着话，迎到天井里来。大狗看她穿了青布裤子，蓝布短夹袄，又是一番装束。虽然脸皮黄黄的，眉目生得倒也清秀；尤其是微笑时，两排齐整的白牙齿，是穷人家少见的，笑道："你认不出我来吧？"阿金将手理着头上的乱发，因笑道："我听得出你的声音。"大狗看看上面还有一座小堂屋，拣小菜的拣小菜，洗脸的洗脸，还坐了好几个人在那里，而且那眼光，都是射到阿金身上的。因笑道："实不相瞒，我就是一个倒霉的江湖郎中，你老太太在屋里吗？"阿金手扶了堂屋门，向他周身上下看了一眼，因问道："你要进去看看？"大狗笑道："我这个医生虽然自荐自，并不要钱，看过了之后，你相信我，我就拣几样草药奉送；你不相信我，我是板凳也不坐一下，免得沾了灰，立刻就走。"

阿金听了这话，倒是微微地笑着，却没有说什么。那在堂屋里

33

拣菜的，有位老太婆，便道："这位医生话也说尽了，你就引他进去看看，要什么紧。"阿金向大狗点点头笑道："医生先生，你就进来吧。"大狗随着她走到了屋子里去看时，见她那屋子里的破烂，比自己家里还要过分些。这里只有一张剩着两个框框的两屉小桌，相对地摆了两张竹床，竹床上铺着破烂棉絮套子，左边床上睡了一位老妇人，正也是像自己母亲一样，瘦得像只骷髅，只有两只眼睛眶子，披了满脸的斑白头发，不住地哼着，哼得那破棉絮套，一闪一闪的。

大狗一看竹床之外，只有一张方木凳子，上面放了茶壶茶杯，和破碎的点心渣子，休想坐下身去。见阿金一手撑了门框，对自己望着，正待开口，大狗早由怀里取出一卷钞票，将手托着，笑道："这是我的丹方，也是我的汤药。"说着把声音低了一低道："不要让人听到，你接了过去。"阿金看那钞票面上一张是五元的，估计估计，有四五十元，这却认为是件出乎意料的事。只近前了一步，没有伸手去接，对他周身上下，又看了一遍，微笑道："你别和我闹着玩？"大狗向床上看看，又向阿金周身看看。因笑道："我吃了饭没事干，跑到你这种人家来开玩笑。"

阿金接过钞票来，将指头拨了一拨钞票角，约有十张上下，因笑道："我实在谢谢你，我娘睡着了，我现在不能出门，你在哪里等我，一会子我来找你。"大狗听了这话，倒有些愕然。望了她道："据我想，有四十一块钱，你这样的家，至少可以维持一个月，为什么还要和我商量？"阿金笑道："一个人不知足，也不能不知足到这份地步。我的意思，你有什么不懂，难道还装什么傻？"说着，向大狗望了一眼，微微一笑。大狗连连点头道："哦，我明白了，我的大小姐，你聪明人说糊涂话，你看我王大狗这一副形象，像个在外面玩笑的人吗？你真那样无聊，见菩萨就拜。"

阿金被他这样一说，倒是脸上一红，不过手上还捏着人家一卷钞票呢，怎好说是人家言重了。便笑道："不过……我们这笔账怎么算呢？"大狗道："算什么账，我送你的，不要叫吧，让人听去了，恐怕与你有些不便。"阿金道："你也不是什么有钱的人呢？花你这么多钱，叫我很不过意。"大狗道："你为什么不过意，只当我是你一个客人，多花了几个冤钱就是了。"阿金笑道："你这人真不会说话。"大狗道："要会说话干什么？我也不卖嘴。"大狗说毕，扭转身子就向外走。

阿金随在后面，直送到大门口来。到了门外，赶紧地追上两步，将大狗的衣襟牵了一下，大狗回转头来，站住了脚问道："你还要问什么话？"阿金笑道："你放心，我身上没有毛病。"大狗皱了眉，连连顿了几下脚道："唉，你这人怎么这样想不开，我大狗子要转你的念头，趁着你等钱用的时候，送你十块钱，还怕你不依吗？我是可怜你一点儿孝心，帮你一个阵，你不要看我这一身破烂，以为就不配帮你的忙。做好人不在衣服上分别，我想你也不至于那样势利眼？"阿金又把脸涨得通红，两个眼珠角上，带着两颗眼泪水，恨不得立刻要流出来。大狗笑道："你说过的，我不会说话，你不要见怪，我实在是一番好意，除外并不想什么。"阿金笑道："哪个怪你呢？没有事请到我家来坐坐……"说着，将头一扭，笑道："我这话也叫白说，我这么一个穷家，除了没个坐的地方不算，而且有些屎臊尿臭，怎好请你来坐？我这人也是大意，不是你大哥自己说出来，我还不知道你贵姓呢？府上住在哪里？我倒要……"说着，又摇了两摇头，笑道："这也是笑话，我怎好到你府上去？这样看起来，我们只有在街上站着谈谈话了。"

大狗笑道："我们还站着在街上说话干什么？"阿金道："咦，难道你帮了我这样一个大忙，从此我就不认识你了吗？如今男女平权，我和你交个朋友，总是可以的。莫非你瞧不起我这种人，不愿和我来往。"大狗笑道："笑话，我一双狗眼，只有见了人就奉承，哪有瞧不起人的道理。我也不愿和你说实话，假如把实话说起来，也许你要瞧不起我呢？"说着话，抬头看到对面小剃头店里放在桌上的小马蹄钟，已经到了九点一刻，便笑道："奇芳阁有朋友等着我呢，改日见吧。"他说毕，就拔步走开。阿金虽然在他后面高声大叫了几句，但他并没有听到，径直地就向奇芳阁跑来。

当他走上茶楼的时候，亦进同毛猴子早在茶座上对面坐着了，大狗向桌上看去，除了两只盖碗，两只杯子，桌面上精光，便笑道：

"你们瞧不起王大狗，吃了东西，怕我不来，要自己掏腰包。"亦进笑道："要是怕你不来，我们也不会在这里等你了。"大狗在下首笑道："那是你们更看不起我了，知道我会来你们不肯吃点心，怕我做不起这个茶东。"毛猴子向他脸上看了看，微笑道："昨天晚上十点钟的时候，你还穷得要命，睡了一觉起来，你就有了钱了，这事有点儿奇怪。"大狗倒没有睬他，却很快地向亦进睃了一眼，亦进把鼻子哼着，淡笑了一声，却没有说什么。

大狗透着不自在，叫乾丝，叫牛肉包子，叫面，只管请两位兄弟吃喝。亦进微微地蹙起了两道眉头子，缓缓地喝着茶，只吃了两个干烧饼，大狗见他的脸色，始终是向下沉着的，不敢和他多谈，只是同毛猴子胡扯。毛猴子笑道："你看河下来货怎么样？"大狗道："卖菜这生意，总是要赶早，你看我老娘，十天倒有七八天生病，这生意不好做，我想找一笔本钱在门口摆个香烟摊子，糊了口，也照顾了家。"亦进道："你这话迟说了一天了。昨天早上，你要说这话，我一定厚着脸向唐家妈借一二百块钱来帮你这一个忙。"大狗笑道："现在说也不晚啦。"亦进道："现在你不用借钱了。再说从今日起，我也不想在社会上交什么朋友。"说着，站起身来向毛猴子道："你带了钱没有？最好是你会东。"毛猴子笑道："改日请吧，我像二哥一样，今天没有带多少钱出来。"亦进昂着头长叹了一口气，径自走了。

毛猴子笑道："这家伙又犯了他那一股酸气。"大狗道："还要提呢，就是你一句话把他点明了，昨晚上他都不怎么疑心的。"毛猴子低声道："果然地，昨晚上你找外花去了。"大狗皱了眉道："提它做什么，我也是没奈何，而且也不是光为了我自己。"毛猴子笑道："你有多少钱的进项？拿出来花掉了算事，以后不干就是了。"大狗道："当然我不打算存钱；但是我很后悔不该做。"毛猴子道："回去吧，今天两餐饭，我还不知道出在什么地方呢？"

大狗会了茶账，同毛猴子一路上街，也不过经了七八家铺面，却看到亦进站在人行路上，和唐小春说话。毛猴子笑道："喂，大狗，借了这机会，向小春恭维两句吧。真要是那话，二哥哥出面子同你向唐家借几文本钱，你就该老早地联络一下。"大狗笑道："借钱我没有这念头，靠了她娘在夫子庙的声望，介绍一个小事情做，也是好的。"说着话，已经走到了亦进背后，取下头上那格子布一块瓦的帽子，向小春深深地点一个头，接着还叫了一声唐小姐。

小春正在低声和亦进说话，又有一封信要他送给陆影，猛然抬头，见大狗那矮胖子，黄中带黑，额头凸起，凹下两只圆眼，扁圆的脸，一张大厚嘴唇，脸角上还长了一粒豌豆大的黑痣，穿一套半旧青布短夹袄夹裤，还有两三处绽了补丁，便翻眼瞪了他一下道："做什么？又想讨几角钱呢？"亦进回头看到大狗，便笑向小春道："这不是夫子庙上的瘪三，是个做小生意的。"小春还没有了解他的话，还是瞪了眼道："我又不认得他，要他叫我做什么？"大狗红着脸，回头一看毛猴子已是不见。心想着，无故碰她的钉子做什么？也就只好扭转身子向回走。亦进也觉得小春这表示太骄傲了一点儿。便笑道："这两个人是我的朋友。"小春笑道："徐老板为什么同这种人交朋友。我看他五官不正，不像什么好人？"亦进只是微笑笑，没答复她这句话。小春道："刚才我交给徐老板的这封信，最好是今天下午六点钟以前，讨他一个回信，可以吗？"亦进本来要说两句话加以解释的，见小春向自己露着白牙微微一笑，要说的话又忍回去了。小春再问一句道："可以办到吗？"亦进道："这不成问题。"说话时，回头看到毛猴子和大狗还远远地站着，便向小春点了个头告别，追上他们说话。

毛猴子笑着弯了腰，拍着手道："没想到我劝大狗去联络联络人，碰了这样一个大钉子回来。"大狗红了脸，将颈脖子一歪道："唐小春是什么好东西？秦淮河上传代当娼的，她瞧不起我，哼，我才瞧不起她呢。"毛猴子笑道："你瞧不起她有什么用，人家身上有皮，腰里有钱，你没法子动她一根毛。"大狗道："哼，不能动她一根毛，总有一天，叫她知道我的厉害。"毛猴子笑道："你有本事，拦着她，不许她在夫子庙大街上走路。"大狗笑道："各凭各的本事。"亦进将脸板着喝了一声道："你吹什么？你那个本事，我知道。我们交朋友的时候，我怎么劝你的，若是像你这样没有出息，我不能和你交朋友。大街也不是辩论是非的地方，我们回去再说吧。"大狗先是默然，后来看到他的脸色越来越沉重，便道："二哥自然是个君子，但是你做的事，就没有一样可以道论的吗？"人随了这句话转着身子，话完了，人已走去很远。

亦进站在街上出了一会儿神，接着叹了一口气，在这天做生意的时候，他不断地想着心事，大狗说的话，自有他的意思，可是自己相信，并没有做着朋友们可以道论的事。自己有些不愿干的，除非就是给唐小春、陆影两人传信的这件事。坐在夫子庙书摊子上，一人不住地发愁。最后想着，管他呢，用消极的手段来破坏他们，就说没有找着陆影，把这封信退还给唐小春去。他两手抱在怀里，眼望了前面出神。老远地却看到陆影和一个穿运动红线衣，披了长头发的女子走来，离着书摊子不远，在人丛里面分手了。

亦进心里一动，只当没有看见，依旧那般环抱了两只手膀子出神。陆影走到面前，深深地点了个头，向他笑道："徐老板，生意好。"亦进站起了回礼，笑道："陆先生有工夫来逛夫子庙？"陆影笑道："当然不会有那闲工夫，我是特意来会你的。"亦进拱拱手道："那就不敢当了。"陆影回转头向周围看了一看，笑着低声问道："她有信给我吗？她口头说了什么没有？"亦进要想说没有信，脸上先带了一份犹豫的样子，沉吟着道："此外她没有说什么。"陆影道："啊，信在你身上，就请交给我吧。"亦进没说话时，手已伸到怀头去掏摸着了。陆影笑道："果不出我所料，她有信了。"说着，隔了书摊子伸过手来，当亦进把信拿出，他看到洋式小信封很是扁平，脸上便透出了一番失望的样子。因问道："她没说什么吗？"他说着话很急促地将信封撕开，抽出信来，就微侧了身子背着亦进看信。

亦进虽不知道小春给他的信上说了些什么，可是陆影在看信之后，两脚在地面上一顿，叫道："岂有此理？"说完之后，他又把信看过了一遍，然后回转脸来向亦进问道："她交信给你的时候，没有说什么话吗？"亦进笑道："陆先生第一句问到我这话，我就这样地答应了，她交信给我的时候，并没有说什么。"陆影笑道："对了，你是对我这样说了的。不过我心里头有了事，乱七八糟，你对我说的话，我都忘记了。哦，她没有说什么。她信上说，要我赶快回一封信，我怎么能在路上写信；但是我要说的还是那几句话，再写也是重说一遍。就请你告诉她，我说的那个数目，实在是至少的限度了，她见着我，我一解释，她就明白了。要不，我今天晚上十二点钟，等她下了场子，在小巴黎等着她？"

亦进正着脸色道："陆先生我要站在旁观的地位说一句话，唐家妈在这一个礼拜以来，进进出出都注意着三小姐，为了什么，大概你也明白。三小姐对人说，你已经到北平去了，把你说得在远远的，免得家里人不放心。不要说小巴黎那是歌女茶客会面的地方，许多眼睛看得到，就是陆先生这时候到夫子庙来，未见得就可以瞒住人。"陆影红了脸道："夫子庙这地方，不许我来吗？为什么我要瞒着人？"亦进道："陆先生不要误会了，我的意思是说这事传到唐家妈耳朵里去了，她就寸步不离地看着三小姐了。那时不但陆先生见不着她，就是我传书带信也不大方便吧。"

陆影抬起右手，将两个指头在下巴上钳胡茬子，钳一下，将指头在脸腮上扎一下，以试验胡茬子是否钳了下来。听了亦进这话，扬着下巴，这小动作是加紧地做着。另一只手插在西服裤袋里，就是这样地出神。亦进和缓着声音道："陆先生，你把我这话想一想，三小姐虽是整日地花天酒地，她心里头是很痛苦的。"亦进这句花天酒地，本来是形容她应酬之忙，可是经陆影一多心，可又节外生枝起来了。

第五回

惜浪费局外进忠言
具深心席前作娇态

在这时候，恰是有几位顾客向书摊子上买书，亦进做生意去了，把陆影丢到一边。陆影将两手插在西服裤袋里，斜站了身子，向亦进望着。偏是那批买书的去了，又来一批买书的，尽管陆影两只眼睛射到他身上，他并没有什么感觉。直等他将书卖完，回转头来看到了，这才向陆影笑道："陆先生还在这里啦？我以为你走了？"陆影道："我问你的话，还没有得着一个结果，怎么好走开呢？请你告诉她，无论如何，要给我一个回信，根据你的话，不在夫子庙见面也好，请到新街口俄国咖啡馆子里去谈谈，时间要在她上场子以前，就是九点钟吧。"亦进笑道："她……"陆影道："我知道，你说她那时候没有工夫，其实她也不过是陪了人看电影、打弹子，暂时谢绝别个人的约会一次，那也没有什么要紧？"他说着话时，把脸色沉下来了。

亦进淡淡一笑道："陆先生对我生气，是用不着的呀！我不过是个传书带信的人，我并不能做主。我说她不能来，这是实在的情形。"说到这里，又笑起来道："说一句开玩笑的话，陆先生还是不大应当得罪我；你得罪了我，我不和你传书带信，临时你想找这样一个特号邮差，还不是一件容易的事吧？"陆影立刻收起了忧郁的脸色，笑道："这是徐老板误会了，屡次要你跑路，感谢你都来不及呢，怎能怪你？"亦进笑道："感谢可不敢当，只要陆先生少出难题目我做，也就很看得起我了。"陆影道："难道说叫小春九点多钟来会我一面，这是一个难题目吗？"亦进道："陆先生是位戏剧家，把什么人情都看个透彻，这点儿事还有什么不知道的吗？"陆影道：

40

"纵然你带信的事让小春的娘知道了，这也没有什么了不得的过失。信是她女儿写的，事是她女儿做的，难道她拘束她女儿的自由，连别个的自由，也是要拘束吗？"亦进笑道："这不是人家拘束的问题，是自己能不能冒着嫌疑去干这件事。"陆影不由高声叫起来道："这有什么嫌疑，这有什么嫌疑？"

亦进看看这书摊子前后，不断地有人来往着，让他在这里喊叫，不大方便，因点着头道："好吧，你再过两三点钟，到我这书摊子上来问消息。"陆影抬头看了看天色，沉吟着道："现在已是不早了，再要过两三点钟，天色就太晚了。"亦进道："七点钟的时候，我在九星池澡堂里等着你吧。"陆影将眉皱了几皱道："那时间太晚了。不过，也得到那时候，我不能叫你徐老板老早地收起摊子来，替我办事。不到六点多钟，你也看不到小春，七点钟这个约会，倒是不相上下的。"亦进见他说着话，两手插在西服裤袋里，却是不住地来回走着，看那情形，心里是十分着急。便道："陆先生，你放心，我这个人是不随便答应人的。答应了你会面的时间，我一定在九星池等着你，假如我失信不到，下次你见着我，可以把我的书摊子掀倒它。"陆影觉着不能再有什么话可说了，只好微笑了一笑，离开书摊子。

亦进坐在书摊子里面，将两只手抱了膝盖，沉沉地想了一会儿，也不知道沉思过多少时候，回转头来，却看到王大狗笼了两只袖子，在书摊子前面很快地走了过去，正奇怪着，转了半个弯儿，他又回走过来了。亦进道："什么事，找我吗？"大狗笑道："刚才这个人，是不是你说过的那姓陆的？"亦进道："诚然，怎么样？你看着不顺眼？"说话时，脸色可是沉下去的。大狗笑道："你还生我的气呢。不过我又要多一句嘴，这姓陆的并不是什么好人，你不要替他传带信。本来，唐小春也不是什么好东西，在别人身上刮了几个钱来送给姓陆的，算是一报还一报；不过你这样规规矩矩的人，犯不上混在他们一处。"

亦进听着这话，脸色倒是红了一阵，强笑道："你倒很注意我的行动，你整天的不做事，就是这样在夫子庙看守着我吗？"大狗笑道："那我就不敢当，不过二哥劝我们做好人，我也可以劝劝二哥做好人。凭二哥这样的人，唐家人全信任你，将来让人说上你几句坏话……"亦进摇着手道："不用说了，不用说了，我一定把这差使回绝掉。"大狗不加可否，带着笑容走开了。

亦进做着生意，不住地生着自己的气。到了下午五点多钟，提前把书摊子收拾了，就向唐小春家来。老远地就看到小春斜侧了身子，靠了门框站着，右手叉着腰，左手托着腮，沉着脸色，好像是用心在想着什么。走近了一点儿，让她看到，她立刻满脸堆下笑容来，连点了两点头，亦进走到她身边，回头看看身边没人，因道："三小姐，我有一句多事的话，请你原谅。"小春望了他，有些愕然。亦进道："三小姐，你觉得陆影为人怎样?"说这句话时，将嗓音沉着了一点儿，同时也把脸色沉下来。小春道："怎么样?他说了什么话得罪了你吗?"亦进笑道："我也不能那样小气，他说了我几句话，我立刻就说他为人不好吗?原先我也不知道他为人如何，是这两天，我看到他不住地向你逼着要回信，觉得他逼得太厉害了。"

小春听了这话，立刻脸上一红，两只眼睛里水汪汪的，随了这点儿意思，把头低了下去。亦进道："刚才他跑到夫子庙找我来了，看他那意思，大概是等着一笔款子用，接到三小姐的信，他很是失望，一定要在场子上找你。"小春听到，对亦进望着，似乎吃了一惊。亦进道："我当然不能让他那样做，再三地说，这样做不妥当。这样，他才变通办法，要约三小姐在新街口俄国咖啡馆会面，时间约的是九点钟，我又说一句了，去见一见，这倒没什么关系，可是三小姐不答应给他钱，恐怕……"说到这里，没接着向下说，却报之以淡淡地一笑。

小春道："这件事也难怪他，他是个艺术家，向来就不大会储蓄款项，上个星期，他母亲在上海病倒了，托亲戚送到医院里去了，一天要花上十块钱，他在南京，又没有很多的朋友，不能不找我帮忙。"亦进道："哦，是他老太太病了，不过我看他那样子，好像并不怎样发愁。"小春笑道："他究竟不是小孩子，不能心里有事见了人就哭。"亦进道："不管怎样吧，信我是替三小姐带到，但是我为

42

三小姐着想，今天九点钟这个约会，最好是不要去。这件事若是让唐家妈知道了，我负不起责任。"小春道："她决计不会知道的。就是知道了，责任由我负。"

亦进正着脸色道："我说句不知进退的话，我比三小姐多吃两年油盐，事情总见得多一点儿，你的钱虽然比我们宽裕些，可是由人家手里转到你手里，也很要费些心事，你怎么这样轻轻便便地去送礼；而且你这样送礼，他也未见得感你的情。"小春道："这是你误会了。"亦进道："是我误会了吗？我想着，由我手上送交给陆影的钱，已经一百元开外了吧？若是照你唱戏的包银说，已经去了三分之二了。今天晚上，他还要同你要钱，当小姐的人，面软心软，你见了他，他和你一告哀，你能不帮助吗，这样，一个月的戏白唱了。自然，你不靠着包银过日子，可是这一百多元，真凭力气去换的，该就够穷人一年的血和汗。三小姐，你真觉手上的钱存着太多，愿意花几文，南京城里，不用说了，就是秦淮河两岸，哪里不是穷人，你随便……"小春当他啰里啰唆说着的时候，却是不住地前前后后张望着，而且也紧紧地皱起了两道眉毛，满脸带着不高兴的样子。他说到这里，就拦阻着道："你的好意，我知道。不过朋友有急难的事，互相通着来往，这也是人情之常。我当然比他方便得多，借一二百块钱给他，也不出奇。"亦进背了两手在身后，昂着头淡笑一声道："借钱，这钱恐怕是刘备借荆州，有去无还。"说着，在大门口路上，来去地踱着。

小春抬起一只手来，高高地撑了门框，将右脚尖伸出去，轻轻地点着地面，也笑道："这个我知道，我根本没有打算他还我的钱。我为什么对他这样慷慨，不拿这钱做点儿好事呢？那是因为我和他友谊很深，够得上我这样对他慷慨。再说明白一点儿，我爱他，徐二哥，徐老板，徐二先生，你再没有什么可说的了吧？"亦进被她数说了一顿，脸上通红着，直红到颈脖子上来，强笑道："三……三……小姐，你……你生气，我也要说，你将整卷的钞票送人，也要看人家做什么用，你送给陆影，那是把钱丢下臭阴沟去了，我可声明一句，送信这是最后一次，以后我就不管了；不但我不愿意白费你的钱，我也不愿为这个得罪唐家妈。"

小春本来站着听他的话的，把脸色沉了下去，听到他说要告诉唐家妈，这就把脸色和平起来，带了笑容道："徐二哥怎么啦？我没有把什么话得罪你呀。"亦进笑道："三小姐，你这话越说越错，我若是因为你说话得罪了我，我就不和你送信，显见得我是一个自私自利的小人。老实说，我不愿意你做这傻事。那位陆先生，与我并无什么仇恨，我也不愿多说他的闲话，希望三小姐听了我的话，派人去调查调查他的行动。唐家妈在夫子庙上，是数一数二的人物，岂能让别人占了便宜去。"他越说越把声音提高，吓得小春不住地回头向屋子里看着，不觉得十指抱了拳头，学着男人作揖，笑道："徐二哥，你请便吧，你的话，我都记住了。"亦进站着向小春脸上看了一看，点头道："我知道，不能让唐家妈知道。其实，她老人家见多识广，你不应当瞒着她的。"小春将脚轻轻在地上顿着，皱了眉道："我晓得，我晓得。"亦进笑了一笑，自走去。

约莫走了三四户人家，听到后面脚声，回头看时，小春跑着追上来了，低声笑道："他约我在哪里会面，新街口俄国咖啡店？"亦进道："对的，你记住了。"小春红着脸道："我问一声，并不是就去，他约的是九点钟吧，我快上场子了，哪里能跑到新街口去。"亦进道："九点钟，俄国咖啡馆，时间地点全对。"小春站着没作声，把上牙咬了下嘴唇，很默然地望着亦进。亦进道："三小姐，你是个聪明绝顶的人，许多新闻记者，在报上都常常这样地恭维你，你可不要……"说着，点点头，微笑一笑，自走开了。

小春被他左一句右一句反复地说着，倒说得没有了主意，在右胁下纽扣上取下一面手绢，左手拿了手绢角，在左手中指头上，只管缠着。亦进走了十几步，却又猛可地回转身来，向小春走近，沉着脸色道："三小姐，我的嘴可直，听不听在乎你，九点钟那个约会，你千万别去。你若是去了，不花个一百二百元，我看这问题解决不了。"说毕，匆匆地走开。

走到巷口子的时候，迎面看到二春，夹住几个纸包走了来，想到自己做的事，有点儿尴尬，两只脸腮上，同时泛起两朵红云，闪在大街一边，鞠着躬道："二小姐刚回来。"这一个刚字，本无所谓，是临时想的一句应酬话。二春看看他的颜色，便站住了脚，向他笑道："徐二哥在我家来吗？等了好久吧？"亦进道："没多久，只是在门口站了站，同三小姐……在门口把书接去了，我没有进去看唐家妈。"二春笑道："我倒是不大出门。"说着眼皮一撩，向地面看着。亦进答应了两个是，就点头告别了。

可是走了几步路，他又回转身来，追着二春后面问道："二小姐，咦！二小姐……"他口里说着，脸上泛出一片尴尬的笑容，红着脸尽管点头。二春虽不知道他的命意所在，也跟着红了脸。亦进拱拱手道："没有别什么事，二小姐回去，千万不要问三小姐，我送书给她看了没有。"二春笑道："徐二哥这样说，自然是好意。可是，她太年轻，糊里糊涂地只知道好玩儿，正经的事，她倒不知轻重。就是看书，也是这样。"亦进站着一会儿，想把这番理由说出来，不过肚子一起话稿子，倒很犹豫了一会子。二春不便老站在街上，向他点个头说，再见吧，就回家了。

到了家里时，见小春坐在堂屋里太师椅上，两手拘了一只膝盖，昂头看了天井外的天色，这已是黄昏时候，屋子里黑沉沉的，远处看人，只有一团黑影，屋子里电灯没有亮，也没有什么人陪着她，她就这样呆呆地坐在那里。二春道："看小说书看呆了吧？在屋子里摸黑坐着，灯也不亮。"小春也没有答复姐姐的话，起身便向天井里走着，昂着头，老远地向外面叫道："小刘在家吗？"随了这句话，包车夫迎过来问道："三小姐，我们就出去吗？"小春道："你接到几张请客条子了？"小刘道："就只接到一张条子，上面写了个钱字，我问那送条子的人，他说是江南银行钱经理的条子。我知道三小姐不愿去的，所以没有进来告诉你。我老老实实地就对他说，三小姐身上不大好，恐怕不能去。"小春道："为什么不去？你不来问问我，就给我回断做什么？"小刘道："三小姐，你不告诉过我，以后姓钱的来请，老实就回断他吗？"小春道："不用多废话了，点上灯，我马上就去。"

说着，一路开了屋里外的电灯，直走到屋子里去，很快地修饰了一番，换着一件银红短袖的丝绒袍子，下面是肉色无帮襻带皮鞋，白丝袜套子，光了两条大腿。鹅蛋脸上，浓浓地擦了两个胭脂晕，电灯照着那乌油的头发，只觉容光焕发，和往日的打扮有些不同。车夫向来没看见过唐老板怎样去见她不愿见的人的，心里更也加上了一层奇怪。

车子到了酒馆子门口，小春走下车来，低低地向小刘道："不管有没有人请我，你到里面去多催我两回。"小刘笑道："好，我懂得这意思。"小春走进了馆子，站在亮的电灯下，打开手皮包，取出粉镜来，照了照脸，觉得没有什么破绽，于是向问明了的钱经理请客的屋子里走了去。这里倒只有五位男客，却花枝招展地围了一桌子的歌女，门帘子一掀，那座上的男客，果是哄然一声地笑着，连说来了来了，一个人站起来笑着招手道："唐小姐，请来请来，等着你喝三大杯呢。究竟是钱伯能兄面子大，一请就来，我们请唐小姐十回，就有九回不肯赏光。"

小春看那人穿了捆住胖身体的一套西服，花绸的领带，由衬衫里面挤了出来，在背心领口卷了个圈，柿子脸上带了七八分酒意，更有点儿象征着他的台甫，那也是自己所不愿接近的一个人，是欧亚保险公司经理袁久腾，外号却是圆酒坛。钱伯能随了这话，也站了起来，他一张马脸，顶了个高鼻子，两个对人闪动的乌眼珠，更是转动不停，透出那老奸巨猾的样子。小春且不睬袁久腾，直奔钱伯能身边，挨着他在空椅子上坐下，隔了桌面，向袁久腾点了两点头，笑道："袁先生，好久不见了。"袁久腾笑道："唐小姐，你不赏脸，不肯……"说时，向钱伯能做了个鬼脸，笑道："伯翁不吃醋吗？"钱伯能端起面前酒杯子来，向袁久腾举了一举道："语无伦次，该罚一杯。"

旁边有个人插嘴道："钱经理忘了招待唐小姐了，我来代斟一杯酒吧。"小春回头看那人时，不到二十岁，穿一件墨绿色的薄呢袍子，微卷着两只袖口，露出两截雪白的府绸小褂袖，头上的黑发，用油膏涂抹得溜光，齐头分出一条直缝，头发向两边分披着，额前却刷出两条扭转来的蓬发，颇有点儿像女人烫着飞机头的边沿。圆扁的脸儿，虽然鼻子眼睛都细小些，可是脸皮白嫩，嘴唇也很红润，说口上海式的五成国语，很有点儿女性。

小春不想在钱袁班子里，有这么一个人。起身谦逊了一下，那人早已提着酒壶，向小春面前杯子里斟下酒去。钱伯能道："我给你介绍，这也是久腾公司里的同事，青衣唱得很好，《贺后骂殿》这出戏，学程砚秋学入了化境。"那人已是收回壶去坐下了，却又欠一欠身子，笑道："钱经理介绍了许多话，还没有说我姓什么叫什么呢。我叫王妙轩，女字旁加个少字的妙，车字旁加个干字的轩。"一句话未了，他对过一个穿哗叽对襟短衣的人，笑着摇摇手道："不，不，我们都叫他妙人，你就叫他妙人吧。"钱伯能手上，还举酒杯子呢，因道："你们只管谈话，我这杯酒要端不动了。"袁久腾把杯子也举起来道："该喝喝，唐老板。"

小春把杯子放到嘴唇边，等他们把酒喝完了，对照过杯子，皱了两皱眉，悄悄地把杯子放下，伯能望着她道："你是能喝酒的呀。"小春低声道："今天人不舒服了一天，刚才起床的，你摸摸我手，还发着烧呢。"说时，伸过手去，握了他的手。钱伯能认识小春，总有一年，就没机会握过她的手。现在小春将他的手握着，他也没觉察出来是热是凉，就装出很体恤她的样子，望了她道："呀，果然有点儿发烧，你为什么还要出来？"小春望了她一眼，笑道："这还用问吗？还不是为了钱经理的命令，我不能不来。"钱伯能紧紧地握住了小春的手，笑道："那我真不敢当。"

那个穿哗叽短衣的人，举起酒杯子来笑道："钱经理，我恭贺你一杯。"小春笑道："这位先生贵姓？"钱伯能道："你看，我实在大意，桌上的人，我都没有介绍齐全，这位是尚里仁主任。尚主任隔座，那位穿长袍马褂的白脸小胡子，马褂上挂了一块银质徽章的那是柴正普司长。"那柴正普向小春微笑着点了一点头，并没有作声。但是一双眼睛，在眼镜里面连连地转动着，可想他是不住地向这里偷看着。小春心里就很明白，微微地向他笑着，把酒杯子端起来放到嘴唇抿了一口，然后把酒杯子放到伯能面前，低声笑道："这杯酒请你替我喝了，可以吗？"伯能还没答复呢，袁久腾在对面叫起来道："我喝我喝，我替你喝。"伯能笑道："他自然会请你喝，不过这杯酒是你请她喝的，她不能只抿了一滴，立刻就转敬给你。"说着这话，他已端起杯子来唰的一声，把酒杯里的酒，喝得焦干。回转身来，向小春还照了一照杯。

袁久腾揩了他的厚嘴唇，摇了两摇头道："这话不然，若是由我看起来，能喝到这杯酒的人，他的资格，已经……"说到这里，他把团舌头向嘴外伸了一伸，回头将坐在他身边一位歌女的手执着，笑道："你说怎么样？"那歌女捏了个拳头，在他肩膀上轻轻捶了一下道："你总不肯正正经经说一句话。"袁久腾昂起头来哈哈大笑，那歌女斜看了他一眼，端起面前一只大玻璃杯子来喝白开水。尚里仁回转身去，将手搭在旁边一只椅子背上，向坐在那椅子上的歌女低声笑道："你看我斯文不斯文？"

这时，席上正端上一碗甜菜，王妙轩将自己面前摆着的小空碗，臼了一小碗葡萄羹，两手捧着，轻轻悄悄地送到他身旁一位歌女面前笑道："你喝一点儿甜的。"那歌女年纪大些，总有三十上下，穿了一件枣红色的长袍子，涂着满脸的脂粉，画着两寸多长的眉毛，直伸入额发里面去，看那样子，是极力地修饰着。王妙轩将这碗甜羹送到她面前，她起了一起身，两手接着，笑道："你和我这样客气做什么？"

小春将这些人的态度看在眼里，心里不住地暗笑，因之望了面前的空杯子，只管默默出神。伯能笑道："你想喝一点儿酒吗？"小春瞅着他道："若是那样，那杯酒我何必要你代我喝下去？"说时本来是将眉毛皱着的，一抬眼皮，看到伯能正注意着，复又向他微微地笑去。伯能道："大概你还没有吃晚饭吧？你想吃点儿什么？我们用不着客气。"袁久腾在对面笑道："是呀，你们用不着客气呀。"说到这里，茶房走近了小春身边，悄悄地递了个纸卷儿过来，小春并不透开来看，打开手提包，就把那纸卷丢在里面。伯能笑道："有人请，好久没谈过心，多坐一会儿，好不好？"小春微笑道："我不是还发着烧吗？根本就不愿动。"伯能把脑袋直伸到小春面前来低声问道："既然你不走，在这里多坐一会子，我和你找点儿吃的吧。"

小春道："多坐一会儿是可以的，什么东西，我也吃不下。"说时将一只手掌掩在胸口上。

柴正普笑道："果然地，唐小姐那样活泼的人，今天精神十分不好，我介绍一个医生给你瞧瞧，好不好？"小春笑道："谢谢，那倒用不着。回头做个东，请我们喝杯咖啡吧，柴先生有没有工夫？"正普笑道："就怕请不到，怎能说是没有工夫。"王妙轩笑道："这不用多说，这我们两个字，一定也包括我在内的。"袁久腾笑道："你好大的面子。"说着，他拿了筷子在空中画两个圈圈，王妙轩道："唐老板，你这我们两个字，只有钱经理在内吗？"小春笑着点了两点头，又指着那位老歌女道："你和她，才用得上我们两个字。"

钱伯能真没想到小春今天特别表示善意，得意得无话可说，只是手按了酒杯子，一阵阵地微笑着。但是煞风景的事，也跟着来，茶房又悄悄地走到小春身边，低声道："有电话……"小春脸色一沉道："你去告诉我那车夫，我今天身体不好，他不知道吗？你告诉他不要再啰里啰唆了。"大家听了这话，更认为小春是真有病，有的问她，要不要吃几粒人丹？有的问她，要不要喝杯白兰地？有的问她，要不要抹点儿万金油？小春一律谢绝，却低声向伯能微笑道："我只是心里烦得很，没什么病。"柴正普笑道："是唐老板出的题目，要我请你喝咖啡，我一定交卷，什么时候，哪一家？"小春道："十点半钟，我准到璇宫寻你们。"说时，抬起手腕上的小表看看，已是八点半钟了，脸上更透着为难的样子，和茶房要了一杯柠檬茶，将手举着，做个要喝不喝的样子，呆坐在一边小沙发椅上。

应召的歌女，慢慢散去，最后剩了那个年纪大的，也握住王妙轩的手，笑道："我先走一步，好吗？"王妙轩伸手轻轻抚着头上的分发，笑道："我也该走了，今天怡情社彩排，有工夫瞧瞧去。"说着话，握了那歌女的手，送到房门口，方才回转身来。钱伯能笑道："妙轩，你和月卿的感情，越发进步了，我看她很爱你，你把她娶过来吧。"王妙轩道："我自己糊自己还弄不过来，哪有钱再弄一房家小。"袁久腾道："吓，月卿是红过的，至少说吧，手上有五六吊文，有人说她，还过了草字头呢，她嫁你绝不连累你，你白得一房家小不算，还可以发注老婆财呢。"

　　大家围了一张方桌子喝茶吃水果，谈着月卿的身世，一眨眼，不见了小春，钱伯能一时得意，口衔了雪茄，弯过手臂，伏在桌子上听谈话，妙轩问了声小春呢？他回头不看到人，颇为愕然。心想，她既留到最后走，怎么会不告而别，大家原来捧自己有面子，这显着更没有了面子，红着脸，只好苦笑了一阵。

第六回

押戒指妙计赚现金
留字条辣手演喜剧

有钱的人在输捐纳税上面，丢了多大的面子，那全不在乎。可是在女人面前，就要的是个面子，至于要他花多少钱，那却不去计较的。小春在钱伯能得意的时候，忽然走开，他是觉得比捐了一万块钱还要痛心。除了把这嘴角下的半截雪茄烟极力吸着，做不出第二个表情。

可是这时间是极短的，门帘子一动，小春是笑嘻嘻地跳了进来了。钱伯能还没有开口，好几个人异口同声地道："小春并没有走。"小春笑道："我虽然年轻不懂事，在各位长辈面前，也不能不辞而别呀。"说时，挨了伯能坐了。妙轩将头一扭，笑道："哟，唐小姐，这句话我不能承认啦。你至多叫我一声阿哥，我就受不起了，怎么可以叫我老长辈？"小春见他眼睛一溜，嘴一噘，真够味，便笑道："我倒想叫你一声姐姐呢。"王妙轩点头道："那也好，随你的便吧。"全席人于是哄然一阵笑着。

钱伯能在桌上碟子里拿了两片苹果，放到她面前，笑道："什么事打电话，请假吗？"小春笑道："你怎么知道我是打电话去了。"钱伯能笑道："我猜你不能有别的事离座的。"王妙轩将头又一扭道："女人的事，你哪里就会知道许多。"全桌人又是一阵笑。小春倒不笑，点了一点头，脸上有点儿黯然的神气。柴正普坐在对面，望了她的脸色道："看这样子，小春好像有点儿心事。"小春向他望着微微一笑，伯能用了很柔软的声音问道："你真有什么为难的事吗？"小春噘了嘴道："这就要怪你们银行家了，今天星期六，明天星期天，你们都不办公。"柴正普道："我明白了，你等着要用一笔款子，是不是?"

小春将手指上戴的一枚钻石戒指,悄悄地脱了下来,将手托着,送到柴正普面前,因问道:"柴先生,你看这戒指能值得多少钱?"柴正普笑道:"什么意思,你打算出卖吗?"小春摇摇头道:"卖是卖不得,卖了,我没有法子向我娘交账,我想押个二三百块钱,星期一,我在银行里拿出了钱,至迟星期二,我就赎回来。"柴正普笑道:"这一点儿小事,何必还要你拿手饰押钱,笑话了,笑话了!"小春道:"一点儿也不是笑话,我晚上就要用,这一下子工夫,哪里去找二三百块钱。柴先生,有哪位身上带着现款的朋友⋯⋯"她口里如此说着,无精打采地走到原处来坐着,将戒指放在桌上,把钱伯能送的那两块苹果,用两个指头钳着送到嘴里来咀嚼着。

钱伯能偷眼看她时,见她脸红红的,微微地低了头,实在忍不住不管了,因道:"你们当小姐的人,何至于这样等着要钱用?"小春皱了眉道:"我一个表姐,在上海害了很重的病,专人到南京来,叫我想办法,这个专人,要乘夜车回去⋯⋯"钱伯能拦着道:"我明白了,支票行不行呢?"小春笑道:"我的经理,要是支票可以,我也就不为难了。"伯能道:"我要开支票,自然是开上海银行的支票。"小春扑哧一声笑道:"你还是没有想通,你就是开上海银行的支票,明天也是拿不到钱的。"

钱伯能听她这样说着,向桌上看了一看笑道:"那么,我来个临时公债吧。"说着,身边掏出皮夹来,检查一下,笑道:"我这里有一百二十元,希望同座能凑出一百八十元来,后天我如数奉还。"柴正普首先答应,就掏出了一百元,不到五分钟,钱伯能凑足了三百元钞票,送到小春面前,笑道:"唐小姐,总算老大哥勉力遵命办到。"小春笑着点了一点头:"谢谢,这戒指就请钱经理⋯⋯"钱伯能说了一声笑话,左手拉过了小春的左手,右手在桌上拿起那钻戒,就向她无名指上戴着,笑道:"我们虽然做的是银钱买卖,也万万不能在唐小姐面前锱铢较量,若是那样办,也太显着我们的交情生疏了。"

小春瞅了他一眼,心里也想着,这个人可恶,还要讨我的便宜,就让你把戒指给我戴上，你也不能割我一块肉去。于是向他笑道："好吧，这就算是信用放款吧。"于是打开了手提包，把三百元钞票，都收了进去。伯能低声问道："款子要送到哪里，我派车子送你去。"小春笑道："这倒用不着，我还要请大家喝咖啡呢。"王妙轩皱了两眉，口里啧的一声，表示着踌躇的意思，笑道："彩排呢，我不能离开；唐小姐喝咖啡呢，我也不能不到。"小春笑道："那么，我不敢耽误王先生的正经事。"王妙轩身子一扭道："哟，什么正经事，无非是消遣罢了。"尚里仁笑道："我们这位王先生越是有女性在一处，越透着温柔，我真学不会。"王妙轩笑道："尚同志这话有点儿冤枉人吧，我在什么朋友面前，也没有发过脾气，像你们在演说台上那个姿势，直着脖子大喊万岁，我也是一辈子也学不来。"尚里仁听到，不觉脸色跟着一红。

钱伯能正一团子高兴，很不愿意为了他们的言语不合，把好事拆散。因站起身来笑道："有话留在咖啡馆里去说吧。"小春对于王妙轩，倒没有什么深刻的印象，只是像尚里仁那样一身短装，口袋上透出自来水笔管，左襟上绽了一小方珐琅质徽章，挺了胸脯子，现出一副正经面孔，对了他，实在觉得有些坐立不安。现在钱伯能催了他们走，意见正同，便向旁边坐着的袁久腾笑道："袁先生赏光不赏光？"他抬起手来，乱摸着头道："唐小姐也和我说话，我怕把我忘怀了。"小春瞅了他一眼，向伯能道："袁先生总是这样吃着酸醋。"这句话，袁久腾爱听，钱伯能更是爱听，大家呵呵一阵狂笑，同出了酒馆。

小春陪着他们在咖啡馆里约混了一小时，然后轻轻地和伯能商量着，要把款子送回家去，伯能表示体惜着她的意思，劝她今晚上就在家里休息，不必出来应酬了，小春缓步走着离开了他们，出了咖啡馆，找着自己的包车，对车夫说一声新街口，快一点儿，坐上车去。那包车夫，如飞地拉到了新街口，小春就怕在车上让人看到了，一路上都不住地向周围打量着。到了咖啡馆门口，见一个小工人模样的人，在电灯光下一闪，就不看到了。虽然那人躲闪得有些奇怪，她心里想着，同这种人是不会有什么纠葛发生的。下了车，坦然地推开玻璃门，走了进去，就看到陆影面对了大门坐着，手里拿了一本杂志，眼睛可对进门的人注意，老远地看到他两眼直瞪着，仿佛有些发痴了。因之小春走进了咖啡座，直逼近到他的面前，他才看清楚。立刻站起来，走一步迎向前笑道："我七点多钟就来了。"

小春笑道："你总是这样性急，不是你约定了九点钟见面的吗？"说时，陆影已是握住她的手，将她引到沙发上坐着，然后隔了茶几，坐在对面，小春见他飞机头梳得溜光，倒显着他那张脸子格外的白嫩，浅灰的哔叽短服上，在翻领纽扣眼里，插了一朵双瓣的大红月季花，便笑道："这是你们剧团里哪一位女同志给你戴的？"陆影现出了很诚恳的样子，低声道："春，你还不明白我这一颗赤心吗？我的事业，我的生命，甚至我死后的灵魂，都是你的……"他还要向下说时，小春回转头去道："我要一杯可可吧。"陆影抬起头来，看到茶房正由面前转身过去，就向小春笑了一笑，两人各含着春意，默然相对了一会儿。

等候茶房送着可可来过了，又回头看看附近座上无人，小春将一只小茶匙缓缓地搅着杯子里的可可汁，头低了，却把眼皮向陆影一撩，因笑道："这可不是舞台上演话剧，你又灌上这一大碗浓米汤。"陆影将那只咖啡杯子举起来，眼对了杯子又痴望了很久，小春笑道："你又发什么痴？"随了这句话，把那葱尖儿似的三个指头，拿了小茶匙，做个兰花式，把可可舀着缓缓地向嘴里送着。

陆影的眼珠，微微地转动了一下，两行眼泪，却是牵线一般地由脸上垂了下来。小春吃了一惊道："陆，你怎么了？"陆影放下了茶杯，在口袋里掏出雪白的绸手绢，擦着眼泪道："我很后悔，今天和昨天那封信，都写得太激烈了，想你接着信，一定是很难受；而且这个时候，又把你约了来，还得回去赶场子。"小春笑道："又犯了那小孩子毛病了，我今天请假了，可以多陪你坐一会子。"陆影又突然笑了，低声道："真的吗？早知道你请假，我该在饭店里开一个房间等你。"小春红着脸笑道："你也不看看在什么地方，就是这样随口乱说。"

陆影又把脸色正着，轻轻地道："春，不怪我对你这样颠倒，南京城里向你颠倒着的人，你想想有多少呢？我真的惭愧，凡是崇拜你的人，只要是他的力量所能够办到的，都愿对你有一种贡献，可是我呢？不但对你没有什么贡献，而且还要连累你。唉，我枉为一个男子，我……不过这一次，是最后一次求你了。这世界上我就只有一个唐小春、一个母亲；母亲的病是相当严重，做儿子的人，不能坐视不救。这个炎凉的社会，你不必向人开口，也许坐在家里有人送钱你用，因为你在富贵途中，他是有所求于你的；至于我们在贫贱途中，那就无论你怎样地需要人援助，看是你的至亲兄弟，他也未必肯帮助你一个铜板。"小春道："你不必说了，你那一肚子牢骚，我全明白，你的母亲，还不是我的母亲一样吗？不过你也应当明白，我挣的钱，并不在我手上……"

陆影和她说话的时候，脸色在极诚恳之中，还透着一份和蔼的样子，把话听到这里，他的脸色，就有点儿不好看，将失望的眼睛，正了小春的面孔。小春继续看，道："所以今天上午，我还不能确实答复你，到了下午，徐亦进又给你送了一封信来，我知道你有点儿误会，因之把我那钻石戒指去押了一点儿款子。"陆影脸上又带了微笑，向她扶了桌沿的手望着道："不还戴在手上吗？"小春也望了手指道："信不信由你，反正我决不骗你，这位放款的人，倒还相信得我过，没有收下戒指，就借了三百块钱给我。"说着，将手皮包放在桌上，打了开来，把三叠钞票，一把捏着，交到陆影手上。

陆影这时又不笑了，正了颜色道："若是你在那位茶客身上……"小春红了脸，低声道："你还吃什么醋呢？我什么话都和你说过的，我的职业一天不改，我是一天没有法子离开那些讨厌虫的；但是这笔款子，实在我是由一位老伯母手上借来的。"陆影道："你不要讨厌我吃醋，你要知道越是爱你，才越是吃醋呢。我今天晚上，就想搭夜车走，不知道你要带什么东西不要？"小春道："我不要什么东西，但愿你的老太太的病早一日见好，你早早地回来。"说到这里，陆影脸上已经有了笑意，把那一叠钞票，缓缓地向口袋里装着。

小春也觉得到了说话的机会，便望了他笑道："不过我另外有两句话，要对你说的，就是你现在的脾气，比以前来得更大了，信上写的话，老是让人受不了，不过我们一见了面，看到你这副可怜的样子，我又无所谓了。"陆影笑道："这也有原因的，在我没有见着你的时候，我终疑心你让那班大人先生包围了；可是见面之后，你的态度总很自然，我又很高兴了。"小春笑道："现在你看到我也是这样吗？"陆影笑着点点头。小春抬起手腕来，看了一看手表，因笑道："既是这样，我就陪你多坐一会子吧，或者我送你到车站去。"

陆影听了这个或者的好意，倒是大吃一惊，便啊哟了一声道："那不行，那不行。"小春笑道："为什么吓得这个样子。"陆影先是身体向后一缩，呆望了她，这时定了一定神，把身子坐正，因向小春道："你们老太太，别说是我，就是全夫子庙的人，哪个不退避三舍，回头她要知道我带你上了车站，加上我拐带二字的罪名，我跳到黄河里洗不清。"小春笑道："你有时候胆子很大，有时候胆子又很小。"陆影道："我怎么不胆子小呢？叫你替我负担了这样多一笔款子，万一事情发觉了，我怕惹着你受累。老实说，你今天不该请假，这分明是一个漏洞。倘若你老太太今天晚上也到夫子庙里，若是看不到你，她追问起来，那要你很费劲地答复着。"

小春将眉毛微微皱动着，倒没有答复他的话，随后叹了一口气，见桌上放了陆影的烟卷盒子，便取了一支烟卷，向嘴里衔着，陆影把烟灰缸上火柴夹子里的火柴，擦了一根，俯身过来，向她点着烟，乘机会轻轻地向她道："春，你回夫子庙去吧。我看你到这里来，大家都提心吊胆。托天之福，若是我母亲的病好了，回来之后，我约你到玄武湖去，好好地畅谈一次。"说着，握了小春的手，轻轻摇撼几下。小春到了这时，也就感着没有了主张。陆影说母亲会到夫子庙来，这也很有可能。看看手表，十点还差十分，要赶回场子上去销假再唱，还来得及。便起身道："你尽管不放心，那我只好回去。你如有什么事，务必给我来一封信。"陆影道："那当然。还是由姓徐的那里转吧。这半个月来，为了你家庭的缘故，我们没有痛痛快快在一处谈过两小时，实在是遗憾。回南京来，我们一定要痛快欢叙一次。虽然为了这件事，会惹出什么乱子，我们也在所不计的。"一面说着，一面手挽了小春，向外走出去。小春在心境不安之下，并没有一点儿打算，就让他送着走出咖啡馆了。

陆影回到咖啡座上，又坐了十分钟，便向外面打了两次电话：一次是打给另一家咖啡馆里；一次是向汽车行叫汽车。会这咖啡馆的账，拿出十元钞票来找零，当茶房将铜盘子托着找的零票来时，他很大方地就付了两元钱的小费，茶房鞠着躬道谢，他索性表示一下阔绰，因问道："你去看看，我叫的汽车来了没有？"茶房到门外去，张望了一下回来，又鞠着躬报告："汽车来了。"陆影两手提了一提西服的衣领，他好像是自己在那里夸耀着，我身上有三百块钱。那皮鞋也像他一般地有了精神，走着地板咚咚作响。

上了汽车，只经过几十家铺面，吩咐着停住了，在一家霓虹灯照耀的铺面前，站着一个穿红绳外衣，披着长头发的少女，汽车门打开，她上来了。陆影向汽车夫道："一直开下关车站。"那女子坐在车座之后，立刻伸手到陆影衣袋去掏摸着笑道："我摸摸，你弄得了多少钱？"陆影道："她说临时弄钱不容易，只得着一百多块钱，但是够我们在上海玩一个星期的了。"女子一扭身躯道："玩一个多星期，我计划着买的东西，都没有了影子了，我不去，叫他停车子吧，我下车回去。"陆影笑道："你忙什么呢？我和你说着玩的，不管多少钱吧，反正我们两个人在上海的吃喝穿住都有了。"

那女子道："哼，你那颗心，还是在唐小春身上，对于我，不过骗着玩玩罢了。是啊，唐小姐把肉体换来的作孽钱，实在是不容易！你心痛她，可怜她的钱，要留着你们同居之后，居家过日子用，怎么肯拿出来我用呢？你这种人，只配和这没有灵魂的女子谈爱情，谁要把那纯洁的心交付你，那真是瞎了眼！我原不要到上海去的，是你左一说，右一说，把我说动了心，你既舍不得花那个臭钱，你留着用吧，何必请我玩上海呢？"陆影道："露斯，你的言语也太重了，我只和你开句玩笑，你就说我这一大套。"露斯道："说得太重了，重的言语，还没有出来呢！唐小春的娘就是秦淮河上有名的老妓女，她自己又是个卖人肉的歌女，这种传代的贱货，走到我面前，我也怕沾了她身上的臭气，嚇嚇！好一个有前进思想的少年，堕落得和这种贱货谈爱情。那唐小春在大人老爷怀里滚来滚去，滚到周身稀臭，再滚到你怀里来，你把她还当个活宝贝，哈哈哈！"说完了，她还冷笑了一阵。

陆影被她数说了这一顿，低了头不作声。露斯把身子向外面一扭，看到了车窗外那宫殿式的建筑在电灯下矗立着，把身子向上一挺，顿了脚道："你叫车夫停车吧，我只管和你说话，已经过了交通部了。"陆影道："露斯，你说了我一顿，我没有回答你一声，你也就可以了，为什么还要下车？"露斯道："是呀，你有什么话可以答复呢？我说的话，都中了你的心病了，你还有什么话可以答复呢？老实说，我愿意到上海去，就是想在物质上享用一下，我要得的几样东西，一定要得着，既然你是这样有钱舍不得花……"

陆影道："你不要多心了，我所以没有把钱的数目告诉你，也就为的是我们这趟旅行要有始有终起见，我怕的是把数目告诉你了，你放手一花，弄得钱早光了，不到预定的时间，我们就要回来，未免过于扫兴。"露斯说："我就那样一点儿计算没有吗？你要是好好地商量着，我也可以量入为出的。你到底拿着了三百块没有？"陆影道："当然拿着了。"露斯道："我不信。唐小春也不是你的女儿，你要三百，她不敢给二百九十九。"陆影道："真的，她交了三百元给我。"露斯脸上和平了许多，却把一只白手，伸到陆影怀里来，很干脆地道："拿来我瞧瞧。"陆影道："瞧什么呢？瞧着也不会多出一块来。"露斯道："你给我瞧瞧，又要什么紧呢？瞧着也不会少一块。"她说着，依然把手伸到陆影怀里，不肯缩了回去。

陆影自己觉得没有法子可以推开这只手，只得在袋里掏出二百九十五元钞票来，交到露斯手上。露斯拿过去一张张地点着，点完了，笑笑道："好家伙，你和她喝一顿咖啡，就用了五块钱。"陆影笑道："就不许我身上有零钱吗？你怎么就知道我在三百元里面动用了五块？"露斯道："我上午和你要两块钱买雪花膏，你都拿不出来呢。我这个皮包，跟着我是太苦了，现在也应该暖和暖和。"她说着这话，可把放在怀里的空皮包打开，将二百九十五元钞票，一齐放了进去。可笑向他道："我暂时和你收着吧。"陆影没作声，露斯把脸子一沉道："你放心不放心？你不放心，把钱赶快拿回去。"说时，将皮包向陆影怀里一抛。陆影笑道："你看，无缘无故，又发着脾气。你说替我收着，我也没有说半个不字。"露斯道："还要等你说出来吗？看你那样子就十二分地不愿意了。请你借我两块钱，到了车站，你还是让我回去。"

她口里说着到了车站，车子果然是到了车站了，陆影付了车钱，搀着露斯的一只手胳膊下了车，那只皮包已是在露斯手上拿着了。二人进了车站，看那横梁上挂的钟，已经指到十点三刻，陆影笑道："我们来得不迟不早，坐十一点半钟的车子走，请你拿出二十块钱来。"露斯道："为什么要这样多钱买车票？"陆影道："我想我们舒服一下，我们买两张头等卧车票吧。头等车房里，就是两张铺。"露斯将身子一扭，走到站堂角落边去，陆影跟过来问道："你这是怎么了？"露斯低声道："那我不干。我和你住一间屋子，怪别扭的。"她说着这话，把嘴噘了起来。陆影道："难道你的意思，还打算坐三等车子走吗？"露斯道："我们不能坐二等卧车吗？"陆影道："坐夜车的人，都是坐二等去的多，我们来得这样晚，哪里会买到卧车票。"露斯道："你也并没有问一问，怎么知道就没有票呢？"陆影道："好吧，我去问问看，你把票子交给我，你到候车室里去等着我吧。"露斯瞅了他一眼，带着微笑，走进头二等候车室里去了。

陆影并不思索一下，就到售票处去买了两张头等卧车票，拿着车票，向候车室里走，心里可就想着：女子，总是被虚荣心制伏了的，露斯这孩子，全剧团里的人，都打着她的主意，谁也不能把她拿在手心里，这两个月来，她对我总是若即若离的，叫人真是痛也不是，痒也不是，这一下子，三百元一趟上海旅行把她抓着了。上了火车，在一间包房里睡着，她还有什么法子可以推诿呢？想到这里，脸上带了快乐的笑容，走进了候车室，这已到了卧车快开的时间了。候车室里，只有一个茶房伏在大餐桌子上打瞌睡，连自己在内，并无第三个人。不由得咦了一声道："咦，她先上车了。"

这一声咦，把那个女茶房惊醒过来，望了他道："你是陆先生吗？"陆影道："是的，你怎么知道我姓陆。"那女茶房手上拿了一张纸片，交给他道："刚才有一位小姐进来，留了几个字叫我交给你先生。"陆影听了这话，不由得心房卜卜乱跳起来，抢着接过那纸片来一看，是袖珍日记本子撕下的一页，用自来水笔写了下面这几个字：

陆影，这是喜剧，我们正上演着，剧名就用莎翁剧里的 Tit For Tat 吧！凡研究戏剧的人，谁也知道莎氏乐府一点儿故事，这话是说着一报还一报呀！

陆影看了这张纸片，他知道了这喜剧是怎么回事，心房里一股凉气，直透顶门心，那冷气把他冻僵了。

第七回

唐二春独来慰知己
王大狗二次济苦人

车站楼上挂的钟，它不会为人稍等片刻，时针指到十一点半的时候，火车的汽笛声，鸣的一声叫起来了。这叫声送到候车室的时候，把陆影由痴迷中惊醒过来，本来对怎么处置这两张车票，并没有理会。现在可想起来了，立刻把车票退了，打个折头，还可以剩下十几块钱。及至这一声汽笛响过去了，告诉了他已不能退票，这就淡笑了一声道："总算没有白来，还得着两张头等火车票呢。"他情不自禁地这样自言自语了一声，本不碍于这事情的秘密。可是随了这一句话，玻璃窗子外面，有人接着哈哈大笑起来。这玻璃窗子门，是半掩着的，他想着："莫非是露斯和自己开玩笑的。立刻奔到窗口，推开窗门向外面看去，窗子外是一片敞地，这时空荡荡的，哪里有个女人的影子？再向左右两边看去，却有一个穿短衣服的人，歪戴了一顶盆式呢帽子，在后脑勺子上面，可是他也出了铁栏栅，究竟是怎么样一个人？也分不出来了。

那女茶房在屋里叫道："先生，你要是赶到站长屋子里签个字，你也可以坐十二点十分的平沪通车走。"陆影回转头来道："我不走了，请站长签个字，这票子也可以退吗？"女茶房笑道："开车以后，不能退票，你先生还不晓得吗？"陆影将手心里握着的两张头等车票，托起来看了一看，笑道："留着做个纪念吧，我退掉做什么？"说毕，又打了一个哈哈，走出火车站来。

进城的公共汽车，已经停开，要雇着人力车进城去吧，时候不早了，非一块钱不能拉到鼓桥，陆影憋住一口气，就直着腿走了回去。当他顺着中山北路向南走的时候，看到一辆辆的汽车由面前迎上前来，或是由身后赶上前去，回想到刚才出城来，也是坐着这样一辆汽车，在路上飞跑，街上走路的人，在眼睛里看来，觉得是比自己要差上几倍的滋味；可是一小时之内，自己又回到被别个汽车里的人所藐视的地位了。

慢慢地移着两条腿走回家去，也就到了大半夜，很不容易地叫开了寄宿舍内开门的老王，却对他道："陆先生，你才回来，有个姓徐的来找你呢？"陆影道："姓徐的吗？带了信来没有？"老王道："他没说带信，只问陆先生到上海去没有？"陆影听了这话，更是添着一件心事，也没多作声，悄悄地上楼去睡了。这一夜是又愧又恨，又痛又悔，哪里睡得着，及至睡着，天也就快亮了。次日到下午两点钟才起床，也不敢出门，只缩在家里看书，混了两天。

这日早上，还没有起床，同事在楼下叫上楼来道："老陆，老陆，小春家里出了事故了？"陆影听到这话，心房不免卜卜乱跳，可是他还沉住了气，坐在楼板的地铺上笑道："瞎造人家的谣言。"那人道："我为什么造谣，报上登着呢，这话还假得了吗？"说时，把一张日报，递到他手上来，看时，报叠得整齐，将社会新闻，托在浮面，一眼便看到新闻中间有一行题目："唐小春夜失钻指环。"原来是这么一件事，心里倒反而安定了许多。再看那新闻载道：

> 秦淮名歌女唐小春，家颇富有，服饰豪华，前晚因小有不适，请假未曾登台；唯曾佩戴最心爱之钻石戒指，赴应酬两三处，回家后约十一时，倦极思睡，草草更衣登床。其手佩之钻戒，则用绸手绢包裹，塞在枕底，并有手皮包一只，亦塞在枕下。次日起床，见窗户洞开，卧室门闩拔去，门只半掩，心知有异，即唤起家人，检点全室，而家中女佣，亦发现屋后河厅窗户大开，家人知悉，更为惊异，但检查一遍，并未曾遗失何物。最后，小春忽忆及钻戒未收入箱，掀枕查视，已不翼飞去，在枕畔之手皮包，亦同时不见。除皮包中有钞票数十元外，此项钻戒，约值价七八百元，损失颇大。咸认此贼，绝非生人，不然，何能知

小春此晚佩有钻戒？又何以知其在枕下？现已呈报警局，
开始侦缉云。

陆影把这段新闻看过了两遍，心里也有点儿奇怪：贼混进了她
屋子里，什么也不偷，就径直会到枕头下面去偷这两样东西，莫非
她把这两样东西自己隐藏起来了，预备到上海去追我。自己为着表
示到上海去了，又不便这时候在夫子庙露面，自己很犹豫了半天，
不能决定主意。不过越想到这钻石戒指失落得奇怪，越觉得小春必
另有作用。犹豫到了下午五点多钟，实在不能忍耐了，就跑到夫子
庙里去找徐亦进。

他虽然还坐在书摊子边照常做生意，不过他的脸色却很不好看，
坐在一张矮凳子上，两只手抱了自己的膝盖，把眼光向摊子上的书
注意着。陆影走到摊子边，低声叫道："徐老板，听说前天晚上，你
找我去了。"亦进偶然抬头，倒显着有点儿吃惊的样子问："陆先生
回来了？"陆影道："我听说小春家里失了窃了，赶回来打听消息。"
亦进叹了一口气道："唉，不要提这事了，就为了我常常和陆先生送
信，惹着很大的嫌疑。"陆影道："有什么嫌疑？哪个家里也有穷朋
友来往。"亦进站了起来，将脚在地下顿了两顿，皱了眉苦笑道：
"可是陆先生要知道，为了替你们两下里传带信的关系，那行动总是
秘密的，唐家妈对于我这种行为，很不以为然，大概她认为我那样
鬼鬼祟祟，是打听路线去了。"陆影道："你来来去去，唐家妈是不
知道的呀！"亦进道："什么事都有个凑巧，我在送你最后一封信的
时候，来对小春说过，这件事我不能干了，实在对你老兄说，我还
劝过她，这件瞒了唐家妈的事，不能向下做。"陆影红了脸道："那
晚上，你为什么又去找我呢？"徐亦进道："我也是想劝劝你老兄，
假如没有什么不得已的原因，就不必再向小春要钱了。我是知道，
那天晚上，小春曾交一笔款子给你的。"

陆影道："你这是什么话，我不过因手头周转不过来，向她借用
几个钱罢了，迟早我会还她的。你那意思，以为我骗她的钱吗？"徐
亦进淡笑道："当然不是，不过你老兄有办法，何必又偷偷摸摸地去

63

和一个歌女借钱？"陆影板着脸道："谁和你你哥我弟的？"亦进倒不生气，微笑道："你阁下虽然是个大艺术家，可是我摆书摊子，自食其力的，也不算什么下流，有什么攀交不上？再说，你们这种头脑崭新的人物，根本就不应当有什么阶级思想？现在你不用我传书带信了，你就是大爷了，哼!"陆影呆站了一会子，低着头就走开了。

亦进坐在书摊子边，只把两手抱在怀里，呆了两眼，望着行人路上的人来往。再过去一小时，天色已是十分地昏黑，庙里各种摊子，都在收拾着，他还是摆成那个形式呆坐着。忽然耳边下轻轻有人低喊了一声徐老板，抬头看时，却见唐二春手里提了几个纸包，仿佛是上街买东西来了，便啊哟了一声，站起来笑道："二小姐有工夫到庙里来走走。"二春将身上穿的一件深蓝竹布长衫，轻轻扯了两下衣襟，笑道："特意来和徐老板说两句话。今天早上，赵胖子请你到六朝居吃茶的吗？"亦进笑道："是的。赵老板的意思，好像三小姐丢了东西，我有点儿关系在内。"二春道："我正为这件事来的，徐老板千万不要多心。"亦进道："这是我不好，三小姐叫我做的事，二小姐大概知道吧？"二春道："据她说，你代陆影向她送过几回信。"亦进笑道："二小姐，你是聪明人，我怎么会认得陆影？我又怎样敢大着胆子把信递到三小姐手上？"二春道："自然是小春这孩子托你送信给陆影。"

亦进笑着，没有作声。二春道："徐老板，你何不把实情告诉我们，是不是小春，让陆影逼得没有法，把戒指送给他了呢？"亦进道："这一层我实在不知道。我和三小姐做事，没有对唐家妈说，我早就料着有一天事发了，会招怪的，但想不到会是这样一个结果。三小姐在唐家妈面前，究竟是怎样说的？"二春道："她也不能那样不懂事，还说徐老板什么坏话，是赵胖子告诉我娘，说是常看到你在我家大门口溜来溜去，又不走进大门，其中一定有缘故。我娘就问我和小春晓不晓得？小春瞒不了，才说你和陆影送过两封信；而且你也声明过，在她失落戒指的那一天，是最后一次送信了。"亦进笑道："真是有这话的，这好像我知道这天晚上会出事的，以后不敢去了。"二春道："徐老板这样轻财重义的人，我们还能不识好歹，说出徐老板什么坏话。我们只疑心徐老板是个老实人，小春和陆影同你说上几句好话，那就要求你什么，你都会和他们办。"亦进笑着摇摇头道："我也不至于那样不懂事，有道是疏不间亲，我也不便多说，反正传信这件事，我是不当做的。"说完了，他又苦笑了一笑。

二春道："赵胖子今天早上来请徐老板吃茶的事，事前我们娘儿俩并不知道，我倒很说了赵胖子一顿，务请徐老板不要介意。"亦进点着头道："那很多谢唐家妈和二小姐的好意。"二春笑道："我到这里来，我娘是不知道的。下次徐老板见着我娘，请不要提起。"她说着这话，可把头低了下去。亦进道："那更要多谢二小姐了，只有二小姐知道我不是一个坏人。"二春望了他扑哧地一笑，接着又把头低了下去。亦进不能说什么，只是痴立着；她一般地痴立着，却是把头低了。旁边有个人插嘴问道："徐老板，还不收拾收拾吗？"亦进回头看时，一个摆零碎摊子的，挑着两只大箩，站在面前笑道："徐老板，今天下午，你只管出神，好像有什么心事？"亦进道："岂但是今天下午，每日都有心事，我们哪一天发财呢？"那人道："是啊，发了财，也好早日讨一房家小。"说着打个哈哈走了。

二春等那人去远了，因向亦进道："徐老板，改天见吧！"说毕，点个头走开去。可是不到多远，她又回转身来了，笑着低声道："刚才这个说话的人，他认得我吗？"亦进道："这个人外号万笑话，一天到晚，都是和人家说笑话的，没得关系。"这没得关系四个字，虽是南京人的口头禅，可是京外人说着总透着有点儿滑稽的意味。二春听着也咯咯地笑了起来。唯其是这一阵笑，倒让她更难为情。不好意思再在这里站住，低了头径自地走了，亦进站着向她后影子看了很久，自己也哧哧地笑起来，发了两天的闷气，经二春这么一来，把一腔愤怒，全不知消化到哪里去了。

很高兴地收拾着书摊子，整理好了箩担。正待挑着，却听到有人又轻轻叫了一声徐二哥。他以为二春又有什么要叮嘱了，没抬头，先就带了三分笑容。看时，却是一位穿西服的朋友，斜斜地站着，头上戴了一顶鸭舌帽子，低低地向前把鸭舌子拉下来，把脸挡了大半截。情不自禁地，一腔怒火直透顶心，沉着了声音道："陆先生，你还来找我吗？这件事，我为你背了很大一个包，你还有什么意见？你说。"那人把两手插在西服裤袋里，并不答复。

徐亦进向他望着，见他个儿粗矮，那西服套在身上，软软摊摊的，并不挺括，不是陆影那种胸脯子挺着，便沉吟着道："这……这……这是哪一位？"那个人扑哧一声笑出来道："我不是六先生，我是五先生。"亦进道："你看，大狗，几天不见，换上一套西装了。"大狗把帽子取了下来，在手里晃了两晃笑道："你瞧我不起，我阔不了吗？我这还是上海买来的呢。"亦进道："以后你这样荒唐，我就不问你老娘的事了。你怎么两天不回家，也不向我们邻居打个招呼？"大狗道："我实在来不及打招呼了，为了对不住你二哥，所以我特意到这里来赔罪，你说愿意到哪家馆子去吃都可以，兄弟做个小东。"说着，在腰包上拍了一下。

亦进本已把箩担挑在肩上，开着步子走了几步，却又把箩担放了下来，站住了脚，向大狗望着道："你实说，又在哪里做了……"大狗抢上前一步，伸手捂住了亦进的嘴，轻声道："这是什么地方？二哥你乱说。"亦进道："我知道你拿的是什么钱，吃你的。老实说，你再要不好好地做生意，我要和你绝交了。"说着，一阵风似的挑着担子走了。大狗倒不怪他，望了他的去路，笑着摇了两摇头道："我这位徐二哥，倒是一位老道学。"说毕，戴上帽子，缓步走出了夫子庙。

忽听到身后有人笑道："啊，这个卖草药的郎中，也穿上西服了。"大狗回头看时，是两个女孩子站在电灯杆下，向自己指手画脚。大狗笑道："我是卖草药的郎中吗？"一个女孩子道："怎么不认得你，你到阿金家里去诊过病的，你诊得好病，把人都诊死了。"大狗道："什么？阿金的娘死了，是我去的那一天死的吗？"女孩子道："是今天早上死的，还没有收尸呢。"大狗道："为什么还没有收尸呢？"女孩子道："没得钱买棺材。"大狗听到这里，也不用更听第二句，便放开了脚步，直奔阿金家来。

走到她所住的那进屋子里，还看不到这里有丧事的样子。心里想着，小孩子信口胡说的话，也不可全信，得先向屋子里打个招呼。于是在天井里就站住了脚，向屋子里问道："阿金姐在家吗？"只听到一声哽咽着的嗓音，由窗子里透出，哪……哪……一个？大狗道："我姓王，来看看老太来了。"说着话向那屋子门边走，这就嗅到一阵纸钱灰的烟烧味，隔了门帘子，仿佛看到竹床头边，放了一盏油灯，正在心里打着主意，门帘子一掀，阿金出来了，她说了声是恩人又来了，便哽咽着道："恩人，你来得正好，再救我……"说时，对着大狗磕下头去。

大狗搀扶她时，见她头上扎了一块白包头，心知小孩子的话是对了。便道："老太太怎么了？"阿金靠了门站定，哇的一声哭着。哽咽道："老人家过……过去了，怎怎……怎么办呢？"说着，又向大狗磕下头去。大狗道："有话你只管从从容容地说，我也是听到一点儿消息，特意赶了来的，我又怕消息靠不住，不敢一进门就问。"阿金站起来，把堂屋里的方凳子摊过来，请大狗坐下。一面道："老人家是早上就过去了的，也有几位热心的邻居，看到我可怜，计议了一次，替我想法子，要筹几十块钱来买衣衾棺木，一直到现在，还没有着落。"

说话时，也有几位邻居围了拢来，看到大狗穿了一身西服，且不问他样子好歹，料着是阿金的恩客，都说看在阿金分上，多多帮点儿忙吧。大狗道："但不知还差多少钱？"阿金坐在房门槛上，掀了一片衣襟，擦着眼泪道："差多少钱呢？一个钱也没有预备好呀！"大狗偏着头想了一想，站起来向大家拱拱手道："各位在当面，我也不是什么有钱的人，阿金姐也知道，不过我要不打算出点儿力，我也不会赶着来。"大家齐说了一声"是啊！"大狗道："总算这过去的老太，还有点儿福气。我在前两天，做了一笔生意，挣了一笔钱。阿金姐，我也不管你要花多少钱，差多少钱，我帮你一百块钱吧。"他说这话时，围着的邻居，哄然一声相应着，有个年老点儿的邻居，便道："阿金姐，你还不快点儿磕头，那太好了。"阿金果然趴在地上，大狗不等她磕下头去，两手用力扯住阿金的手，因道："阿金姐，你应当知道一点儿我为人，我并不是家藏百万的大财主，做什么好事，我也不是为你……"

阿金已是被他扯起来了，他也不再说为了阿金什么，就伸手到怀里去掏出几个小报纸包来，包上写着有歪倒不成样子的字，或写着一百元，或写着五十元，或写着十元二十元，挑了一个写一百元的纸包，放到阿金手上，其余的依然揣起来，因道："你点点数目，看是对也不对？"阿金还不曾答复，邻居们都觉着大狗的行为奇怪，都说："就当着这位先生的面，大家见见数目吧，人家有肉，不能放在饭碗底下吃。"阿金随着将报纸包儿透开，大家眼睁睁地望着，正是五元一张的中国银行钞票，共二十张，大家又哄然一声，那个年老的邻居，还只管说："难得难得，这年月哪里去找这样雪里送炭的人。"大狗且不理众人，向阿金道："我也不进屋子去了，就在房门外头，给老太送行吧。"说着，隔了门帘子磕下头一去，他穿了那不大称身的西服，两只手全伸出袖口外来得长，又着十指，按住地面，将头一下一下地向前钻。邻居们看着，都觉这个穿西服的慈善家，太有点儿不登品。

阿金在一边回礼，倒没理会邻居在互相丢眼色。大狗磕了头，站起身来，又同邻居们拱拱拳头道："这位阿金姐，虽然是个生意人，可怜她只因为娘老了，手里穷，不得不走那条路，到底是个孝女。她人手少，还望大家和她出一点儿力，我还有点儿私事要办，不能帮忙。"说着，就向天井里走，阿金跟着送出来，叫道："王大哥，你慢走，你府上住在哪里？改天，我也好登门叩谢你的大恩？"大狗道："府上，我哪里有什么府上？叩谢的话，你根本不要提。"越说越向前走，阿金站在天井里，手里捏了钱，倒站着有点儿发呆。手里把握着的钞票，又紧紧地捏了两下。心里想着，这不要在做梦。

邻居们也都围上来，那个老邻居道："好了，现在你有钱了，可以去办事了，还发什么呆？"阿金将手上握着的钞票，又托着看了一看，因道："不瞒你说，我却疑心这是做梦。"老邻居道："照说，在客人里头，找这样好的人，自然难得，但也不是简直没有。我想他有点儿转你的念头吧？"阿金道："我也不怕害羞的话，我这样摆路摊子做零碎买卖的人，哪里还去找恩客；而且这位王老板，连笑话也没有和我说过一声，他转我什么念头？是一天下雨的晚上，他在路上看到我，问我为什么这样夜深还淋着雨找人？我说娘病了，没得钱吃药。他问明了我住在哪里，说给我荐一位医生来。第二天医生来了，就是他自己。并不是看病，暗下送了我三十块钱。我也是这样想着，他不能白给我钱，约他晚上在旅馆里会，他倒重重地说了我几句。今天是第三次会面罢了。"老邻居两手一拍道："这怪了，他为什么要一次二次地帮你忙？"阿金道："据说，他自己也是个卖本事养娘的人，他最赞成人家孝顺父母。"

阿金在天井里一说，被王大狗这一件豪举所惊动了的邻居，站了一天井的人，都更加诧异。其间一位八字胡须的，只是手摸了嘴巴，带一点儿微笑，有人便道："是啊，请我们这位赛诸葛先生，看看他的相吧，他是一种什么人呢？"赛诸葛笑道："我虽没有仔细看到他的相貌，可是就单看他的举止动静，我也看出来了，他自己没有什么大前程，不过在交通或财政部当一名小公务员，但是他的祖辈积过大德，挣下几十万家财，谁要得了他的欢心，漫说百十块钱，就是一万八千，他都可以帮忙的。"又有人接嘴了，那也不见得。赛诸葛道："我摆了二十年的命相摊子，总可说一声经验丰富；若是不灵，请下了我的招牌。"大家听着，又围拢了要问所以然？赛诸葛笑道："诸位若把他找来，让我细细和他看看，我再给各位报告，现在我要去做生意了。"说毕，转身出了天井去了。

阿金听了赛诸葛的话，虽觉得全不是那回事，可是自己急于料理母亲的丧事，也没有工夫去辩白这些话。一忙前后三天，把母亲的棺柩送了出去，第四天早上，自己呆坐在屋子里想着：现在没有老娘，不必去做那以前的事了；可是不做那事，自己又找一桩什么事情来安身度命呢？心里感到烦恼的时候，又流下泪来。门外边有人叫了一声阿金姐，来得很急促，似乎是有什么事要商量似的。便掀着门帘子迎出来，却看赛诸葛两手捧了旱烟袋，满脸带着奇怪的笑意。

阿金还不曾开口问话，赛诸葛回头看了看身后，将旱烟袋嘴子指点看阿金道："奇事怪事，我不能不来问你一声了。"阿金扶了门框，呆望了他问道："有什么要紧的事吗？"赛诸葛道："那个助你款子的人，你究竟和他有交情没有？"阿金道："以前我对各位邻居说的都是实话，一向不认识他的，难道你先生听到什么不好的话吗？"赛诸葛道："并不是听到，我还亲眼得见呢。不信这个人，他竟一个字不识，今天上午，他到我算命摊子上去，要我代他写一封信。"阿金道："哦，他和你是朋友。"赛诸葛道："我摊子上，本来有代人写信一项，只要出两角钱，什么人也可找我写信，何必朋友。他到我摊子上来，并不认得我；但是他那天穿了西服磕头，那一副形象，一辈子也忘不了。我一见他就认出是助你款子那个人了。"

阿金道："他要你写什么信？"赛诸葛道："信是我写的，我记得，我照了他的意思写着，我念给你听：'小春三小姐慧鉴，客套不叙，启者：前日至府，借得钻石戒指一枚、皮包一只，谢谢！戒指在上海押得洋六百元，款已代做各项善举，今将当票奉还，请为查收，并候秋福！鄙人金不换顿首。'"阿金道："这也没有什么奇怪呀。他有那个大情面，就可以和人借东西。"赛诸葛笑着，连摇了两下头道："不，这里大有文章呢：第一，他写信寄交的这个人，是鼎鼎大名的歌女唐小春，日前报上登着，她丢了一只钻石戒指；第二，你说那人姓王，信上却变了姓名叫金不换，显然有弊；第三，这当票为什么不自己亲手交还，要写信寄去呢？我看那人贼头贼脑，定不是个好东西。阿金，你可不要受了这一百块钱的累。"

阿金想到王大狗自己过去所说的话，有些藏头露尾，现在把赛诸葛的话仔细地想上一想，倒呆了很久，答不出所以然来。赛诸葛道："我们既是邻居，我遇到了这事，不能不告诉你。"阿金道："多谢你的好意。不过不一定是帮助我的那个人，也许是你看错了？"赛诸葛道："看错了，看错了就挖我的眼睛。"阿金道："不管怎么样吧，我的娘死了，尸首收不起来，不是人家救我一把，到如今也许还没有收殓起来呢。漫说那位王先生不是坏人，就算是坏人，做错了事，我也愿意受这分赃的罪。我看你的话，就自己打了自己的嘴巴，你不说你摆了几十年的算命摊子，看出人家家财有几十万吗？又看出他是财政部交通部一个小公务员吗？你没有得着人家的钱，红口白牙齿乱骂人，说人家是个贼；贼也不要紧，我是个当野鸡的，交这么一个朋友，还玷辱了我吗？你无事生非，把这话来告诉老娘做什么？人家帮我娘的棺材钱，还剩下十块八块，我有我的用处，也不能白送给你，你把这些话来吓我做什么，想敲我的竹杠吗？"她说了这一连串的话，可把脸子板起来了。

赛诸葛被她这一阵说着，站着不是，走开也不是，呆了脸向阿金望着，总有两三分钟，才冷笑道："好一张利口，我好意倒成了恶意。"阿金道："当婊子卖身的人，不会有什么好话，你想想你自己，又是什么好人。"赛诸葛把脸皮气白了，拱拱手道："领教，领教。"说着，一扭身跑了，可是他这一扭身，可会平安无事吗？

第八回

重私恩偷儿争自首
忿家丑失主两饶人

天下尽多为别人的事，惹上自己一身麻烦的人；也有惹上了麻烦，再出来一个多事的，使这圈子，就慢慢地兜得大了。王大狗和赛诸葛就在这个情形中。阿金哪里会想到这些，倒觉得骂了赛诸葛一阵，落个痛快。事后和邻居谈起，还啰啰唆唆数着赛诸葛的不是。那邻居站在天井里，隔了窗户向里面叫道："阿金，你少说两句吧，我看这件事，会闹出风潮来。"阿金由窗格子上伸出脸来道："闹出什么风潮来，会把我解到公安局去，打我二百手心？"老邻居道："虽不打你二百手心，少不得有警察找你来问话。"阿金道："那我等了他，一个当野鸡的，还怕什么丢脸不成？"说着，两只巴掌高抬起来拍着，拍了两下重响，那老邻居摇摇头，伸着舌头走了。

阿金说了这话，自然是不挂在心上。过了一天，是上午九点钟的时候，有人在天井里叫了一声："阿金在家吗？"阿金伸了头看时，见一个人穿了一身青灰湖绉短袄裤，挺了一只大肚囊子，头上盆式的呢帽子，歪了向后戴，露出他一张南瓜脸，左脸泡上长了一个黑痣，上面拥出一小撮长毛。阿金认得他，这是夫子庙有名的角儿赵胖子。他后头跟着一个长脸麻子，穿了一件青绸长夹袄，袖口上卷出两小截里面白绸衫袖口，不戴帽子，那个人也是一位夫子庙知名之辈刘麻子。于是答应了一声道："在家里呢，两位大老板，请到屋子里坐。"

刘、赵二人随了话进来，一进门，先打量她的屋子，见一副床铺板，搭了一张小铺，上面乱放了两条破被褥，横靠墙放了一张空竹床，另配两只破方凳，靠窗户放了一张两屉桌，煤油灯，烟卷筒子，雪花膏瓶，梳头油盒乱堆着。另外一面尺大的镜子，却把毛绳

72

子捆住了破镜架，床头边虽堆了两只破旧的黑木箱子，连搭环也没有。不用说了，显着那箱子里不会有什么值钱东西。倒是报纸糊的墙壁上，有两件整齐的衣服，挂在月份牌美女画边钉子上。

阿金用手抹了两抹方凳子，笑道："太阳照进房里来了，请坐吧，两位大老板，有什么事见教呢？"赵胖子伸了两条八字腿坐着，双手提起了裤子脚，因笑问道："难道你自己一点儿也不知道吗？我们也知道，这并不是你干的事，不过多少你应该知道一点儿路数？唐大嫂子，也不愿把这事弄到公安局去，只要你到她家去把这个拿东西的人，指正一下子。"阿金听了这话，心里不免噗噗乱跳。可是她极力地把脸色镇定着，靠了房门站定，交叉着十个指头，把手放在腹部淡笑道："赵老板无头无脑这一顿话，我倒有些摸不清缘故，什么糖大嫂盐大嫂的。"刘麻子坐着一拍大腿道："不用三弯九转了，直说吧。你老太去世，没钱收殓，我们知道有人帮了你一笔款子，这个人有人打听出来了，他就是偷了唐小春的钻石戒指的人；这个人姓甚名谁，我们也知道，不过没有人指证，我们还不能把他抓着；但是他也跑不了，若是这样一点儿小事，我们也栽跟斗，不用在夫子庙吃饭了。"

阿金垂下上眼皮，想了一想，点着头道："刘老板爽直，我也就爽直些。是的，有人帮助过我一笔丧费，唐大嫂就是唐小春的娘，从前秦淮河上有名的唐三宝吧？"赵胖子瞪眼哼了一声，刘麻子道："谁和你说这些！"阿金笑道："我们是同行，她是我的老前辈，这话说不得吗？"赵胖子道："你打算硬挺，是不是？赵胖子手里没有溜得了的黄鳝，你心里明白些。鹿𪊮的，凭了我和老刘这两个大面子，会跑来碰你这野鸡的钉子。"说着，他伸了手在桌上重重地一拍，站了起来，将肩膀一横，刘麻子却瞪了眼望了她，个个麻子眼全涨红了。

阿金动也不动，还是那样站着，笑道："赵老板，你生什么气？三宝也是卖的，我也是卖的，哪个不知，谁人不晓？她现在是红歌女的娘，就不许提了；不提就不提吧，谁叫我不在秦淮河卖，在四象桥拉客呢？我吃了老虎的大胆，也不敢驳你二位老板面子，你不用生气，拍痛了手，是自己吃亏，你就打我两下，也打醒醒了你的手。"刘麻子道："我们不是和你斗嘴巴来的，你说了这一大串的话，这事就算了吗？"阿金道："不算啦，拼了一身剐，皇帝拉下马，天大的事，有我承当。我和二位老板去见三宝，把我送地方法院，那就很好，我正找不着饭票子呢。我知道，这不会犯枪毙的罪，我同你们一路去见三宝。"说着，左手取了桌上的镜子，右手抽开抽斗，取一把牙梳，站着举了镜子，梳了一阵头发，仍把镜子放在桌上，支了煤油灯靠好，打开雪花膏缸子，挖了一大块雪花膏在手心里，两手一搓，弯了腰对镜子扑着粉。

赵刘二人都瞪直了眼珠望她，她毫不介意，把身上短褂子脱了，露出上身雪也似的白肉，两个碗大的乳峰，只管颤巍巍地抖动，她靠近了赵胖子站定。赵胖子忍不住笑了，因道："鹿媖的，你真不在乎！"阿金从从容容把墙上一件花绸夹衫取下来，穿在身上，板了脸道："我在乎什么？穷人只知道饥寒，不知道廉耻。你赵老板中意，我立刻就卖给你，打个折头，你给五块钱，凭了刘老板做中，不算事的，是龟孙子。"赵胖子只是笑，没说话。刘麻子道："滚吧，不要废话了。"阿金道："走走走，我门也不用带。"说时，把两手扣了衣纽，已经走到天井里去。赵、刘二人一路跟了出来，赵胖子道："你不用去了，你只说那人是谁？"阿金道："怎么样？我见不得三宝吗？我在马路上站着，什么大人物也见过，并没有洒上哪个一身臭水；鼓不打不响，事不见不明，我不见着三宝，我不能说，带东西带少了，带话带多了，回头你们多带上几句话，我糊里糊涂受了罪，还不知道罪犯何条呢？"

赵、刘二人把进门那股子劲都消下去了，倒是望了她，不会动脚，阿金道："怎么样？你们不打算去了吗？不去就不去，我还要做午饭吃呢。"赵胖子软了声音道："阿金姐，我和你商量商量，你见了唐大嫂子的面，说话客气一点儿，行不行？只要你把话说得中肯，我保你无事。"阿金道："我本来无事，用不着二位老板烦心。"赵胖子把肉腮沉了下来道："鹿媖，好不识抬举，你打听打听，夫子庙混了三十年，哪个刮过我赵胖子的胡子。"

说话时，邻居都围拢了，把他们的谈判，听了半天，都劝阿金不要拂了两位老板的面子。阿金这才道："我不是不通人性的畜生，只要别人给我面子，哪个人不是十月怀胎出世的。当野鸡的人，命生得下贱，一样懂得好歹。只要别人把我放得过去，我自然也放得过别人去。那么，我们走吧。"她说完了，又是在人前面走着。赵胖子看到她太大方了，倒怕她逃走，出门就雇了三部人力车子，把阿金夹在中间坐着走。到了唐大嫂门口，赵胖子请刘麻子会车钱，自己却抢上前两步，向主人报告去了。刘麻子知道这意思，故意在大门口俄延了一会子，然后把阿金带了进去。

　　阿金走到最后一进的天井里，就看到唐大嫂，口里衔了一支烟卷，含笑靠了堂屋门站着，老远地还点了个头，阿金路上憋了一肚子的苦闷，这时先解除了一半，也就跟着这意思，笑着点了两点头。唐大嫂道："对不起，对不起。他们二位把你小姐找来了。这件事和你小姐无干，不过有几句话打听罢了。"阿金笑道："唐家妈，你不要取笑，我们还配叫什么小姐，你就叫我阿金吧。"说着话，随了这话，走进了堂屋，唐大嫂让她坐下，笑道："这件事，我们已猜准了是王大狗子干的了，为什么我们还不拿他呢，因为他实在洗手两三年了，我们也怕冤枉好人，所以不能不慎重一点儿；其实，我们有好多证据了：一来，有人见他穿了一身西装；二来，看到他整块钱舍叫花子；三来，他又帮助了你一笔款子。这还不算，还有一件事，是他自己露了马脚，就是他向来有个脾气，虽然把人家东西偷去了，他一定退还人家当票子，夫子庙的老人，都知道他这一套的，只要你把他交出来，就没有你的事。"

　　阿金听她这样一说，暗里连叫了两声原来如此。呆了一呆，突然站起来，却走向唐大嫂面前跪下，唐大嫂牵起她来道："你不用害怕，这事我知道与你无干，大概王大狗干什么的，你现时才明白吧?"阿金道："不，我早知道他是干什么的了。"唐大嫂道："你知道那就很好，他现时在哪里?"阿金道："不过这件事与他无干，是我干的，大狗虽然在外面乱花钱，那是我分给他的，当票子呢，也是我受了他的劝，请他代我退回的。"

75

唐大嫂子又点了一支烟卷抽着，两个指头夹了烟卷放在嘴角上，斜了眼对阿金脸上望着，摇摇头笑道："这事是你干的，你不要瞎说，这个行当，自古以来，我还没听到说有女人干的。你真有这手段，不妨再来一回，你就把我的家搬空了，我都不怪你。"阿金道："是真的，这是我干的；不然，我怎么认得王大狗呢？这本领就是他传授给我的。至于他本人，果然是唐家妈那句话，洗手两三年了，你老人家不要冤枉好人。我做的事，我愿承当，钱是花光了，不能还原，请你老人家叫警察来，就把我带去押起来吧。"唐大嫂道："我知道，你是因为王大狗帮了你一个忙，你无法报他的恩，就来替他承当这一行罪；不过是百十来块钱的事，犯不上这样替人吃亏。"阿金道："不，实在是我做的。"

　　唐大嫂听了她的话，一时倒没了主意，坐在椅子上，只管抽烟卷，赵胖子道："大狗这东西狡猾不过，从昨晚上起，就躲起来了，四处派人找他没有一点儿踪影；要不然，把他找了来，当面一问，不怕他不招。"阿金道："赵老板，不是我说话冒昧，你这样说，就透着多事了，你们破案，无非是要捉正犯。现在正犯已经有了，你们何必还要多攀好人呢？"赵胖子微笑着，刘麻子正对了她脸子望着，很沉着地道："你是好汉，你要做一点儿颜色我们看。"阿金道："我敢做什么颜色给人看呢？不过我是凭了我良心说话，而且各有各的行规，我犯了罪，多拉一个人，也减轻不了我的罪。"赵胖子望了唐大嫂道："唐家妈，你看这件事，应当怎样办呢？"

　　唐大嫂吸着烟卷，一根接上一根地抽，默然了很久，最后她道："东西是无法追回来的，当票子寄来了。东西当在上海是不会假的；至于钱呢，你看阿金这样子，能逼她的命？只有找着王大狗，或者可以在他身上，掏出一些没有花光的钱来。只是这家伙躲得无影无踪，哪里去找他呢？"赵胖子看看阿金，又向刘麻子丢丢眼色。刘麻子脸色一变，伸手将茶几一拍道："你这个女人，好不识抬举，我们对你说了许多真心话，都摇不动你的心，唐家妈对你，真是另眼相看，你一点儿也不知道感谢，我们决不为难王大狗，只要把他找了来，多少取回一点儿款子。你现时一个字不提，不是诚心让我们为难吗？你快说，他躲在哪里？"

阿金默然了一会儿，向唐家妈道："唐家妈，你老人家是神明的，我大凡有丝毫推让的法子，我也不愿自己挺了腰杆子来承当这一项罪。"唐大嫂喷出一口烟来，淡笑道："我没想到在秦淮河混了二三十年，于今会在阴沟里翻了船。"刘麻子道："那没有话说，只好把她带局。我看这件事是私了不下的。"唐大嫂并没有作声，赵胖子向阿金道："你听到没有？也无怪刘老板生气，你自己要识相点儿。"阿金道："唐家妈待我好，两位老板待我好，我都知道；只是王大狗和我认识以来，只有他上我家来，他家住在哪里，我真不知道。你们要我交人，逼死我也交不出来。"

正说到这句话，有人在天井外面搭腔道："不用逼命，王大狗来了。"随着这话，果然是他进来了，手里拿了一圈麻索，向地面上一扔，摘下了头上那顶瓦块帽，在堂屋中间挺立地站着，对唐大嫂道："东西是我偷的，当票子是我寄来的，钱是我花的，和阿金一点儿不相干，直到现在，大概她还不晓得我叫王大狗吧？怕你府上绳子不方便，我自己带来了，请你把我捆上吧。"这不但唐大嫂对他呆望着，就是赵、刘两个人，也都望了他愕然，王大狗道："穷人的身上，钱是存留不住的，我把戒指当掉了，把钱揣在身上，见了穷人，就分他几块，一齐都花光了。虽然唐家妈丢了一点儿东西，可是我和你老人家，也积德不少，我身上还有五十多块钱没有用完，请你老人家收回去。"说着，在身上掏出一叠钞票，放在茶几上，然后背了两手在身后，向赵、刘二人道："请你二位把我上绑吧。"赵胖子走向前，左右开弓，便给了王大狗两个嘴巴，瞪了眼道："你好大的胆，在太岁头上动土！唐家妈在夫子庙几十年，没有对不起哪个，你……"说时，又抬起手来要打。

唐大嫂站起来，就伸直了手拦着道："胖子，你先不要动手，我来问他两句话。"于是走到他面前，对他周身上下看了一遍，因道："看你这样子，也不像是带了什么贼骨头的人，年轻轻的，什么事不能做，为什么要做贼？"大狗道："你不用问，我偷了你小姐的东西，应该受罚，请你处罚我就是了。"阿金道："王老板，有话说呀，为什么放在肚子里呢？唐家妈，你不要看他是个下贱人，他还是个孝子呢。就因为他有个生了病的老娘，他不能不找点儿医药费。"唐大嫂道："哦，你没有钱养娘，但是南京城里的人，有钱的也多得很，为什么哪个你也不去找，单单地找着了我？"大狗道："你要问我这句话，我倒愿意告诉你了。我因为看到你们三小姐和银行经理一开口，就敲到了三百块钱，钱来得是太容易了，这样的财主，弄他两文是不足为奇的。"赵胖子道："你这贼骨头，还有一篇说法呢，一下收入三百块钱就算多吗？那一下子收入三四千，五六万的，你怎样不去偷他呢？"说着，又伸了手，唐大嫂道："你不用发急，等他把话说下去，你说。"说着，向王大狗把脸沉下来。

　　大狗道："你不用生气，听我把话说完，那三百块钱，你三小姐不是自用，是打算送给一个演文明戏的人的。我想，与其让那个人捡三百块便宜，何如我顺手把它掏了过来。可是我在酒馆里直跟着你三小姐到咖啡馆里去，总没有一个下手的机会，眼见三百块钱，一齐都交到了那个戏子手上了。"唐大嫂脸色，有点儿发红，鼻子里轻轻哼了两声，就站了起来，听大狗向下说道："你三小姐把钱交了他，也就走了，他可另打电话，找个女人说话，又叫了汽车上下关车站，我看他那意思，是要靠了这三百块钱，带一个女人到上海去开心，我也花了一块多钱本钱，叫汽车抢先到车站上去等着，不想那个女人，也是我的同志，等那戏子买票去了，她留下字条，把那三百块钱拿走了，我白赔了本钱，有点儿不甘心。回到城里，就在你府上动手。我想着，你们三小姐有那闲钱送那唱戏的，让我拿点儿去，散给穷人用，到底有功德些。好在那些阔人，就肯在她身上花钱，漫说一只戒指，十只八只，她也有法子补起这个窟窿来的。"

　　唐大嫂道："你说的这些话，句句是真？"大狗道："一句不真，我立刻七孔流血。"唐大嫂身向椅子上一坐，把右手撑了头，沉着脸道："偷得好，把这死丫头东西偷光了不算多。"说时，把脚连连在地面上顿着，随了这话，屋子里却窸窸窣窣地发出一种小小的哭声，赵胖子和刘麻子听到小春白送了三百块钱，都不由得鼓起了两只眼睛，透着不开味。唐大嫂沉默了很久，将手托的头，点了两点，因道："这件事我看不会假，王大狗，你敢亲自来出首，你总还有点儿人性。你把这件事详详细细地告诉我，我一高兴，也许饶了你。"

大狗看看她的脸色，看到严重的情形，已是减少多了。便也放和平了颜色，把当晚眼里所看的情形，详细说了一遍，说到陆影还是受了一个女人的骗，屋子那里哭声就变得更大，也更酸楚。唐大嫂向刘麻子道："你听听我们这多冤屈，我看这事不会假。这一程子，小春这丫头丧魂失魄，病不是病，愁不是愁，其中定有个缘故，还想不到是受了陆影这贼子的骗。"王大狗笑道："你老人家抬举，我生不出这样好的儿子来。"大家听了这话，先是莫名其妙，后来回想过来了，却不由得一时同笑起来。唐大嫂道："是啊，大小姐整批的钱，三百五百乱花，买一个不怎么高明的名誉，何不偷她一批出来，散济散济穷人。王大狗你也有不是，你看了心里不服，可以来告诉我，你真有急事，舍呢，我是不敢说，若是问我借个一百二百的，我自己没有，转借别人的，也要帮你一个忙，你为什么偷我？你既有这个肩膀，出来自首，早干什么去了。"王大狗道："犯案的都愿意自首，天下法院里就没有一个犯人了。"

唐大嫂道："那你为什么这时候又来出首呢？"大狗道："我遇到阿金姐家里的邻居，说是为了我那笔款子，赵、刘两位老板，把她带到唐家妈这里来了，我想她除了知道我姓王之外，什么也不明白，叫她来顶我这项罪，那太冤枉她了，所以我……"唐大嫂摇摇手道："不用说，你来的意思，我明白了，你爱她。"大狗笑道："照品格说，我没有什么不配爱她；不过我根本上不爱女人，也养不起女人，没有女人，我还免不了伸伸手，有了女人，我就要永远犯罪了。"唐大嫂道："那为什么帮助她？"大狗道："因为她贱身养她娘，我和她表同情罢了。她实在冤枉，请你老人家把她放了吧，我应当犯什么罪，我不辞。"说着，走到阿金面前，抱了拳头，深深作了三个揖，因道："我们总算在患难时候，交了一个朋友，我坐了牢，我家里还有一个老娘生着病，还没好呢，请你照应一二。我本来有一个朋友可以奉托的，他曾劝我多次，叫我做好人，我这回犯了案，他一定和我断绝来往的，恐怕他也不肯照顾我的老娘了。"

阿金先不答复他，向唐大嫂道："唐家妈，你老人家听到了的，他还有个生病的老娘，怎能够坐牢？他弄来的钱，我用得最多，天公地道，这牢应该我坐，请你放了他吧。"大狗道："你这是什么话？男人犯罪，叫女人替我去坐牢。赵老板不用多问了，把我捆上。"赵胖子望了唐大嫂，也不好动手。唐大嫂撑了头，生闷气，反是闭了眼睛，一个字说不出来。

门帘子一掀，二春由屋子里走出来，对大家看了看，向唐大嫂道："这件事还追问什么？越追问越臭，我的意思，把他们放了就算了，这姓王的身上剩五十块钱，已经交出来了，你再逼他，他未必又交得出多少钱来，白让他坐几个月牢，对我们没有什么好处，而且……"唐大嫂道："好吧，让他们走吧。"王大狗道："唐家妈，你这话是真？"唐大嫂道："我也犯不上同你们开玩笑，你们去吧，你们都有这份义气，难道我就是个木头人，一点儿不动心？"

赵胖子上前一步，牵着大狗的一只手臂，因道："小伙子识相点儿，难得唐家妈这样恩典，你还不谢了她老人家吗？"阿金来得比大狗更机灵些，却抢上前来，向唐大嫂跪着，因道："你老人家这份恩典，永远不会忘记。"大狗看到，也就下了一跪，站起来还向二春作了一个揖，因道："我王大狗虽然出身下贱，总也知道个好歹，请你向后看吧。"唐大嫂道："我也不望你们报我什么恩什么德，只要你们从今以后都做好人，也就不枉费我提拔你一番。"

二春站在房门口，向大狗道："现在事情过去了，我有一句事外的话问你，那个摆书摊子的徐亦进，你认识他吗？我有两次到夫子庙去，看到你在书摊子上转。"大狗道："这是我把兄，我怎么不认识他。"只这一句话，把二春的脸色变得苍白，瞪了眼道："他，他，他和你是把兄弟，你信口胡说的吧？"大狗道："二小姐，你以为这事很奇怪吧？他是一个有品性的人，会和我这种人拜把子，这里是有一点儿缘故的：他在街上卖书，我在街上卖水果，我每天下市，总带一点儿零碎食物回去，他问我家里有几个孩子，我说这是买给老娘吃的，他一高兴就和我拜把子。"赵胖子道："你这话不假吗？"大狗道："并不假，我也犯不上说假话。"赵胖子向二春望了笑道：

80

"不管他犯得犯不上，徐老板和这种人拜把子，总有点儿尴尬。我上次要他上奇芳阁吃茶，并不是瞎来的吧，要是让我叮着向下问，也许那天就破了案。"

二春红了脸，没有话说，两滴眼泪已经在眼睛角上转动着，差不多随便一动，眼泪就下来了。唐大嫂道："把他两人一放走，这件事就了了，七扯八拉，何必又牵涉到别个好人身上去。"刘麻子道："不过论起这件事来，徐二哥也是不该。他既然和大狗同住，大狗换了一身新，拿了洋钱当铜板花，他不能不知道；既知道，就应该给我们一点儿消息。"唐大嫂道："不管他知情不知情，这件事我不怪他，他和王大狗总是把兄弟，难道叫他出首他把弟不成？只是小春这丫头，做出这糊涂事来，他不来告诉我也罢了，不该在两面传书带信陆影这贼子，让我处处监督着，他已经没有法子来勾引小春了。有了徐二哥这不懂事的人，给丫头传书带信，这丫头才能够定了约会把钱送出去，这件事让我大大不开味。大狗子你回去，也不必把这些话告诉徐二哥，谁叫我养的女儿不好呢。我只说人家的好处，不记人家的坏处，彼此以后不提就是了。"

赵胖子道："什么提不提，以后就不必和这种人来往了，人心隔肚皮，好人歹人，不是周年半载看得出来的。大狗你回去对徐亦进带一个信，就说是赵胖子说的，他不够朋友，这唐家的大门，以后请他不必拜访了。"大狗道："赵老板，让我替他分辩一句：我做的这个案子，他实在不知道。"赵胖子喝道："滚你的蛋吧！这个地方有你和别个分辩的位分？"赵胖子说着话，两手可把腰叉住了，那夫子庙大老板的架子，随着就端了出来。唐大嫂皱了眉道："说他干什么，让他去碰第二个人的钉子。"

王大狗虽然替徐亦进抱一百二十分的委屈，无如自己就站在一个无理的地位上，哪里还说得出口，又向赵、刘二人各一抱拳，说声："多谢两位老板抬爱。"向阿金丢了个眼色道："我们走吧，不要踏醒醒了唐家妈的地。"说着，他先在前面走，阿金当然是很快跟了出去，自幸脱了牢笼，可是只走到前进天井，就听到唐大嫂大声说："这事就这样算了吗？又透着还有问题呢。"

第九回

难消重耻闭户撒娇
苦遇恶魔回家受训

　　那王大狗的职业不高明，五官的感觉，可是比任何人要敏锐得多了，听到这句"这事就这样算了吗"的话，立刻回转身来停了一停，阿金道："你不走还等什么？"大狗道："我等什么呢？你想，果然他们不肯甘休，我跑得了和尚跑不了庙，他能不到我家里去找我吗？你走吧，我进去再向唐家妈求个人情。"阿金道："这也好。要去我们就同去，不能让你一个人背大石头。"说着，两个人回身同走进唐大嫂这进天井里来。

　　那唐大嫂口衔了烟卷，满脸怒容，两手交叉放在胸前，还端坐在原来那把椅子上，看到他两人进来，沉了脸问道："你们还不肯罢休吗？又进来干什么？"大狗怔了一怔，没有答出话来，阿金和软了声音道："我们走到前面，还听到唐家妈怒气未息。"二春站在一边忍不住笑了，因道："我们又不是三岁两岁的小孩子，事情一说了了，当然就了了，还怪你们做什么？我们说的是自己的事。"大狗虽经她这样说了，还是怔怔地站着。唐大嫂皱着眉，将手连连挥了两下道："没有你们的事，你们走你们的吧。"大狗、阿金这才放心，再向唐大嫂道谢一遍，告辞出去。

　　二春站在一边，默然了一会儿，低声问道："妈喝一碗茶吗？"唐大妈并没有作声，只微仰了头喷出一口烟来，二春将绿色玻璃杯子斟满了一杯茶，两手捧着，送到唐大嫂面前笑道："妈你也不要生气，好在我们对王大狗这案子已不追究，外面也没有什么人知道，小春虽然丢掉了三百块钱，也不是自己掏了腰包。"唐大嫂将玻璃杯子接过，重重在茶几上一放，因道："你比她大好几岁，怎么也说出

82

这种话来？不是我们自己掏腰包，这三百块钱能白用人家的吗？有这三百块钱留在家里，干什么不好，要这样去送给那拆白党。"

二春道："你老人家低声一点儿，这前前后后都是人，让人家听到了，什么意思。"说着，把眉毛皱了。唐大嫂道："你看，除了这三百块钱不算，这戒指还要四五百块钱去赎，里打外敲，快近上千的洋钱，你看，关门坐在家里，倒这样大的霉，气人不气？好事不出门，恶事传千里，这话传出去了，我在夫子庙上，还把什么脸见人？再转一个弯，传到钱伯能耳朵里去了，他不会依小春的。"二春道："他不依又怎么样？还能告小春一状吗？"唐大嫂忍不住笑了，因道："你真是孩子话，这笔款子是小春向人家借的，当然人家有权利和小春要钱，我们尽管厚了脸不还人家的钱，可禁不住人家说话，这贱人哪里去了？刚才我还听到她在屋子里窸窸窣窣地哭呢，你去看看。"

二春走进房去了一会儿，复又出来，低声道："妈不要骂她了，她也很难为情的，现在和衣横着躺在床上呢。她说她要自杀。"唐大嫂鼻子里哼了一声，冷笑道："她要寻死，死了倒是干净，以为我就靠着她吗？我活到四十五岁，就没有靠过哪个过日子，她把死吓我吗？我不……"

话只说到这里，听到里面屋子，很急遽的脚步响，接着咚的一声，房门关上了。唐大嫂随了这一声响，把话停住，偏了头向屋里听着，总有五分钟没作声。二春站在一边，呆望了母亲，唐大嫂回转头来，将脚轻轻地连在地面上顿了几下，因道："快点儿，快点儿，你推开门进去，看看她在做什么？"说着，就把两只手来推着二春，二春虽然还是慢慢地移着步子，无奈唐大嫂是极力地推拥着，叫她立脚不住，二春一直被母亲拥到了门边，叮咚地碰着门响，唐大嫂轻轻地道："你叫她开门，你叫她开门。"二春只好依了娘的话，将手拍着门道："小春，你就房里做些什么玩意儿？快快开门，我们这场笑话，就够人家说大半天了，还要闹呢？"唐大嫂大了声音道："随她去，理她做什么？她有那胆子，点一把火把这房子烧了，那算她泼辣到了顶。若是她要自杀，我很欢迎。"口里虽是这样说着，两只手却帮了二春敲门。

正好赵胖子、刘麻子在旁边厢房里谈心，被惊醒了跑了来，两人看到情形紧张，各抬起一只腿，只几下把门踢开，同二春拥了进去。正房里没有小春，转到床后套房里，见小春倒在一张小床上，两手举起来，将脸掩着，侧了身子向墙。二春走向前来，两手推着她的身体道："你这是怎么？发了疯了吗？"小春尽管让她推动，并不作声。赵胖子俯了身子道："三小姐，你是一个绝顶聪明的人，怎么我们所不做的事，你都做起来了哩？"小春总是两只手掩了眼睛和脸，给他一个不理会。刘麻子道："三小姐你吃了什么东西下去了没有？"小春还是不作声，赵胖子越发地把声音放着和软起来，不管小春看到不看到，他将肉泡眼连连眨了几下，仿佛那眼泪已到眼角，立刻就要滴了出来。因道："不要说唐家妈记挂着你，我们这一班朋友，哪一个不受到三小姐的好处？三小姐有个好歹，我们这班人在夫子庙都不用混了。我们全都望三小姐身体康健，花了几个钱，那算不了什么事。"

小春实在听不下去了，突然将身子一挺，坐了起来，瞪了眼道："花了什么钱？你知道吗？我又不是七十八十的老婆婆，什么身体康健不康健，要你这样数说一顿。"她口里说着，两手把身后一只枕头抓了起来，二春两手按住了枕头，向她道："喂，小春你看，你这脾气闹到什么程度了？人家说好话，劝劝你，这并无恶意，你何必这个样子。"小春板着脸道："是我不好，大家都说我不好，我不好，我自己把我消灭了就是。你们又何必多我的事呢？我给你们丢脸，我自己认罪，没有了我，你们也就不必丢脸了。"

赵胖子让她这样扫了面子，已经不好意思再多嘴，红了脸站在一边，两只手互相在两只手臂上搔痒，那一番尴尬情形，简直用言语形容不出。二春又不愿太敷衍她了，只是皱了眉随便说上几句，小春侧了身子趱着，索性呜呜咽咽痛哭。刘麻子瞧不过去，只得迎上前向她道："三小姐，你让我刘麻子说两句话，暂不要生气。唐家妈是你亲生娘，言语上说重了你两句，也许是有的；但是她绝没有一点儿坏意对你，就是你觉得她所说的不对的几句话，也是为你好，

84

你……"

小春将身一翻，两脚连蹬了几下，喝道："啰唆，我没有工夫听这些话。"刘麻子笑道："我就不说啰唆话吧，不过最重要的一句话，我还是要问，三小姐，你有没有吃什么东西？"小春道："我这里一关门，你们就像捉强盗一样，踢门进来，我有工夫吃什么东西吗？有的是东西，我要吃，随便什么时候都可以吃。"刘麻子笑道："哦，没有吃，那就很好，今天不必去应酬了，好好地休息一天吧。"小春突然坐了起来，用手理着头发，板了脸向赵、刘二人道："请你二位出去吧，我不会死，用不着你们在这里看守。"刘麻子不愿跟了赵胖子再讨没趣，向他丢了一个眼色道："我们上六朝居吃茶去吧。"他口里说着，人已走出了房门，见唐大嫂正对了房门坐着，瞪了两眼，动也不动。

刘麻子走出来，抱了两手，拱着拳头，同时又向她连摇了几下手，表示不要紧。唐大嫂微笑着点了两点头。赵胖子随着出来，也点了两点头，唐大嫂这就大了声音道："要你们二位操心，唉，我们家的事，真是说不尽头，我也看破了，没有什么混头了，一剪子把头发剪了，我出家去。"刘麻子走到前面天井口上，回过头来，抱了两拳，连连拱了几下，多话也不说，把那胖脑袋摇上几摇。唐大嫂把一听香烟，放在茶几边，抽一根又抽一根，好几回起了身走几步，又坐了下去，可是她对了那门坐着守下去，并不移动。后来二春走出来了，唐大嫂向她招了两招手，把二春叫到面前，低声问道："她没有吃什么东西吗？"二春笑道："你想想，她可会吃什么东西呢？房子里只有巧克力糖和鸡蛋糕，这些东西，就是让她吃一个饱，也不会坏事。"唐大嫂望了她一眼没作声。

二春低声道："论起花钱来呢，钱是她挣的，我们有什么话说；不过陆影那个东西，对她就不忠实，根本是骗了她的钱，去交别个女人，为了小春自身打算，也不应当做这样的事，羞耻羞耻她一下也好，她不大好意思出来，在屋子里睡觉，你随她去吧。过一会子，你又乖乖宝宝地去哄她，这就不好办了。"唐大嫂道："你难道没有一点儿骨肉之情，眼望了她死吗？"二春不说什么了，悄悄地站了一会子，径自走开。

唐大嫂一人自言自语道："人要倒霉，铁杠子撑了门，也挡不住。你看，不声不响一千块钱去了，钱呢是人赚的，去了也就算了，若是在人身上，再弄出个什么笑话，那还了得！我对于什么人都是副好心，漫说是我肚子里出来的儿女。"她口里说着，人就走进了房，见小春依然侧了身子，横躺在小床上，先叹了一口气，在旁边椅子上坐着。小春好像没有知道母亲进来了，躺在那里动也不动。

唐大嫂只是嘴角上衔了一支烟卷进来，那放在茶几上的烟听子，可没有带来，嘴上的烟吸完了，只好把吸成一截烟头子，扔在痰盂里，又默然地坐了一会儿，实在忍不住了，便道："并不是我啰唆，我比你知道的事情多一点儿，你不知道，我就要告诉你，现在你是秦淮河上第一等歌女了，你不抬举你，别人可抬举你，这不是我瞎吹，报上不是常常登着你的名字吗？你若是做了什么有体面的事，报上自然会跟你登出来；就是你做了失面子的事，报上也未必不登出来。"小春这就开口了，重着声音道："你们还怕人不知道呢！又吵又闹，还打算报公安局。"唐大嫂道："不是为你的缘故，连王大狗都没有追究吗？你这孩子，不体谅为娘一番苦心，还要寻死寻活，一个人只能死一回，还能死个七回八回不成？"

说到这里，就走过来，坐在小春的脚边，接着道："你看早上闹到现在，我还没有吃一点儿东西，你也没有吃什么，这不是自己和自己下不去吗？起来吧，洗把脸，喝口茶，好吃午饭。"小春不作声，唐大嫂又把声音放柔和了一倍道："话呢，一说过，就算了，我都不介意了，你还要闹什么脾气，好孩子，起来洗把脸。"说时，就伸手去拉小春的手，小春扭着身子道："我不起来呀，我不吃呀。"唐大嫂一手拖不起她来，就两手抱了她的肩膀，将她扶起，口里还道："好宝宝，不要闹了，不吃饭也应该起来洗个脸，下午两点钟，叫你姐姐陪你看电影去。"小春半推半就地让母亲扶着，还是坐在床沿上不动。唐大嫂又叫了几声好孩子，好宝宝。看看小春虽是不发言，却也没有什么怒容。因道："我叫王妈给你打洗脸水来，再不许闹了。"于是叫着王妈自出去了。

王妈和二春同坐在堂屋里，微笑着，没有作声，唐大嫂走到王妈面前低声道："你知道什么，我们这一大家子，都靠了她一个人挣钱，她万一有个好歹，大家都吃一个屁。快给她打水去，问她吃什么不吃？"王妈含着笑点点头，自伺候三小姐去了。二春坐在堂屋里，很出了一会儿神，忽然想起一件事，立刻跑到自己屋子里去，拿起桌上的镜子，凝神地照了一照，对了镜子里的影子，微笑道："假使你有嗓子，也能唱几句，一样地也要受捧。"放下镜子。将手撑了头，斜靠桌子坐着，倒是发了呆了。在这一上午的时间，二春都懒得作声，也不愿移动。不过唐大嫂对于两位小姐，今天都特别慈爱，尽管二春什么家事不问，她也不生气。

吃午饭的时候，小春已是洗过脸，梳了头发，穿上了一件不带丝毫皱纹的翠蓝竹布长衫。虽然她没有搽胭脂粉，但每次这样穿着朴素装束的时候，就是她白天要出去的表示；因为这样，她更得许多人的羡慕，并不带上一点儿歌女的样子。二春同桌吃饭，并不作声。小春吃了一碗饭，就放下筷子碗，问王妈今天的报呢？王妈说是二小姐看过了。二春自低了头吃饭，很不介意地答道："报上没有什么消息，也没有带趣味的新闻。"小春道："我要看看广告。"二春道："今天也不是星期天和星期六，哪有绸缎庄放盘的广告呢。"小春有点儿生气了，扭转身就向屋子里走。她扭转身躯，扭得太快，把放在桌沿上的一双白象牙筷子碰着落在地面上。唐大嫂对她后影望了一望，却并不生气，向王妈道："三小姐要看电影广告，你找了来给她看看啊。"接着，又低声向二春道："两点钟的时候，你陪她去看一场电影吧，她那心里，似乎还没有坦然，陪着她混混就好了。"

二春放下了碗，拿着一调羹，只管向汤碗里舀汤起来，仿佛忘记了和母亲答话。唐大嫂道："我并不是要你陪她去玩，为娘的这番苦心，你要明白，为什么不作声？"二春这才抬起头来，低声道："我明白，你老人家让我去做恶人，我能去不能去就不明白了。譬方说，在电影院里遇到了陆影，我还是装麻糊呢，我还是不许小春和他说话呢？"唐大嫂道："没有那样巧的事，不管怎样，只要你跟着她在一处，她自然会规规矩矩的。"二春还是默然地吃饭。饭后，却打起精神来，拣了许多换洗衣服，放到天井里洗衣盆内来洗，唐大嫂看她脸上并没有一点儿笑容，也就没说什么。

到了两点钟，小春背了两手，站在堂屋屋檐下，看二春洗衣服。看了很久，因道："二姐，你这衣服并不等着穿，交给王妈洗不好吗？"二春道："反正没事，洗干净了就晾上，也省得在屋子里堆上许多龌龊衣服。"小春道："我请你件事，陪我出去看看电影，行不行？在家里实在闷得厉害。"二春道："你又不是三岁两岁的小孩子，一个人还怕出门吗？"小春道："有你同我出去，娘就省了一番心。不然，她害怕，我会给她大大地破一笔财，这就算请你去监督着我。"二春沉了脸道："你说这话做什么？我今天只有和你说好话的，并没有在娘面前生一点儿是非。"她两手撑住盆里水浸着的衣服，似乎是很用力的样子。小春道："我知道你对我不坏，可是我所说的，也是实话，你不陪着我，我就不能出去了，难道你愿意我在家里闷死吗？"二春道："好好好，大家都要我出去，我就出去吧。"说着，她甩着两只湿淋淋的手，就到屋子里去换了一件长衣服走出来。小春只拿了一只手提包，就随着二春身后出来。这不但唐大嫂料定她们出去无事，就是小春自己，也只觉得在家里怪闷的，不过出来消遣。

可是到了电影院里楼座上，站着找座位的时候，电灯光下，首先便见那对号特等座上，钱伯能坐在那里，他正掉过头来，有个找人的样子。小春本待装着麻糊，闪到一边去，钱伯能却已站起身来，抬着一只手，连连地和她招着，看他满脸是笑容，颇是高兴。小春一想到拿了人家三百块钱。绝对无法还人家，就不能不拿一分面子去拘着他。于是轻轻地告诉了二春一声，单独地就迎向前去。钱伯能笑道："太巧了，我向来不看午场电影的。因为这片子好，怕下两场挤，提前来看，不想你也来了，好极好极，一处坐。"小春笑道："不可以，我们买的是楼上普通座位。"钱伯能笑道："那算什么呢，补票就是了。"说时，正有一个茶房，拿了对号票，引客人座。伯能拿了一张五元钞票，交到他手上，因道："快去，给这位小姐补一张对号票，补在我们一处。"小春道："我还有个姐姐同来呢。"

在伯能邻座椅子上，有人插嘴道："那我们更欢迎，补两张票就是了。"小春见那人很冒失地插言，态度欠着庄重，就向那人看去，那是个黄面孔的粗矮胖子，穿了一件青西服，不怎么称身，更透着臃肿，嘴上养了一撮小胡子，但依然遮盖不了向外暴露的四颗牙齿。小春想着，这个人文不文，武不武，是什么身份，怎么钱伯能和他在一处？正踌躇着呢，二春也走过来了，问道："我们坐哪里？"伯能起身笑道："这是二小姐吧？请一处坐，我已经补票去了。我来介绍介绍，啰，这是杨育权先生，不但是中国的大资本家，可以说是世界上的商业权威了。这是夫子庙鼎鼎大名的唐小春女士，这是小春的令姐。"那杨育权也站起来深深地点了两个头，笑道："请坐请坐。"

小春更看清楚他一点儿了，一张上阔下削的长方脸，配着红鼻子，麻黄眼睛，两腮的肉，一条条地横列着，在他那凶暴外露的形状上，对人又十分和气，更觉得阴惨可怕。那西服料子的斜纹，也条条直显，好像代表着这人的性格。偏是他系了一条奇异的领带，白底印着红圆点，这是不大常见的用品。小春向来胆小，就远着他靠近了钱伯能，周旋了五分钟，茶房已将对号票补到，他笑道："很凑巧，这边两个位子没有卖出。"钱伯能接着票向旁边一让，将他和杨育权之间，空出两张椅子来。小春一机灵，先靠了伯能坐下，让着靠育权的那把椅子，等二春去坐。育权似乎知道了小春的用意，微笑了一笑，向钱伯能道："我们掉个位子坐，好不好？我有许多戏剧问题，要向唐小姐领教。"伯能口里说着好的，人已经走过来了。

杨育权在小春身边坐下，又深深地点了个头，笑道："唐小姐，我认识你久了，我就知你是个和蔼可亲的人。"小春虽然十分讨厌他，为了钱伯能的介绍，不敢得罪他。因笑道："将来还请杨先生多多捧场。"他笑道："捧场，那不成问题，我生平都干的是同人捧场的事情。"小春觉得他这话有点儿不伦不类，没有接着向下说。好在这已到了放影片的时间，电灯分别熄灭，只有银幕上的幻光了。小春做出一个静心领略电影的样子，对邻座的杨育权不去理会。

可是不到十分钟，那杨育权的身体，缓缓地向这边挨挤，有一股汗臭气扑人，心里连连说着讨厌，也只有把身子微微地偏着。可是这还不足，又只五分钟的工夫，一只粗糙而又烫热的手掌，伸到怀里来，小春这一惊非小，立刻站了起来，杨育权胆子大，而态度却十分自然，扯着小春的衣襟，要她坐下。而且在这一扯之后，他那只粗巴掌却也随着缩回去了。小春因为他已把手收回去了，也就忍耐着坐下。

可是只有十分钟，那手又伸过来了，这回倒不摸胸，却握住了小春五个手指头。小春待要缩回，无如他握得很紧，轻轻地抽不开，这就扭转了身子向二春，叫了一声姐姐。二春听她这样突然地叫了一声，有些奇怪，也就很惊异地问道："怎么了?"小春也说不出怎么了，又默然地向下看着电影。杨育权毫不介意，不握着她的手了，却去捏着她的大腿，小春把他的手拨开，他反而把她的手尖握住。小春实在无可忍耐了，站起身来道："姐姐，我肚子痛得厉害，我要回去了。"说着，起身便走。

二春晓得她对于杨育权有点儿不满，可不知道在黑暗中她还受着压迫。因道："我陪你出去走走就是了，回家干什么。"说着，扶了小春一只手臂，同路走出楼座来。伯能在这公共娱乐场所，不能不守着严格的静穆秩序，对于小春之走，只能说一声忙什么的，却不好起身挽留。

小春出了楼座出场门，嘘的一声，忽然哭了起来。二春抢上前，扯着她的衣襟道："你这是干什么?"小春被她一提，站住了脚，索性呜呜咽咽地哭着。二春道："你不喜欢那个姓杨的，我们离开他就是了，这也犯不上哭。"小春道："你不晓得，他拧着我的大腿呢。这还不算，又伸手摸我的胸口。"二春回头看了一看，因道："还好没有人，这话让人听到了，更是笑话，回去吧。"说着，手拉了小春就跑。自然，到了大门外，小春也就把眼泪擦干了。二春笑道："你看，今天你是加倍地倒霉，指望出来消遣消遣，偏偏又遇着那个无聊的杨育权，我陪你到后湖公园去走走，好吗?"小春道："真是那话，今天我是一个倒霉的日子，不要到后湖去又遇到什么不如意的事，我们回去吧。”二春看到她态度懒洋洋的，倒不勉强她，就陪了她一路回去。

进家的时候，唐大嫂见到小春噘了一张嘴，又吓了一跳，等二春进房了，追进来问是什么事，二春把小春所遇到的事告诉了她，唐大嫂道：“这也不值得自己哭起来，以后遇到这个人，远远地避开他就是了。那姓杨的既是钱经理的朋友，这话也应当同钱经理说明。”二春笑道：“怪难为情的，看小春像遇到了一条蛇一样，跑都来不及，你还要她在电影院里，宣布这种事呢。”唐大嫂道：“我说的是以后遇到了钱经理，就应当说明呀。”二春笑道：“你去和她自己说吧，大概她听到钱伯能三个字，就有些头痛呢。”唐大嫂道：“这孩子不长进，我去劝劝她去。”

唐大嫂走到小春屋子里去，见她两手臂环伏在桌沿上，头偏枕了手臂，斜坐在椅子上，笑道：“平常天不怕，地不怕，今天也碰到了对头了吧？”小春噘了嘴道：“人家心里还难过，你还忍心笑人家呢。”唐大嫂道：“我告诉你，吃我们这一碗饭，受这种委屈的事就多着呢。”小春道：“这委屈我不能受。”说着，她把脸掉一个方向，将后脑勺对了母亲，唐大嫂道：“你受不了，难道从此以后就端端重重，像观世音一样，不许男人碰你一下吗？”小春道：“你没有看到那个姓杨的那一脸横肉，口里露着吃人的牙齿，多么怕人。”

唐大嫂默然坐了一会儿，然后把她自身入世以来的经验学问，反复地说了一遍，最后，她做了一个譬喻，在秦淮河上的女人，不论好的、丑的，像淘粪的乡下人一样，有鼻子，有眼睛，谁不知道大粪是龌龊无比的东西，想到，忍住这口气，把粪挑下乡，倒进田里去，就可以长出青郁郁的瓜呀，菜呀，粮食呀，那就不怕了。你不要看下流男人做出样子难看，到了没有人的时候，那些讲礼貌有品行的君子，做出来的事，还不是和下流男人一样。秦淮河上的女人，认定了是淘粪的生意经，下流男人也好，正人君子也好，能够出钱的，就和他谈交情，下流女人对于男人所要求的，并不比正人君子加重一分一厘，既可和正人君子来往，为什么怕下流男人呢？

这一篇大道理，小春虽是听不入耳，可是找不出一个理由来驳她。只是偏了脸，将头枕了手臂睡着，这却有个第三者在堂屋里插言答道："唐家妈说的话，那全是真的。不是这么着，我们这碗饭就吃不成了。"小春抬起头来看时，是母亲的老前辈汪老太来了，她穿一件半旧的蓝湖绉短夹袄，头上梳了个小小的月亮髻儿，五十多岁的人，验上还没有一条皱纹，手里捧了一只水烟袋，慢慢走进房来。

小春对于她，向来是取着尊敬的态度的，立刻就站了起来，向汪老太点个头，说声请坐。汪老太随了唐大嫂进来坐着，呼了两筒烟，笑道："我住在前面屋子里，听了大半天了，那意思我也多少懂一点儿。小春，你不要看我这一大把年纪，当年风花雪月，也经过一番花花世界的呀。年轻的时候，受了人家捧场，以为一辈子都是王嫱西施，只拣自己愿意的去寻快活。到于今，还是住在秦淮河边，混日子过，看看世上，人家满堂儿女，有规有矩地过着日子，真是羡慕得很，但这是强求不得的呀。所以我劝年轻人，第一是不要把钱看得太容易了，能积攒，就早早积攒几个，不趁这日子人家捧你的时候抓钱，江山五年一换，将来就没有你的世界了；第二是看定一个老成人，把终身大事安顿了。唐大嫂，这些事，你做娘的应当留意。阿弥陀佛，我不像别人一样，眼前有个人，就恨不得替自己抓一辈子的钱，小春是你亲生亲养的，你当然不把养女看待她。我想，让她再混五年，可以让她替你找个好姑爷了。"

唐大嫂道："哪要许多日子，有相当的人，一年二年，我都可以放她走。那时，我吃口长斋，什么也不用操心了。"汪老太身子向前凑着，将手上的纸煤儿指点了小春，笑道："你听到吗？你又没个三兄四弟的，你娘的后半辈子，就靠了你，你不替她攒下几个钱，她关门吃长斋这个心愿，像我一样，总是还不了的。在秦淮河上的青年女人，不必看相算命，只看我这面镜子，就明白了。"小春很了解汪老太过着什么晚年生活的，听了这最后一句话，就让她很受着感动了。

第十回

赞少女骚客赋艳诗
接财东钱商摆盛宴

哪一个在秦淮河流浪的女人，肯一辈子流浪下去，假如物质上有相当的满足，谁都愿意收帆靠岸的。唐小春虽然不满二十岁，可是终日在这批同志里面熏陶着，她已经有点儿顾虑到将来。汪老太一说到将她自己做镜子，小春便想到这老太是三十年前秦淮河上四大金刚之一，只因不大爱惜金钱，到了晚年，手上没有积蓄，离不开秦淮河。那么，现在是挣钱第一，储蓄第一，毫无疑问。她耳朵里听了这两位老前辈的教训，低了头默然坐着，心里就在回味那些秦淮河格言。

正这样开着座谈会，车夫已经送进几张请客条子来，小春接过来一看，一个主人姓万，一个主人姓金，想不出是谁。另有一个在请客帖上，署名酒仙两个字的，知道这是一位大学教授，他有一班诗酒风流的同志，把他比着侯朝宗，把自己比着李香君，虽然那些人并不动手动脚，和胡乱开玩笑，可是他们那股子酸气逼人，也没有什么趣味。因之把三张字条全向茶几上放着，自己依然将一只手撑了椅子靠，把头斜托着，态度很是自然，不像有什么动心的样子。

唐大嫂把帖子接过来看看，问道："全是些什么人?"小春道："我只知道在老万全请客的是一班教授，若有工夫的话，和那些书呆子混混，倒也有趣味。"汪老太架了腿坐在椅子上，左手捧了一只水烟袋，斜靠在怀里，右手拿了一根纸煤儿，送到嘴唇边吹呼两下，并不去燃烟，又吹熄了，向小春眉毛一扬，笑道："你不要看错了书呆子，待起人来，倒是实心实意。在我们年轻的时候，南京还三年有一次大考呢。那各处来赶考的秀才，穷的也有，富的也有，那些真有钱的少爷，还不是带了整万银子到南京来花，秦淮河为了这班考相公，很要热闹一阵子。小春，你也不要看小了这种人啦。"小春道："我自然会去敷衍他们一阵子的，这些人在宴会上倒是规规矩矩的。"

说时，车夫又送进两张请客条子来，唐大嫂问道："今天礼拜几，现在还不过五点多钟，怎么就有这些条子要出？"小春坐在她对面，突然把身子一扭，噘了嘴道："你看我娘说话，什么出条子不出条子。"唐大嫂顿了一顿，笑道："哟，这句话，又冒犯你了，我们自己向脸上贴金，说是茶客请我们吃饭，那不过是自骗自的话，客人也好，酒馆里也好，哪个不是说叫某人的条子，要图干净，除非我们发了一笔洋财，远走他方……"小春手拍了椅子靠，突然站起来，接着又坐下去，红了脸道："人家瞧不起我们，那是没有法子，为什么我们自己看不起自己？当歌女也和平常卖艺的人差不多，为什么别种卖艺的，总是卖艺的，到了我们当歌女的，就变成了下流女人了吗？"

那汪老太看到她娘儿俩斗嘴，且不忙插嘴，从从容容地吸了几袋烟，然后喷出一口烟来，向小春微笑道："三小姐，你根本错了。我们住在秦淮河边的人，在人家眼里看来，都是下流的。你说你不下流，他还能够反问你一句，有钱租房子，哪里也可以住，为什么要住在秦淮河。其实，我们也不必和人家计较什么上流下流，你出门去，穿一身绸缎，坐着汽车，若要肯花几个小钱，那么，无论什么人见着你都会叫小姐。要不，你穿一身粗布衣服，在街上走着，真有人叫你小姐，别个一定说那人有眼无珠认错了人。这个世界，只有轿子抬银钱，哪有轿子抬廉耻。说到最上流的人，好像就是做大官的，现在做大官的，我虽没有什么往返，可是早三十年前，我认得的大官就多了，平常他们穿得工工整整，好像阎罗殿上的阎君一样，一点儿也不苟且，可是等到几个伙伴在一处，谈起巴结哪个阔佬可以得实缺，弄到个实缺，可以发横财，他们和我们谈生意经的时候，一模一样，你说那种人是上流还是下流呢？"小春道："汪老太的话，当然也是实情。但是我们自己也不应当来戳破纸老虎。

做官的有个纸老虎，我们也有个纸老虎。"

唐大嫂很深地哟了一声，笑道："还说什么呢？以后我不这样说话就是了。小姐，你今天的应酬，大概很忙，已经有五六处朋友请你吃饭了，你应该收拾收拾出去了。据一个做大官的人告诉我，他平日一天有三样忙，就是吃饭忙，会客忙，开会忙。你现在也有了大官三忙中之一忙了。"说着，脸上带了一种很轻松的笑容。可是小春手托了头坐着，微偏了脸，对着窗子外的天空出神。唐大嫂笑道："可以走了，老早的人家请客帖子就来了，你马上去，也要有两处赶不上。再要迟了，所有的这几个地方请客全赶不上了。"说着，将两手来抄着小春的手胁，小春咯咯地笑着，身子一扭，跑开来道："胳肢得人家痒丝丝的。"汪老太道："你看你娘这样着急，你就打扮打扮快出门吧。"

小春倒是很相信汪老太的话，对梳妆台很快地修饰了一会儿，挑了一件鲜艳的衣服穿着，拿了手提包在手，汪老太吸着水烟袋，点点头笑道："细条个子，鹅蛋脸儿，穿上这嫩绿的丝绒长衣服，真像个画上美人。这第一下到哪里去呢？最好是到老万全去应酬那班书呆子去，他们看到你这副情形，一定要做两首诗赞美你。"小春道："我倒是先要到老万全的。"她说了这话，车夫在天井里插言道："到老万全吧，又来了一张条子了。"说着，人站在房门口，一只手把那张请客帖子举得老高的，笑道："钱经理请客。"小春道："哦，你都认得他的笔迹了。"车夫笑道："我要有那个程度就好了，是送条子的那个茶房来说的。小春接过那请客条子看了一看，点着头道："果然是老钱写的字呀，你看怎么样，我不去好吗？"说着，扭转身来，对着唐大嫂望着。

唐大嫂道："前两分钟，你还说到老万全去的，怎么钱经理到了那里，你反而不去了？"小春道："我没有告诉你吗？他们同伙里面有个姓杨的，不是个东西吗？"唐大嫂道："不是东西又怎么样？当了酒席上面，许多人在座，他也没有那种本领，会把你吃了下去。"小春把手提包放在茶几上，手按了茶几沿，鼓起了腮帮了，唐大嫂道："你想呀，你在电影院里，是摆出一副生气的面孔走开了，现在

95

人家请你吃饭，你又不是怕那姓杨的，倒是有意给姓钱的过不去了。"小春道："你问问姐姐看，那个姓杨的，真是让人家不敢见面。"

唐大嫂昂着头想了一想，因点着头道："也罢，我来亲自出一趟马，好在老万全老板，都是熟人，泡一碗茶，我在前面柜房里坐着，万一有什么事发生，我立刻进去和你保镖，你这也就不必再害怕了吧。"小春道："你真同我去吗？"唐大嫂一起身，就在她前面走着，连第二句话也不说，出了大门，唐大嫂索性坐了一乘人力车子，在她前面引路。小春并不是不敷衍钱伯能，她还怕整卷的钞票咬了手不成？现在有母亲出来保镖，料着姓杨的纵然在场，也不能做出在电影院里那种动作来。

到了老万全门口，早看到马路两边，夹道放着漂亮的汽车，其中有几块号码牌子，就认得是熟人所有的，那靠着酒馆大门口所摆着的，便是钱伯能的车子，心里也就想着，老钱也许是今天大请宾客，在盛大的宴会中，是无须惧怯什么非礼行动的。这一转念，就夈着胆子向馆子里面去，先低声问着茶房："胡酒仙教授这批人散席了没有？"茶房说："胡先生这一席快散了，钱经理的客还没有来齐。"小春见母亲也在身后站着，和她丢了一个眼色，唐大嫂微点了一点头，好像说是知道了。

小春向胡教授这边房间里走着，老远就听到一副粗糙的嗓子，在那里吆喝着昆腔，唱词是什么，小春没有懂得。可是这腔调，至少在酒席上听了胡教授唱过十遍，乃是《鲁智深醉打山门》。心里自替自己宽解着，他们正在高兴的当儿，虽然自己来晚了一点儿，谅着也不会见怪。因之掀开了门帘子，且不走向前去，就手撑了门帘，斜侧了身子，向正中全席人微笑着。

这一席男女，共有十几个人，是大批先生，和夫子庙上几个歌女，夹坐在一处。小春这样在门帘下一站，仿佛有一道祥光射到座上，那些先生不约而同地，啊哟了一声，全体男宾起身相应，那位唱《醉打山门》的主人翁胡酒仙，把头仰起来，手拍了桌沿，正吆喝得起劲，忽然大家一阵欢呼李香君来了，那主人翁也就挺着一个大肚囊子站了起来，他那副南瓜式的脸上，笑眯两条蛾眉式的小眼，连连点着头道："三小姐，三小姐，请这边坐。"小春慢慢地走了过来，笑道："要胡先生多等了，我今天身体有点儿不舒服，本来打算不出来的，可是胡先生请客，我又不能不到。"那胡酒仙把着两个拳头，抵齐着鼻子尖一拱，笑道："多谢多谢。"侧坐一位有兜腮胡子，穿着大袖蓝布大衫的先生，拿了一柄尺多长的折扇，在半空中画了圈圈道："此所谓多愁多病身也软。"

小春挨了胡酒仙坐下，他躬身问道："对不住，我们菜吃残了，三小姐要吃点儿什么？"小春道："不必客气，不要打断了胡先生的佳奏，还是请唱吧。"胡酒仙笑道："我不过是个小丑，大家吃寡酒无味，我唱两句，让大家一笑，好多喝两盅，三小姐一来，春风入座，四壁生辉，哪里还用得着我来唱。"小春见席上还坐有三位歌女，不愿意一个人尽受恭维，笑道："胡先生近来更会说话。"胡酒仙且不向她回话，向左首一个长圆面孔的人道："小春是非常聪明的一个孩子，不但唱得好，而且常识丰富，在秦淮河上思想前进的人，我觉得无出其右了。"

小春看那人，三十多岁年纪，头上西式分发，虽不搽油，却也梳得清楚不乱。身穿一件浅灰哗叽夹袍子，没有一点儿脏迹和皱纹。满座人大闹，他却是斯斯文文地微笑着。他听了胡酒仙的话，便向小春道："唐小姐何不到北平去玩玩？关于戏剧方面，可以得到很多的参考。"胡酒仙又插嘴道："我来介绍，这位是名教授大音乐家周乐和先生，久在北平，对于戏剧界之熟识，是不用提了。三小姐今天认识认识，将来到北平去，周先生是可以多多帮忙的。"小春向周乐和点头道："是的，很久就想去，无奈在秦淮河上卖艺的人，她想离开秦淮河，就是一个很困难的问题。"胡酒仙又一拍桌子道："这话含有至理，而且感慨系之，我为浮一大白，你喝橘子水陪我一杯，可以吗？"说着，拿起旁边茶几上的橘子水瓶，满满斟了一玻璃杯，放到小春面前，然后自斟了一杯花雕，端起来一饮而尽，便向着小春干杯道："橘子水你也怕得喝吗？"小春笑道："陪胡先生喝酒是可以的，不过像胡先生这样说法，我就不敢喝，像我们这些小孩子，正要在老前辈面前领教，怎么我们随便说一句话，胡先生就这样夸赞起来。"周乐和微笑着点点头道："唐小姐果然说话得体。"

那兜腮胡子，又把折扇拿起来，在空中画着圈圈道："一个桃花扇里人。"同席的男宾都笑着说这七个字，有无限苍凉的意味。那几个歌女，虽不知道他说的话是什么用意，可是他那副做作倒是很滑稽，大家也都随着笑了起来。胡酒仙昂着头，把那七个字念了几遍，又摇撼了两下，笑道："这七个字很好，不可无诗，我来凑一首七绝吧。"便一面念着字句，一面做成解释的样子微笑道："博得佳名号小春，六朝烟水记前因，当筵更触兴亡感，一个桃花扇里人。"他念到最后七个字，身子向后仰着，将右手微微拍了小春的肩膀。

左首一个穿小袖蓝绸长夹袍，鼻子下蓄了一撮小胡子的人，点了头道："诗未可厚非，但第三句可以斟酌。"胡酒仙道："铁石兄，你觉得当筵两个字不好吗？其实今日之事，我辈未必能及复社诸生耳。"他双手按了桌沿，把胖的脑袋，和两只阔肩膀，一同摇撼起来，周乐和笑道："今天什么事，发动了胡兄的牢骚。"小胡子沉了脸道："假使我们生在桃花扇时代，绝不是那样做法。桃花扇里面那几位主角，举动是太消极了，我辈读圣贤书，所学何事，治平之世，是不必说了，就是危乱之际，万不得已，也当学学文天祥陆秀夫。"胡酒仙见他说得口水乱溅，红了两只眼睛，这就拿起筷子来，对了盘子里的菜，连连点上几下道："且食蛤蜊。"

那小胡子身边，也坐了一位浓妆艳抹的歌女，笑道："王胡子今天有三分酒意了。"胡子道："醉了，没有这回事，回头我们一路打弹子去，我不连赢你三盘，不能算事。"那歌女笑道："好像你说过以后永远不打弹子了，我倒不敢约王先生。"王铁石笑道："这孩子倒会捞我的后腿。"说着，向胡酒仙摇晃着头道："假如让我做谢东山，尽管丝竹陶情，绝不是偏安江左的局面，明公以为如何？"胡酒仙端起面前的酒杯子来道："此夕只可谈风月。"

说到这里，他故意把话扯开了去，向周乐和道："周兄哪天起身到北平去？"乐和道："本打算这两三天就要走的。"说着，腰杆子一挺，做成一个肃然起敬的样子，接着道："因为张先生约我谈话，我总要等见过了张先生再走。"胡酒仙听到张先生这三个字，脸上也透出一番祭神如神在的样子来，带了笑容点着头道："是的，张先生对于我们教书的人非常客气，他那样一个站在最高峰上的人，一定骄傲得不得了，可是和我们见面的时候，谦和极了，也称呼我们先生。"那些歌女们虽不懂政治，可是听到张先生三个字，都觉一字有千斤重，也就望了胡周二位出神。

那小胡子王铁石，在政治上是个极端失意的人，端起面前杯子来，向胡酒仙道："老胡，干一杯，这样子，你不会做那短命颜回的侯公子，大有登庙堂的希望。"胡酒仙笑道："怎么又提起《桃花扇》，短命不短命，我毫无成见，只是你说这话，未免唐突了小春。"小春笑道："我不敢高比《桃花扇》里的人，可也不希望成了那么一个故事。"那兜腮胡子将折扇在桌沿上连连拍着几下道："诚哉，斯言也！我们自己就应当检举我们自己的不对，何必老把桃花扇里人来比眼前人物。"王铁石自干了那杯酒，昂着头，把一双白眼，望了天花板，长叹一口气道："南朝士夫醮嬉，自古已然。"

这时，在一旁陪坐的几位歌女，对于他们的谈话，有点儿格格不入，坐着怪乏味的，就起身告辞。小春虽不喜欢这个调调儿，可是想到一离开这里，就要到钱伯能那一个筵席上去，倒觉得挨一刻是一刻，因之坐在原地方并没有动身。兜腮胡子道："小春颇够交情，并不走开，老胡应当再唱一段，以答雅意。"胡酒仙道："这醉打山门几句老调，唱来唱去，有什么意思，我是有名的胡醉打，要我改唱别一支，我是有板无眼，有腔无字。"王铁石笑道："只要你唱，什么有，什么无，我们倒在所不问。你要知道大家所要听的，就正为的你那有板无眼，有腔无字。"他说着，首先鼓掌，向在座的人丢着眼色，要大家附和，当然大家也就跟了他鼓起掌来。胡酒仙被大家推举着，就离开了座位，连走带唱，唱了一段嫁妹。他这一番唱做，不但全席人引得哄堂大笑，就是隔壁河厅里的客人，隔了栏杆看到，也哧哧笑个不止。

原来这老万全的房屋，背河面街，最后一排，便是三所河厅，胡酒仙这一席的河厅，比隔壁的河厅要突出来两三尺，在那边看这边，正可以看一个仔细。小春觉得胡酒仙的举动滑稽，也离开了座位，反过身来看着，她这么一反转身躯，恰好和那边河厅看个对着，而那边河厅上的人，有一大部分认得，钱伯能也在栏杆边站着微笑，略略地点了几次下颔，小春也微微笑着点了两点头，那意思就是说我知道了。

这样，小春不好意思尽管在这里趁热闹了，等胡酒仙唱完了，因起身道："我要告辞了。晚上你们有什么盛会，我再来赶一场热闹。"胡酒仙指着周乐和道："这位周先生，要在今天晚上去听你的佳作，今天晚上你唱什么？"小春道："今天晚上我唱《骂殿》，欢迎各位捧场。"说到捧场两个字，她已点着头，离开席次，向房门口走将过去了。这些人既未能拖住她，也就只好随她。

小春出了这间房，就向隔壁河厅里走去，一掀门帘子，老早就把全屋的人看了一个周，所幸可怕的杨育权并没有在座，那倒暗暗地怪了自己一下，小心过度了。今天若是不来，岂不把钱伯能白得罪了吗？因之特为表示亲近起见，走到钱伯能面前，伸手和他握着，笑道："今天在电影院里很对不起。"钱伯能握住她的手，同在沙发椅子上坐下，笑道："过去的事，不要提它。"袁久腾口角上衔了半截雪茄，走过来，挤着小春在沙发另一边坐下，笑道："你约伯能去看电影，不带我们一个。"小春道："你问问钱经理看，我们是无意中会到的。"

说时，向屋子里各客人看着，见王妙轩也来了，今天穿了一件墨绿色的细呢夹衫，灰哔叽平底鞋，花的袜子，对了屋角上一面穿衣镜站着，只管用手去摸头发。小春笑道："今天你们这多人，大概有两桌客，原班人马之外，又加了一批客。只是那一回同席，穿着青哔叽短衣服的那个人，今天怎么没到？"袁久腾不假思索，笑道："今天这一会儿，我们没有请他，你问的尚里仁吧？你对他很注意。"小春道："不是那话，我以为王妙轩都来了，你们这个班底，不会缺少什么角儿的。"她说这话，声音很低，不想偏偏让王妙轩听到了，他带了笑容，缓步迎向前来，对小春笑道："三小姐，你刚来。"他故意操着一口纯粹的北平话。小春笑着点了一点头，王妙轩笼了两只袖子，向小春拱了两拱，笑道："昨天抽空听了你一段《玉堂春》，真够味。"

小春正想回复他一句什么话呢，忽然一个中年人向前一钻，拉了钱伯能的手，很亲近的样子，操了一口杭州官话道："今天又找到两幅元画，上面有很多名人题跋。"钱伯能笑道："我对这个是外行，回头他来了，让他自己看，他要是中意，我们再说。"小春再看那人，穿件青湖绉夹袍，头上戴顶瓜皮小帽，一脸生意经的样子，却弯了腰低声道："那轴米画，至少也值三千元。还有那个仇十洲的卷子，真是人间妙物。"说到妙物两个字，脸上带了一份浓厚的笑意，接着道："这种画是他最喜欢的。这话又说回来了，只要有钱，谁又不喜欢这种玩意儿呢？"

王妙轩坐在最近，恰好听到了他们的谈话，将身子一扭道："缺德，仇十洲的画，还有什么好玩意儿。前几天，久腾弄了一份假的仇十洲册页，我也瞧见了，那简直不好意思正眼儿瞧。"说到这里，他举起两只袖子挡了脸，真做出不好意思的样子来。小春看了也忍不住笑。那个讲书画生意的，并不理会，继续找着钱伯能向下说，钱伯能道："我已经说了，他果然中意的话，我一定买了送他，价钱好办。在场的人，玩古董字画的多着呢，你开大了价钱，大家自然也有个评论。"小春这就了解一些，仿佛今天所请的一位贵客，是个了不起的人，盛大招待之外，还要送他一份重礼。便笑问袁久腾道："今天是哪位做主人？好像请的客是远方来的。"袁久腾笑道："主人是我和伯能两个人，客有远的，也有近的，你不就来得很近吗？""喂，妙人儿，你代约的小兰芳小砚秋两人，来不来？"说着，望了王妙轩，他答道："伯能已经派车子去接去了，不能不来，两位财神爷的面子，她敢不抽空跑一趟吗？不然，她们以后别想到南京来唱戏了。"小春道："什么，还有两位真内行，参加这个盛会吗？"王妙轩笑道："今天到的各种人物就多了，唐小姐，在这儿多坐一会子吧。"

小春一看这局面，果然是个盛会，河厅两旁，两张大圆桌，陈设着杯筷，每个座位前，都另有碟子，盛了一碟鲜花，这正是秦淮河上最丰盛的花席，必须请一个最尊敬的客，才如此铺张。随时秦淮河上最有名的歌女，也都来了，杂座男宾中间，小春除了在家里已接有几张请客条子而外，自到老万全而后，茶房又悄悄地送来三张条子，其中有一位姓黄的，还是花钱的茶客，事实上是不能不抽身去一趟的，因之拉着钱伯能的手，低声道："我看这样子，入席还有一会子，我的意思，想先走一步，回头……"钱伯能不等她说完，抢着道："走的话，你千万休提，至于你因不走，有了什么损失，都归我来补偿"。说时，将手拍了两下胸口。小春笑道："言重言重！这里男女来宾多得很，不在乎我一个。"钱伯能笑道："怎不在乎，在乎之至，别人可以走，像你这样鼎鼎大名的人，走了一个，全场都要为之减色的。"袁久腾道："你不来，我们也要来接你，你既来了，我们怎能够放你走？"小春笑道："你们到底请什么贵客？这样大肆铺张。"袁久腾微笑着，没有作声。小春便又掉转头来问钱伯能，伯能笑道："这个人你也认识的。"小春道："我认识的？"

正待等着伯能答复这句话，忽然全屋子里一阵喧哗，又进来两位女宾，一个是旗衫革履，一个却是穿男子衣服，浅绿旗袍，青丝绒背心，头上也戴了一顶阔边鹅绒盆式帽子，两人全戴了一副墨晶眼镜，把眼睛遮住，因为有人说了名字在先，小春看得出来，男装的是小兰芳，女装的是小砚秋，两位很有名的坤伶。两位主人，迎上前去，连说劳步。王妙轩更是深深地打着躬，招待入座。小春见妙轩那位知交歌女苗月卿也来了，她是在风尘多年的人，比较地有经验，因借着喝茶为由，走到月卿附近所坐的茶几边来，先打了一个招呼，然后低声问道："今天他们请什么客？你知道吗？"月卿笑道："银行家做事，你有什么看不出来的，不挣钱的事，他不能干。今天这样招待，一定是个大财东。"小春见她的见解如此，也就愿意看个究竟，然而这大财东究竟是谁呢？

第十一回

恶作剧席上饮交杯
大不堪台前喝倒彩

在这大河厅上大家周旋了有一小时之久，只看到两三个茶房接连地跑进屋子来，报告督办到了。小春这才明白，来的这位贵客是一位督办，也就随了全体宾主起身的时候，把眼光向前看去，却见一个矮胖子，穿了一身不大合适的西服，跟跄着由前面走了来。小春未见之先，揣想着必是一个伟大人物，这时见到了这位贵宾真面目，既奇怪，又害怕，正是今天下午，在电影院里遇到的那个杨育权。在电光熄灭后，他那种卑鄙无耻，在大庭广众中，那样胆大妄为，实在是不值一顾的人。不想钱袁两人，办了这样盛大的宴会，还请了许多人作陪，专请这么一个小人。心里想着，早是脊梁上连发了几阵冷汗。

那杨育权在大家众星拱月的情形之下，拥到了河厅中间来，看是比任何人接待宾客还要客气，他总是深深地鞠着九十度的躬，然后伸出手来和人家握着。最后，钱袁两人，引着歌女戏子——和他见面，到了小春面前，杨育权也是深深地一鞠躬，笑道："我已经认识了，鼎鼎大名的唐小姐，握握手，可以吗？"他已经满脸发出那虚伪的谦笑，将右手伸了出来。小春虽有一万分不愿意，可是当了满堂宾客，对于这主人翁最尊敬的上客，怎能够拒绝他的要求，只好伸出手来，和他握了一握，趁着两位主人周旋之际，赶快向旁边一溜，再看杨育权在一张沙发上坐着，把腿架了起来，口角上衔了大半截雪茄，还不曾点着，钱伯能立刻擦了一根火柴，迎上前去替他点着，袁久腾却把柴正普的衣袖牵着，扯了过来，向杨育权笑道："这位柴先生，是中国一位研究经济学的权威，著作等身，社会上很

103

注意他的作品，他对于杨先生，久已仰慕得不得了，屡次托我介绍和杨先生见面。"

　　柴正普知道杨育权是一位行礼过分的人物，他也深深地对着他一鞠躬。假使杨育权鞠躬的角度是九十度的话，柴正普的角度至少是一百度开外，杨育权站起身来，向柴正普握着手道："幸会幸会。我也久仰柴先生的大名，今日见面，实非偶然，以后愿与柴先生携手合作。"柴正普笑道："还得多请杨先生指教。"他说着，又微微地弯了腰。杨育权笑道："我们一见如故，不必客气。"

　　他说到这里掉转身来，看到小兰芳小砚秋两人，坐在秦淮河边的栏杆上靠着，便也笑着靠到栏杆边来，因道："这秦淮河多有名的一处名胜，却是这样一沟黑水。"说完，两手肘挽回转来，靠了栏杆上向前看着。他口里说着话，眼望着风景，好像是很无心的。可是他站着那个地方，却是那样凑巧，小兰芳在左边，小砚秋在右边，恰好插在她两人中间站着。这两个演戏的人，当然，也不在乎，依然还是在栏杆边站着。杨育权就偏过头去向小兰芳道："你长得真漂亮呀！若是世界上真有这样一个美男子，我做女人都愿意嫁你。"说着，引得全堂人都笑起来，杨育权笑道："一个人绝不能姓小，谁问你真姓什么？下次我要送张请帖来，也好怎样称呼。"小兰芳笑道："随便怎样叫我都可以。"杨育权笑着还没有进一步问呢，王妙轩可就迎上前来了，他躬身笑道："小兰芳老板姓王，小砚秋老板姓易，容易的易。"杨育权伸手就摸了小砚秋的肩膀道："这样说来，你是我的半边，哦，我还想起了一个人，还有一位唐小春小姐，她这个小字虽不是三个字的名字上按着的，可是名字里有个小字，却是一样，来来来，我来召集一个三小会议。"

　　他说了这话，全堂人不是笑，却是鼓掌称贺。接着，就有人把小春拥到杨育权面前来，袁久腾随在后面，笑道："好，杨先生召集三小会议，我们非常地乐观其成。但不知这会是怎样的开法？"杨育权反过来笑问道："客都到齐了吗？"袁久腾道："杨先生到了，客就算到齐了。"杨育权道："那我们就入座吧，我要请三小都坐在我身边，可以吗？"钱伯能笑道："三位小老板，都是极为大方的，我代她们答应一句，可以可以。"杨育权见小春站在面前，把脸涨红了，他以为她脸皮子薄，在害羞，笑道："我们是很熟的朋友，还受什么拘束。"说着，拉了她一同入座，小春先不作声，等他一同坐下了，放了手，立刻向旁边一闪，闪到下方一张椅子上去，笑道："我怎敢坐，上客多着呢。"杨育权道："我这地方，并不是上呀，靠了河厅西边坐的。"小春道："杨先生坐在哪里，主人翁就会把那里当着上的。"

杨育权因向小春道："我问你一句话，唐小姐，你应不应当坐下？"小春点头笑道："我当然应该坐下。"杨育权这就向钱伯能丢了一个眼色，问道："我坐的这个方向，是不是下方？"伯能道："是下方，应当请杨先生移一个座位。"杨育权笑道："唐小姐自己说了，应当坐下方，她应当坐的并没有坐过来，你又何必管我移不移？"这时要入座的人，都围了桌子站定，都向小春道："你说了你应当坐下，下方空着，你为什么又不坐过去呢？"小春知道上了当，红着脸道："这里好，这里好。"杨育权拍了手边下的空椅子道："不管是上是下吧，照了夫子庙的规矩，老钱坐到这里来，唐小姐坐哪里呢？"他说着，再向旁边过去的一张椅子上让过去，钱伯能看他的颜色透着有点儿不乐，立刻拉了小春过来，让她挨着杨育权坐下，自己却坐在小春的上首。

小春听到杨育权谈起夫子庙的规矩，是不把自己当客了，歌女出来陪酒，只有跟了茶客坐，这是无可推诿的，在面前还有许多歌女，自己不敢犯规，只好把自己的椅子向后退了一步，低了头坐着。小兰芳和小砚秋早得了王妙轩的通知，杨育权是位了不起的人，千万要敷衍一二，因之倒不必杨育权要求，已经在他下首坐着了。

袁久腾也在这桌陪客的，他斟过了酒，笑道："这就是三小会议吗？"钱伯能笑道："现在还会而未议呢。我先来一个议案，三小每人敬杨先生一杯。"全席人鼓掌道："通过通过。"小兰芳就把面前的酒杯举了起来道："我不会喝酒，恕不奉陪，杨先生请干了这杯吧。"杨育权毫不留难，站起身来，接过了酒杯，仰起脖子一饮而尽。因笑道："王老板，这杯酒，你先抿过了一口吧？"小兰芳道：

"没有没有，喝残了的酒，怎敢敬客呢?"杨育权笑道:"你误会了我的意思了，我刚才喝这杯酒下去，觉得酒里面有一股香味，假使你没有喝一口，那就是你手上的香味;再不然，就是我心理作用了。"钱伯能笑道:"并非心理作用，实在是王老板喝了一口。"杨育权把酒杯交还给小兰芳，连称谢谢。然后对小砚秋笑道:"易老板，来，我们是半个同宗，我援例要求一下，你非把酒先喝一口，再递给我不可。"小砚秋红了脸道:"喝残了的酒，怎好敬客?"杨育权把两只手臂弯过来，撑在桌上，身子向前一伏，因笑道:"我就有这么一个毛病，喜欢喝女人剩下来的残酒;尤其是黄花幼女的残酒，其味无穷。"他说时，把嘴唇上那撮小胡子一掀一动，上下不已。

那位柴正普先生被挤到另一席上，不能接近杨育权，颇认为遗憾。现在听到他这样说着，立刻站起来笑问道:"杨先生这个嗜好，很是有趣，请问这有什么名堂没有?"杨育权点点头笑道:"有的有的，这叫隔杯传吻。"这样一说，大家又鼓起掌来。

那小砚秋举了一杯酒，已是站了起来，看到大家这样起哄，虽然是唱戏的出身，到底有些不好意思，红了脸，又坐下去了。杨育权笑道:"半位本家小姐，怎么着，不赏脸吗?"小砚秋只好微低了头，两手举着杯子，送到杨育权面前来，他看到那杯酒，是满满地斟着的，因道:"这不像是易老板喝过的。"说着，把酒杯送到鼻子尖上嗅了一嗅，因道:"虽然也有些香味，但不十分浓厚，分明这是手指头上的香，而不是嘴唇上的香，假如易老板看得起我这位半边本家哥，应该当面抿上一口。"说着，他也站起来，将杯子交还到小砚秋手上去。她心里想着，把喝过的酒送给别人去喝，本来算不了一回什么事，可是大家这样郑而重之拿来当一回事做，这倒让人不好意思真那样地做去。手里接住那杯酒，想到杨育权公然宣布隔杯传吻那四个字，把脸都红破了。

杨育权更是不知进退，笑道:"若是易老板不给面子，我也没有法子，我只有罚我轻举妄动，乱提要求，就站在这里等着，几时易老板把酒喝一口，把杯子送过来，几时我才坐下。"小砚秋听了这话，更是没了主意。王妙轩本在那席上的，看到这种僵局，他就赶着过来，站在小砚秋身边，伸过头来，手扯了她的衣襟，低声道："这有什么了不得的事，你老是别扭着。"说时，连连向她丢了两次眼色。小兰芳也低声道："这算什么，你就照办吧！"说时，也连连扯了她两下衣襟，小砚秋见杨育权还挺直立在那上客的座位边，料是强抗不过，只好低了头，将酒杯送到鼻子尖上，嗅了一嗅，接着在嘴唇上碰了一碰，然后杯送到杨育权面前来，杨育权索性不伸手去接杯子，将脖子一伸，尖起嘴巴，就在她手上把酒一口吸了。吸完之后，嗓子眼儿里，发出一声很长的"哎"字音，然后摇着头笑道："其味无穷。"这一个做作，又博了一个满堂彩。

小春看到两个人是这样做了，料着自己难免，心里也就想着：一个上客，受了人家主人翁盛大的招待，照说是应当摆出一点儿庄重样子来的，不想他在众人面前，却是下流无聊到万分；偏偏还有这些不知耻的陪客，跟着后面鼓掌。同时，她两只眼睛在满席打量着，以便在里面找一个逃避的机会。无如自己是紧紧挨了杨育权坐着的，随便一动身，就会被她拖住。因之还不会轮到把盏，周身血管紧张，已是将脸通红了。钱伯能似乎已看出她为难的样子，这就低了声向她道："这算什么，平常我们在席上拼起酒来，还不是你的酒杯子交给我，我的酒杯子交给你。"

小春想着，趁机偷一个巧吧，把自己的酒杯子，移到伯能面前，把伯能的大半杯酒，立刻送到杨育权面前去，笑道："干脆，我把酒先送过来了。"杨育权先看看面前的酒杯，然后又偏着头望了小春的脸，微笑道："这没有假吗?"小春道："有什么假，钱经理可做证。"杨育权端起酒杯子来，闻了一闻，笑道："很香，不会假。"说时，端起杯子来抿了一口，又送到小春面前来，笑道："假如你有诚意，请你把这杯酒喝下去，我只抿了一口，你是看到的，总不能算是脏，应请你喝上一口。"小春笑道："原是我敬先生的酒，这样一来，岂不是杨先生敬我们的酒了。"杨育权笑道："我不愿谈这些枝节问题。假如你愿意，就请喝我这杯交换酒，不愿意……"他说到这里，微笑了一笑，在紫色的嘴唇里露出两排白牙。这一笑，除

107

了不觉得可亲，而且还觉得可怕。小春只好把头来低着，不敢望了他。

钱伯能笑道："敬酒敬肉无恶意，她为什么不愿意喝呢？她愿意，她愿意！"说着，端起了那杯酒，直送到小春嘴唇边来。小春急迫中，来不及细想，抬起右手臂来，在酒杯与嘴唇之间，凭空地一拦。这一下子，来得冒失一点儿，恰好把钱伯能的手碰个正着，他没有十分把握得住，酒杯让手碰翻，落在桌子上，杯子里那大半杯酒泼了个干净。钱伯能吓得把脸色都变成灰白了，连说这是怎么回事，这是怎么回事。小春实在也没经意把那杯酒推翻，看到钱伯能脸上带着既害怕又生气的样子，随着变了颜色，便扶起杯子来道："钱经理，对不起，我自己罚我自己，罚酒三杯吧。"钱伯能瞪了眼望着她，不能说出什么话来。

可是杨育权却首先发言了，微笑着将手摆了两摆道："不必客气，半杯酒唐小姐都不肯赏脸喝下去，我们还敢望唐小姐喝三杯吗？心领心领。"说着，两手抱了拳头一拱，满座的人看到小春受了这份讥讽，好像认为当法庭宣布了她的死刑一样，全是呆板了面孔，对小春望着。钱、袁两位主人，更透着难堪，面面相觑。杨育权举起自己面前一杯酒来笑道："大家喝酒吧，用不着为了这件事介意。"说毕，就咕嘟一声把酒喝了。大家见他如此，才放宽了心，袁久腾便推着一位歌女前来敬酒，故意嘻嘻哈哈地说笑着，把这事遮掩过去。

小春很冷落地坐在杨育权身边，谁也不打个招呼，她心想这就很好，我可以脱身走开了。因轻轻咳嗽了两声，又牵牵衣襟，见钱伯能并没有发出一种理会的样子，只好站起来，轻轻地对伯能道："对不起，我先走了。"还回头向杨育权点了个头道："杨先生再见。"杨育权笑道："好的，今天晚上，我们台下见。"小春对于这句话，也没有十分理会，自向外面走出来。

唐大嫂早是在门帘子外迎着的，便牵着小春的衣襟，将她引到外边来，低着声道："这个姓杨的，就是你在电影院里遇到的那个人吗？"小春道："可不就是他？你看他所说的话，所做的样子，像一个上等社会人吗?"唐大嫂道:"那倒不去管他,他下流是他没有人格,碍不着我们什么事,不过你今天脾气太拙了,不留一点儿转弯的余地,恐怕他会和你为难的。"小春道:"为什么难,他到警察局里告我一状,不许我唱戏吗?"唐大嫂道:"果然是那样办,他算饶了你了。我在门帘子外张望了很久,又在汽车夫口里打听了一点儿消息,知道这个姓杨的是个有来头的人,凭他一句话,三教九流的角色,总可以请动几个。我就怕他自己不出面,会叫一批流氓来和我们捣乱。"小春道:"夫子庙这地方,漫说有你这块老招牌,就是我,多少也有点儿人缘。"唐大嫂道:"我也是这样想,可是不能不提防一二。"

　　说着话,小春抬起手表来看看,才是九点钟,去上台的时间既远,就还有两处应酬可以赶得上,便嘱咐母亲回去,自己就向不远的一家酒馆子里去。也是自己事先估计了一会子的,许多张条子里面,要算这位主人翁交情厚些。已进了门,有一个熟茶房,先带了一份厌烦的样子迎着道:"三小姐,你这个时候才来,万先生自己都快要走了,在七号呢。"小春也不多说,直向七号屋子走去,果然是客都散了,主人翁和两三客人拿了帽子在手,有要走的样子。小春只得勉强赔了笑道:"万先生,真对不住,今天我遇到一桩极不顺心的事,把时间耽误了。"那万先生向她看着,微微地笑道:"我也是这样想,我们和唐小姐认识多年,不能这一点儿面子都没有,三小姐吃点儿什么不吃?"小春道:"不必客气了,改日我请各位喝咖啡吧。"那姓万的说着话,脚可是向外移,小春随在他们主客身后,也只好向外走着。

　　到了门外,碰到广东馆子里一个送条子的号外,老远地就叫着道:"唐小姐,你还不去,人早都到齐了。"小春打开手皮包来,取出条子来,看了一看,这广东馆子,就有两张条子,主人翁一个姓张,一个姓王,又是极普通的姓,是哪二位熟识的人在这里,一时却想不起。时间到了这晚,也没有工夫去研究哪里当去,哪里不当去,正要走那广东馆子门口过,就顺便进去看看吧。好在一转身,姓万的已不见了,就直接向广东馆子来。向茶房一打听,都在三层楼上，还只上到二层楼呢，便听到三层楼上轰天震地的一阵嬉笑之声，正是划拳喝酒高兴的当儿。

小春想着，且不管两张条子是哪一家主人翁在热闹，总算赶上了一家。于是先站在那热闹房间外，隔着门帘子张望了一下，见这席很有几位眼熟的，料着其中那个姓张的便是请客的人，于是掀了门帘走进去，果然那位姓张的起身相迎道："唐小姐来了，难得难得，总算给面子，没有让我碰钉子。"另一客人道："可是我们今天这酒令，不能因为唐小姐的难得来，就推翻了吧。"小春听了这话，站着呆了一呆，姓张的笑道："并没有什么难题目，不过入席的人，不问能喝不能喝，那要先喝酒三杯，然后才可以动筷子。"

小春虽觉得三杯酒并不是什么难事，可是今天并没有吃晚饭出门，而且跑来跑去，也透着烦腻，现在无故要喝三杯空肚子酒下去，这一定是容易醉的。因笑道："我也不敢违犯诸位的酒令，只是我今天是带病出门的，我请人代我喝三杯，可以吗？"姓张的拱拱手笑道："真对不起，就是不能提这个代字。要不，授受两方，加罚三杯。你是没有听到我们宣布酒令的，不知者不罚。"说时，早有两个人迎上前来，一个执壶，一个捧了酒杯，直挺在面前站着。其余在席上的人，却是鼓掌呐喊，像发了狂。

小春看这些人，都是二十上下的小伙子，把西服或长衫脱了，各卷了衬衫，或短衫的袖子，各露了大粗胳膊，上下晃动，喊叫的时候，把额头上的青筋，一根根地露着直冒出来。小春心里估计了一下，大概都是不可理喻的一批英雄，便笑着点点头道："酒算我喝了，不过我上午喝的酒还没有醒，这三杯酒喝了下去，一定会睡倒的，回头有失仪地方，各位不要见怪。"姓张的笑道："不怪不怪，你喝了酒，什么问题都好解决。"说到这里，也不容小春再说第二句话，已是把斟好了的那杯酒两手捧着，直送到小春嘴唇边来。小春笑道："何必如此，我既答应了喝，还能够跑掉吗？"说着，于是接过酒杯子来喝了，自己还没有放下杯子，第二杯酒就让人递到手上来了，这样像灌酒漏子似的灌下去三杯酒，小春嗓子被呛着，连连地咳嗽了几声，于是将手拍着胸脯道："要醉要醉。"主人翁端了一玻璃杯子橘子水过来笑道："坐下来喝杯水，好不好？"小春将一只手撑了桌沿，低了头笑道："这空心酒真喝不得，我已经有一点儿头重脚轻了。"说着，她就不入席，向旁边沙发椅子上一倒，头枕了椅靠，仰面坐着，把眼睛微微地闭着。

在席上的人，看到她这样子，以为她在别处已带了醉来的，就没有继续闹她的酒。小春有气无力地坐着，总有十分钟，然后手扶了墙壁站起来，向主人翁点着头道："对不起，我先走了。"就更不问主人翁意思如何，径自就走出来，到了楼梯口上，心中一喜，算是又敷衍了一处应酬，这应当找一群熟朋友的宴会赶了去，多少好吃点儿东西。

正挺直了腰杆子要下楼，身后有人叫道："小春哪里去？"小春回头看时，一个人头上戴了帽子，手上提了上身西服，解了领带，卷了衬衫袖子，满脸的酒晕，歪歪倒倒，走向前来，一手抓了小春的手，笑道："对门六华春，我还有个约会，我先到那边，就开了一张条子去请你。哦，在这边也开了一张条子的，大概你还没有去吧？"小春看他虽然也是面熟的人，可是他姓什么并不记得，因笑道："你不要拉我，我也醉了。"那人道："好，我们一路去喝醒酒汤去，你一定要去。你不去，你是王八蛋，你这姓算没有白姓。"小春这又知道其中有位姓王的请客就是他。既遇着了，不能不去。跟着这醉鬼到了六华春，恰好全席是生人，正赶上端了饭菜，大家开始将鸡汤泡饭吃，自己不便找什么吃，只在席上喝了半杯菊花茶。少不得又坐了十分钟，便出来了。

依着自己的意思，就想回到清唱社的后台去，随便去买些面点吃，可是走出馆子门，就见自己那辆包车，点着雪亮的灯，停在路边。车夫微皱了眉道："今天在老万全耽误的工夫太多了，有好多地方不能去。三小姐我们还赶两家吧。"小春待要不去，心里想着，歌女对付流氓，就靠着是自己的包车夫，包车夫帮歌女的忙，为的就是歌女出一处条子，可以得几毛钱。今天晚上，他仅仅得四处钱，他不提起来也就算了，他现在已经是公开地嫌少，不能不再到两处应酬，肚子里很饿，心里又很气，也没说什么，就坐上车子去。车夫问："到哪里？"小春道："我也无所谓，找近的地方去吧。"

　　自然，到了这十点钟附近，所有宴客的人，都是酒醉饭饱，要散未散，小春连到两处，都遇着主客要出门的时候，索性是连茶也没有喝一杯，又在马路上奔波。对车夫道："你吃了晚饭没有？"车夫拉着车子跑，说是："吃过了。"小春冷笑道："那么，我也该找点儿东西吃了。跑这一晚上，但只看到别人油嘴油舌的。"车夫听了她的口音不对，也不敢再贪钱，就把她拉到了清唱社。唐大嫂也是巡视了街道一周，在社门口站着，看到她来了，就迎上前道："至少还有一点钟，本应该你上台，他们来了，就让他们来了吧。"

　　小春一腔不高兴，下了车子，径直向里走，听到唐大嫂说他们来了，便又回转身道："他们是谁？"唐大嫂笑道："还不是那批书呆子，也许他们今晚上还要替你做一点儿面子？他们是诚心来捧场的。"小春沉着脸道："这种面子，我不稀罕，人生为什么，不就是为吃饭吗？自出得大门来，直到现在，我还没有吃一点儿东西呢。"唐大嫂道："哦，哦，你还没有吃东西，我哪里晓得呢？好孩子，你到后台去等着，我去……"小春皱了眉道："你不要和我弄这样，弄那样，我心里慌得很，和我下碗素汤面吃就是了。"她嘱咐完了，自到后台去呆坐着。

　　约莫有十分钟工夫，却见前台管事，外号黄牛皮的，悄悄地走了进来，他抬起罩着灰布长衫的双肩，在麻脸上现出一份不自然的微笑，向后台几位站在一处的歌女点了头道："各位老板，今天出台小心一点儿，有一大批捧场的在茶座上，看那样子……"小春虽坐在一边，却插嘴道："你不要瞎扯淡了，那批茶客是大学堂里的教授，人家都是斯文人，有什么了不得，大惊小怪。"黄牛皮走过来笑问道："唐老板认得他们吗？"小春道："我怎么不认得？今天晚上还在一处吃饭的。"黄牛皮道："你知道这为首一个人姓什么？"小春将撑着头的手，抽开来连连地挥着道："不用多说了。我明白了就是。"黄牛皮扛着肩膀，摇了头自言自语地道："这倒有点儿奇怪。"一路说着走了。

　　这时，唐大嫂亲自相押着隔壁馆子里茶房，提一只食盒子进来，花房打开食盒来，将碗碟搬到桌上，有一碗口麻面，一碗虾仁面，两个双拼的冷荤碟子，小春实在也是饿了，扶起筷子来，就夹了几块卤肫放到嘴里去咀嚼着。唐大嫂站在旁边看着，因道："面是热的，先吃吧，免得全是凉的，吃了坏胃。"小春望了母亲，却微偏了头，向前台去听着，因道："你听，怎么今天晚上卖座特别好，人声这样哄哄的。"唐大嫂皱了眉道："你吃面吧，管这些闲事呢。"小春将面碗捧到面前，扶起筷子，把那碗口麻面只挑两口吃着，忽然前台哄然一声大响，笑声里面又夹着说话声，好像前台发生了一点儿事情。唐大嫂道："真是不凑巧，正当那大批斯文先生来捧场的时候，就碰到了一群流氓捣乱。"小春道："这种胡闹的茶客，哪一天也有，理他们做什么。"

说着，又有一阵哗然大笑发生出来，小春不能放心吃了，放了筷子，闪到上场门帘子后面，手扶了帘子，隔着帘子缝，向外张望了去。见最前面的几张桌子上，夹坐着有七八个衣服不整齐的人，互相顾盼着，各带了奸诈的笑容。这倒有点儿不安，料着这些人，不是吃醉了酒，就是在这里和捧场的人吃醋，可不要在自己出现的时候闹起来才好。这样想着，当然是站在门帘子下面多张望了一下，唐大嫂走过来，牵着她的衣襟，悄悄地把她拉到一边来，低声道："你吃面吧，还有两个人，就该你上场了。"小春坐下来，吃了几筷子冷荤，刚开始吃面，前台又哄然闹起来，小春摇摇头，放下筷子来，因道："我实在吃不下去了。"唐大嫂道："那怎样成？一下午没吃东西，到这时候，还不该喝口面汤吗？喝点儿面汤吧。"说着，两手把面碗端起来，捧到小春面前，小春笑道："我勉强吃……"

"叫唐小春快滚出来！"她那句答复母亲的话，不曾说完，这样一句很粗暴的吆喝声，由前台送了进来。她心里随着跳了一阵，望了唐大嫂道："哪个和我捣乱？"唐大嫂看她这样子，只好将面碗放下，因道："你理他们呢，他们再要喊一声，我去叫宪兵来。"小春坐着没有作声，只抽出手绢来，擦了两擦嘴唇，唐大嫂望了桌子上的面菜道："叫了这些东西来，你又一点儿不吃。"小春道："还吃什么，人家打算在和我们捣乱，我们一点儿不准备，还要吃东西开胃呢?"唐大嫂道:"你放心,我在这里候着你,有人把你怎么样,我就挺身出来。"这时照应场面的人,由前台进来,向小春道:"唐老板,你该上场了。"小春站了起来,心里更噗噗地跳得厉害,向母亲道:"妈,你有香烟吗?给一支我抽抽。"唐大嫂道:"你镇静一点儿出去吧,胡闹些什么?"小春缓缓地走到上场门的门帘下,牵牵衣襟,摸摸头发,也没有作声,悄悄地站着。唐大嫂急忙中,也说不出什么话来,只连连说着:"不要紧,不要紧。"

说时,前一场唱的歌女到后台来了,前台的场面,换着锣鼓点子,待角儿上场。小春心一横,掀着门帘子,就很快地走出去,眼皮也不抬,就站到台中间唱桌里面去。但听到台底下啪啪啪有人鼓着掌,也有人哄哄地说笑着,还有人哈哈大笑。小春先是背靠了桌子面朝里,等着胡琴拉完了过门,掉转身对了台下,才开口唱得一句,就有两三个人在台下叫道:"好哇!"那个好字拖得好长,显然是有意挖苦。小春是认定了有人捣乱才出台的,当然也不为了这两三个人叫倒好介意。按定了神,接着唱下去。

她这次唱的是《贺后骂殿》那段快三眼,开口之后,并有长手的胡琴过门,要一句跟了一句唱。唯其是一句跟了一句唱,也就要始终面对台下站着,不能掉过身去休息。因此把两只露出短袖子的光手臂反背在身后,垂了眼皮,视线射在桌面上,脸色是微微沉着,仿佛就不知道台面前坐有一二百人。她心里想着:给你个泰山崩于前而色不变,看你怎样?而且有胡酒仙这批捧自己的先生们在座,也要做点儿样子人家看看。她如此想,坐在台前各方的教授群,果然受了她的影响,在她唱着有点儿空的时候,就相连着鼓起掌来。

这一阵鼓掌,并没有给小春撑起什么威望,随了这阵拍掌之后,好嘛!咚哄!在全茶座的四面八方,都相应喊了起来。小春忍不住了,向台下看去,见有许多穿了短衣服的人,昂起了颈脖子乱喊。随了这种喊声,还有好几个人,摇晃着身体,嘻嘻哈哈地笑着。小春一慌,在胡琴拉一个极短的过门之后,忘了接着唱,胡琴跟着拉了好几个过门,忽然有人喊道:"板眼都不知道,唱什么戏,滚进去吧。"只这一声,人丛中拔笋似的,突然站起十几个人来,在人头上乱挥着手，喊道："进去，进去！"小春脸吓得苍白，更是开不了口。场面上也慌了，胡琴停住，锣钹鼓板敲了几下长锤呛啷当乱响。台底下的人，见小春脸如白纸，呆站了不会动，平常无所谓的茶客，也纷乱起来。偏是先前站起来的那十几个人，还是乱挥着手，狂叫进去进去。唐大嫂急了，在门帘子后奔出了前台，小春回转头，看到了娘，这算明白着，向唐大嫂怀里一倒，哇的一声哭了起来。

第十二回

无法可想好汉低头
有命能拼贱人吐气

在这种情形中，清唱社茶座上，已经秩序大乱，有些不愿生事的人，马上离座他去。不走的人，也纷纷地走动。唐大嫂在台上，搂着倒在怀里的小春，连连地安慰着道："这不算什么，卖艺的人，哪个也会遇到这一类事情的。不用唱了，我们回家去。夫子庙也不是没有王法的地方，哪里就可以让这些流氓猖狂。"一面说着，一面把小春送到后台去。这一下子，连前后台的人，有一二十个拥到后台来，小春越看到人多，越是害羞，两手扶了桌子边的椅子靠，人就向下倒了去，手弯了搁在椅子靠上将头枕着，放了声呜呜大哭。唐大嫂始而还是把话来劝着小春，到了后来，唐大嫂不说话了，呆坐在一边，只管抽纸烟，昂起头来，将纸烟一口一口向空中喷着。围着看热闹的人，有的说要报告军警，有的说要召集一班包车夫，前去报仇，有的说要访出为首的人来，请他吃茶讲理。议论了很久，也不得一个实在办法。

正计议中，在人后面，有人叫了一声："唐家妈！"随着那人挤了上前，却是王大狗。唐大嫂向他点了个头道："你看，我们在夫子庙丢这么一回脸。"大狗道："这件事，我大概晓得一点儿情形了。夜也深了，这里不是说话的地方，我送你老人家同三小姐回去吧。"唐大嫂没答复他的话，又点了一根纸烟抽着，其余的人，也都劝唐氏母女回去休息。唐大嫂牵着小春的手道："我们回去吧，以后不干这玩意儿了。"小春将手绢擦着眼泪，低垂了头在母亲后面走了出去。王大狗在那里，并没有理会，母女二人到了家，唐大嫂和家人述说经过。小春却是回来之后，就钻进房里去了。

唐大嫂在房间里正说着话，天井里又有人叫了一声："唐家妈！"唐大嫂道："是王大狗，你又赶来了，你有什么要紧的话说？"大狗走到堂屋里站住，隔了门帘道："请你老人家出来坐坐。"唐大嫂出来扭着电灯，见大狗脸上显着很诚恳的样子，便道："你坐下谈吧，你也是个老夫子庙，大概总听到了一点儿消息？"说着，在身上掏出烟盒子来，敬了大狗一支烟，还把身上的打火机打着了，交给大狗。大狗远远地坐在下方，抽着烟道："今天晚上这件事，要和那班流氓们斗，是斗不过他们的；他们有钱有势，又有一班无聊的人捧着，我们一个卖艺的人，有什么法子呢？"唐大嫂道："这不管他，先要问问他们为什么和我们作对？小春在外面应酬场上，不会和这种人往返，也就不至于得罪他们。"

　　大狗站起来，走到唐大嫂面前，低声道："难道唐家妈到现在还不明白？这一班人，都是杨育权叫了来的。今天钱经理在老万全大请杨育权，必定有三小姐在内，大概在席上言语不慎，把他得罪了，所以在晚上，他就找了一班人给点儿威风你看。假如三小姐去唱戏，恐怕他们还要来捣乱！"唐大嫂道："凭你这样一说，地方上就没有了王法了吗？"大狗笑道："把杨育权，同王法比起来，大概……"说着，他笑了一笑。唐大嫂道："既是那么着，明天我先到警察局里上一张呈子，请他们保护。"

　　大狗又走近了一步，俯下身子，对着唐大嫂的耳朵，轻轻说了一遍。唐大嫂道："你看，我在南京住了三十多年，什么变故也都经过了，哪里听到说有这么一类的事。"大狗笑道："唐家妈，我王大狗冒昧一点儿，又要说一句放肆的话了，漫说你老人家不过是中年人，就是多上六十七十的，说起来，也没有看过现在这种情形。这个姓杨的，也不过直鼻子横眼睛的人，并没有什么特别之处；可是他有一种势力，叫你由上八洞神仙起，到十八层地狱的小鬼判官为止，都要怕他。"唐大嫂道："你刚才轻轻地告诉我一遍，我也明白了他的厉害；不过是不要脸，不要命。不要脸，我们不睬他就是；不要命，我们就也拿一条命去对付，有什么要紧？"大狗叹了一口气道："就是人家把命看得太重了，受了这姓杨的挟制。哪个也不敢去和他一拼。那姓杨的又肯花两个小钱，买动人去和他跑腿，哪个不跟了他玩。人越来越多，势力就大了。"唐大嫂道："养这些人，他钱由哪里来，他家里有金山银山吗？"大狗道："他家里有什么钱，还不是在外面欺骗吓诈弄来的钱，再拿那个钱来欺骗吓诈。你不看到银行家都敬财神一样地供奉他吗？他还怕什么没有钱花？"

唐大嫂又递给大狗一支烟，自己也取了一支烟抽，很久很久，她才问道："据你这样说，我们简直没有法子对付这个人。他要怎么样办，我们就应该怎么样办？"王大狗道："要是那么着，我还来守着唐家妈说什么呢？我的意思，三小姐可以告两天病假，暂躲一躲他们的威风。我王大狗穷光蛋一个，要脸不要脸，那谈不上。至于这条命呢，是我老娘的，不是我的，只要有人一天给我老娘两顿饭吃，决不失信，我就卖了这条命。"说时，伸手拍了自己的颈脖子，拍得噗噗有声。唐大嫂点点头道："我知道你的用意，很是感谢，不过你一个……一个……一个卖力气的人吧，恐怕也没有其他法子？"大狗站着凝神了一会儿，笑道："你老人家还没有明白到我的意思，我大狗是个下流坏子，也不敢说有什么办法；我现在留一句话在你老人家这里，你老人家若有什么十分为难的事，请派个人到我家里去说一声，我立刻就来，就是叫我大狗上枪刀山，我大狗皱了一皱眉头，不是父母生养的。夜深了，你老人家安歇吧。"说着，拱了两拱拳头，径自走了。

唐大嫂对他所说的话，虽未能全信，可是他说这些话，也未必是贪图些什么。当晚也商量不出什么办法来。次日早上，就把赵胖子、刘麻子、朱三毛、汪老太都请了来，算是开一个干部会议，唐大嫂把经过报告了，赵胖子首先发言："这个姓杨的有些来头，我们在夫子庙上也听到过的，因为井水不犯河水，我们也并没有去理会这件事，据现在的情形看起来，说不定他正要在夫子庙上生一点儿是非？本来呢，平常有了这种事，找到熊老板，请他对夫子庙上这一班朋友，打一个招呼，就完了。但是据我打听出来，其中就有几个是熊老板很亲信的徒弟，说不定这件事就是熊老板发动的；那么，我们这个时候去讲人情，岂不是找钉子碰？"

　　唐大嫂捧了一把小茶壶，嘴对嘴地吸着，坐在一边，只望了赵胖子说话，这就把茶壶放下，沉着脸色，头待摇不摇的，只看耳朵上戴的一副大金丝耳圈有点儿摆动，就知道她身体在微颤着。她冷笑一声，撇了嘴道："你赵老板在夫子庙上也混了一二十年，平常摆出架子来，什么也不在乎，于今事到头来，就是这么一套话。"

　　朱三毛正挨了赵胖子坐着，嘴巴活动着，正待有话说出来，见唐大嫂眼光，正向这里射着，他不敢让她的眼光射到脸上，借着向方桌子上取纸烟，躲了开去。唐大嫂就掉转身来，向上首坐的刘麻子问道："刘老板和我们出一点儿主意吧！"刘麻子没有说话，先把满脸的麻眼都涨红了，在口袋里取出一块大方麻纱手绢来，在额头上连连地擦了几下，苦笑着道："论起经验来也好，论起本领来也好，我都不如赵老板；不过事情逼到头上来了，不想法子去抵挡，只想躲开事情，那是不行的。因为我们还要在社会上做人，一次事情躲开了，以后永远就要躲开，还混得下去吗？"唐大嫂点点头道："我赞成你这个说法，不躲是不躲了，我们怎么样子来应付这件事呢？"刘麻子拿起大手绢来，继续地在额头上擦着汗，瞪了眼道："据我看来，据我看来……"说着，沉吟了一阵子，回转头来向赵胖子道："我们还是去问问熊老板吧。"

　　唐大嫂把嘴又是一撇，见朱三毛尽管背对了人，在桌子边喝茶吃烟，便道："喂，三毛不要只管装傻子了，是话是屁，到底也放两声。"三毛掉转身来做个鬼脸子，伸了两伸舌头，笑道："赵老板、刘老板都想不出什么法子来，我三毛是什么角色，又怎敢设想得出主意来呢？"唐大嫂一摆头道："不行，凭了我在你面前当个长辈的资格，硬派也要派你说两句话。"说时，脸色沉了下来。三毛道："你老人家一定要我说，我就勉强说两句吧。我想，到清唱社来捣乱的人，无非是街上常见面的朋友，等我到了茶座上，和他们关照一声就是了。"赵胖子这就有话说了，两只肉泡眼连连眨了几下，将下巴一伸，笑道："一张纸画一个鼻子，你好大的画子，他们到了场上，你关照一声就是了，这样做做得通，我们就不会做吗？你不要看他们是街上常见面的朋友，到了他们出马的时候，第一是看了大洋钱说话，第二是看了大老板的面子，你是有钱呢，还是有面子呢？居然……"唐大嫂两手同摇着道："罢了，罢了，不用说他，你出的主意，又在哪里？他的主意不行，到底还了两句话，你呢？"赵胖子没说话，拿起桌上的茶壶，斟了一杯茶喝。

汪老太捧了一只水烟袋，稀里呼噜，默然地吸着烟，静听他们说话。这就喷出两口烟来，微笑道："我想想这事情大概果然是为难；若不是为难，赵老板、刘老板也不会说这些话。"说着，又点着纸煤儿，吸了两口烟。大家也知道在她这吸烟当中，是在想心事，大家就默然地等着，听她说些什么。她吸完了两袋烟，才借着喷烟的机会，把纸煤儿给吹熄了，然后把水烟袋靠在怀里，架了腿坐好，接着道："那个姓杨的，有财也好，有势也好，我们在秦淮河上的女人，不是卖艺，就是卖身，一不和他比财，二不和他比势，他在我们面前摆那一副架子，还贪图到我们什么不成？无非是三姑娘在人面前，没有好好地应酬他，给他面子上下不来，他要摆出一点儿威风，挽回他的面子，这有什么大不了的事？有道是：英雄难逃美人关。找着一个机会，在姓杨的面前灌上两句米汤，也就完了。要不？他就算把三姑娘逼得不能在夫子庙里卖唱，于他又有什么好处？我的意思，唐大嫂子亲自带了三姑娘到他家里去赔个小心，天大的事都了了。"

唐大嫂道："若是那样做，我们这官司不是一下子输到底了吗？"汪老太道："那有什么法子，我们硬不过人家，就要来软的。再说我们无非在有钱的人手上挣钱。三姑娘真有那本领，硬在姓杨的衣袋里掏出三千两千的来，才见得软功夫有时候也胜似硬功夫。"说着，又吸了一口烟，微笑道："老实一句话，在我年轻的时候，也不知道打败了多少硬汉。"

唐大嫂点了一支烟卷抽着，正考虑答复这个问题，小春披了衣服走到堂屋里，将手理着头发，沉着笑道："老太太你那个主意，我不能照办。你不知道姓杨的人，是一种什么人，你这样去恳求他，他更是得意，那麻烦更没有了的时候。老实说，我看到他，就恨不得一口把他吞下去，我还和他去赔不是吗？从今天起，我不吃这碗开口饭了，他尽管捣乱吧。"汪老太吸着烟，笑着没话说，唐大嫂道："汪老太跟我们出主意，也是好意，你稀里哗啦说上这一套做什么？"汪老太笑道："我还说一句，假使那个姓杨的真预备捣乱，三姑娘就是不出去唱戏，他也不会休手的。"小春道："我在家里不出门，难道他还能叫一班人打进我的家来吗？"赵胖子看到大家僵坐在这里，自己也透着难为情，因道："三小姐说要休息一天，让她休息一天也好，看看今天晚上什么情形？"

唐大嫂见大家都商量不出一个什么办法来，强拉着他们来出主意也是枉然，于是先站起来，把手挥了两挥道："好了，好了，不要这些诸葛亮出主意了，我姓唐的在秦淮河住了二三十年，也没有人敢把我推走一步，现在世界还没有大变呢，我们住在这里，做安分良民都做不过去吗？我就关上大门在这里睡上两天看看，是不是真有祸从天上来？"说着，她一板脸子，扭身进屋去了，进去的时候，顺手把桌上的一听香烟拿着，很快地走了进去。那三个男客，都感到无趣，赵胖子搭讪着说，我们吃茶去吧。

等他们走了，唐大嫂复又走到堂屋里来，向汪老太道："老太，你看，赵胖子这东西，平常有了芝麻大的事，就说得天花乱坠，好像天倒下来了，他也能顶住。今天和他们商量起事情来，他们就摆出那一副瘟神的样子出来。"说时，挨了汪老太坐着，皱着眉，叹了一口气。汪老太道："他们知道什么，只有歪戴了帽子，卷上两只袖子，做成一种打架的样子，叫女人去对付男人的事，他们怎么会知道？你把我的话，想一想，我先说的那个办法错了吗？"唐大嫂道："你老人家说得是对的，无如我家这个小春小姐，一点儿不懂事，她哪把自己当一个卖艺的，以为是名门闺秀呢？今天是什么主意也不能打，我陪她在家里闷坐一天吧。"汪老太点点头道："那也好，等她受一点儿委屈之后，大概也就相信我劝的这些话是有见地的。"

唐大嫂的阅历，虽没有汪老太那样深，可是就着她的聪明说，并不在汪老太之下。把昨晚的情形，和今天赵、刘说的话参透一下，也就守在屋子里没有出去，到了晚上九点钟上下，悄悄地到清唱社里去张罗一下，却见茶座上又坐了十几个尴尬情形的人，心里自微侥一下，好得小春今天不来，不然，又要吃一场眼前亏。

走出清唱社，有一个人由电灯暗影里迎上前来，低声道："唐家妈，你今晚上还来做什么？"看是大狗站在一边，因道："小春没来，是我一个人来看看。"大狗近身一步，低低地道："这些家伙，手段越来越辣，他们身上带有竹子做的唧筒子，三小姐来了，说不定他们还要下毒手，千万小心！"唐大嫂道："多谢你……呀，街那边站了一个人望着我们呢。"说完，那个人索性走了过来道："唐家妈，是我，为了大狗这东西，做出不长进的事情，我总也不好意思来见你。"唐大嫂道："啊，徐二哥，你怎么说这话！"徐亦进道："大狗是我把弟兄，又同住，你看，他做出这样对不起府上的事来，我实在有很大的嫌疑。"唐大嫂道："不要说这过去的话了。就是大狗，我也不怪他。"亦进道："我给你老人家打听过了，那姓杨的恐怕还不肯随便休手，我怕三小姐出门，会在街上遇着什么事，约了大狗来，在路上保护着，我送你老人家回去吧。"唐大嫂听他们说的话比较严重，并不怎样推辞，就同了他们走。

走到一截电灯比较稀少的地方，见有一个穿短衣的人，仿佛手上拿着了什么，横着身子抢了过去。王大狗向后一缩，让唐大嫂向前，她前面是亦进，恰好把她夹在中间。大狗突然把声音提高一点儿，叫道："二哥，你想想吧，我王大狗是做什么的，不会含糊人，我就是大粪坑里一条蛇，人让我咬了，又毒又臭，哪个要在我太岁头上动手，我咬不了他，也溅他一身臭屎。"说着，他卷了袖子，手一拍胸脯道："哼，哪个动动我看，我是白刀子进去，红刀子出来。"口里说着，已上前几十步，见有两个人紧靠了电灯杆子站着。亦进到了这里，故意把步了走缓些。唐大嫂的心房，只管是卜卜乱跳，偷看了那两个人一眼，就把头低着。这样缓缓地走过去四五户人家，也没有什么动静，自己也以为是冲过了这难关了，却听到喷的一声，有一条唧筒打出来的水，向身边直射过来。究竟因为相隔路远，那水标并没有射到身上。大狗跳起来大喊一声，做个要进扑的样子，只听得电灯下噗噗噗一阵脚步声，那两个人全都跑了。

亦进回转身来道："唐家妈，你看怎么样？若不是我两个人跟了来，也不知道是什么脏水？岂不洒了你老人家一身。"唐大嫂道："我真不懂，我和他们有什么仇恨，他们要这样和我为难？"大狗道："不用说了，我们回去再商量。"唐大嫂一个字不响，低头走回家去。到了家里，把这话告诉小春，小春也有些害怕，大狗和亦进两人，怕当晚还有事故，就在河厅里搭了一张铺睡着。

次日一大早上，朱三毛匆匆地由外面进来，看到亦进、大狗，因道："也罢，也罢，有你二位在这里，我为这里担了一晚的心。"唐大嫂在屋子里先应着声道："又有了什么花样了吗？"说着，她开了房门出来，两手扣着长夹衫的纽襻，朱三毛站在堂屋里前后看了一看，因道："我听说那姓杨的要下毒手，发帖子请三小姐吃饭。等三小姐去了，就不放回来。若是三小姐不去，恐怕他也不会善罢甘休。"唐大嫂听了这话，又是心里一阵乱跳，可是她嘴里还说："不去怎么样？只要我们一天不卖唱了，就是良家妇女。青天白日，他敢抢劫良家妇女吗？"说着，脸上就随了青一阵白一阵。

三毛在身上掏出一盒纸烟来，抽出来一根慢慢地点着火，衔在嘴角上，两手环抱在怀里，斜伸了一只脚，站在堂屋中间，翻了眼皮望着屋梁，似乎很替唐大嫂担忧。亦进道："若说抢人呢？南京城里，也还不至于发生得出来；但是要说三小姐藏在家里不出去，他们就休手了，也保不得这个人险。"朱三毛道："那么我想，最好是，唐家妈带了三小姐到上海去玩几天，那姓杨的是个南北乱窜的东西，在南京不会久住的，等他走了，再回来吧。"唐大嫂靠门站着出了一会儿神，因道："这个主意，虽然表示我们无能，但是既抗他不了，那只有走开。"

说时，二春端着一盆脸水，送到茶几上放着，笑向亦进道："徐老板，请洗脸吧。那瓷缸子里的牙刷是新的没有用过。"亦进连说多谢。看看脸盆上，盖着雪白的毛绒巾，掀开手巾，盆水中间放了一只瓷杯和牙刷，望了一望，回头向大狗道："你先洗。"大狗谦虚着，向后退了两步。唐大嫂道："二春，你为什么也是这样昏头昏脑的，家里来两位客，你只打一盆水，拿一把牙刷来。"二春闪在旁边站

123

着，红了脸将头一扭，因笑道："你看，你们怕事，打算逃到上海去，把我抛在家里，我有什么能耐来对付那姓杨的这班人？"唐大嫂道："你怕什么？你又没在外头露过面，也没人知道你是唐二春。无缘无故，更不会和你为难了。"大狗没有理会她母女的话，向亦进道："你洗脸吧，这是二小姐敬客的意思，我不用牙刷，手指头裹上手巾角，就是自造的牙刷。"二春倒没有法解释自己只预备一份漱洗用具的意思何在，拣拢桌上几只茶杯，低头走了。

这里徐、王漱洗之后，随着赵胖子、刘麻子也来了，赵胖子在天井那边就摇着头，刘麻子拿了一方大手绢，擦着额头上的汗，红了脸道："鹿嬠的，在南京土生土长，没有想到有今天，刚才由正义报馆门口经过，看到一大群不三不四的人，拥进去打报馆，这家报馆向来很公道，什么有力量的人，也对他客气，不想现在也挨打了。"唐大嫂道："我们自己的事都没有法子解决呢，不去管这些闲事。"赵胖子将肉泡眼连连睒上几下，将右手搔了头，嘴里吸上一口气道："你老人家有所不知，打报馆的这班人，也就是叫小春倒好的那班人。他们到了这里，无所不为，捧他就有饭吃，不捧他的就要砸饭碗。"

唐大嫂道："为什么就没有人和他拼一拼呢？他们全是八臂哪吒吗？"大狗笑道："唐家妈，我又要夸句海口了。怎么没有人和他拼一拼呢？我就敢！他找的那些人，不是力气不够，就是贪生怕死之辈，落得跟了他摇旗呐喊，讨一碗不要脸的饭吃。我王大狗，不怕死，也没有什么顾忌，我有我的本领弄钱，不用得捧他的场，你想我为什么不敢和他拼？"赵胖子把脸一偏，哼了一声，刘麻子翻了眼，左手卷了右手的袖子，冷笑道："你也不拿镜子照照，你是一副什么鬼相？"

大狗很从容地向刘麻子点了一个头，笑答道："刘老板，你不要性急，让我慢慢地告诉你，我不用照镜子，我知道我是一条狗命，我知道我是一副贱骨。可是那有贵命的人，有仙骨的人，尽管满口忠肝义胆，实在是树叶子落下来都怕打破头。为什么呢？他怕引起芝麻大的祸事，会坏了他的妻财子禄。人家打他两个耳光，就让人家打他两个耳光，人家踢他两脚，就让人家踢他两脚。为了是忍得一口之气，免得百日之忧。我王大狗今天有饭今天吃，明天的饭在哪里，我根本不用打算，有什么一日之忧，百日之忧，他要找着了我，我把他拼倒了，那我是加倍地挣钱，拼不倒他，我这贱骨头，根本不值钱，也不算回事。刘老板，你叫我照镜子，对的，我不照镜子，我就没有这大的胆子。”亦进皱了眉道：“你闭了你那臭嘴吧。唐家妈家里，正是有事的时候，哪个有工夫，听你这些闲话。”大狗道：“也并不是闲话，唐家妈若有用得着我的地方，我愿卖命。”

唐大嫂对刘麻子、赵胖子、朱三毛各各看了一眼，然后回转脸来向亦进微笑道：“不要嫌他多嘴，自从有了事情以来，请了许多人设法子，还没有听到过这样痛快的话。这年月平常会耍嘴劲的倒不算为奇，事到临头，还能耍嘴劲的，这才是本领。”

刘、赵、朱听了这话，仿佛是挨了一个嘴巴子，正透着有点儿不好意思，在天井里却有人叫了一声：“小春在家吗?”亦进看时，是个三十来岁的汉子，身穿元青绸夹袍，圆胖的脸儿，间杂了一些酒刺，厚厚的嘴唇皮子，向外噘着，把嘴巴周围的胡桩子，修刮得精光。那么一个中等胖子，总穿有八寸的腰身，下面却穿了长脚淡青湖绉裤子，花丝袜，配一双窄小的青缎子浅口鞋，透着倒有点儿女性美。这倒看不出来，是哪一路角色?唐大嫂忽然哟了一声，起身道：“石先生来了，怎么有空得来呢?”

这一句石先生，把亦进提醒了，他叫石效梅，是一个四五等会务员，因为在南京玩票，唱得一套好梅腔梅调，人家都叫他南京梅兰芳，也就因为他票友有名，小春拜他为师，学两句梅调。心里也就想着，既叫南京梅兰芳，必定是个美男子，倒不想是这样一个痴肥人物。他走到堂屋里，取下帽子，露出向后一把梳的油光乌亮头发，透出来一阵香气，他对着大家看了一眼，因道：“这都是邻居吗?”唐大嫂道：“小春闹了乱子了，石先生应该知道吧？这都是我请来想法子的。”石效梅道：“我昨天就听到说了。咳，你母女二人的交际手腕，我是很知道的，无论到哪里也说得过去，怎么偏偏遇到这么一位魔星呢?”说时，小春也出来了，穿了一件旧淡蓝竹布长衫，脸上不抹一些脂粉，无精打采的，对他点着头，叫了一声老师。

石效梅倒不谦让，在旁边一张椅子上坐下，向小春招招手，指着下面这椅子叫她坐下，因低声道："你真要提防一二，听说他那边，要拿一封公事来，带了你去检验，名说是检验身体，其实是要把你关在一个地方，到了那时，叫天不应，叫地不灵，你有什么法子可以逃脱他的罗网呢？他有公事，而且是你不能不去。"小春听说，脸色立刻变青了，眼圈儿一红道："他们是强盗吗？就这样欺侮人。"说着，两行眼泪，顺了脸盘儿直流下来。

唐大嫂道："你看，说得好好的，哭些什么？哭也了不了事。"说着，把衣袋里放的一条大手绢，掷到小春怀里，靠近石效梅站着，弯了腰低声道："他们出主意，叫我走；我想带小春到上海去，躲开一下也好，只是多少时候能回来呢？我正踌躇着。"石效梅将手上拿了的帽子在茶几上一放，突然站起来，两手一拍道："我也正是这样地想着，你们有这个打算就更好了。事不宜迟，吃了午饭就走。我想着，今天小春再要请假不上台，明天上个，他们就要出花样的，小春的意思怎么样？"小春擦着眼泪道："我为什么不赞成呢？我到上海去，可以另找出路，免得在这里受人家的冤枉气。"效梅笑道："到上海去，倒是正合了你的心意，不过要造成在南京这样一个局面，可不容易啊。"徐亦进站在一边望着，先是微微地笑，然后走上前，沉着脸道："我该说一句了，唐家妈，大家没想到姓杨的是从上海来的吗？"这句话却引得大家又是一呆。

第十三回

中圈套送女上河船
欠思量驰车入虎穴

人在没有经过危险的时候，糊里糊涂地向前撞，什么危险境遇，也不去慎重考虑，及至一次碰壁之后，那就感到任何坦途，都有波折。那上海这地方，本来是大家逃难的所在，现在徐亦进提到杨育权也是由上海来的，这就把唐大嫂的那个万全之念，又大大地打了一个折头。她斜靠椅子坐着，望了徐亦进只管皱着眉头。

石效梅在衣袋里掏出一块绿方格子绸手绢，擦着那其宽八寸的额头，把厚嘴唇皮抿着，连连吸了两口气道："这就难了，上海这地方。无论惹下什么乱子的人，都可以去躲避，小春一个卖艺的人，何至于闹得上海这大地方都不容？"亦进道："倒不是我故意说这危险的话吓人，我们自己总应该估计估计我们的对头，是哪一种人。杨育权这种流氓人物，在上海这花花世界，他能够没有一点儿布置吗？在南京能和我们捣乱，到上海去，他们的伙伴，就不和我们为难吗？"大家听说，你望了我，我望了你，各各呆坐了一会儿，唐大嫂道："管他们怎么样，我们决计到上海去就是了。"亦进不敢再插言了，自斟了一杯茶，坐在一旁喝着。

大家也正感到无词可措，忽然听到河厅扶栏外面，有人叫道："徐老板，你也在这里吗？好极了！"亦进向那边看时，不觉大吃一惊，只见陆影在扶栏下的石砌河岸上，伸出一截脑袋来，笑嘻嘻地向里面望着，亦进答应也是觉得不便当，不答应他，也觉得是不便当。呃了一声，只笑着点点头。所有在场的人，都认得陆影，而且还知道他和小春的关系，都随了亦进一笑，把脸色变了。唐大嫂脸色一红一白，一时想不出什么话来说，却连连地问道什么人？什

127

么人？

那陆影倒不怕全场人给他以难堪，已是整个身体，由河岸的石坡上走了来，隔着栏杆，就向唐大嫂深深地一鞠躬，接着笑道："唐家妈，请你原谅我，我自己哪道我不应当来，不过有点儿要紧的事报告，报告完了，我立刻走开，你老人家可以让我进来吗？"唐大嫂见他既行过礼，又说着是有要紧的事报告，这就联想到他或者也会知道杨育权那方面一些消息，于是掉转脸向徐亦进道："看他有什么消息报告，你去和他说说。"陆影虽没有得着唐大嫂的回话，料着也不会因为自己进来生气，这就跳过栏杆来，同大家点点头，唐大嫂斜了身体坐着，只当没有看见他，更也没有谁替唐家招待。

亦进只得向前一步，将他衣袖牵牵，低声道："这边坐吧。"说着，把他引到河厅最里面，靠了栏杆边两张椅子上坐下，就近看他时，今天他穿的是蓝大布长衫，头发上也没有刷油，脸上更没有涂雪花膏，是一副很朴素的样子。知道他今天来，是带有相当诚意的。便对他使了一个眼色，因道："自然陆先生是专程前来的，有什么要紧的话吗？"陆影并不把声音放低，只照平常的语调答道："我有一个同学，在杨育权那里办事，据他说姓杨的一定要和唐小姐为难到底，就是这巷子口上，也有他们特派的侦探，三小姐移动一步，他们也监视着，这样闹下去，在现在的南京城里，那结果是不难想得的。我听了这话，曾经跑到这巷口子上张望一下，可不是，那里很有几个鬼头鬼脑的人呢。我不揣冒昧，叫了一只船，由淮清桥老远地划到这河厅上来，一路并没有遇到什么船，大概他们是不会注意到河上这条路的。我的意思，唐家妈可以和三小姐坐了这只船到淮清桥去，由那里叫一部汽车，赶快出城，随便找个地方，暂躲两三星期回来。"

唐大嫂不等他把话说完，从中插了一句道："徐二哥，这话不用向下说了。我宁可让姓杨的砍上两刀，我不能随便和那种无聊的人一路走。"陆影脸一红偷眼看唐大嫂时，见她还是将背对了人，脸朝着天井，因起了一起身子，向亦进道："徐老板，你想我不能那样不知进退，还敢陪了唐家妈坐船，我立刻由这里大门出去，在附近一

128

个朋友家里坐一会子，坐来的船，我约好了的，是来回路程，钱也先付了。唐家妈愿意走的话，可以坐了这船去。船夫会在这里等着的。"唐大嫂听他说，并不一路同行，似乎他还没有什么恶意，不应声，也不反对。徐亦进沉吟着道："陆先生这意思倒也……"石效梅道："这个办法倒也使得，唐家妈若有意这样做的话，我愿陪了你母女二人上船，万一在路上有了什么意外发生，我还可以助二位一臂之力。"刘麻子道："当然我们也送你老人家去。"唐大嫂沉吟着道："这个办法。"陆影这就站起身来道："过去的事，请唐家妈不要深究，这是我良心鼓动，到这里来表示心迹，我也不敢说这个办法行得通，究竟怎样？请你老人家自己斟酌，不过要赶快拿稳主意。就是不走，也应当早早地另想别法，我自己知道自己不对，不敢在这里久坐，我告辞了。"说着，又向唐大嫂鞠了个躬，回头又笑着向大家点点头，说声再会，转着身径自走了。

唐大嫂将手向三毛招了两招，又将嘴巴向前一努，三毛会意，跟着陆影的后影，走了出去，直到陆影把整截巷子都走完了，还站在大门口静静地望了一会儿，然后走进来向唐大嫂笑道："真走了。"她道："这不是一件怪事吗？这混账东西，我看了他就七窍生火，他居然敢到我家里来献殷勤。"说着，站起来将手连连拍了两下。石效梅道："这个时候，不是闹闲气算旧账的时候，也许是他的良心冲动，觉得要在这危难之时，也来出一点儿力量，才对得住唐家妈。要不，他把船带来之后，就不这样地匆匆要走开了。"唐大嫂点了一根纸烟抽着，默然地沉思了一会儿，因道："我思，坐了船走，纵然没有什么好处，也没有什么坏处。那么，请石先生、刘老板送我娘儿两个一趟。各位请坐，我去收拾一点儿简单的行李。"说着，她进房去了。大家在河厅里参议了一会儿，觉得让小春由河道走去，这是一着冷棋，杨育权绝所不料的，果然他在巷口上布有防哨的话，这样走是最好了。

不到半小时，唐大嫂已经收拾两只小提箱，和小春一人提了一只走出来，二春随在后面，只管噘了嘴。唐大嫂道："我们都走了，家里一盘散沙，那怎么办呢？你先把家里东西检点，过了两天，你也到苏州去找我们就是了。"石效梅道："怎么又变了主张到苏州去呢？"唐大嫂道："你们不是说上海也去不得吗？我们既然拼不过人家，那也没有别的话说，只有变着丧家之狗，人家向西打，我们向东跑，远远地躲开人家的靴尖了事。花钱受气那倒是我们的本等。"石效梅道："到苏州去也好，这是姓杨的所不注意的地方。"

二春道："苏州是人家所不注意的地方，我们躺在家里不出去，可是人家所注意的地方了。"说着，又把嘴巴鼓了起来。唐大嫂道："这有什么鼓起嘴巴的？除了家里有王妈陪着你之外，车夫可以跑路买东西，其余什么外事来了，有汪老太可以和你做主。就是赵老板、徐老板，你要有什么事，派个人去找他，他能不来吗？"她口里说到哪个，就向哪个看上一眼，望到徐亦进脸上时，他真感到有些受宠若惊，立刻微弯了腰向唐大嫂道："只要有这里二小姐一句话，就派我做府上的看家狗，整日在大门外坐着，我也没有什么话敢推辞。"他那意思诚恳的表现，让他把全脸的笑容一齐收起。说到看家狗那句话，正好有二春养的一只小哈巴儿，在他脚下转动，他就向那只狗一指，把身子歪斜着，做个卧倒的样子。石效梅看到，不觉捏了手上的大格子花手绢，将嘴掩起来一笑。他这样一做作，引得全场的人跟着一笑。连唐大嫂禁不住也扭了头笑道："言重！言重！"二春先是扑哧一声笑起来，随后赶快转身躯两手扶了一张茶几边沿，嘻嘻地笑着。这么一来，把全场人那份紧张情形，都松懈下来。亦进红了脸站着，很久说不出什么话来，还是唐大嫂道："大家不要笑，徐老板倒实实在在是一番好意，这船也不能多等了，我们走吧。各位，所有我力量不能达到的事，都请各位帮忙，我是余情后感。"说着，开了河厅的后门，引了小春出去。

小春这时穿了一件蓝竹布长衫，不施脂粉，仅仅把头发梳光了，提了一只小提箱子，随在母亲后面走着。脚下穿一双半高底白漆皮条编花皮鞋，漏着肉色丝袜，前一只脚量着后一只脚走，似乎带些病态。唯其如此，洗尽了铅华，更显着处女美。而大家望了她走去，也觉得杨育权食指大动，不为无故，如今走了也好。因之大家只是望着，目送她们下船。只有王大狗随在石效梅、刘麻子之后，层层地下了河厅外秦淮河岸的石级，直走到水边上来。

唐大嫂在船上一回头道："大狗，你到哪里去？"大狗踌躇着道："刚才大家说话，没有我说话的地位，现在……"说着，他牵牵短蓝布夹袄的下摆，又抬起手来，摸了两摸头发。唐大嫂道："你有什么意思？你只管说，你为我们跑路费精神，都是好意，我还能见怪你吗？"大狗道："那我就直说了。这个姓陆的，你老人家是知道的，当着三小姐在这里，我看他脑子里头，不会出什么好主意？你老人家一路上可要小心！我本来愿跟着你老人家去，可是有这两位在船上，我跟着也不像。"唐大嫂听他的话，倒也有点儿动心，有什么话还没说出来呢。小春就沉着脸道："凭你这样说，一个人做错了一件事，那就件件事坏到底？你现在也算是个好人了，你就不想想你以前做的事吗？开船开船，舨上再不要人上来了。"说着，她将手连连地敲了几下船板。王大狗微笑着没有作声，站着不敢动。自然，船也就开了。

大狗回到河厅上来，亦进埋怨着道："有道是疏不间亲，你是什么资格，偏要在三小姐面前说陆影的坏话。"那汪老太端了一只水烟袋，坐在天井那方，前进房子右壁门下坐着，因笑道："徐老板这句话，说得倒也不妥当。唐嫂子要在这里听到，恐怕见怪要更厉害呢？你不要看秦淮河边上的人，吃的都是那一行饭，可是讲起规矩来，比平常人家还要规矩得多呢。"说时，二春正由厨房里提了一壶热茶来敬未走的客，汪老太将手上的纸煤儿，指着二春道："你看她，哪一样不比人家大小姐来得好，我就劝她娘，秦淮河夫子庙一带，是一口染缸，不为着吃饭穿衣，女孩子们就让她清清白白的，远走他方，何必住在这染缸边？"

二春把茶壶放在桌上了，回转头来笑道："你看汪老太说得这样容易，远走他方，我们向哪里走呢？我就是这个家，也没有第二处。"汪老太笑道："怎么没有第二处呢？你快一点儿到外面去交际交际，找个男朋友，先恋爱再……"二春望了她道："这么大年纪的人，和我们小孩子说笑话。"说着，又跑上厨房去了。汪老太吸着烟道："这有什么难为情的？现在的姑娘，哪一个不是正正当当地到外

131

面去找丈夫。小春就比她脸老得多，开口恋爱、自由，闭口恋爱、神圣。”二春两手又捧了一盘子蟹壳烧饼，放到桌子上，一面走着，一面笑道：“好了不用说了，请你老人家吃烧饼吧。”

王妈也端了一大盘包子，到堂屋里来，笑道：“我们二小姐的心事，只有我知道。”二春回转头来喝了一声道：“看你这不发人品的样子，还要说笑话。”王妈原是跟了她后面走的，到了桌子边，却抢上前一步，抢到二春的左首，把一只大盘子送到桌上，二春头向右边，恰好参商不相见。徐亦进慢慢地走向前，正好与王妈站着的地方不远，二春这一喝，就喝在亦进身上。亦进本来就透着有点儿难为情，二春这么一喝，更让他两脸腮红着，直晕到颈脖子后面去。在场的人，哈哈一声，哄堂大笑，把二春臊得哟了一声，扭转身子就跑回房子去了。亦进想着：大家只管难为情，绝不是办法。就直立着，正了颜色道：“我算不了什么，误会的事，谁也是有的。大家笑着，让人家二小姐难为情，现在人家是什么心情。”提到这里，大家自是不好意思跟着嘲笑，就围了桌子喝茶吃点心。

刚把点心吃完，只见刘麻子额头上的汗珠子，像雨点般向脸上淋下，那每颗麻子涨得通红，更是不用说，站在天井那边，他两手捏了拳头捶鼓似的乱晃，两只脚连连地顿着，抖着嘴唇皮子道：“这……这……这是怎么好？这……这……这实在……是想……不到的事。”赵胖子向来没有看到刘麻子这样着急过，手上正抓了一个包子向嘴里塞着，这就站起身来，口里啊噜啊噜着问他，只把两只肉泡眼乱映，刘麻子道：“唉！你看我们这些个人，会上了姓陆的这拆白党一个大当。”亦进也迎着问道：“究竟是什么事？请刘老板快说。”刘麻子走到河厅来道：“你看我们哪里是逃难，我们是送羊入虎口。到了淮清桥，船一拢岸，就有几个不尴不尬的人在马路上站着。我觉得苗头不好，可也想不到会出什么乱子。到了那里，绝没有退后之理，硬着头皮子只好向前走。”

二春已是由房里跑出来，抢着问道：“怎么样？怎么样？我娘呢？我妹子呢？”刘麻子道：“听我说，我和石先生两个人在前，唐家妈和三小姐在后，走到了马路上，这就有几个人拥上前来，不问好歹，三个人围着唐家妈，三个人围着三小姐，带推带拉，把她们拥上路边一部汽车上去。同时，两个人站到我面前，两个人站到石先生面前；站在我面前的一个大个子，就把家伙在衣襟底下伸出来了，他轻轻地对我说，少多事。"二春道："我娘就让他们摊上汽车去，叫也不叫一声吗？"刘麻子道："怎么不叫，就是三小姐也是手打脚踢，口里乱叫，可是那几个动手的，也都是亡命之徒，怎能拼得过他们。"二春道："青天白日之下，打劫抢人，街上就没有一个人管闲事的？"刘麻子道："哪个敢管闲事，眼见得呜的一声，汽车开走了。汽车开走了很远，那两个监视着我的人，才笑着向我说，凭你这样子，就可以出来保镖吗？我恨不得咬他们两口。"二春道："不要说这些闲话了，你知道他们把我娘送到哪里去了吗？"刘麻子道："我看到车子开着往北走，到哪里去了不晓得。"二春道："你没有问一问石先生吗？"刘麻子道："石先生吓瘫了，两只脚一步动不得，我还是叫了一部洋车，把他拉起走的。"二春道："那样说，我娘不晓得让他们带到什么地方去了？"说着，两行眼泪，由脸腮上同抛下来，接着寨寨窣窣只是哭，大家也是面面相觑，说不出个所以然来。

王大狗沉着脸子把胸微挺起来，因道："刚才我要是跟唐家妈去了，或者不至于落得一点儿结果没有？过去的事，不用说了，若照着我的看法，唐家妈现时在什么地方，我知道一点儿。拼了我这条命不要，我也要去打听一些消息出来。"说着，端起一大杯茶来，一口喝尽，又点了一支烟卷，衔在嘴角上，然后交代了一句，请各位在这里等消息，扭转身躯，就向外走。刘麻子招着手道："来来，大狗，你往哪里撞？满南京城，地方大得很，你都去寻找吗？"大狗道："我自然有点儿影子，不过我不敢说一定找得到。"亦进也瞪了眼道："你到哪里去找？你就直说出来吧。难道你还怕说出来，我们这些人还会走漏风声吗？"大狗周围看看，又走近了众人，因道："我想，刘老板总也听到说过的，有几个夫子庙的老玩客，在寒涧路设了一个秘密机关，专把夫子庙的小姐们骗了去，关在那屋子楼上，四周是他们自己的洋房围着，跑不脱，也叫不到人去救，像姓杨的这家伙，这地方有个不通气的吗？我就猜着有八成送在那里。"

二春擦着眼泪道："果然是在那里，倒不怕，又不是强盗窝，有我娘在那里，总可以想些办法。"亦进道："虽然他们是把三小姐和唐家妈一车子装了去的，他们绝不会把两人放在一处。"二春向刘麻子问道："是有这样一个地方吗？"刘麻子道："听是听到说过，但并不知道在什么地方。"亦进道："既是有这么一个地方，恐怕不是随便可以进去打听消息的，把一个人跟着大狗去吧。"大狗道："那千万来不得，这不是打架，要人多手众，我一个人自由自便的，有了人在我后面跟着，倒叫我拘手拘脚的了。下午三点钟，我一定来回信。"他说着，径自走了。

刘麻子道："大狗说是那样说了，未必靠得住，我也去托托朋友。分路想法子。我想，不过人吃一点儿亏，凭姓杨的怎样厉害，他总不能随便杀人。"二春将手指着他，把脚一顿道："算你说得出这样宽心的话，姓杨的不杀人，他的做法，比杀人还要厉害呢！"亦进道："闲话我们不说了，我们分路先去打听消息要紧。无论是谁来了，请二小姐告诉他，三点钟在这里会面。我们也好碰头，交换消息。"说时，刘麻子已经走向前面那进屋子去了。二春站在天井屋檐下，皱了眉头道："大家都走了，让我心里倒有些着慌。"亦进绕了天井廊檐，也走到前进鼓壁门边来了，听了这话，回身望着她，又走回了几步，笑道："二小姐也害怕。"二春低头想了一想，因道："害怕我并不害怕，不过我心里头说不上什么缘故，有些慌张。"亦进道："这是二小姐不自在，所以觉得心慌，其实并没有什么事，汪老太在这里，有什么事，她老人家尽可以照应二小姐的。"

汪老太虽不吸水烟了，还是把水烟袋斜抱在怀里，身子微微地靠着门，脸上带了一些微笑，二春不知她这微笑的意思在哪里，好端端地把脸红了，低了头，将鞋头拨弄阶沿石上几张小纸片。亦进站着出了一会儿神，因道："这样吧，两点半钟以前，我准来。"二春还是那样站着，没有答复。亦进感到无趣，悄悄地走了。汪老太在衣袋里掏出了火柴，又燃了纸煤儿吸水烟，向天井里喷出一口烟，笑道："二姑娘，你看徐亦进为人怎么样？"二春抬起头来笑道：

"我哪里知道。"汪老太道:"可惜他没有一点儿根基,要不,我真会在你娘面前做一个媒人。"二春道:"人家正有着心事,你老人家还有工夫开玩笑。"汪老太道:"就是为有了今天这样的事,我才想起了这种话。女孩子长大了,还留在娘家,那总是一件烦人的事。凭我这双看人的眼睛,我有什么看不出的。"

二春听了这话,也没插言,默然地向前面走着。王妈由后面追上来,叫道:"家里没人,二小姐要向哪里去?"二春回头道:"我心里烦不过,到大门口去看看,做好了饭来叫我。"她这样说着,经过了几进堂屋,少不得在每进堂屋里都稍坐片时,因为家里出了这件事,邻居都知道了,有人慰问,少不得坐下来和人家谈说几句,一直至大门口时,总有一小时。混了这样一大上午,也就十一点钟了。二春站在大门口,对巷两头望着,并也没有什么异样。于是一手叉了门框,半斜了身子,闲闲地站着。

也不过二十分钟,一个穿白制服的人,匆匆地走近了来,在他制服的领子上,用红线绣了四个字,伟民医院。他走到面前,更现出了他帽徽上的红十字。二春正奇怪着,怎么有个医院的人向这里来,谁请医生了。这样,那个人索性取下帽子,向二春一点头笑道:"请问,唐家是住在这屋子里吗?"二春道:"是的,你们医院里有什么事找她家?"那人道:"有个唐黄氏受了伤,有人送到我们医院里来了,伤重得很,请她家里去个人。"二春道:"这话是真的吗?"说这话时,心房已是噗噗乱跳。那人道:"这种事,也能说得玩的吗?"二春道:"你有什么凭据?"那人反问道:"你是唐家人吗?"说时,两眼在二春周身上下看了一遍。二春争红了脸,只管跳脚,因道:"我自然是唐家人,我不是唐家人,我问你这些话做什么?"

那人听说,就在身上掏出一张字条来交给她看,二春接过来看时,是铅印的字,人名地点时间,却是用自来水笔填的,最后还盖了医院的一方图章,显然是真的。因道:"我就是她家人,我去看她,要带什么东西吗?"那人道:"用不着,我们医院里有汽车,在马路上等着。"二春说声请你等一等,我就来,立刻拿纸条跑到家里去告诉王妈,将唐家妈留下的几十块家用钱,一齐揣在身上,就跑

135

了出来。王妈由前面跟着送出来，还道："二小姐，我同你一块儿去吧！你一个人去怕是不大妥当吧？"二春道："都走了，哪个看家呢。况且刘老板下午要来，也等着我们的话。大家跑一个空，事情就没有人接头了。"说时她到了大门口，见那个医院的来人，还闲闲地背了两手站着，在看门框上面的门牌。二春道："累你等了，请走吧！"那人也没多说什么，就在前面引路。二春走着路，回头向王妈道："回头刘老板、徐老板来了，请他们赶快就到医院里去看看，说不定还有事情要他们帮忙的。"还没得着王妈的答复，看到那个医院的来人已走向前了很远，只得放快了脚步，跟着跑向前去。

　　到了马路上，拦了小巷子口，就放着一辆流线型的漂亮汽车，把路拦住，那人抢上前一步，把那汽车门打开，让二春上车去。二春一看，那是一辆华丽的汽车，并不是医院里用着接人的。而且汽车两边，并没有红十字的记号。自己正在打量着，那人和车上的司机，都催着快快地上车。二春也没有深加考虑，就跨上车去。自己还没有在车座上坐稳呢，车门是咚的一声关着了，接着，身子向后一跌，车子已开走了。那个穿白制服的人，和司机人坐在并排，却回过头来，隔着玻璃板对二春龇牙一笑。二春看他那笑容带了一些阴险的意味，自己也觉着这人怕不怀好意。可是已上了车子，车子又跑得相当的快，也没有法子去问他的究竟，只好到了医院再说。

　　车子是顺了一条宽大的马路，开足了马力，向前直跑，跑了二十分钟之后，车子走上园圃地带，四周只有很零落的人家。记得伟民医院，是在一条繁盛的街道上，现在所走的路，好像是到后湖去的，那完全不对。便用手敲着座前的玻璃板，去惊动前面的人。可是任你怎样敲，前面的人也是不理。这样又是十分钟，车子已经到了一座洋楼面前，那洋楼前面，围着青砖围墙，大开了铁栅大门，等车子进去。车子一直开到大门里面院子里停着，司机开了车门，点着头道："二小姐，到了，请下车。"二春道："这是医院吗？"司机道："不管是医院不是医院，你娘你妹子都在这里，你进去看吧。"

　　二春犹豫了一阵，觉得老坐在车子上也不是办法，只好走下车子，回头一看，那铁栅大门，已是紧紧地关起。便向站在面前的那穿白制服的人道："什么道理？你把我骗到这地方来？"那人笑道："真的，你娘在这前面楼上，她叫我去接你来的。"二春将身子向大门口奔去，这院子里站有四五个男人，只是笑了望着她，谁也不来拦阻。二春伸手抽动门闩，就打算开门，不想门是关闭紧了，再加上一道锁的，开弄了很久，休想摇撼那大门分毫。那院子里站着的男人，透着很得意，同时前仰后合的，哈哈大笑。那个穿白制服的人弯了腰笑着，站在台阶上远远地指着她道："你用力开门吧，开了门，就让你出去。"二春不开门了，扭转身来，跳着脚道："清平世界，你们敢青天白日抢人吗？"那人抬了一抬肩膀，又用手一摸嘴巴微笑道："那很不算稀奇。"二春看到靠院墙有一把长柄扫帚，拿过扫帚柄，就直奔了那人去，她是想实行王大狗的主张，要和人家拼命了。

第十四回

困迷楼毒倒洁身女
谈屈膝气死热心人

　　这幢房子里的人，既然布下了天罗地网，来侮辱女人，当然他们都有相当的准备。二春是恨极了，并不曾顾到利害，拿起棍子，就向那个轻薄家伙奔了去。可是她还差得远呢，早有两三个人抢了上前，将她捉住。二春两手都让人抓住，摆动不得，只好用脚去踢人，第二脚还不曾踢出去，又让人把脚捉住，于是人就倒下来了。二春愤恨极了，乱撞乱跳，口里喊叫着你们把我杀了吧，你们把我杀了吧！两眼又哭了个睁不开。这时，也不知道有多少人将自己包围住，但只觉得匆忙之中，让人推拥上了一层楼，更拥进了一间屋子，把自己就推在一张松软的沙发上。接着，听到房门咚的一下响，睁开眼看时，眼前已没有了一个人，自己是被关在一间坚固的屋子里。

　　两方玻璃窗户，都是铁骨架子，闭得极紧。这屋子细小得仅仅是摆了一套长短沙发，粉着阴绿色的墙，窗户里挂了紫绸幔子，虽然这屋里并没有什么可怕的东西，在这色调上，倒是有些险惨怕人。二春擦擦眼泪，凝神向屋子周围看了一看，这墙大概是钢骨水泥的屋架，很厚很厚，用手碰碰，仿佛是碰在石壁上。只是在墙角上，开了一扇窄小的门，刚刚是好让一个人过去，这是特别的现象。站起身来，走向窗户边对外看看，恰好是一幢相同的楼房对立着，彼此相隔丈来远。那边楼房，在窗户外更垂了一层竹帘子，什么也看不到。将手推移了窗户一下，犹同铁铸似的，休想震撼分毫。丢了这扇窗户，再去摇撼那扇窗户，其情形也是一样。

　　二春站着出了一会儿神，没有法可想，只得又倒在椅子上。她心里却是那样想：关起我来就关起我来吧，反正他们也没有哪个赐了他们的尚方宝剑先斩后奏，且看他们有什么法子对付我。她这样想着，心里是坦然了。房门与窗户，依然继续地紧闭着。她对四周看了一看，觉得一只蚂蚁钻过的缝隙都没有，要想把这屋子里的消息传达出去，这是一件十分困难的事。她坐下来呆着一会儿，将全身的纽扣带子全紧了一次，然后淡笑了一笑，自言自语地道："我还出这么一个风头，这倒是猜不到的事？"

她这样说着，倒不料有反应，咤一声，那墙角上的小门却扯了开来，有个穿白色制服的男人，仿佛是大饭店里的茶房，从从容容地走了进来，远远地站定着，就鞠了个躬笑道："唐小姐，请到这边房间来坐吧。"二春突然站了起来，沉着脸道："随便到哪里去，我都敢去。大概你们这里也没有养了老虎吃人。"说着，径自走到小门这边房子里来，很像旅馆里一间上等客房，除了立体式的桌椅床榻之外，在床后另有个洗澡间，雕花白漆的隔扇，糊着湖水色的珍珠罗，隔了内外。二春站在屋子中间，看了一看，然后在一张沙发上坐下。那矮几上放着有整听子的烟卷，这就顺手抽起了一根，便拿起桌上的火柴盒，擦了一根火柴，将烟点着吸了，索性抬起左腿来，架在右腿上，背靠了椅子，喷出一口烟来，很自然地坐着。但是刚吸一口烟，忽然想着：这里也许有什么玩意儿吧？于是立刻把烟卷丢了。

那茶房斟了一玻璃杯子玫瑰茶，将一只赛银托盆托着，送到二春面前，笑道："二小姐叫着闹着，口渴了吧？后面洗澡间里，香皂、雪花膏、香水、生发油，什么都有，唐小姐去洗把脸。"二春瞪了眼道："你们到底把我当了什么？我并不是歌女，你们不要弄错了。"茶房又鞠了一个躬道："唐小姐这话请你不要跟我说，我是伺候人的，一会子就有人进来陪你谈话。"说着，他连连向后退了两步，退到了门边，他不走开，也不再进来，就在门口拦住着。二春道："你说有人来和我谈话，这人怎么不进来？再不进来，我就要出去找人了。"说着，向门边走了来。这里茶房倒不拦着，一步一步向后退了去。

二春觉得是不必有所顾忌的，随了他直奔向房门口来，她这里还不曾出门那，门外却有一个人走了进来，不是那人走得慢些，几乎要撞一个满怀。二春只好退后了两步，斜靠椅子站住，向那人望着。那人穿了一身浅灰哔叽西装，头上梳着乌光的长发，颈脖子下垂着一条桃红色的领带，虽然是尖削的脸子，陷下去两只大眼眶子，然而这脸子还是新修刮着的，修刮得一根毫毛没有。在这份穿着上，也就可以看出这人是什么个性。二春板着一张面孔，并不睬他。

　　那人倒不立刻就现出轻薄相，老远地站定了，就向二春深深地鞠了一个躬，二春微偏了头，只当没有看到他。他笑道："二小姐请坐，你不要看我是在这屋子里出现的，但是我到这里来，绝没有一点儿恶意，是有几句话和二小姐商量的。你既然到了此地，总要想一个解决办法，绝不能就是这样相持下去。"二春淡笑道："哦，你们也知道不能永久相持下去，我们一个年轻姑娘，让人家绑了票来，那有什么法子？你们大概也知道的，我家并不是财主，你们打算要多少钱赎票？"那人笑道："三小姐的言论丰采，我们已经领略过了，不想二小姐也是这样坚强的个性。请坐请坐，坐下来，有话慢慢地谈。"说着，他在相隔一张地毯的对面椅子上坐下，又向她连连点了两下头道："二小姐不要性急，请坐下，有话慢慢地谈，我先把一句话安你的心。就是这里的人，绝对没有什么恶意。"二春也觉得犯不上着急，斜坐在沙发上，将脸对了那出去的房门。

　　那人道："我叫杜德海，和这里主人没有什么关系，不过是朋友罢了。今天我也是偶然到这里来看两个朋友，就遇到了令堂，我们倒谈得很好。"二春道："要商量什么话也可以，请你把我带着去和我母亲见面，她现时在哪里？"杜德海在西服口袋里掏出一方手绢，将额角上的汗轻轻抹拂了几下，笑道："自然会引着你和令堂相见的，我们不妨先谈一下子。"二春道："杜先生，你可知道，我不是秦淮河上卖艺的人。就算我妹子小春惹了什么祸事，与我毫不相干，把我找了来干什么？"杜德海笑道："原因就为了你不是一个歌女，我才斯斯文文地出面来做个调人；不然，不会有这样客气的。"说着，他扛起两只肩膀又微笑了一笑。在这份情态中，虽然他说没有

140

什么恶意，可是二春也看不出他有什么善意。因之依然板着脸听下去，并不答话。

杜德海起身点了一支烟，依然坐下来吸着，彼此静默了四五分钟，他笑了一笑道："二小姐对于这件事，本来是无辜；可是反过来说，未尝不是你一笔意外的收获。据杨先生说，他那天在电影院里看到了你，是非常之满意，今天晚上，这里有个小小的宴会，假如二小姐能出来，代杨先生陪一陪客，对你毫无其他的要求。现在就让我带了十张一百元的钞票来，算是压惊的钱。"二春听了这些话，先是把脸涨红了，随后把沉下去的脸，突然向上一扬，瞪了眼道："你们把歌女开玩笑罢了，连歌女的家里人，都拿着开心吗？"杜德海很从容地喷出一口烟来，笑道："这没有我的事，不必说什么你们我们了。你说把歌女开心，和小春的谈判，还没有着手呢，那就没有这些条件。杨先生说出来的话，答应固然是要照办，不答应也是要照办。她是一位红歌女，看见过钱的，大概不会给她什么钱。你比她年纪大些，你应当明白，到了这里来，你变蚊子也飞不出去。"

二春随了他这话，不觉抬头向四周看了一看，接着又低下了头，杜德海把手上的纸烟头，扔在痰盂子里，起身递了一支烟卷给二春，笑道："二小姐，抽支烟休息休息。"说着，自取了一支烟，退回来两步，向椅子上倒下去坐着。随着人在沙发软垫上倒下去的这个势子，把右脚抬起来，架在左腿上，吸了两口烟，把右手的大拇指和食指夹着烟卷，将中指向茶几下痰盂里弹着烟灰，脸上带了微微的笑容，向二春望着。二春也是想着，何必在他面前示弱。于是也点起烟卷来，昂起头来，缓缓地抽着。杜德海将烟又抽了两口，笑道："你把我的话想一想。老实说，你的家世，我是知道的，杨先生也知道的，你妹妹真是靠卖唱吃饭的人吗？你们说卖口不卖身，无非为的是几个钱，现在人家是大把地将钞票拿出来了，你不应该还搭架子。"二春沉着脸道："你知道我的家世又怎么样？在我身上并没有挂了卖身的招牌。由我这里起，就不卖身。你说你们有钱，我不要你们的钱。就算我也卖身，身子是我的，我能做主，我不卖给你。"

杜德海身子向上一起望了她冷笑道："你能做主，恐怕你做不得主吧?"说着,将三个指头夹了烟卷,指着房门道:"无论你有多大本领,也穿不过这道房门。你再看了这上下左右,哪里可以找出一条逃走的出路。"说着,将手又四围指着。二春道:"我逃走做什么?我倒要在这里等着,看看你们有什么法子对付我,大概不能把我治死吧。"杜德海笑道:"我们为什么把你治死呢?要你越活泼越好呢。"说着,又打了一个哈哈,他说完了,只管抽烟,并不接着向下说。把烟卷抽完了,悄悄地在衣袋里掏出一沓钞票,放在桌上,轻轻地将钞票拍了两下,笑道:"有这一千块钱,可做多少事情,你倒是想一想吧。"说时,掉过头来向二春望着,手拐撑了椅靠,手掌托了头,斜斜地坐着,微闭了眼睛,杜德海也不再催促答复了,默然相对地坐着。

总有二十分钟,然后他缓缓地站了起来,向二春笑道:"二小姐既然不肯给我的答复,我也就不强迫二小姐答复了。"说着,把那卷钞票拿起来,一张一张地掀着数过,然后揣在身上,又走到二春这边茶几前来,抽起一根烟卷,向口里一塞,接着擦上一根火柴,把烟支点上,他缓缓地捏住那根火柴,在空中摇摆着,摇摆得火柴熄了,很不在意地扔在痰盂里,喷了两口烟,向二春点了一个头道:"那我们回头再见了。"他好像表示这烟卷抽得很有味似的,这算他是真走了。随了他的脚迹,那门不知道怎的一闪,轰咚一下关着了。二春赶上去,将房门拉上两拉,那门像生铁熔合着,嵌在墙壁上一样,休想移动得分毫,对门呆望了一望,只好依然坐回椅子上去。

闷坐了一会儿,透着无聊,就在前后屋子看了看,在铁床斜对面,陈列着一架玻璃门的衣橱,打开橱来看时,里面居然挂有好几件男女睡衣,橱下面两个抽屉,扯开左面的抽屉看时,是几双拖鞋,再打开右面的抽屉,却很稀奇,是一大叠画报,还有几册夹相片的本子。随手掏起一本来看,画报里面,也不过是些平常的女人像,倒不足为奇,将相片本子打开,那里却全是春宫相片,始而还翻了两页,心里忽然一动,这是什么地方,立刻把本子丢下,回到椅子上去坐着,又抽了一根香烟,还是感到无聊,就拿了一册画报过来,摊在膝上慢慢地展开来看。看久了,自也感到一些兴趣,隐隐之中,闻到一阵香味，这香不知是书上的是烟里的。

正凝想着，忽然听到有人站在身后轻轻地道："二小姐，你觉得这画报怎么样?"二春猛回头看时，却是杜德海笑嘻嘻地站在椅子前面，二春红了脸，把画报向茶几下面塞了去，杜德海看到那抽屉还是开着的，也就到对面椅子上坐着，先默然了一会儿，随后笑道："二小姐，你想明白过来了没有?"二春道："我不晓得想什么? 我就在这里等死。"杜德海道："原来你们母女，都是这样的脾气。其实，杨先生也是想不开，有整千块钱玩歌女，什么人玩不到，何必还费上这样大的事。"

二春懒得理他了，站起来想走到远一点儿的那张沙发上去坐着，不料人还没有站起，只觉一阵天旋地转，头仿佛有几十斤重，站立不住，复又突然地在椅子上坐下。杜德海在对面椅子上看着，并不感到什么奇异，只是微微地一笑。二春心里还是明白的，心想：难道我上了他们的当，吃了毒药了? 可是我进这门来，水也没有喝一口，香烟呢，杜德海也抽着的，他怎么不醉呢? 是了，我翻那画报看的时候，有一阵奇怪的香味，莫非……她想到这里，人有些糊涂了，说是人睡着了，仿佛又在活动，眼前却看到相片上的那些男女，一对一对地成了活人，这是怪事，不能看下去，就把眼睛闭上，可是把眼睛闭上，那些相片上的人，还是活动着。到了这时，心里已经十分明白，她曾说过，姓杨的那颗心，比杀人刀还要狠，现在是证明了。

所幸她证明之后，也就昏沉过去，不知道痛苦。醒过来时，屋子里已亮上了电灯，房门还是紧闭着，床后那洗澡间里，却是哗啷哗啷，有人在洗澡，打着澡盆里水响，接着有人拍了几下外面房门，二春惊醒了，觉得自己罩住在珍珠罗的帐子里，头睡在枕上侧了耳朵听到母亲在外面叫道："二春，你忍耐着，据他们说，现在放我回去了，我回去……"以下的话，并没有说出来。二春叫了几声妈，也没有人答应，想必是让人拥着走了，只好哇的一声哭了起来。这哭声被坚实的墙壁封闭起来了，门外的人，稍微离远一点儿，就听不到。

二春的母亲，就在这门外夹道里让两个人搀扶着，除了两只脚，可以自由行走而外，此外是身上任何部分，都让搀扶着的两个人管理住，丝毫不能自由；尤其是两只眼睛，却让人把手巾捆住了，自己已走到了哪里，却是完全不知道。觉得身后有两个人推着，不由得自己不走。糊里糊涂地走着，但觉得脚下层层下落，是走下楼了，后来就被拥上了汽车，车座上左右各坐着一个人，还是让人制伏住了。仿佛中，汽车颠簸得很厉害，耳里却轰隆轰隆响着，是汽车轮子摩擦得马路发声。这里也不过十分钟，汽车已停止了。身旁的这两个人就在脑后一扯，把手绢扯脱。同时，被搀在背后的两只手，也松开了，回头看到右首一个穿西装歪戴帽子的人，推开了车门，发出那可怕的笑容，因点了两下头道："唐老太太，快到你家里了，下车去吧。"随了这句话，唐大嫂是被人推下车子，自己两脚还没有站稳，又是呜的一声响着，坐来的一辆汽车，已由身后开着走了。

　　唐大嫂站着发了一阵呆，已经可分辨出来，走到了南城，确去家不远，雇了人力车子，就向家里走去。车子到了巷口，重看到了家门了，心里就有一种说不出来的凄凉滋味，立刻两行眼泪，由眼角里挤出来，随着脸腮向下滚。身上的手绢，已经为了久擦眼泪，已是失落了，只好掀起一片衣襟，在脸上抹擦了几回。忽然有阵脚步声追了向前，唐大嫂回头看时，却是徐亦进，随着彼此同时啊哟了一声，亦进手抓车把，问道："唐家妈，都回来了吗？"唐大嫂道："唉，不要说起，请你到我家里去详细谈一谈吧。"亦进随在她后面，把她送到家，她进了大门，由第一座天井里就喊起："反了，不成世界了，没有王法了。"说时，拍了两只手，一直走回家来，没有停止。可是到了她自己的那幢屋子，感触更深，不进卧室了，在堂屋旁边椅子上坐着，哇的一声，就哭了起来。

　　这时，早把前后几进屋子的邻居都惊动了，围坐了一堂屋的人。这个问一句，那人问一句，亦进站在一边，简直没有谈话的机会。后来汪老太由人丛中挤了上前，就向唐大嫂道："说了这么久，你们到底是让人家关在什么地方？"唐大嫂道："你看，我们就像让土匪绑了票去一样，汽车两边放下了窗帷幔，糊里糊涂让人家带到一个地方关着。出来的时候，索性让人蒙上了眼睛，知道是在哪里呢？"亦进插嘴道："地方我们是知道，只是我们没有法子上前去救人。"唐大嫂见亦进站在人身后，解开了衣襟，拿了一顶帽子当扇子摇个不停，便道："徐二哥，我想你这个人是很热心的，今天一定在外面跑了不少路，先请坐一会子，我们再商量办法。"邻居看他们这情形，好像有秘密话谈，都散了。

唐大嫂将亦进引到她自己屋里来坐，王妈供应过了茶水，也站在一边皱了眉道："二小姐平常做事，也是很谨慎的，怎么这次也不想想，就跟了那个送信的去。"亦进道："过去的事，那是不必说了，说也无用。唐家妈，让他们关起来以后，看到两位小姐没有？"唐大嫂道："你想他怎能够便便宜宜让我看见呢？不过临走的时候，他们蒙了我的眼睛，挟着到两间房的房门口，各站了两分钟，他们告诉我，先到的是小春房间外头，后到的是二春房间外头，我只在外面叮嘱了她们几句，她们好像是答应了我两声，可是他们说的是些什么，我全没有听清楚。徐二哥，你说知道了一些消息，到底在什么地方呢？"

亦进道："下午我到这里来，听说二小姐到医院里看唐家妈去了，我就很疑心，二小姐接到的那张医院通知单，放在堂屋桌上，我拿起一看，显然是假，上面盖的那个木戳子，四个字都歪斜不正。一个医院，岂能一个像样的图章都没有？而且通知单那样小，盖的图章，倒有铜钱大一个字，根本不对。为了这个，我坐着车子，立刻赶到医院去打听消息。我虽然知道这是跑得多余一次的路，又不能不跑。后来在医院跑落了空，就去找王大狗，哪晓得他也是不知去向。直到刚才不久，我在路上碰到了阿金，才知道他那秘密机关的地方，转了一下午，地方是打听出来了，就在他注意的那条街上。至于是哪号门牌，依然不敢断定，偏是他的一身穿着，只管在那条街上溜来溜去，倒引起了警察注意，简直把他拦住，问他要在这里找什么人？大狗没有拿到一点儿凭据，怎样能说出来呢？他气闷不过就跑回来找阿金，要商量个法子。"

唐大嫂听说，倒不由得笑了，因道："怎么会找阿金想法子呢？那是个笑话了。"亦进道："我也是这样说，不过他匆匆地和阿金说了一阵，又跑走了，看他那样乱忙的神气，倒好像有些主意。不管他，你老人家既然出来了，想必他们也不愿为难到底。离开那里的时候，有和唐家妈说些什么没有？"唐大嫂道："到了现在，我可以把经过的情形，对你说一说。王妈，你给我拿了香烟来。"王妈取了纸烟火柴，放在那手边茶几上，又倒了一玻璃杯热茶放在她手边。

　　她先喝了一杯茶，然后手夹着烟卷，望了亦进道："你是个正派人，有什么话，我不瞒着你，由我娘手里起，就是在秦淮河上做生意的，吃这种饭，还谈什么受气不受气，挣得到钱就行了。到了小春长大成人，秦淮河是换了一个世界，这碗饭不能吃了，所以派她学唱。老实说，女孩子在夫子庙卖唱，还真是凭她的唱功不成，这好像是钓鱼的那一块香饵，每天在台上站二三十分钟，就是下钩子去钓茶客袋里的钱。会钓的，自然钓得鱼多些。但是要说这香饵，绝不让鱼舐上一下，那是绝办不到的事。以我本心而论，小春用过钱伯能不少的钱，最近又用了他三百块，敷衍敷衍他，那是应当的。他那样大请姓杨的，自然有他的作用，花人钱财，与人消灾，那天在酒席宴上，姓钱的想利用小春一下，小春照理是应该帮他一个忙，既然和人家闹翻了，在我们秦淮河上安身立命的人，栽一个筋斗是应当的。"

　　亦进听到这里，有点儿不耐烦，站起身来，取了一根纸烟在手，向茶几上蹾了几蹾，先把烟塞在嘴角里，然后拿了火柴盒子在手上，连连摇了几下，退向她对面椅子上坐下，擦火把烟点着，微笑了一笑，并没有说什么，只管吸烟。唐大嫂道："本来呢，我也就想亲自带了小春去见钱伯能，叫他带着和姓杨的道一个歉，也就完事了。倒不想那姓杨的下起毒手这样快？在秦淮河上混了几辈子，还栽了这么一个筋斗，这实是我自己误事。"

　　亦进将手上那一支纸烟，向地面上一扔，连连用脚踏了两下，突然站起来，沉着脸道："唐家妈，你这话，不是这样的说法，你老人家虽然自己不肯抬高身份，但是无论哪个，都知道你是一位老秦

146

淮河，俗言道得好：人争一口气，佛争一炉香。我们平白地受人家这样一顿糟蹋，就甘心忍受了事，这回算过去了，以后是人是鬼，都来糟蹋一阵，你老人家还想在秦淮河边上站脚吗？"唐大嫂点点头道："你这话诚然是不错，我回来的时候，坐在黄包车上，也仔细地想了一想，我们既是钓鱼的，丢了香饵也好，保留住了香饵也好，只要钓到了鱼，总不算输。当我让他们由汽车上拖进那幢洋房子的时候，我就想着，张天师府里也有妖精作怪，在南京城里，居然有这样的事，但是把我母女两个的皮都剥了，也值不了多少钱，他们何必把我绑了来呢？进了门之后，我看到房间布得那样精致，我又晓得他们绝不是在我身上打钱的主意，只是我这样大年纪，他把我绑了来做什么呢？那时，小春一下车，就和我分开了，我是让他们带在楼上一间小屋子里坐着，那里的陈设，仿佛一是个小客厅，有两个茶房，轮流进去伺候茶烟。我先是不理他们，倒在一张长的沙发椅子上，闷坐了半天，觉得不是办法，我就对那茶房发脾气，要他找个负责的人出来和我说话。我以为茶房必定推诿，哪晓得立刻和我请一位负责的人来。那人是个大矮胖子，穿一件蓝湖绉夹袄，袖子卷得高高的，露出一截光手胳膊来，夹了大半截雪茄，老放在嘴角上咬着，我看他那样子，很有点儿官僚派，大概是可以拿点儿主意了，也就起了一起身，他就抱了拳头，连说对不起。我就说："事到于今，谈不上什么对得起对不起，我问他这是什么地方，把我们关在这里？什么思想？"他倒笑着说："这不过是个俱乐部，架子大的女人，是常常带了来，惩治她的。你是一位老太太，本不在惩治之列，不过你既同小春一路，不能把你在半路上放了，招些是非。现在请你在这里坐个大半天，到了晚上，放你回去。"我看那人还好说话，就问这事是不是姓杨的做的？他并不怕事，爽快承认了。我想硬是硬不过他们了，就和他说了许多好话，情愿向姓杨的赔个不是。那人说："你愿赔不是，你三小姐不愿赔不是，也是枉然。不过我们对于她是有办法的，也没有什么说不过去。只是你二小姐是在家里不出门的人，倒不好白占她的便宜，另外送你一点儿款子吧。"

徐亦进伸手将茶几一拍，大叫："岂有此理！"唐大嫂倒望了他

147

说不出话来，亦进抖颤了嘴唇，问道："以后怎么样？你说，你说！"他站起来了，把一只脚高踏在椅子沿上，唐大嫂道："到了这时。我才知道二春也让他们弄去了，倒叫我掉在冷水缸里。我向那胖子说，她又不是在夫子庙卖艺的，向来不应酬人，怎好把她带了出来呢？那胖子最后说，不管你知趣不知趣，反正不能随随便便放出去，他交代到这里就走了。"亦进道："你怎么不抓住他和他拼命？"唐大嫂道："你想能够拼倒他们吗？我孤掌难鸣，拼死了，这两位姑娘关在里面，更是完了。后来过了两个钟头，又有一个姓杜的和我来谈条件，说是我愿意和平解决的话，晚上就放我出来，送二春一千块钱交给我收着，三日之后，放小春出来，依然让她唱戏。"

亦进道："条件你都接受了？"唐大嫂道："你想，在那里关着，只有听他的话，谈什么接受不接受？"亦进放下那只脚，一扭身在椅上坐了，两手撑了膝盖，瞪了大眼向唐大嫂望着道："那么，你收了他的钱了？"唐大嫂顿了一顿，却搭讪着取了一支香烟来抽，亦进跳起来道："你就只认得钱，受了什么牺牲都不顾，既是这么着，那姓杨的要小春的时候，你把她送入虎口就是，何必挣什么硬气，说许多漂亮的话，于今闹得无人不知，还把二小姐这个好人，活活牺牲了，你不但对不起朋友，你对不起你第二个女儿，你也对不住你自己。你为了一千块钱，丢丑吃亏，害二春一辈子，你没有一点儿人身上的血性，你简直不如阿金。我走了，白认得你了。"说着，他一起身跑了出去。这场风波的结果倒闹得他和唐大嫂翻了脸，这是大家所不及料的了。

第十五回

看得不平失言遭害
回来尴尬破费遮羞

唐大嫂有唐大嫂的处世哲学，等于徐亦进有徐亦进的处世哲学。徐亦进说她无耻，她是不介意的，可是一点儿正义感，却是与人不同。亦进尽管发着脾气，她倒认为是一番好意，即刻随了他后面追出来，口里还笑着叫道："你这孩子，在我们老长辈面前抖什么威风。"口里说着，人已是追到前进天井里来。亦进在前面走着，低了头放开大步，只是不理。唐大嫂两步抢上前，将他衣服抓住，笑道："这是我们家的事，要你气成这个样子做什么？"亦进道："我又何必生气，我不管你们这些事就是了。你现在还拉住我什么意思？"唐大嫂道："你真不管我们家的事了吗？"亦进道："你的家事，你已经处理得很好了，你哪里还用得着人帮忙？再说，事情办到了这种程度，叫人家愿帮忙的，也无从帮起。"唐大嫂拉了他的衣襟道："不管怎样，你再到后面去坐坐，也不玷辱了你。"亦进被她这句话刺激着，只好跟了她复走回去。

到了她内室里，她向外看看，低声道："二哥，你得和我想想，我要是不答应，又有什么法子可以把人抢了出来？倒不如这样做了，还可以用他几个钱。不然，就要落个人财两空。"亦进坐在椅子上，两手撑了膝盖，脸皮都气黄了，低了头把眼光射在地板上，很久没作声。最后，他冷笑道："你拿了人家的钱，以后由人家糟蹋，你是没得话说的了。我说句不知进退的话，就算你做的是这项买卖，你也只有一个女儿做买卖，现在……现在……唉，我这话怎么说？"他把脚在地面上重重顿了一两下，唐大嫂道："你这意思，我也明白，以为二春吃了亏，其实，我倒不那样想，不是她嗓子差，不也是在

149

夫子庙卖唱吗？那些挽救不过来的事情，我们也不必去说了。现在最要紧的，就是把这两个人弄出来，只凭他这几个钱，我决不能把两个小姐都卖给了他。"亦进道："好吧，我和你去打听打听吧。有了机会的话，叫那姓杨的，补送你几千块钱。总之，不让你太吃亏蚀本就是了。"说着，哈哈大笑一声，又抢了出来。唐大嫂这回是来不及挽留他，只好由他走去。

亦进一路走着，一路哈哈大笑，走出了大门口，还在笑着，走了二三十步，衣服的后幅，却让人扯住了，站住了脚，先就听到王大狗道："二哥，你怎么和唐家妈抬起杠来了？我走到了里面天井里，听到你那满腔怒气的声音，吓得我又跑出来了。"亦进摇摇头道："不要提，气死人，算了，我们不管她唐家的事了。"大狗道："为什么？唐大妈说话得罪了你吗？"亦进道："她得罪了我，我倒是不计较的。"口里说时，脚步还是向前移动得很快。大狗握住他的手，将他拖住，因道："你到底说明了什么事呀？"亦进道："你看他们一个要打，一个愿挨，我们在一边的人，看着不服，那有什么用？"说话时，两个人在一条小河的石桥头上站住。大狗道："分明是那姓杨的，带骗带抢把人弄了去的。你怎么说是她唐家人愿挨？"亦进道："唐家卖的是人肉，人家把她的人抢去了，拿得回来拿不回来，有什么关系，只要人家肯给她的钱就是了。"

他将背靠了石桥栏杆，昂头叹了一口气，似乎胸里头有无限的烦恼，要在这口气吐了出来。大狗默然了很久，点点头道："那我明白了，一定是唐家妈拿了人家的钱，把这件事私下了结了，不过你心里很难受。"说着，微微一笑。亦进伏在桥栏杆上，对了桥下的河水凝神望着，很不在意地答道："我有什么难受？"大狗在耳朵上夹缝里取下大半截烟卷，放在嘴角里衔住，又在帽子檐边的带子里，摸索出一根火柴来，抬起脚来，在鞋底板上擦着了，背了风将烟卷点着，喷了一口烟，回过头来笑道："你不难受吗？二小姐让那姓杨的带出城去了。"

亦进突然掉转过身来，向大狗问道："你怎么会知道的？"大狗道："我怎么会知道的吗？我亲眼看到的。我在马路上守候着一天，你是知道的，直候到今天晚上，我还不知道这个秘密机关在哪号门牌里面，自然我是很有点儿着急。后来就在我站着的地方，身后有人拉了铁门响，回头看时，有一部崭新的汽车从那院子里出来，我闪到一边，那汽车缓缓开着，恰好挨了我身边擦出门来。看时，二小姐满脸的愁容，坐在车子里。本来我也不会知道这车子是到哪里去的，那汽车夫想不到路边有个留心他们行动的人，伸出头来，和那关铁门的听差说，我今天住在孝陵卫新村不回来了，明天一早赶进城，我们夫子庙奇芳阁见吧。说着，那车子就跑了，这不用说，车子一定是开出了中山门，到陵园一带去了。我们马上出城，也许还可以寻得着他们。"

亦进两手反扶了桥石栏，仿佛周身全都有些抖颤，望了他道："你……你……你不是造谣？"大狗道："我造谣干什么？我们赶快追了去。"亦进靠了桥石栏站着，很久没有作声，大狗道："你为什么不说话？难道你也恨着二小姐吗？"亦进道："你怎么这样不明白，现在快十点钟了，有汽车坐着跑了出去，那没什么关系，若是我们这样两个空手的人，摇摇摆摆走了出城，你就是把心掏出来说你是个好人，军警遇到，依然说你有心犯法。无论如何，今天是追不出去了。"大狗道："我原来这样想着，记好了那汽车的号码，然后出了城，顺着孝陵卫前前后后找汽车去；找到那部汽车，就知道二小姐藏在哪里了。今天不去，明天一早，他们就把汽车开进了城，我们还到哪里去找？"亦进笑道："找着了又怎么样？你能在老虎口里拖出肉来吗？"他这笑声是很惨淡，尾音拖得很长，却又戛然地止住。

大狗把那截烟卷已经是快抽完了，两个指尖依然钳住一点儿火星，放在嘴唇边吸了两下，才扔到地面上去，因道："那么，你的意思是把唐家的事丢到一边，以后就永远不问了？"亦进说道："要知道，树木扶得直，竹子勉强扶得直，人若遇到了菖蒲这一类不成器的东西，它天性是遇到了风雨就倒下去的，你怎扶直得了它？人家自己就愿意屈服，我们旁边人气破了肚也是枉然。"大狗道："怎么枉然？天下的事，天下人管。那姓杨的仗了他有几个钱，无恶不作，

151

要什么就拿什么，让人真有点儿不服气，我一定……"亦进道："你又有什么了不得，偷他一笔，你又可以快活十天半个月。"大狗先默然了一会子，随后笑道："虽然我不过偷他一下子，到底还能偷他一下子，譬如村庄上来了一条疯狗，见人就咬，大家吓得乱跑，没有人敢惹它。这样，疯狗更得意，咬了一个，再来咬一个。只有躲牛毛里过活的狗蝇子，向来是人家要踏死它的东西，到了这时，它倒有了本领，钻到疯狗毛里去，三个一群，五个一队，自由自在地吸疯狗的血。我就是一只狗蝇子，你们不奈他何，我还可以偷他一偷，偷来的钱，多少散几个穷人用用。"

亦进将两手掩了耳朵，喝道："快闭了你那臭嘴，你生来下流，倒还以为是一等本领，我不听你这臭话。"说着，扭转身来就要走，却看到桥下路头上，两个短衣人，各各横伸了两手，将路拦住，喝道："好，你这两个贼骨头，好大胆，在大街上商量作案。"亦进待要辩论，那两个人已是抢步上前，一个人拿了手枪，对着亦进的胸口，另一个人居然带有镣铐，两手取出，咔嚓一声，把亦进两手铐住。

大狗站在桥头，老远就发觉出来这两人来意不善，想到桥这边，也未必无人，就手扶了栏杆，耸身向下一跳，倒也不管水腥水臭，顺了河岸人家的墙脚，径直地就跑，河转一个弯，直等着远离那石桥了，这才找了一个小码头上岸。好在天气还不很冷，拖泥带水的，挑选着黑暗的街道走回家去，又洗又刷，忙了大半夜，却把一个赶晚市回来睡熟了的毛猴子惊醒，悄悄地走到他屋子里来，先伸了一伸舌头，然后伸着脖子，望了他的脸道："大狗，你干净了几天，又在外面弄什么玩意儿了。这是在哪里走了水，落下茅厕去了？"

大狗先不答复他什么话，却把两手叉了腰向他望着道："徐二哥是不是我们的把子。"毛猴子倒瞪了眼望着他道："你问这话什么意思？你疯了，自己把兄弟，有个不知道的吗？"大狗道："你不疯就好，二哥让人捉去了，我们应当救救他才好。"因把刚才在桥头谈话时候的情形，叙述了一遍。毛猴子道："什么？他们真把徐二哥抓住了，可是他们也并非官府，怎能够随意捉人，这是哪一年的南京。"大狗道："管他是哪一年呢，不是龙年，就是虎年，反正不是我狗年吧。"毛猴子摇了几摇头道："无论是官府把他捉去了也好，是私人把他绑去了也好，请问，我们有什么能力去营救他？"大狗道："你的意思，我们就是白在家里等候着他，他要死了，有了死信回来，你才肯去和他招魂吗？"毛猴子道："只要你出个题目，就是怎样可以去营救他，我就怎样去营救他。"大狗道："我们也只有各尽各的心，谁又说能有一定的法子去营救他呢？我又想着，这些无法无天的事，城里究竟不能做，我想着，他们一定在城外乡下还有个机关，我想明天起个大早，到城外去看，至少二小姐让他们弄到城外去了，那是千真万确的事。我们找到了这条线索……"

毛猴子站定了脚昂着头想了一想，翻着眼，自点了两下头，忽然笑向大狗道："我有了主意了。"说着，笑嘻嘻地对大狗低声说了一遍。大狗笑道："你这个法子，倒是用得，就怕遇到熟人，戳穿我们纸老虎。"毛猴子道："到了那个时候再说吧。"大狗的母亲躺在床上，让他们的谈话惊醒，因道："大狗你们又在算计哪个，我会告诉徐二哥的。"大狗道："你还提徐二哥，不是为了有你这一位老娘，徐二哥就不用得吃人家的亏，什么事我都敢上前了。"他说这话，带病的老人家，却有些不解，但也不去追问他。

次日一早，大狗起来，伺候过了母亲的茶水，买了几个糖包子她吃了，又丢下了两块零钱给她，说是今天怕回来得晚一点儿，中饭托邻居买些现成的吃吧。然后悄悄地约了毛猴子走出大门来。到了巷口上，大狗将手按住胸膛，站着出了一会儿神，毛猴子道："你忘记了什么没有带出来？"大狗摇摇头皱了眉道："我心里有点儿慌，往日我出门三天两天不回来，我心里是坦然的，你不照管着我老娘，徐二哥一定不让她饿着渴着的，现在我们三个人全出去了，这个十天九病的老人家，交给谁去看护？"

说着，他扭转身子就向家里跑了去，到了家里看时，老太太身上，披了那件套在身上的短蓝布裉子，胸襟破了一大块，垂将下来，左手扶了桌沿，右手拿了一柄短扫帚，有气无力，在地面上画着。大狗唉了一声道："你看，站在这里，战战兢兢的，你还要倒呢，扫地做什么？"老娘扶了桌子，在破椅子上坐下，因道："你向来就是这样，有了什么急事，说跑就跑，丢了家里的事不问。你看，地上丢了许多碎纸片，又是水，又是草屑子，我怎能让屋子里这样下去。再说我一个人在家里也无聊得很，应当做点儿事情解解闷。"她这样说着，两手捧住了一把扫帚，望了大狗喘气，大狗道："我就是不放心你老人在家里七动八动的，假如一个不小心，向地下一栽。"说时，把话突然截住，对老娘望着。老娘道："你回来就是为这个吗？让我出去，向天井里看看天气吧，恐怕是天要变色了，你突然会有了孝心起来了。"

大狗有一肚子心事，可不敢对老娘说，将两只手搓了腿，只管站了发呆。一会子，毛猴子也随着后面走了来，见老娘抱了扫帚坐着，颤巍巍地望了儿子，大狗像受罪罚站，对了老娘挺立着，便慢慢地走到房门口低声叫道："大狗，你到底是走不走？上茶馆子的人，快要到了，我们打了一夜的主意，倒是赶个脱班，那不是个笑话吗？"老娘听了这话，拿起扫帚，在大狗身后，轻轻敲了两下，笑骂道："赶快走吧，不要有这些做作了。你要真孝顺你老娘，到今天为止，也不住在这破屋子里了。"大狗还想和老娘申说两句，又怕引起了老娘的疑心，便道："我今天怕回来得晚一点儿，你老人家不要忘了买东西吃。"老娘道："唉，你走吧，你就十天不回家，你看我会饿死不会饿死？"大狗站了一站，也没什么可说，只道："好吧，我早点儿回来就是。"于是随在毛猴子身后，走到夫子庙来。

远远地看到了那座茶楼奇芳阁，两个人就把脚步放缓了，毛猴子虽空着手，肩膀上可站着一只八哥儿鸟，鸟腿上拴了条细链子，拿在他手上，他就慢慢地走进茶楼。大狗跟在他后面走，仿佛是一路来的，也可以说不是一条路来的。毛猴子却挑了茶座最拥挤的地方走了过去，那八哥儿站在他肩上，一点儿也不怕人，偏了小鸟头，东西张望着。偶然，叫上一句，客来了，倒茶。在茶座上喝茶的人听到了，都咦的一声，夸赞这鸟会说话。毛猴子听到人家的话，也就微笑一笑。有人道："这八哥儿不怕人，训练到这个样子，很要一番功夫，真好宝物。"毛猴子随便答言道："宝物，一点儿也不稀奇，谁要出得起价钱，我就让给他。"

毛猴子一面说，一面走，当他走到靠窗户边的座位上时，大狗在他后面，轻轻地将他衣后襟一扯，毛猴子看时，那里有两个人对面坐着，一个人穿了全青羽缎夹袄裤，一个人穿了一套青色毛哗叽西服，露出里面蓝绸衬衫在领脖子下，拴了一个很大的黑花绸领带结子。漆黑的脸蛋上，在左腮边，长了一粒大痣，痣上簇拥了一撮毛，显然这西服穿在他身上，和他那浓眉毛，凹眼睛，扁脸，透着是有些不相衬。然而他那西服小口袋里，还垂了一串金链子出来呢。在这上面，自然是显着他富有。

　　毛猴子这就放缓了脚步，口里自言自语道："有人买八哥儿没有？会说话的八哥儿。"那八哥儿就在他这样喊着的时候，突然叫起来道："客来了，吃茶。"毛猴子站住了脚，将鸟轻轻抓住，放在左手臂上，鸟的头，是正对了那茶座上穿毛哗叽西服的，那鸟尾巴一翘，将头连连点了几下，叫道："先生，早安！"那个穿毛哗叽西服的，张口露出一粒金牙，笑道："唉，这小东西真有个意思，它对了我请早安。"毛猴子对了鸟道："你认得这位先生吗？同人家请早安。"那鸟又点了两点头道："先生，早安！"那人又笑了，因道："果然地，这鸟只管向我请早安，我们很有一点儿缘。"那个穿青衣服的人笑道："什么有缘无缘，你的运气到了，你该发财了。这鸟出卖，花两块钱你把它买过来，好不好？"毛猴子借了这个机会，就走近一步，靠了桌沿站定，笑道："我有点儿养它不起了，让它调换一个主人，那是更好。"说时，胳臂微微抬一下，那八哥儿就索性飞到桌上来。

　　那穿西服的人问道："你这鸟要卖多少钱？"毛猴子道："实对你先生说，卖多少钱，我还不十分拘定。最要紧的，就是要我这只八哥儿跟了新主人不受委屈。"那人问道："要怎样就不受委屈呢？"毛猴子道："它要吃鸡蛋拌的粟米，它要吃肉，这一些你先生绝不在乎。只是有一件，怕要发生困难，就是这小东西，它在城里住不惯，每天要带它到野外去遛一趟，若有三天不遛，它就懒得说话了。"那人笑道："那太容易了，我每天都要到城外去的。"毛猴子道："我要多问一句话了，但不知你先生什么时候出城？遛鸟的事，你老总也知道，最好是太阳出山，或者太阳落山的时候去办。"那人笑道：

"我老实告诉你吧，我每天都是下午开了汽车出城，一早开回城来，有时候上午或下午，也到城外去跑一趟，那是太有遛鸟的工夫了。"毛猴子道："这样说，我就卖给你老吧。我只要它能找着一个好主人，你给我多少钱，我倒不计较。"那人在身上衣袋里一摸，摸出两张钞票放在桌上，将空碟子压住，因道："给你两块钱，可以卖了吗？"毛猴子望了碟子下钞票，微微地摇了头道："你就到夫子庙去买一只小芙蓉鸟，也要四五块钱。"那人笑道："你不是说钱不在乎的吗？怎么又嫌少了呢？"

毛猴子还没有说话，大狗在他身后插言道："毛猴子，你哪里没有用过这两块钱，你真是少不得的话，我回家去脱下裤子来当两块钱你用。"那人听说，不由瞪起了两眼，向大狗子道："这事与你什么相干？要你多嘴。"毛猴子点了个头笑道："你有所不知，我们是邻居，我做买卖去了，家里没人照料的时候，就靠我这位朋友弄食料喂鸟，大概一年工夫，他也有三四个月是这鸟的主人，我要把这鸟卖了，他当然也能够说两句话。"那人道："你先说钱多少不在乎，现在真要买你的，你又舍不得，现在给你五块钱，你可以卖了吗？"

毛猴子踌躇着道："卖是可以卖了，不过……"对那鸟望了一望，两只眼睛角里，含了两包眼泪水，几乎要哭出来。那人道："你到底舍得舍不得？舍不得，你就把鸟带了走。"毛猴子道："我跟你商量商量，你公馆住在哪里？请你告诉我，我把这鸟送到你公馆里去。这也没有别的什么意思，不过我送它一程子。"那人对这话还没有答复，那个坐在他对面，穿了青夹袄褂的人，向那人眨一眨眼睛道："老胡，这点儿事，你也不能答应人家吗？反正你是要出城去接你的老爷的，你叫他在马路上等着，带了他出城去。到了城外，你给了他钱，还怕他把鸟不放下来不成？"那老胡也就明白了他的意思，笑向毛猴子道："你喂鸟一场，舍不得它，那也是实情。这样吧，十一点钟的时候，你在中山门外路头上等着我，我带你到我家里去，你去不去呢？"毛猴子道："等着要钱用，为什么不去呢？"说着，回转头来向大狗道："回头我们两个人一块儿去吧。"再看老胡时，他向同座的人微笑，另外并没有什么表示。于是他把鸟依然

156

送到手臂上站着，同大狗一块儿走了。

下了茶楼，趸进了一条小巷子，毛猴子回头看了一看，因向大狗道："那家伙就是那个司机生吗？"大狗道："自然是他，不是他，我引你和他做作许久做什么？现在是八点来钟，到中山门外去还早，我们在那里兜个圈子再走。"毛猴子道："徐二哥让人家捉去了，唐家妈大概还不知道，我们应当和人家通知一声。"大狗道："可以可以，不过唐家妈在平安无事的日子，心里坦然，可也讲点儿义气。到了现在，她要打她自己的如意算盘，她就不讲义气了。徐二哥是她哪门子亲哪门子戚，人家捉去了，干她什么事。"毛猴子道："虽然是那样说，我们做我们分内的，通知她一声好。而且她已经倒在姓杨的怀里去了，也许是反要她去讲个人情呢。"大狗道："我们就走一趟试试看吧。"

两个人顺了路向唐大嫂家走去，过了跨过秦淮河的桥，呜嘟嘟的，后面却有一辆漂亮汽车追了上来。这是南京城里的旧式街道，那宽窄的程度，刚刚是只好容纳一辆车子。那车子风驰电掣地抢过了桥之后，转弯走进了横街，就不得不慢慢地开着走。大狗和毛猴子将身子一闪，靠着人家的墙，向车子里看去，倒不由两人全吃一惊，车里面坐的，正是唐小春。但见她头发微微蓬着，脸色黄黄的，不曾仔细地看着，那车子已经过去了。大狗回过脸来咦了一声，两个人随了汽车后面追去。那汽车也只向前二三十户人家，为了许多担子搁着，开不过去了，远远地看到车子停住。车门开了，小春由车子里钻了出来。大狗道："她果然恢复自由了，不知道她姐姐怎么样？"毛猴子笑道："我老早就猜着，你和徐二哥，都是多事，什么打抱不平了，什么知恩报恩了，什么唐小春是有名的歌女，丢不下这大的面子了。你看，人家还不是坐了汽车摇摇摆摆回来，也没有见她身上多丢了一块肉。"大狗道："追上去，我们问问她去。"两人赶紧了两步，抢到了汽车面前，见小春已转弯走进一条小巷子里去。毛猴子笑道："放了大街不走，她还有些难为情呢。"

大狗且不理他，快走了两步，就在后面高声叫道："三小姐，三小姐。"小春站住了脚，回过头来看时，大狗已到面前，红着脸点了个头道："大狗怎么看见了我？"大狗看她时，已不是那天出门的衣服，换了一件白葡萄点子的蓝绸长夹袄，手上搭了一件白哔叽大衣，家里都送着衣服她换了。由这两件衣服一衬，更显着她脸色黄中带黑，两腮尖削下来，更透着憔悴。平常那漆黑溜光的头发，现在是一把干乌丝一般，那烫过了的头发，起着云钩子的所在，这时还有些焦黄，眼皮微垂了，头也抬不起，好像熬了几宿没睡。大狗看着，却也替她可怜。便点点头道："回来了就好了，我们大家都替三小姐着急呢。"小春强笑道："大惊小怪，着什么急呢？这是那钱经理和我开玩笑，骗着我去打了两天牌。"

大狗哦了一声，毛猴子可也追到面前来了，便插嘴道："还有二小姐呢？"小春顿了一顿，望着他问道："他是谁？"大狗道："他是徐二哥的把弟，因为徐二哥昨晚上由府上回来，我们一路商量救两位小姐的事，让几个人捉去了，我们正想法子要救他出来呢。"小春皱了两皱眉毛道："你看，你们把这件事闹得天翻地覆，越弄越糟糕。其实忍受两天，这事情也就过去了。"大狗道："我们哪里晓得呢？可是两位小姐去了之后，无论哪个也觉得放心不下。清平世界，南京城里会绑起票来了。"小春鼻子里哼了一声道："都是你们这种人胡说八道地弄坏了，我们当歌女的人，出去应酬应酬，这算得什么呢？漫说我还在南京城里，就是跟茶客出去，到苏州、杭州去玩个十天半月回来，那也算不了什么稀奇。"毛猴子站在一边，翻了两眼看看小春，又看看大狗。大狗把一张扁脸涨红得像熟了的柿子皮一样，也只好望了她，说不出所以然来。

小春却把手上拿着的大皮包打开，在塞满了钞票的兜袋里，抽出一叠钞票来，带笑道："我的话直些，你不要见怪。"说着，回头向巷子两头张望了一下，见并没有人走过来，因道："你可以想得到的，事情已到了这不可收拾的位分，我们有什么法子呢，倒不如将计就计，弄他几个钱。我也晓得，这样一来，夫子庙是有了一段好新闻了。说就让他们说去，反正我是一个歌女，还能把我说得歌女当不成吗？不过呢，能够少有几个人说，少出一点儿花样，自然是好。我的事，也瞒不了你们，有人问起你们，也不望你们特别地说什么好话，只望你们告诉人，说不晓得就是了。这五十块钱，送给你二位吃酒。"说着，把钞票塞到大狗手上。

　　大狗见她带了三分痨病的样子，口气又说软了一点儿，自己也就随着她和软下来，小春把钞票塞到手上的时候，自己是莫名其妙地接住了，等想到这钱受得无来由的时候，巷子那头，已经来了人，小春是一句话不再说，低了头就走了。毛猴子笑道："到底是唐小春，好大手，一掏就是五十块钱。"大狗道："我们是敲她竹杠来了吗？这钱……"毛猴子一伸手把钞票抢了过去，先举起来笑道："走，我们到小饭馆子里去吃一顿。"大狗道："我们为什么用她这笔钱？"毛猴子将嘴一撇，头又一扭，笑道："你是什么大人物？整大卷的钞票，拿着咬手，看着不顺眼吗？你不要，我要。"说着，把那卷钞票揣在身上，扭转身就在前面走。大狗跑向前来，牵住他的衣襟道："钱，我是收下了，不过唐家的钱，是不能乱用的。小春把这些钞票给我们，你知道她什么意思？"毛猴子："有什么意思呢？她做出了这丢脸的事，要我们给她遮盖遮盖。其实我们不说，别人也是一样地知道，我们落得花她几文。"大狗站着呆了一呆，摇摇头道："人是死得，丑事做不得！唐小春那样架子十足的歌女，一天丢了脸，连我们这样最看不起的人物，也要来买动了。"猛不理会地，有两个过路的人却哈哈地笑起来。

第十六回

吃亏人把盏劝磕头
探风客登门遭毒手

　　大狗和毛猴子这种人，也无须顾虑到什么身外的是非，除了想打别人的主意，是不低声说话的。大狗这时看到过路人，对他们哈哈大笑，倒是一怔，站住了脚看那人时，他上身穿件灰色线织的运动衣，下身穿条青呢西装裤子，拦腰横了一根皮带，黑黑长长的脸子，一个溜光飞机头，三十多岁的人，既不像是学生，也不像是公务人员。他见大狗向他望着笑道："我老实告诉你，少打什么抱不平，那唐家在秦淮河上混了两三辈子了，到了小春本身，就卖嘴不卖身吗？果然卖嘴不卖身，她家里那些吃喝穿摆，哪里来的钱？要你们出来多事，好让她竹杠敲得更厉害些。"说毕，又打了一个哈哈，径自走了。

　　大狗向毛猴子呆望了一望，因道："这是个什么人？"毛猴子道："这两天这几条巷子里时时刻刻都有怪人来来往往，大狗，我们有了这几个钱，快活两天是正经，不要管他们的闲事了。"大狗道："什么？不管他们的闲事了。你说他们，有没有徐二哥在内？"毛猴子因他问话的语音十分沉着，不敢回答，大狗两眼一瞪，脸色板了下来，一伸手将毛猴子的领口抓住，而且还扯了两下，因道："你说！"毛猴子扭了颈脖子赔着笑脸道："大哥，你发急做什么，我也不过说两句笑话。"大狗放下手道："我告诉你，唐家的事，不要你管，徐二哥的事，你就非管不可。我有一个老娘，我还拼了坐牢，你一个光杆儿怕些什么？"毛猴子笑道："就是那样说，你肯拼，我还有什么拼不得吗？"大狗哼了一声道："这算你明白，我告诉你，我这人专走的是拗劲，人家越说我办不到的事，我是越要办得试试看。好在我是一个下流坏子，做不好，也不怕人家笑话，根本人家也不会笑话。有这样便宜的身份，为什么不干呢？你好的是两盅，有了酒，你的精神就来了，走，我先带你喝酒去。"

毛猴子笑道："大狗，我们说是说，笑是笑，有一句话，我还是要说的，我们有这些钱，带在身上到处跑做什么，不如留些回去给老娘用吧。"大狗想了一想，又摇了两摇头道："我不能回去，我不能回去，我回去就把我这股子勇气打消了，看到姓杨的这家伙到处有人，我们多这一回事，也许上不了场。毛猴子，我托你把这笔钱照顾着我老娘。真是我不回来，我的娘，就是你的娘，你把钱送回去吧。"毛猴子沉吟了一会子，望了大狗出神道："你……你……"大狗道："你不管我要怎样干。"他说着话，用脚竭力地在地面上顿了几下，继续向前走着，毛猴子跟着后面走，一路叽咕着道："这样说，我们昨晚上商量了一夜的事，难道完全取消了吗？"大狗道："这一出戏，原来定了完全由你去唱的，你不去，我怎样玩得来。多话你不用问，你把这笔钱带回去，二一添作五，你和我老娘去分了，我在前面三和春小菜馆子里吃点儿酒，慢慢地等着你。你在我家里，看看之后，即刻来回我一个信。"说着，把身上那叠钞票掏了出来，塞在毛猴子手里，然后伸手拍了他两下肩膀，将他一推道："快去吧。"毛猴子心里头就想着：看那汽车夫，也是眉毛动，眼睛空的人，何必去和他斗什么法？由了这大狗的坚决推送，也就不假作什么态度了，把那一叠钞票塞在衣袋里，将手隔着衣襟按了按，径直地走了。

大狗站定了脚，望着他走远了，一个人自言自语地道："这年月交朋友真是不容易，各尽各的心吧，别的什么本事没有，害人……"说到这里，把话顿住了，回头看到有一个中年短衣男子，匆匆地抢着走了过去，这就把声音放大了，接着说："那我总是不干的。"说完了这句话，这才缓缓地向前走，不过心里头有了一件事，觉着向那条路上走，那不大自然，分明是要向前走，不知是什么缘故，几次要掉过来向回走，到了小饭馆子里，恰好临街最近的一副座头并没有人，这就在上面一条凳子上坐着，架起了一条右腿，两手扶了桌沿对街上望着，堂倌过来了，他倒一点头，笑道："酒是人的胆，气是人的力，先要四两白干，切一盘卤牛肉下酒，先喝了再说。"茶房在围裙袋里，抽出一双红筷子放在桌面前，大狗手摸了筷子头握住着，倒拿了向腰眼里又着，横了眼向街上望。

堂倌把白干、牛肉端来了，他很久没有理会，忽然有人叫道："大狗，你在这里等哪个？眼睁睁对街上望着。"大狗回转头来，却不知唐大嫂是什么时候走进店堂来了，啊哟了一声，站起来笑道："你老人家也到这里来了，坐着喝一杯，只是这地方太不好意思请客。"他说着回头两边张望，对了这两厢木板壁，中间一条龙，摆了几副座头的情形，嘴里吸了两口气，唐大嫂笑道："你不必和我客气什么。刚才小春回家来，这事总算大事化小，小事化无了。不过她说，徐二哥为这事受累了，这倒让我心里过不去，你打算怎么办？"大狗回头看看隔座无人，低声道："这还不是一件事吗？"唐大嫂点点头道："当然是一件事，你知道，唐家妈也不是一个怕事的人，但是赌钱吃酒量身家，惹不起人家，偏偏地要去惹人家，那是一件傻事。人生在世，无非是为了弄几个钱吃饭，只要办得到这层，别的事我们吃点儿亏也就算了。你二哥为人是很正派很热心的，但是正派卖几个钱一斤，为我们的事，徐二哥那样吃亏，太犯不上。你们呢，更不必多事。"

大狗红了脸道："我们根本不愿多事，还不是你老人家叫我们帮忙吗？现在倒不是我们多事不多事这两句话，二哥不像三小姐、二小姐，自己可以和他们讲个情，他现时不知道人在哪里？和那些头等人物，面也见不着，从哪里去讲情。"唐大嫂道："你这话虽然说得是对的，但是你也要转身想一想，他们要把徐二哥这种做小生意买卖的人关起来做什么？他们关他一天，不就要给他一天饭吃吗？你趁早做你自己本分的事。三小姐告诉我，不是送了你们一点儿款子了吗？这笔款子，你们正好拿去做点儿小本营生，我是怕你们又出乱子，特意赶来劝你们一声。"大狗道："多谢你老人家的好意，但我们只是泥巴里头的一只蚯蚓，长一千年也发不动一回蛟水的。你老人家都看得破，带得过，我们又有什么好兴头不依不休呢？"

唐大嫂听了这话，倒默然了一会儿，接着摇摇头叹上一口气道："有什么看得破看不破？也不过是没有法子罢了。"说完了这话，又站着呆了一会儿，接着道："赵胖子晚上在三星池洗澡，有什么话你可以去找他。"大狗不由得咯咯笑了两声，因道："赵胖子虽然有他那样一袋米的大肚子，那里并不装主意，要不嫌龌龊，你老人家喝一盅吧。"唐大嫂道："不，我走了。"说着扭身走了出去，大狗始终是站着和她说话的，这就叹了一口气，摇着头坐下来，看酒菜自摆在桌上，斟了一杯，送到嘴边，仰起脖子，一饮而尽，还深深地唉了一声，赞叹这酒味之美。扶起筷子在桌面很重地蹾了一下响，正要去夹碟子里的卤牛肉吃，一抬眼皮，却看到唐大嫂又走了回来，便起身迎上前笑道："你老人家还有什么要紧的话要交代？"唐大嫂走近一步，低声笑道："我们总是自己人，唐大嫂待你们总也没有错过。"说到这里，脸又红了，望望大狗。大狗低声道："你老人家放心，我拿我七十岁的老娘起誓，假使我到外面去乱说，我母子两人，一雷劈死。"唐大嫂道："啊，何必赌这样的恶咒，我也不过是慎重一点儿的意思，好了，就是这样说吧，我告辞了。"说着，笑嘻嘻地走了。

　　大狗站着呆望了一会儿，哧的一声，笑着，自言自语地道："这是什么玩意儿？"摇摇头回到自己原来的位子上，斟着酒喝起来了。平常的酒量，原是不怎么好，可是今天不懂什么缘故，这酒并不怎么辣口，四两酒，一会儿就喝完了，告诉堂倌再来一壶酒，手拿着锡壶举起，摇了两三摇，正待向杯子里斟着，却见毛猴子在店铺门口站着，手上高举了那只八哥儿鸟笼，喊着道："不用喝了，不用喝了。"大狗手按了壶，望着他问道："你跑来这样快。"毛猴子已走到了桌子边，先伸手把酒壶捞了过去，然后一跨腿，坐在一旁凳子上，笑道："我一路想着，越想越不是滋味。我毛猴子也顶了一颗人头吃饭，怎能躲了开来呢？徐二哥是你的把子，不也是我的把子吗？"大狗道："那么，钱没有送回去？"毛猴子道："钱都送回去了，交在老娘手上，我托了前面一进屋子的王二嫂子，遇事照应一点儿，放了五块钱在她手上，托她买东西给老娘吃，她眉开眼笑，

163

手拍了胸，这事只管交给她，我办完了这件事，我就一溜烟跑来了。我想你不在茶馆里等我，在酒馆里等我，你这家伙，分明是要喝一个烂醉，好解掉你胸中这一股子恨气，你说对不对？现在酒不要喝了，还是和你一路去吧。"

大狗伸了手向他要讨酒壶，因笑道："现在用不着你去了，而且我也用不着去，你说我心里闷不过，那倒是真的，把酒壶交给我，我们都喝醉了吧。"毛猴子道："那为什么？我已经来了，你就不用再发牢骚了。"大狗道："我哪里还生你的气。"因把唐大嫂两次到酒馆里来说的话，告诉了毛猴子。接着笑道："唐小春是秦淮河上头一名歌女，自南京有歌女以来，一个头红脚红的状元。她们吃饱了人家的亏，还要叫人家做老子，我王大狗什么角色，你毛猴子和我也差不多，干什么那样起劲？喝了酒，我们回家睡觉去。"毛猴子把手里拿着的酒壶由怀里抽出来放在桌上，笑道："喝就喝吧，不过徐二哥的事怎么办呢？"大狗道："唐家妈开了保险公司，她有了办法了，我们又何必多事，不过……"说着，抬起手来，连连地搔着头发。毛猴子道："我随着你，我没有主张，你说怎么我就怎么着。"大狗接过酒壶，并不作声，先斟上三杯，一口一杯接连地把酒喝下去。毛猴子看看面前的光桌面子，又看看他手上拿的酒壶，嘴唇皮噼啪噼啪吮着响，大狗笑道："我自己喝得痛快，把你倒忘记了，喝吧。"说着，将酒壶交给了毛猴子。

毛猴子刚接过壶来，有人在门外叫道："我也喝一杯，你弟兄两个好快活，这样地传杯换盏。"随了这话，赵胖子敞开了对襟青湖绉短夹袄，顶了只大肚囊子，笑嘻嘻地走了进来。这里两个人一齐站起来让座，他走到了桌子边，大狗笑道："赵老板，肯赏个光，喝我们三杯吗？"赵胖子一看桌上，只有一副杯筷，一盘卤肉，便笑道："你们这是怎么个吃法，太省俭了。"毛猴子道："我还是刚来，假如赵老板赏光的话，就请赵老板点菜。"赵胖子随着在下首坐了，将酒壶接过来，摇撼了几下，笑道："我来做个东。"回身一招手，把茶房叫了过来，告诉他先要四个炒菜，又要了一大壶酒。

先是吃喝着说些闲话，后来提壶向大狗酒杯子里斟酒，这就站起身来，笑道："我代唐家妈敬你一杯。"大狗两手捧了杯子接着，笑道："这什么意思？我可不敢当。"说着，彼此坐下来。赵胖子道："我遇到了唐家妈，她说大狗在这里，特意叫我来会个东，我还不晓得毛猴子在这里呢。来，我也代表唐家妈敬你一杯。"说着，又把酒壶伸过来，毛猴子当然知道他的用意，接了酒，笑道："在秦淮河上，我们是后辈，还不是听听你们老大哥的吗？"

赵胖子手按了酒壶，身子微微向上一起，做个努力的样子，因道："你二位当然也是知道的，我们老老少少，男男女女，在秦淮河上混着，就是这个面子。把这面子扫了，就不好混下去。"说着，他回头看了一看，把声音更低下去，因接着道："你必定是这样说了，小春硬在马路上让人家拖了去，关了两天放出来，脸丢尽了，还谈什么面子不面子。话不是那样说，譬如以前在秦淮河上开堂子的人，在干别行的人看起来，一定说是大不要脸的事；但是堂子里的人，开口要个面子，闭口要个面子，不谈面子，哪里有人吃酒碰和。这有个名堂，叫要面子不见脸。自己弟兄，有话不妨直说，我们也是命里注定这五个字的。你二位懂得不懂得？"说到这句话时，他将肉泡眼向二人很快地射了一眼，把脸腮沉下来微微地红着。

毛猴子笑道："赵老板，我们懂得，你放心就是了。要脸不要脸，我们谈不到，就是面子，我们也不要的，不过人家的面子……"大狗瞪了眼道："拖泥带水，你说这许多做什么？大家在夫子庙混饭吃，鱼帮水，水帮鱼，彼此都应该有个关照。"赵胖子手里拿了壶，将胖脑袋一摇晃道："好，这话带劲。来，给你再满上这一杯。"说时，隔了桌面，伸过酒壶来，大狗倒不推辞，老远地伸出杯子来将酒接着。赵胖子收回了酒壶，举着杯子，和大狗对干了一杯，笑道："我是九流三教全交到，全攀到，毫不分界限。我们自己人，说句不外的话，在粪缸里捞出来的钱，洗洗放在身上拿出来用，人家还是把笑脸来接着。弄钱的时候，叫人家三声爸爸，那不要紧，到了花钱的时候，人家一样会叫你三声爸爸。这本钱是捞得回来的。"毛猴子笑道："长了二十多岁，还没有听到过这种话呢。"大狗又望了他道："你没有听到的话还多着呢，下劲跟赵老板学学吧。你不要看我这份手艺低，弄钱的时候，没有人看见，花钱的时候，人家还不是叫我老板。你若是没有钱修成了一世佛，肚子饿了，在街上讨不到人家一个烧饼吃。"赵胖子把右手端起来的杯子放下去，将三个指头，轻轻一拍桌子沿道："好，这话打蛇打在七寸上。"

说时，提壶斟了两巡酒，便默然了一阵子。最后他想起一句话，问道："菜够了吗？要一个吃饭菜吧。"大狗道："我吃菜就吃饱了，不再要吃饭了。"赵胖子在夹袄小口袋里掏出一只小挂表来，看了一看，向大狗道："新买的，十二块钱，舍不得花不行，在外面混，和人约会一个钟点，少不了这东西。"毛猴子笑道："赵老板进项多，可以说这种话，我们有什么约会，就看街上的标准钟。"赵胖子脸上带了三分得意的颜色，笑道："也不过最近一些时候稍微进了一点儿款子，其实也没有什么了不得。说到这里，我倒有两句话想同二位说说。"大狗道："赵老板多多指教。"说着，放下筷子，两手捧了拳头，在桌面上拱了几拱。赵胖子未说话，先把眼睛笑着眯成了一条缝，两腮的肉泡坠落了下来，耳朵根后先涨红了一块。那一份亲热的样子里面，显然有着充分的尴尬滋味。他想了一想，笑道："改天我约二位谈一谈吧，要不，今晚上我们在三星池洗澡？"

大狗看他还有一点儿私事相托的意思，酒馆里人多，也不便追问，因呆坐想了一想。看到对门一片小铺面，修理钟表的，玻璃窗户上的挂钟，已经指到十点，不觉把筷子一放，站了起来向赵胖子一拱手道："今天我不客气，算是叨扰赵老板的了，改天我再回请。"说着，向毛猴子使了一个眼色道："我们走吧。"毛猴子刚站起身来，赵胖子一手把他手握住，因道："喝得正有味，哪里去？"毛猴子道："徐二哥的事，赵老板总也晓得，我们想打听打听他的消息。"赵胖子也只好站起来，两手同摇着，唉了一声。

大狗来不及把毛猴子拦住，只得向他笑道："赵老板能不能够指示我们一条道路，我们朋友的关系太深了，不能不想点儿法子。"赵胖子哈哈一笑道："老弟台，不是我说句刻薄话，蚊虫咬麻石滚，自己太不量力。徐二哥是什么人，关起来了，这还用得着怎样去猜想吗？依着我的意思，你只管丢开不管，到了相当的时日，自然有人放他出来。老徐也不是大红大绿的人，你想人家和他为难做什么？"大狗笑道："多蒙赵老板关照，我们记在心里就是，我们也不是梁山好汉，干什么反牢劫狱，不过托个把朋友，打听打听他的下落，我们拜把子一场，也尽尽各人的心。"说着，他已离开了位子。

赵胖子不能把他两人拖住，因道："那也没有什么不可以。"说着，跟了二人后面，走了几步，他忽然一伸手，扶着大狗的肩膀，眯了肉泡眼道："大狗，我和你说两句私话。"于是把大脑袋伸过来，对了大狗耳朵道："那姓杨的这条路子，我有法子走得通，他手下的几个大徒弟，是不消说了，就是一层徒弟，也了不起，他有个二层徒弟……"大狗道："那是徒孙了。"赵胖子嫌他说话的声音高一点儿，又伸手拍了他两下肩膀，接着道："管他是什么，这个人叫涂经利，在夫子庙一带，将来要称一霸，你见机一点儿，赶快和他去磕两个头。"大狗道："好，将来再说。只是没有路子可进。"赵胖子先一拍胸，然后伸了一个大拇指道："这事在我身上。"大狗道："好，明后天我再和赵老板详细谈一谈。"赵胖子道："回头你在路上对毛猴子说一说吧。"大狗大声答应着，就引着毛猴子出了酒馆子。

到了巷子口上，毛猴子回过头来看了一看，低声笑道："他说些什么？"大狗道："他叫我拜那姓杨的做太上老师，我们去做灰孙子，你愿意不愿意？"毛猴子笑道："这话不错呀，这个年头儿，打得赢人家就是太爷，打输了就做灰孙子。"大狗道："这就叫死得输不得了。闲话少说，和那司机的约会，我还想去，你怎么样？"毛猴子道："你还用问吗？我要不去，我也不带了这只鸟来了。我们也没有到唐家母女的位分，吃饱了亏给人磕头，我们还没有吃亏呢，不忙磕头墙。"大狗道："赵胖子说了，我们是只蚊子，这样小的一条性命，看重它做什么？走吧，打死一只蚊子，也让他们染一巴掌鲜血。"

大狗喝了两杯酒下肚，走路格外透着有精神。提起脚来，加快走着。到了十一点钟的时候，两人齐齐地站在中山门外的马路边，果然不到十分钟，那老胡驾了汽车，跑得柏油路呼呼作响赶到了。

他将车子停住，由车窗子里面伸出手来，向二人招了两招。大狗看那车前悬的号码牌子，正是那辆送二春出走的车子。微偏过脸来，向毛猴子丢了一个眼色。毛猴子手里提了一只鸟笼，走到车前，问司机老胡："公馆在什么地方？"老胡反过手，把后座的车门打开了，因笑道："便宜你两个人开开眼界，你们坐上来吧。"大狗以为他必然拒绝自己上车去的，现在见他毫不考虑地就让人上车，对毛猴子看了一眼，两人就先后坐上车去。

那位司机老胡，隔着玻璃板回头向他们笑了一笑，然后呼的一声，开着车子走了。在野外跑了有十多分钟，开到一所洋房子面前，直冲进围墙的大院子里去。车子停了，他先下车来，对洋房的楼窗户看了一看，然后开了车门，向车子里面连连招着手道："下来下来。"两个人下来了，他在前面引路，却反过手来，向两个人招着，两个人跟着他由洋房侧面走去，绕到正房的后面来。大狗看时，另外是一排矮屋子做了厨房。铁纱门窗，除了透着一阵鱼肉气味而外，再不听到或看到什么，环境是很寂静的。

老胡引着他们走过这批屋子。靠外边三间屋子，却有一间敞开了门，是停汽车的，里面兀自放着一辆漂亮的汽车呢。老胡引着他们走到最前一间屋子，已经是挨着围墙了，跟了进去，看到里面有桌椅床铺，墙上贴着美女画月份牌，还有大大小小的女人相片，都用镜框子配着的。桌上有酒瓶，有食盒子，有雪花膏、生发油之类。床上放了京调工尺谱，小说书。墙上挂了胡琴，在这一切上面，据他的经验，证明了这是汽车夫住的所在。老胡在衣袋里掏出香烟来吸着，瞪了眼向他望着道："你走进屋来，就是这样东张西望做什么，你要在我这屋子里打主意吗？"大狗笑着，没有作声。毛猴子提了鸟笼，已经走到门外，隔了窗纱，看到大狗碰钉子，他又缩回去了。老胡道："把鸟拿进来呀。"毛猴子透出那种有气无力的样子，推动纱门，挨了墙壁走进，笑道："先生，你没有鸟笼子吗？"老胡道："你当然连鸟笼都卖给我。你没有鸟，还要这笼子做什么？"毛猴子也不多说什么，就在窗户头横档子上，把鸟笼子挂着，老胡道："来，你们在这里等一等，等我去拿钱。"说着，开了门，把他们留在屋子里，就匆匆地走了。

总等了半小时，还不见他回来，大狗道："怎么回事？舍不得拿钱出来吗？"两人也是等着有些不耐烦，都到门外空地里站了等着，这就看到老胡在老远一棵树下站着，向他两人招手，毛猴子以为他要给钱了，赶快就迎上前来。老胡一面走着，一面点了头道："不要让我们老爷知道了，到大门外来给你钱吧。"两人紧紧随着他后面，跟到大门外来。老胡掏出一盒烟来，抽出两支烟卷来，向一个人递了一支，因笑道："要你二位跟到这样远来拿钱，真是对不起。"

两人接过烟他还掏出打火机，给两人点烟呢。后面有个人从大门里跑出来，高挥了两手，口里还喊道："把他们抓住，把他们抓住！"毛猴子和大狗听着这话，都呆了一呆，后面追来的人，跑得很快，一会子工夫，就跑到了面前，先是一拳，打在毛猴子背心里，接着又是一脚，向大狗身上踢去，他口里骂道："你这两个贱骨头，好大的胆，把我床上枕头底下三十块钱偷去走了。"老胡听着，立刻把脸红了，叫道："好哇，你敢到太岁头上来动土！"左手抓住毛猴子的领口，右手捏了拳头，向他身上就乱打。毛猴子两手来握住他的手，将身子藏躲着，也分辩着道："我偷了你的钱，你有什么证据？你先搜查搜查我们身上，若是我身上没有钱，你们打算怎么办？"但是老胡两手并不松开，他跑不了。大狗被另外一人揪着，也分不开身来。跟着大门里便跑出五六个人来，一拥而上，将大狗、毛猴子两人按在地上，不问是非，你一拳我一脚，对了他们身上乱捶乱打，大狗还有点儿忍耐性，可以熬着不说话。毛猴子却是满地乱滚着，口里爹娘冤枉乱叫。总饱打有十分钟之久，有一个人叫道："算了，这种人犯不上和他计较，只当你打牌输了钱就是，走吧走吧。"随了这两句走吧，大家一哄而散。

大狗躺在地上，眼睁睁看着他们走远了，就慢慢地由地上爬了起来，两手撑了地面，还没有直起身子，却又跌下去了。因为除了身子一挣扎，就觉周身骨头酸痛而外，而且脑筋发昏发胀，只觉两眼睁不开来，于是坐在地面上，望了毛猴子只管喘气。那毛猴子在地面上直挺挺地躺着，脸上肿得像没有熟的青南瓜一样，口角里流出两条血痕，只看他那肚皮一闪一闪似乎是在用力地呼吸着。便道："猴子，你觉得怎么样?"很久，他哼了一声道："都是你出的主意，叫我这样子干，结果，是人家反咬我一口，把八哥儿白拿去了不算，还饱打了一顿。"说着，又连连地哼了几声。

　　大狗坐在地上，将手托住了头，沉沉地想着，忽然抬起头来，扑哧地笑了一声，毛猴子侧身躺在地上，望了他道："你还笑得出来，我们是差一点儿命都没有了。"大狗道："虽然我们让他饱打了一顿，可是他总算上了我的算盘，把我带到这个地方来了。"毛猴子咬着牙齿，把眉毛紧紧地皱着，手扶了地面，坐将起来，口里又呀哟呀哟地叫了几声。大狗向周围一看，这是一个小小岗子，野风吹来，刮着那土面上稀疏的长草，在密杂的短草上摇摆着，却是瑟瑟有声。虫子藏在草根里面，吱吱喳喳地叫着，更显着这环境是很寂静。看看远处，那新栽的松树，不到一丈高，随了高高低低的小岗子，一层层地密排着。天气正有一些阴暗，淡黄的日光，照在这山岗上，别是一种景象。心头突然有了很奇异的感想，又是扑哧地一笑，毛猴子看到，倒有些莫名其妙呢。

第十七回

忍痛山头深更探险
救人虎口暗室遭围

这时空山无人，风吹草动，秋虫喷喷有声，毛猴子遍身是伤，坐在草地里一句话说不出来，只有望着大狗发呆。大狗笑道："发什么呆，谁叫我们吃了豹子心、老虎胆，跑到太岁头上来动土；不过太岁也不是玉皇大帝，总也有法子可以对付他。"说着，两手撑了自己的膝盖，弯着腰慢慢地站了起来。站着伸直了腰之后，向毛猴子道："怎么样，走得动吗？我们慢慢爬了回去。"毛猴子也没有作声，把两只手当了两只脚，在地面上爬了几步，然后缓缓地直起腰来。可是他没有站定，又坐下去了，他连连摇了两下头道："我不但是走不动，爬也爬不动，怎么办呢？"大狗道："爬不动，就在这空山上养伤吧，晚上紫金山上的狼出来了，我们一猴一狗，还不是当它一顿点心吗？"毛猴子道："先休息休息吧，反正他们也不能又追出来打我们一顿。"说着，他滚到一丛深草边去，索性伸平了身子，躺在草上。大狗倒也不去催促他，跟着坐到身边草地上。

毛猴子低声道："你笑了两回，你看到一些路子吗？"大狗道："我笑的不是这个，我笑的是……"他说了半截子，把话顿住了，没有告诉出来。他也一伸腿，在草地上躺下去了。毛猴子道："这样说，我们挨了顿打，还算是白来了吗？"大狗道："你怎么这样想不开？假使这地方没有什么关系，那个驾汽车的老胡，怎么就把车子开到大门里来，显见得这和城里……咦，你看，你看。"他说着说着，突然把话停住，却另外变小了声音，叫毛猴子注意着什么。毛猴子随了他你看这两句话，周围张望着，这空山上并没有什么可引起注意的事物。还是山脚下那所洋楼，在这寂寞境界里是容易看到的所在。

　　毛猴子最后看到那所洋楼时，见正面西角上，有两扇窗户洞开，窗户中间，有个人站着，虽然看不清那人的模样，但是可以断定是一个女人，他低声道："你叫我看的是这个吗？"大狗道："你看，那不是唐二春是谁？"毛猴子道："我看不清楚人影子，他们能够这样大方，让她随随便便打开窗子来闲望吗？"大狗也还没有答复他，却见那女人后面，又走出来一个人影子。不过那人穿了花衣服，头上披了很长的头发，显见得那也是个女人。那女人挤上了前，伸手向外面指点了几下，仿佛告诉她这外面一种情形。随着那人就伸出两只手，把窗户关闭起来。

　　毛猴子道："你这一提起，我倒有点儿疑心，青天白日，为什么关起窗户来，不许人看风景。"大狗道："二小姐在这里头，那是我断定得千真万确的。这样一个女人，他们不送到这里来，还有什么地方可安顿。只是我们徐二哥，究竟是不是在这里，倒也难说定。唐家妈说，这样一个人，姓杨的是不在意的，真是那样说，他们就把徐二哥放在城里任何一个地方好了。"毛猴子道："我一点儿主意没有，你怎么说怎么好。"大狗道："同你这个人商量事情，那真是倒尽了霉。好了，现在我拿主意，你跟了我做就是了。既是打伤了，什么话不用说，我们躺在这里养伤吧。"毛猴子道："天黑了怎么办？"大狗道："天黑了就在这里过夜。"毛猴子道："不说笑话，我真问你，天黑怎么办？"大狗道："哪个又说笑话呢？天黑了就在这里过夜。"毛猴子听着，觉得这究竟是个玩笑，可又不好追问他，只得躺在草皮上等着。

　　当顶的太阳慢慢地偏了西，毛猴子觉得晒得太热，就缓缓地爬到一棵松树荫下坐着，将背靠了松树身子，弯起两条腿，双手将膝盖抱着。大狗虽也藏到一棵松树底下去了，却相距毛猴子有好几丈远。毛猴子静坐了很久，喘着气道："大狗你不饿吗？"大狗道："饿什么，在城里吃饱了出来的。"毛猴子道："不饿，你难道也不渴吗？我嗓子眼儿里干得要生烟。"大狗笑道："山中田沟里有水，你爬到田沟里去喝上一饱"。毛猴子道："据你这样说，无论如何，不离开这座山头，就是死，也要死在这里。"大狗笑着，却没有说什么。毛猴子道："不走就不走，我在这里拼着你，看你怎么样混下去。"他说完了，闭上眼睛，只当睡着休息。

彼此不说话，总有二三十分钟，却听到窸窸窣窣草地作响，睁眼看时，是个穿短衣服的人，手里拿了一根竹鞭子，一路拨着草尖走了过来。看大狗时，他像没有知道有人，走到了身边，手拔地面几茎草，两手慢慢地撕着玩。毛猴子见他老是不作声，就轻轻地喂了一下，大狗抬头来看时，那人已经走到了面前，手拿鞭子指了大狗道："你们在这里做什么的？"大狗看他鹰鼻子尖嘴，面皮惨白无血，透着是一位寡情的人物。便望了他道："你先生不知道吗？刚才我两个人让人家饱打一顿，遍身是伤，现在一步也不能走动，想要下山去，又没有看到一个过路的人，你先生来了，那就很好，请你到山下去的时候，看到有出力的人，和我们叫两个人来，把我们抬了下去。"

那人露出两粒虎牙，淡笑了一笑。大狗道："你以为我们是说假话吗？"那人笑道："你这家伙该挨打，也不睁开眼睛看看人再说话，我不拿鞭子抽你，赶着你跑，已经对得起你了。你还指望我到山下去找人来抬你呢？这山上不许人停留，你两个人给我滚下山去。"大狗道："除非我们真滚了下去，若是叫我们走，你就是拿鞭子抽我们一顿，我们还是走不动。"说着，弯起两腿，把双手撑在膝盖上，托了自己的下巴，皱着眉，把脸腮沉了下来，做一个忧郁的样子。那人道："你们不走，我也不勉强你，到了晚上，紫金山上的狼走下来，把你们两个人吃了。"大狗对他这话，不答应，也不表示害怕，只是垂了头坐着。毛猴子觉得总不能想出什么办法的，因道："皇帝出世了，也要讲个理，我们周身是伤，一步走不动，让我怎么走呢？这里凉水也找不到一口喝，我们愿意在这里守着吗？"那人哼着声走开了，但只走开了几步，猛然回转身来，将竹鞭指着两人道："我告诉你们，你想法子赶快走开这里，回头有比我更厉害的人走来，不但拿鞭子抽你，说不定绑起来再打。"说完又哼了一声，方才走开。

毛猴子道："大狗，这个人来得奇怪，好像有心来教训我们的。"

大狗只把眼睛看那人的后影，并没有答话。直等看不见那人的影子了，才回转头来向毛猴子道："你怕什么？就怕他们不理我，他们越来照顾我们，我们越有办法。你不用多作声，只看我的。"毛猴子道："只看你的，你又能出什么贼主意呢？"大狗笑道："这就正用得着我这贼主意。"毛猴子道："真的，我们爬下山去吧，我口渴得不得了。"大狗身上向上一耸，举起两个拳头道："不许走，你要走我就打死你。无论如何，你要在这里熬着。"毛猴子道："我就不动，看你熬出什么好花样来。"他因为口渴得难受，只好闭了眼在草地上睡着。

不到半小时，先前那个拿竹鞭子的人又带了一个人由前面绕道走过来，老远地就站住，好像很吃惊的样子。因道："咦，你两个人还在这里？"大狗是拿了根短树枝，在地面上画着土，听了话，才抬起头来淡淡地道："你先生叫我们走，还不是好话吗，我们怎样走呢？到城里还有一二十里路。"那人道："你真一步走不动吗？"大狗道："我们在这里休息休息，回过一口气来，然后慢慢地走。"看那个同来的人，是团头团脸，一个粗黑的矮胖，就在一边插嘴道："看你这个人，既可厌又可怜，让你在这里过一晚上，那真会让狼狗把你吃了，我指你一条明路吧，顺了这山岗子向下走，约有半里，那里盖房子，有瓦木匠的工厂，你两个人可以慢慢地摸到那里去休息。说不定，他们有顺便的茶饭，还可以给他们一点儿吃吃。"毛猴子听说，向大狗望着。大狗并不理会他，依然向那道："我们进不了城，也许要在这里休息一晚，他们肯让我住下来吗？"那人笑道："指引你们到那里去，当然是让你们在那里过夜，你两个陌生人跑了去，他们当然不能答应，我人情做到底吧。"说着，在衣袋里掏出张名片，交给大狗道："你把这名片送给他们看，他们自然就容留你两个人了。"大狗捧着拳头作了两个揖，那个拿鞭子的人又道："你两个人再要不离开这里，那是不识抬举，少不得雪上加霜，再给你一顿鞭子。"说着，把那鞭子指着他们，鞭子梢，还颤巍巍地闪动了一阵。大狗和毛猴子都没有作声，两个人对他们看了一看，也就摇摇摆摆地走了去。

大狗手扶了松树，缓缓地站了起来，向毛猴子道："走得动走不动？我们下山去找口水喝吧。你若是走不动，我可以搀着你。"毛猴子望了他道："你陡然要走了，这真是怪事。"大狗笑着走到毛猴子这边来，扯起他一只手胳臂，把他扶起来，说了一个走字。也不问毛猴子是否同意，牵了他就走着。毛猴子一拐一跛，手扶了大狗走下山来，果然地在那山岗子里，有一所砌了砖墙，还没有盖顶的屋子，在那旁边空地里，搭了一座芦席棚子的工厂，下面烧着很大的一丛火光，远远就嗅到一阵饭香。毛猴子笑道："我们花几个钱，弄口米汤喝喝吧。"大狗道："你少做主，什么都看我行事就是了。"

两人又走了二三十步，离着那屋子还远呢，就看到有两个人由那屋子迎上山来，到了面前，彼此望着。大狗走到工厂，有个半老工人迎出来，大狗点着头道："我们是那山上下来的，挨了一顿冤枉打，遍体是伤，走不动了，想借你这里休息一下子。"那人连说可以可以，在工厂角落里，堆上了一堆木刨花皮，毛猴子哼了一声，就走到那里。歪着身体靠着躺下。大狗也扶了桌脚，在地面木板堆上坐着，向那老工人道："老板，我们不知好歹，有点儿得一步进一步，我们在山上就闻得这里的饭香，想和老板讨口米汤喝。"那工人不等他向下说完，就到那边灶上，舀了两大碗米汤来，分放在两人面前。大狗在身上掏出一个纸包，透了开来，先送到毛猴子面前来，倾倒了一些粉药末子到他碗里去。毛猴子道："这是什么玩意儿？"大狗低声道："你不要多问，这是我师傅一脉传下来的伤药。五劳七伤吃下去就好。"毛猴子道："你在家里出来的时候，预先就把这东西带着的吗？"大狗道："你不用多问，吃下去就躺着，能睡一觉更好，出一身大汗之后，我包你就好了。"他嘱咐完了，也用米汤泡着药末子喝了。他倒是照话行事，喝完之后，就在工厂角落里一个草堆上睡。到了天色将黑，毛猴子让工人叫醒来，还吃了一顿晚饭，大狗却是沉沉地睡着，身也不肯翻一下，毛猴子叫了他两回，他都说睡觉要紧，不许人吵，他倒是真睡得着。

一觉醒来，看到棚子外一道模糊的白光，横在繁密的星点中间，正是银河当了顶，悄悄地坐起来，见那些工人都横七竖八摊了地铺睡着。黑暗中，但听得彼起此落鼾呼声相应，走出了棚子，脚踏了地面上的草，仿佛凉阴阴的，半空里露水是下得大了，向棚子里仔细看了一下，也不知道毛猴子挤在哪个地铺上，借着人家的被褥睡了。悄悄地走下山坡，远远地看到半空里有两三点火光，一点儿也不考虑，就对了那灯火走去，走近了，正是白天来过的那户人家，那几点灯火，都是由屋子窗户里射了出来的。他觉得身上有点儿冷，把上牙微微地咬了下嘴唇，两只拳头捏得紧紧的，下重了脚步，缓缓地走着。

一会儿工夫，到了那屋子边，只见前面齐齐的一圈黑影子，院墙围了屋子的半截，在围墙影子上半截，露出两个有灯光的玻璃窗户，其余都是漆黑的一堆影子。站着出了一会儿神，也就估定了这屋子的四向。于是绕到山后坡上，找着一块斜坡的所在，先坐在地面，然后伸直两腿，将身子向下一溜，就到了靠山坡的围墙脚下。这墙不过六七尺高，两手伸直过头，轻轻向上一耸，就把墙头抓住，两脚尖踏着了墙上的砖缝，身体向上伸着，两只手胳臂伸了过去，就把墙头抱住，两手只一夹，抬起右腿，身子再一耸，就是一个骑马式，坐在墙头上。这时，定了一定神，但见墙里面的院子，黑沉沉的，墙脚下石头缝隙里的蟋蟀儿，嘘嘘地叫着。大狗再看了一看四向，手扳了墙头，把身子向墙里面缒了下去，手一松，两脚尖点着落地，也没有发生一点儿声音。

由这里过去，就是那排厨房，他站定了脚将鼻子尖耸了两耸，闻到了油腥气味。在星光下绕到厨房门口，见铁纱门虚掩住，里面的板门，却洞开着，轻轻地拉开纱门，侧身趸了进去，借着纱窗和铁纱门放进来的星斗之光，还可以看得到厨房里的器具影子，先摸索着食橱，打开了橱门，抓了两样剩菜，送到鼻子尖上闻闻，不问咸淡，站在橱门边，就这样撮着吃了个半饱。无意中摸到一大块东西，两手捧了，闻一闻，又把舌尖舔了一舐，却是半边红烧鸭子。心里想着，这倒真是运气。于是两手捧住，一面啃着，一面向外走。

到了院子里，正待向楼屋底下走去，却听到了有一阵病人哼痛的声音。顺了那声音寻着过去，却是那汽车间隔壁的屋子里。那间屋子是矮矮的四方形，向外一列木板门，在门上倒扣着铁搭环，用

176

铁锁来锁住了。大狗轻轻地走到那门边，将红烧鸭扔了，用手摸过了一遍，心里就大为明白，平白无事，绝不会把个病人倒锁在屋子里。于是在身上摸出了一把钥匙，轮流着把钥匙向锁眼里配合着，只四五次，咔嚓一声，锁就打开了。缓缓地把木板门推开，先不忙向里走，身子一闪，闪在门的左边。

　　这时，听到这里有人重重地哼了一声，大狗听那声音，有几分像亦进，便轻轻地喝道："徐亦进，深更半夜，你怎么啰啰唆唆地吵人。"里面答道："我身上酸痛得难受，哼也哼不得吗？"大狗听着，果然是亦进的声音，这就踮起脚尖来，突然向屋子里一跳，低声叫道："不要作声，不要作声，我是大狗来了。"亦进在暗中哦了一声。大狗道："你跟我走吧，还迟疑什么？"说时，看到地面上颤巍巍的有个人影子站了起来，手去扶着时，触到亦进的手，只觉烫热得灼手心，因道："二哥，你病了吗？"亦进道："睡在这屋子里，受了感冒了。"大狗道："那不管，我来碰着你不容易，你舍命也得跟我走。"亦进道："那当然。"说时，扶了大狗，就走出了屋子来。大狗把他送到门外，依然把门反带起来，插上了那把锁。亦进缓缓地移着步子，低声道："你开门走进来的时候，吓我一大跳，随着我就出了一身汗，现在身上松动一些了。"大狗道："那更好，不要说话，快同我走吧。"

　　亦进走了几步，在楼外空地里站住了道："你怎知道我在这里的？"大狗道："现在没有说话的工夫，你跟了我走就是。"亦进道："不行，你非和我说明缘故不可。"大狗道："简单地说吧，他们用车子送二小姐出城来，我是亲眼看见的，我在奇芳阁找到了那汽车夫，想法子跟那车子到了这里。自然，这里是他们城外的机关了。我想他们把你关起来，不送出城来就算了，要送出城来，一定在这里，所以我溜来这里看，不想听到汽车房里有人发哼，一问起来就是你。你看这件事，应当怎么办，我不应该立刻带了你出来吗？"亦进道："这样说，你是知道二小姐在这里的了。难道我们到了这里，倒不救她一把，就让她关在这里吗？"大狗道："我想着，她一定是关在这屋子里楼上，漫说这屋子不容易进去，就是进去了，这楼上是容易进出的吗?"亦进道:"你知道她关在这楼上,为什么见死不救?你不去我去。"说着,扭转身来,就向洋楼下面走去。

大狗扯着他的袖子时,就用力一甩,把大狗的手甩脱了。大狗只好跟着后面道:"你何必发急,要去,我们同去就是了。"说着,就抢到亦进前面去,大概他们自恃着是老虎洞吧,走进屋的廊沿下,那通到屋子里面去的两扇西式门,却是关而未锁的。大狗向前一步,轻转着门钮子,那门向里闪着,却闪出五六寸宽的一条门缝。大狗将门推得开开的,反过一只手来,向亦进连连地招着。亦进随了他进去,他靠近了对着他的耳朵道:"把鞋脱了,插在裤带里。"说完,他自己先这样做了,亦进才明白他的意思,照他的话做了,跟了在他后面走。

由这里向前,是一条上楼梯的夹道,那楼梯上面,铺了一层绳毡子,踏着倒也没有什么响动。大狗放开了步子,踏着前进,并没有什么顾虑,亦进把刚才开门的那股子勇气倒慢慢地消沉下去了,心房里有些卜卜乱跳。但是到了这时,说不得向后退走,只好紧紧随在他身后走上楼去。由这楼梯出口,是走廊尽头所在。在星光下,首先看到一排栏杆的影子横在前面。向里看,有三处地方,向外透着光亮,分明是屋子里点着灯由玻璃窗户里射了出来。在这里也就猜出来,屋子里有人睡着。大狗站定了脚,将亦进的衣服轻轻扯了两下,接着,把手向前,指了两指,在星光下,亦进看到他的手影子,心里也有几分领悟。大狗将身子贴了墙,横了身子缓缓向前移着步子,走到了窗子边,就把身子向下蹲着,然后再缓缓地挺了身子,伸着头向窗子里看了去。亦进贴墙站在一边等候着。大狗看了三五分钟,又蹲着走过了窗户。在第二个亮窗户下向里面望着。

这个窗户透出来的光,带着醉人的紫色,不十分地光明,显是这里面有了窗帷幔,把灯光给遮掩住了。大狗蹲在那窗户外,两手扒了窗台,向里面张望着。亦进在旁边看着,见大狗伸了头向里看的时候,身子忽然一耸,好像是吃了一惊,这倒不知道大狗是什么意思,自己的心房,也随着他这个动作,连连地跳上了一阵。大狗倒并不理会他身旁还站着一个人,只管将头靠了窗子缝,把一只眼睛对了里面张望。亦进不知道他发现了什么事情，要他这样吃惊，想过去看时，又怕坏了他的事，也只是将两只眼睛，对大狗身上盯着。这样有十分钟之久，大狗却蹲着爬了过来，对亦进耳朵边，轻轻地道："二小姐在这屋子里。"亦进听说，心口更跳得厉害，抢着问道："是一个人两个人？"大狗道："是她一个人。她撑了头，靠住床面前的桌子坐着。"

　　亦进听了这话，再也不等大狗的许可，他径自上前，由窗口外向里望着。这窗户里面，垂下了两幅很长的紫绸帷幔，将两扇玻璃窗齐齐地遮掩着，只有帷幔的末端，卷起了一只角，在这个所在，有灯光射出来，可以看到里面。亦进由那里向里张望时，对面便是一张铜床，由屋顶上垂下一幅一口钟式的珍珠罗帐子。但帐子并没有张开，只是做了一卷。下端绕在床栏杆上，床上雪白印红花的被单，上面叠着桃花色的被子，灿亮的白瓷罩煤油灯，照着屋子里粉墙，四边雪亮。在床面前，放着小小的柜桌。二春穿了一件淡青的长夹袄，人坐在床沿上，一手斜撑了柜桌，托住了自己的脸。这房里梳妆台，衣橱，分列两旁，显然是女人住的一间屋子。她住在这里，却也不见得越分。只是几日不见，她面庞瘦小了许多。加之她皱起两道眉毛，微垂了眼皮，像是有了很重的心事。

　　亦进见大狗在这里坐着，就对了他耳朵轻轻问道："我们怎样通知她呢？"大狗向他摇摇手，并没有回话。亦进到了这时，只觉两腿发软，有点儿站立不起来；同时周身冷飕飕的，没有了一点儿力气。大狗叫他不要作声，他就更想不出一点儿主意来。反是身上不住地抖颤，抖得窗户都有点儿瑟瑟作响。大狗按住他的肩膀低声喝道："不要抖，不要抖。"亦进也明知道自己这样乱抖，实在误事；可是他还没有想出办法来制止自己的时候，却听到二春在屋子里高声道："在门外鬼鬼祟祟做什么？房门我没有闩着，要进来就进来。"不但亦进听着慌了，就是大狗也吓了一跳。她这样一叫，分明是不愿意我们来。果然进去见她时，她变起脸来大骂一顿，惊醒了这些如狼似虎的家狗，那就没有性命；若是不进去，立刻溜了走，走得了，走不了，固然是一个问题；就算走得了，那特意上楼来干什么的呢？

心里犹豫着，拿不定主意，两人也就站在窗户外边发呆。

可是房里的人并不犹豫，只听到一阵脚步响，突然房门一响，一道灯光，射到走廊上，只见二春站在房门口，问道："为什么？"她的话没有问完，已看出了两个人影子，这两个人影而且是很眼熟，便身子向后一缩，问道："你们是谁？"到底大狗到了这种地方机警些，便迎上前低声道："二小姐，你不要叫，我是王大狗，那是徐二哥，我们来救你来了。"二春再伸出头来，向二人道："你……你们……"说着，把手一指，身子又向后退了两步。亦进见二春畏缩的样子，明白过来，刚才她大声说话，倒并不是恶意，她那声音，分明是对付别人的。便抢上一步走到屋子里，将手向外挥着，低声道："二小姐，你同我们快走。"二春道："你……你……你们好大的胆，赶快走吧，隔壁就是……"

果然隔壁屋子里，一种很粗暴的声音问道："二春，你和哪个说话？"二春道："我和哪个说话，我和你说话。"她口里说着，向徐、王二人招着手，又回过手来，向床后面指了一指。亦进和大狗都会意，立刻跑进屋来，向床后面转了过去。这床后有一扇小门，也是半掩着的，自是里面还有一间套房，立刻两人推了门进去，两人还没有掩上房门的时候，见二春很快地跑进屋来，将灯钮极力地一扭，扭得灯光全灭。

在满眼黑洞洞的情形之下，也就随着听到脚步声很重，有男子的声音说话，他道："我仿佛听到有人轻轻地说话，你房里怎么没有了灯？"二春道："点着灯睡不着。"那男子哈哈笑道："我和老柴多说两句话你就等不及了。"二春道："你们聚到了一处，就是算计人，白天整天地算计着不算，到了晚上，还要睡在烟灯边算计人。老天爷生就你们是这一副坏心肠吗？"那人哈哈大笑道："不算计了，不算计了，我来陪你谈谈，但希望你和颜悦色的，像平常一样说话，不要开口就给人钉子碰。"说着，一道白光，射进了屋子，是那人带了手电筒。这套房和前房，是一方板壁隔着，那手电筒的光，很是强烈，由壁缝里透进几条白光线来，映着这屋子不到一丈宽，杂乱地堆了些物件，就是要逃跑，也无法可逃呢。

第十八回

赠约指暗放有心人
作娇容痛骂无赖子

这时，王大狗和徐亦进，都觉得到了紧急关头，这屋子虽有一扇后窗户，已是关闭得铁紧，黑暗中怎样能开启；若是那个拿手电筒的，一直抢进屋子来，手上又还带有武器的话，那只有低了头让人家来绑。心里想到这里，心房也就随了噗噗乱跳。这就听到二春道："你拿手电向我屋子里照些什么？你们这里，就是恶狗村，哪里还有那样厉害的人，敢到恶狗村来闯祸？"那人打了一个哈哈道："你骂得好厉害，有你这样的斯文小姐，敢在我这里骂人，当然也必有人敢在我这里找小便宜。"说时，那手电筒上的白光，向屋子里乱晃，只听得二春把语音沉着了几分道："你何必这样偷偷摸摸的，向屋子里照射，痛痛快快你就把屋子里的灯点着吧，你可以到屋子里来坐坐，或者就在我屋子里烧烟。"那男子抢着截住了道："到你这屋子烧烟，你是很愿意的，三朋四友的，这里一笑一说，就不觉得天亮了。"二春道："那么我到隔壁屋子里去看你们烧烟。"那人笑道："二小姐这样大方起来。"二春道："我不是说过了吗，我不像小春，不来，就不来，来了，就不走的。有道是螺蛳夹住了鹭鸶的脚，哪里起，哪里落。"

大狗在黑暗里四处张望着，正在打主意，要由哪里溜出去，并不留心到二春的话。徐亦进把这些话，一个字一个字地吸进了耳朵里去，竟是禁止不住地有些抖颤。接着，却听到两个人的脚步声，由屋子里出去。二春突然道："慢着，你这地方，三教九流，什么人没有，你不说我屋子里有歹人，我并不介意；你这样疑神疑鬼的一下，我敞开房门走了，也许真钻进比你还凶的人来；你们失了什么东西，我管不着，我的胆子小，若有人钻到屋子里来吓我一跳，我吃不消，我得把门锁起了再走。"说着，咚的一声，把门关了，接着嘎吱嘎吱几响，是一种锁门的音声。

大狗和亦进静静地站在屋子里总静默了有十分钟之久，然后大狗轻轻地道："二哥，你知道不知道？这是二小姐开笼放鸟，让我们大摇大摆地逃走。"亦进道："你说梦话呢，人家把门锁了，还是开笼放鸟吗？"大狗道："她把房门锁了，那是替我们挡住了敌人，让我们由这窗户里走，等我来试试。"说着，走到小窗户边，由上至下，把缝隙全摸索了一阵，然后又把手摇撼了两下，低声道："奇怪，这窗户简直钉死了。"亦进道："你看，窗户是钉死着的，房门又上了锁了，你还相信人家是开笼放鸟吗？"大狗道："她不是开笼放鸟，把我两个人锁在这屋子里，又是什么意思？不要忙，她总有个办法。"亦进道："不要忙，一会儿天亮了，我们能够飞出去吗？"大狗听了这话，又在窗子上摸索了一阵，因为还是没有丝毫摇动的样子，就悄悄地开了套房门，又到前面屋子里来。

他首先一个感觉，就是那窗户外面，放出一片模糊的阳光来，于是径直对了窗户走去，伸手在窗户缝里摸着，还不曾去摇撼着呢，却听到二春老远说着话过来，她道："这条手绢，我记得掖在胁下的，怎么会不见了？我来找找看。"大狗放大了步子，两三步跨到了套房里，扯了亦进的衣服低声道："你看怎么样，她又来放我们了。"一言未了，房门是嘎吱地响着，开了锁眼，两人藏在门壁后，向前面张望着，果然看到有一个黑影子推门走了进来，那影子矮小的个儿，一望而知是二春。

她径直走到套房门口来，低声道："你两人快逃走吧，我把他们稳住了。我告诉你，今天你们太险，刚才要进来的，是姓杨的手下一个保镖魏老八，他很有几斤力量，姓杨的也在这里，他们今晚上有一件要紧的事商量，连我都避开了，能让别人听了他们的消息去吗？跟我来，我带你们下楼。"说时，在黑暗里伸过手来要扯他们。徐亦进道："二小姐，你不走吗？"二春道："你们真不知厉害，在这荒郊野外，又是深更半夜，他们打死二三个人，算得了什么？我和你们走，他们找起我来没有了，那不是打草惊蛇吗？这前前后后，都有他们的埋伏，你往哪里走，赶快溜吧。"亦进道："二小姐，你不打算走了？"二春道："快走吧，没有工夫谈话了，你们原谅我一点儿，不要连累了我。"说到这个我字，哽咽住了。

亦进大为感动，叹了一口气道："大狗，我们快走吧。"于是走出套房来，随了二春后面走，却听到隔壁屋子里有男子声音道："二小姐，手绢找到了没有？点上了灯吗？我们来和你找。"二春笑着哟了一声，叫道："我有事呢，你们不许来，来了我不依你的。没有看到你们这些人，不分昼夜闹着玩的。"那房子又有人哈哈大笑道："你说有事，有什么事？"二春笑道："女人有女人的事，你管哩!"那边屋子里哈哈大笑。

二春低声叫了一句徐二哥，亦进轻轻答应着，黑暗里二春伸出手来，握住了亦进的手，亦进觉得有个小小的硬东西，按在自己手心里，想有一句什么话还没有说出来呢，二春低声道："请你告诉我娘，只当我死了。"亦进听了这话，心里动了一动，说不出是悲哀，是怨恨，站定了脚，竟不知道行走。大狗拉了他衣襟，就向门外面扯着走，一面问道："你发什么呆？"二春也连声轻轻地喊着："快走，快走!"亦进也来不及向二春说句什么话，已经让大狗拖到了走廊上。二春很快地向隔壁房门口一站，挡了那里面人的出路，她自言自语地道："外面的天真黑，好怕人。"她说到好怕人三个字，格外地说得沉着些，对了走廊上这两个人影子，不住地挥着手。大狗明白了她的意思，拉了亦进的衣襟，一点儿也不放松，只是向前拖着。亦进让他拉到了下楼的楼梯口上，才勉强地站住了脚，问道："快下楼了，你还怕什么？"大狗也没有答他，却拉了他向回走。

有一间房门是敞开的，里面没有灯，他拉了亦进就走进去，亦进知道这是有缘故的，还没有来得及问个所以然，却有脚步声由楼梯上面传了过来。同时，还有两人说话，一个道："接连熬了三夜，真有点儿熬不下去了。在床上靠一下子，就睡到这时候，厨房里被老鼠弄得不像个样子，汤汤水水，滴了满桌，不知道他们要下面吃，还是烤面包吃？先把这咖啡送给他们喝吧。"又一个道："抽了大烟，又喝咖啡，都是提神的东西，他们自然不要睡。咦，那唐小姐睡了，屋子里没有灯，先把东西送到那边屋子里去吧。"说着话，有一个人提了马灯，一个人捧了一只木托盘，由窗户边过去。

大狗直等走廊上没有了灯光了，这才拉了亦进向外走。他并不像先前那样悄悄地溜着，径是放大了步子，像平常一样地走。下了楼梯，出了屋子门，大狗道："这屋子里是通夜不睡的，我们来得很险。"亦进道："你既然知道来得很险，为什么还大模大样地走？"大狗道："这样，人家才不疑心是外来人，有人听到脚步响，也只能说是自家人来往。"说着话，两人已是走到楼外院子里。亦进又站住了，因道："我们就走吗？"大狗本来要笑出来，却立刻弯了腰下去，将手掌握了嘴，停了一停，才低声道："二哥，你病糊涂了，还是吓糊涂了？你不打算就走，还有什么算盘！"

亦进手心里握着那硬硬的东西，始终不曾放下，也没有想起，这时他省悟过来，在星光下托起来看看，虽然还是看不清楚的，将另一只手摸索了一会儿，摸索出了那是一枚金戒指。他真觉有一股热气，由脚板直透顶门心，自认识二春起，就存了一种莫名其妙的希望：但是自己很明白，无论她怎样不为她母亲所看重，她也不至于嫁一个在夫子庙摆书摊子的人。就是二春自己，也很看得她自己非同小可；她虽然不把徐亦进当个坏人，但也不会爱我徐亦进。所以自己和唐大嫂言语中冲突过了两次，那都透着多事，这是人家说的一种无味的单相思。据现在这只金戒指看起来，她说："只当她死了，那不是要带给她母亲的口信，简直是向爱人徐亦进的表示。一向睡在鼓里，没有料到她有这种好感，我徐亦进并非单相思，我也不能把她当是死了。在不到十分钟的时候，他心里头三弯九曲地想了许多念头。最后，他把胸脯一挺，头一昂，抽转身来，又要向屋子里奔去。

吓得大狗两手将他拖住，把身子向地下赖着，亦进只好站住了脚，向大狗低声道："不是我不知道厉害，你看，二小姐向我们说得那样可怜，我们能够不管她，就这样地走开吗？"大狗道："你打算怎么办？你能把二小姐背了走抱了走吗？何况这座大门，我们现在

184

就没有法子出去。二哥，你要明白，你不要看这是山清水秀的中间立下的一座洋楼。二小姐说了，这里是恶狗村，闹得不好，我三个人都没命。"

亦进被他拖住了，正是上前退后都有点儿为难，忽然在身后有人问起来道："是谁这样夜深，在院子里说话？"这声发得很近，星光下已看到一个人影子慢慢地走近了前，大狗便不慌不忙，迎了上前道："陆先生是我。"他这声音答应出来是相当地低微，但是徐亦进听到，倒是恍然大悟，这个说话的人，正是熟人陆影。他曾到唐大嫂家里去，把小春骗了出来，当然他是和姓杨的这一串人有来往，这个人倒是翻脸无情的。暂不能和他交谈，因之退后一步，让大狗和他说话。他又道："你是哪个？"随了这话，又走近了两步。大狗道："我是这里厨房里的。"陆影笑道："你们虽然辛苦一点儿，可是弄的钱也不少。你身后还有一个人影子是谁？"大狗道："我们两个都是厨房里下手。陆先生是要找厕所吗？"陆影道："是，我想上楼去看看，不听到麻雀牌声，好像是今晚上没打牌，你们要白忙了。"大狗道："陆先生睡了再起来的吗？"陆影道："在楼下打了十二圈麻雀刚散场，我们怕吵了别人，桌子上垫了很厚的毯子，又关了窗户和门，外面哪听得见。"说到这里，他也把声音低了一低，笑道："杨先生那个脾气谁敢惹他？"

大狗笑道："陆先生怎么也说这种话？这次你和杨先生做了这样一个好媒人，他还没有感谢你呢。"陆影道："咦，连你们都知道我的事。"大狗笑道："我们都是跟杨先生有日子的人，这样大的事，我们怎能不知道？杨先生总要好好地栽培陆先生一下了。"陆影道："我也正是在这里等着信呢。要不然，城里跑城外，城外跑城里，一天两三趟，跑着好玩儿吗？"他口里说着，人就向屋子里走。大狗抢上去一步，低声道："陆先生，看到我们的伙计，请你不要说在院子里看到我们。"陆影笑道："我晓得你们无非是偷了出去赌钱找女人，把钥匙放在墙头上，也锁了门出去，总有一天让人偷个精光。"大狗道："哪有那大胆的贼？敢到太岁头上来动土。"陆影打了一个哈哈，进屋上楼去了。

亦进在暗地里，合手捏了拳头，在左手心里擂了几下，咬了牙道："我恨不得把这小子的人皮活剥下来。"大狗道："我们快走吧，陆影上楼去，只要一提出我们，就要戳穿纸老虎。后门口的钥匙，放在墙头上，我们有机会不走等什么？"说着又拉了亦进走。亦进这时比较清醒些，也就随了大狗的指挥，绕了屋子，走到后门口去。大狗抬头看时，这墙总也有一丈来高，要爬上墙，找钥匙，还是不容易；假使可以爬到墙头上去找钥匙的话，人就可以爬墙出去，还开门关门干什么呢？大狗如此想着，就在门边墙脚下，来往地徘徊着。他昂了头，两眼只是在墙沿上看来看去，他看到有一根稻草，在瓦檐下垂下来，上面悬着一块硬纸片，他毫不疑惑地就把那纸片子扯下来，随了这一扯，发现叮的一声响着，亦进虽不看到什么，也就猜着那是一把钥匙。看大狗走进了后门，嘎的一声，听到开了门上的暗锁，接着门向里闪动，已放出一块星光，这就觉得心里大大地舒服一阵。虽然还身在虎口，已有了一个脱逃的路线了。

心里随了这一阵安慰，脚步也就随了向前移动着。忽然听到楼上有人大喝着道："什么人在开后门？快作声，不作声，我就开枪了。"大狗听那说话人的声音，南腔北调，显然是这屋子的主人翁之类。说是开枪，那也不会假，赶紧退后两步，把亦进推出门去。当然地，两人一着急起来，行路动作都未免疏忽沉重些，也就有了更响声音，那楼上不听到这里回话，又喝起来道："到底是谁？我开枪了！"大狗和亦进怎敢答话，放开脚步人就跑了出去。啪啪啪，三响手枪，连着在高处发出。亦进在前，算是跑出了后门，大狗后退两步，仿佛觉得左脚肚子上，有了什么东西碰撞一下。但是他知道门外和门里那就是一座生死关头，虽然知道受了伤，也咬紧了牙关，再向前奔走两步，总算他有耐性，便是这样向前一奔，倒出了后门，人来的势子既猛，脚又站立不稳，早是向地面栽了下去。但是他并不因为这两只脚站立不住就停止了不动，他两手撑了地面，将身子爬起来，撞撞跌跌，逃了两步，又倒下了。但他心里很明白，并不向远处走，反奔了围着院子的矮墙，身子倒下去，也就倒在墙脚下。

亦进也是挨了墙走的，这就回转身来将他搀住，问道："大狗，你这是怎么了，受了伤吗？"大狗道："不要紧，只是腿下面让子弹擦了一下，你快溜吧，不要管我。"亦进听听那院子里面，正是人喊着一团，向大狗道："你看，这里有条山沟，我们顺了沟槽溜下去，就离开很远了，你伏在我背上，我背着你走一截，快快。"大狗看到情形十分紧急，再也说不上客气，见亦进两手反过背来，抱住大狗的两条腿，立刻就站了起来，顺了山坡向下斜倾的势子，在山沟里跑着。正好是天上浮起一阵云障，把临头的星光，完全遮掩了，身后虽有不少的人在叫喊着，可是他们并不能推测到人在什么地方。亦进倒是大了胆子，背着大狗顺沟而下，一直就奔到了山脚下的深谷里面。

这里是一条小山涧，浅浅的水，撞着涧底鹅卵石，淙淙发出了响声，因了涧里滋润，两岸长满了丛密的小树。亦进就把大狗放在小树下的长草上，低声道："不要紧了，他们不会搜寻到这里来的。你的伤口在哪里，赶快把伤口捆住，不要让血流得太多了。"大狗把脚抬起一只来道："现在有点儿痛了，你看看。"亦进伸手托了他的大腿，却摸了一手湿黏黏的东西，轻轻地呀了一声道："流了这么多的血！"大狗道："只要子弹穿过去了，流血不要紧，我身上带了有药，先给伤口敷上吧。"说着，他在怀里摸出一个纸包来，透开纸来，抓了一把药末在嘴里咀嚼着，亦进也抓了一把药末，放到嘴里咀嚼，然后慢慢地掀起大狗的裤脚管来，大狗咬牙忍着疼，手心托了口里吐出来的药末，摸索着伤口，就把药按在上面。按好了，又取了亦进嚼的药末，再按上去。轻轻地哼了两声道："总算好，子弹穿出去了，不过白天挨了一顿打，人已是七死八活，现在又流了这多血，恐怕真爬不起来了。"

亦进道："那怎么办呢？一会子天亮了，你这副形象，是走不脱了。"大狗道："不要紧，我们那里也找得出朋友；不过我不愿去找他们，根本我也和他们疏远了。现在说不得了，逃命要紧，请你背着我再走个十里八里的，就到了我那朋友家里了，路我是认得的。"亦进道："现在刚刚把他们惊醒，他们少不得要闹一阵，这个地方，不会让他们发现的，我们暂时在这沟里藏一会子吧。"大狗道："还有毛猴子在隔山下的木厂子里睡着呢，明天早上我走了，留着他在那里，恐怕会引起人家的疑心，回头又把他捉住了，那岂不糟糕。"亦进道："依你打算怎么样呢?"大狗道："最好我去找他。但是我怎样走得动? 这夜里黑漆漆的，要你去找他吧，恐怕你也摸不着他睡在哪里?"亦进道："明天早上，他在那里，你不在那里，不见得就是他的罪过，而且你两人打得遍身是伤，姓杨的那班畜生，他们也不会想到跳进墙去救我的会是你。"大狗轻轻哼了一声道："也只好那样想了。"说着，他就躺在草里头，亦进悄悄地守在他身边，总有一小时，听听四野的动静，一切又归于沉静，轻轻喊醒了大狗，就背了他走。

大狗他有这样的训练，虽在黑夜，他还是看得见，不到天亮，经了他的指示，亦进把他背到一所种菜的人家来。菜园子里的狗叫，早把这里的主人翁惊起。老远地在茅檐下面，就喝着问是哪一个? 大狗和他说了几句暗话，那边的主人翁就很亲热地迎接过去。大狗虽然身负重伤，这也就找着一个挽救的机会了。不过他们这一来，把乡村里的狗惊动了，一犬吠影，百犬吠声，这里和山谷里那幢洋房子，直径不到五里路，深夜里，这犬声很容易地送到他们那里去。

为了刚才那三响手枪，那屋子里的那种纷扰状况，还没有平息下去，那间长房子里，铜床上两个人对躺着抽大烟，烟盘子中心，点了一盏豆花大的灯光，照见两人躺着的侧脸，在惨白的皮肤上泛出一层黄色的光黝。左边躺的那个，就是这群人里面的头儿杨育权，他穿的那套不怎样挺直的西装，耸起了领口里一条紫色领带，右边这个，就是那玩儿票的王妙轩，他除了票青衣之外，另有一行本事，就是会烧烟泡子。他在平津的富贵人家，学到了这两种技艺，到了南方来，很是吃香，所以和主人翁当了陪客。屋子斜对面有四张沙发椅，一张长睡椅，这时都坐满了人，陆影坐在床面前靠近的一张沙发上，伸直了腰，两手撑了膝盖，向烟灯做个注视的样子，脸子上还带了三分恭敬的意思。那二春在他对面椅子上斜靠了坐着，抬起了一只手，微撑了头，闭上眼睡了。

杨育权一个翻身坐了起来，沉着脸色吸了一口气道："今天晚上，多少有点儿奇怪，怎么狗叫得这样厉害？"陆影笑道："乡下村庄里的狗，哪天晚上也叫，岂但是今天，杨先生这样奇怪着，我就不能不说了：先前我由楼下上楼的时候，有两个工人在院子里，不知道他们是要溜出去打牌呢，还是打了牌回来？他叮嘱我不要说。"杨育权向坐在最后一把椅子上的魏老八道："他们在家里赌钱还不够吗？又要半夜里溜出去赌。"魏老八站起来，在烟铺上香烟筒子里取了一根香烟，放在烟盘子上，连连顿了几下，笑道："哪里是打牌？他们这些东西，哪里又能平平静静地在家里睡觉，还不是出去找女人去了。"杨育权耸起嘴唇上的一撮胡子，露着长阔的白牙，微微一笑道："他们也要玩女人，这乡下有什么女人呢？"魏老八笑道："怎么会没有呢？附近这些大小公馆里的小大姐老妈子，都是他们的目的物。"说着，把烟卷塞到嘴角上，然后将脖子一伸，在烟灯火焰上把烟吸着了，伸直腰来，喷出一口烟，把二指夹了烟卷，向二春一指道："像这样的酸葡萄，哪里会有呀？"说毕，将两只肩膀扛了两下。杨育权道："绝不会是酸葡萄，问题在你身上。她说，她绝不回家了，你打算要她，你就要留下她，你先不忙讨论这问题，你出去看看，院子里是不是有歹人？"魏老八自不能太违背了他的话，只好走出房去。可是在走廊上他就大声喊了起来，因道："哪个有这样大的胆，到太岁头上来动土，在老虎口上摸胡须！"那声音越喊越远地去了。

　　杨育权向陆影笑道："提到了女人，又要问起你的话来了。你说，今天晚上，露斯一定会来，怎么又没有来呢？"王妙轩昂起来头，向陆影笑道："拿唐小春做牺牲品可以，拿露斯做牺牲品他就不干了。天下事，就是这样一物制一物。在唐小春手上弄去的三百块钱，原封不动让露斯拿了去，你是毫无怨言。"陆影立刻随着这话站了起来，两手同摇着道："这是毫无根据的谣言。王先生，你也相信吗？"王妙轩也由烟铺上翻身坐了起来，右手三个指头，横夹了烟签子，指着陆影笑道："这不是谈戏，一老一新，我们要抬杠这件事，我参加过半段。小春在老万全席上，向老钱借那三百元的时候，还用一点儿小手段。至于这后半段的事，我们当然不知道。也是我们刚才说话，说没有那样胆大的人，敢爬到这窗户外面来听，我们说话，她……"说到这个她字，王妙轩眼睛一溜，将嘴向二春一努，低一点儿声道："也是她说起，她说若要人不知，除非己莫为。你送露斯到车站去的时候，有人在候车室外面，看到她玩的那一套手法，很和你不平。后来他就把这话告诉了唐家，二春对于这件事，把你恨死了。你把她妹妹引到十九号去的事，她倒放在一边，你信不信？不信，可以把她叫醒来问。"

陆影红着脸，还没有答复这句话，二春突然把身子挺起来坐着，将手摸了鬓发，向了陆影笑道："我没有睡着呢，你们说的话，我全都听到了。我妹妹是个歌女，露斯是个演话剧的女明星，要说面子话，人家是艺术家。艺术家的身份，就是一样。既然可以把我妹妹请到十九号去，又由十九号引到这里来，为什么露斯就不能请来？我也看看她到底是怎么一位八臂哪吒。"随了这话，窗子外面有人笑着插嘴道："哪个有这样大的资格，跑到山东别墅来充八臂哪吒，说给我听听是谁？"随着这话，魏老八走了进来，他先走近烟铺前，向杨育权一站，笑道："外面并没有发生什么事。"

报告完了，这才回转身来向王妙轩道："你们说的是谁？"王妙轩又躺下去和杨育权对面烧烟了，就把搭在身上的一只手，向陆影一指道："我们这位同志的爱人露斯小姐。"魏老八笑道："是呀，杨先生请你介绍她来谈谈，为什么今晚她又不来呢？"陆影笑道："你以为我要把她据为己有吗？根本她就不爱我啊。"二春瞪了大眼在对座望着他道："她爱你又怎么样？你还不是照样把她送出来做人情吗？假如有人需要你介绍你母亲……"陆影把身子突然横侧过来，向她站立着，瞪了眼道："你说话要文明一点儿。"二春也由沙发上突然站了起来，挺着胸，昂起了颈脖子，两道眉毛一扬，大声答道："文明一点儿，这地方谈不上文明。要谈文明的人，不会到这里来。就是到这里来了，他会自杀的。我告诉你，我不怕死。再告诉你两声，我不怕死，我不怕死。死我都不怕，你那种狐假虎威的本事，我看了是一个大钱不值，你还想禁止我不骂你吗？但是你这种人，值不得我骂，骂脏了我的嘴。"

陆影听了她这一串子的骂法，只有呆了望着她，脊梁上阵阵出了热汗，直等她骂完了，才冷笑一声道："你是好东西，你不怕死，你怎么不自杀呢？"说着，他板了脸孔坐下来。二春道："我怎么不自杀，这话你不配问，我……"她说出这个我字，突然顿住，将两手来叉住腰，魏老八迎上前，向她浅浅地一鞠躬，笑道："二小姐，不用发脾气了，老陆做的事，至多是对不住小春，又没什么对不住你，你又何必多余一气。今天晚上我在夫子庙，遇到了小春出条子，笑嘻嘻地满场打招呼，她自己都毫不在乎了，你还为她生什么气？"二春道："我为她生什么气，不过我有这样一个毛病，那种忘恩负义的人，走到了我面前，我就不知道气从何处来。"魏老八又笑着点了个头道："好了好了，看我们的面子，不要和他计较了。"二春也不再说什么，忽然弯下腰去，咯咯咯地一阵狂笑，接着就手扶了沙发椅靠，倒下去坐着。魏老八看了她这样子，也不觉得涨红了脸，站着动不得。

　　杨育权见他碰了二春一个橡皮钉子，先也是嘻嘻地笑着，及至看到魏老八的脸色变下来，便由烟铺上坐了起来，向二春道："喂，你这样狂笑什么意思？我们的面子，不够你一看的吗？"二春头靠了沙发背，仰起一张笑脸，并不因为别人不愿意就把笑容收起来，这就稍微地坐正来，从容地道："我不要命吗？敢笑你杨先生吗？我也不敢笑魏八爷，他是你杨先生的保镖；至于在座的各位先生，除了陆影，至少也是我的新朋友，我敢笑吗？我笑的是我自己。"她把这理由说出来了，大家依然是向她望着。她为什么笑她自己呢？二春站了起来，牵牵自己的衣襟，又伸手摸了两摸鬓发，向大家微点个头道："我为什么笑我自己呢？我笑我太小孩子气了，让狗咬了一口，就让狗咬一口吧，为什么我还要去咬狗一口呢？"

　　杨育权手里拿了一支烟卷，不住地在烟盘子上蹾了出神，眼睛可注视着她，看她有什么话来解释，现在见她所解释的理由并不怎样充分，脸色就慢慢地沉下来，那眼光也横着了，可是二春早已知道了他要发作，却是慢慢地向烟铺这边退了过来，结果，挨着床沿坐了。看到杨育权手里拿了一支烟卷，这就摸起烟盘子边的火柴盒，擦了一支，和他点烟。杨育权倒是把烟点着吸了。但是他握了二春一只手道："二春，你太猖狂，我要罚你。"他说时，喷出一口烟来，还是板着脸的。二春索性靠了他，将头微挨了他的肩膀，把眼珠一溜道："罚我什么呀?"杨育权手里夹了烟卷，指着魏老八道："我罚你嫁给他，今天晚上就嫁，你依从不依从?"他说到这句话，语音是格外地沉重，显然是不可违抗的了。

第十九回

情脉脉软语渡难关
泪涟涟深心走绝路

　　唐二春在杨育权手心里把握着，已有了这多天，对他的性情，他的知识，他的力量，都有相当的认识，她不幸落到这步地位，已有了她的打算。魏老八对她那番野心，也是猜得透熟，怎样对付这个人，也是有了主意的。不过杨育权在这个时候，当面就提出这问题来，这倒是猜想不到的事。只得微低了头，把眼皮垂下，眼睛向怀里看着，默然很久地没有作声。杨育权架了腿坐在烟铺上，手指头夹了烟卷，正瞪了眼向她望着。屋子里坐着的这些人，听到杨育权说话的语调，显然是对二春一种威胁；而二春低头不语的样子，又显然是不怕威胁。两相对峙之下，这事情恐怕要弄僵。时间到了将天亮，正是杨育权鸦片烧足，有一种发挥的时候。见二春又坐在他身边，也许他一时兴起，一拳一脚，就把二春打着躺在地下。大家遥遥向她望着，手心里倒替她捏了一把冷汗。可是在两分钟之内，二春已经想到了解围的办法：她更是向杨育权的身体靠得贴紧些。右手搭在他腿上，将一个食指在他膝盖上轻轻画着圈圈。

　　杨育权因她把头都伸到怀里了，嗅到她身上微微的脂粉香，便也把火焰压低了些，因道："你怎么不作声，还有点儿难为情吗？"二春很从容地道："事到于今，我还有什么难为情？我有两句话，想对杨先生说一说，又怕杨先生不高兴。"杨育权道："你不管我高兴不高兴，你的话只管说出来。你若不说，我怎么知道你心里的事？既不知道你心里的事，我要做的事，那还是要做出来的。"二春把嘴微微地噘起，因道："你准许我说，我就说吧。我先问杨先生一句，你叫我跟魏老八去，是长久的呢，还是临时的呢？"杨育权听到这

193

话，倒是忍不住哈哈一笑，因握了她一只手笑道："你愿意长久的呢，还是愿意临时的呢？"二春道："到了现在，我还谈得上什么愿意不愿意吗？我只有听杨先生一句话，你说吧。"杨育权笑道："好，我们这样问来问去，可以十年八个月，还说不出一个结果来。你说到是临时或是永久的，老实说，我也答不出，现在老八当面，可以问他了，老八，你说吧，我们来个君子先难而后易，你的意思怎样？你说出来，你不要让我做媒的人为难。"

魏老八原是呆站在那里望着的，就不敢多插一句嘴，等到杨育权问二春话的时候，他更是心里噗噗乱跳，虽然急盼着二春向他有一个答复，可是脸上不敢做一丝一毫的表示。现在杨育权索性指明了来问，这叫他不答复不可以，这就抬起一只手来，连连地拉了几下头发，只是微笑了一笑。杨育权道："有话你就说，只管笑些什么？老八道："我有什么话说，杨先生看得起我，给我圆成一件好事，唐小姐……"说到这唐小姐三个字，他已快活得无话可说，只是哧哧地笑。二春将面孔板了，也向他望着，并不做出害羞的样子。魏老八这倒不能不郑重些，就涨红了面孔道："当然是长久的事。"

二春这就突然站起来，向大家道："是各位听到的，魏老八说了，我们是长久的事，我们这一个结合，不是夫妻，也是夫妾，绝不能说是姘头。我一生一世跟人一场，难道就是这样，凭杨先生一句话，半夜三更，跟了人走吗？若是真这样办，我一个字也不敢反对，不过魏八爷也是在人面前走的人，把这样的态度对我，心里过得去吗？我们在秦淮河上生长大的女孩子，自然是不值钱，但是披着喜纱，坐了花马车，正正堂堂去做新娘子的也不少。到了这个地方，我还谈什么结婚不结婚，不过在座有这些个人，将来把这话传出去了，说唐二春是半夜三更在烟铺边跟了魏老八走的。我将来把什么脸见人？别人我不知道，单是陆影，他就不会放过我。"陆影坐在旁边沙发上，淡笑了一声道："一颗流弹，又打在我身上。"

杨育权让二春这一大篇话，说得心悦口服，因向陆影道："你不要打岔，让她把理由说个透彻。"二春道："我再没有理由了，就是这些，再只听魏八爷的了，魏八爷给不给我一个面子，就听他一句话。我想这是我一生一世的事，魏八爷总不至于太要我过不去。"她说着话，两只乌黑的眼珠，在眼眶子里转着，站着望了魏老八。魏老八始终是在那里站了发痴笑，他头上并不痒，但不知是何缘故，那只右手总是情不自禁地不免抬起来，在头顶心里搔着。现在二春逼着他说话，他又只好搔头了。

杨育权笑道："我倒知道魏老八的心事，眼看一块肥羊肉，恨不得马上吞到肚里去；但是人家所说的话，又很合情理，真的三言两语，就带了人家走去，人各有良心，这话也说不出口。你哪里是头痒，你是心痒，你简直就抓你的心吧！"全屋子里听了，都哈哈大笑。魏老八笑道："这话是杨先生提起来的，现在又拿我开玩笑。你老人家，多少应该拿出一点儿主意来给我。"杨育权笑道："你这家伙，到了这个程度，我差不多把煮熟的鸭子端上桌了，你还是没有办法，可以尝一口汤。这有什么了不得的事呢？今天晚上说也天亮了，没有这样抢火一样和人家成亲的。现在就算是明日吧，你可以吩咐厨房里另外办一点儿菜，把城里的朋友接两桌来，大家热闹一下子。和新娘子做新衣服是来不及了，到城里去买两件现成的。再说，也应当送人家一只戒指，没有现钱不要紧，在我这里拿。你再问问二小姐，还有什么条件没有？"魏老八果然笑着向二春点了个头道："二小姐，杨先生的话，你都听见了，我是件件依从，你还有什么话？"

二春道："杨先生说的这些话，你魏八爷能够完全办到，我也心满意足了。不过进城去买现成的衣服，估衣铺里的东西，恐怕是不合身。我家里还有几件新衣服，你可以亲自到我家里去，向我娘手上要。"魏老八笑道："我怎么好去呢？"杨育权哈哈大笑道："你又怎么不好去呢？世上只有儿媳妇怕见公婆，哪有女婿怕见丈母娘的？难道你们做了亲戚，你可以永久地不去见她吗？"魏老八道："将来我自然要去见她。"说着，又是哧哧地一笑。二春两手一举，打了一个呵欠，因道："你们听，乡下人家的鸡已经在叫了，我要去休息一下子。"杨育权笑道："忙什么？明天你尽管睡到下午四点钟起来。现在接洽的事情，还没有告一段落呢，我不要得个结果吗？"二春道："我的话已经说完了，办不办是魏八爷的事。我想，就是这几样小事，八爷要办，就很容易地办了的；不办，我老等着也是无益。"杨育权又在床上抽一口烟，二次坐了起来，很兴奋地道："好了，一切我都代老八答应下了。现在我要替老八说两句了，跟了我这两年，在人面前多少有点儿颜色，在银行里存的钱，总有个两万开外；至于他那份力气，你看他蛮牛一样的身体，哈哈哈……"说着，他昂起头来大笑。魏老八笑道："杨先生开玩笑。"说着，又伸手搔着头发。

杨育权又点了一支烟卷，将手指夹了烟卷，指着魏老八向二春道："你不要看他带着三分流气，其实他是个老实人。将来你把他管教好了，什么都顺手。就是爱在外面交个把小白脸，那都没有关系。"二春道："不是说笑话，稍微想得开一点儿的女人，就不会去相信小白脸的。譬如陆影这个人，也算不得什么小白脸，但是他就很自负以为天下的年轻姑娘，都非爱他不可，然后他把那女子骗到手了，就可以在那女子身上发财。女人虽贱，也不至于把身子让给人了，又拿身子赚钱给人花。杨先生，你信不信？我看到了滑头少年，我眼睛里就要起火，像陆影这种人，并非小白脸，还要冒充小白脸的人，我尤其恨他。"说着，把脚在地面上顿了两下。陆影由那座椅站了起来，向杨育权点了个头道："杨先生，我暂时告退吧。唐小姐的脾气很大，那流弹不时地打我头上，我还是让开她好。"杨育权点点头笑道："这倒是的，冤家宜解不宜结，明天她结婚的日子，你重重地送一份礼吧。"二春道："我倒不要他送礼，我要他把露斯带来我见一见，到底是怎样一个了不得的人？"杨育权道："露斯来了，你果然就不和他为难了吗？"二春道："为难两个字我不敢，我也没有那种本领可以和他为难。只要把露斯带着来了，我们一说一了了。"杨育权望了陆影笑道："听到没有？你还有什么话说？"

陆影一面向人说话，一面向房门口退去，本已要走了，听到这话，却又站住了脚，向杨育权迎近一步道："杨先生若是一定要我把她找了来，我未尝没有法子，只是请杨先生原谅，不要又说我敲竹杠。"杨育权沉着脸道："你说要多少钱吧？"说到这个钱字，他已经把手伸到衣袋里去摸索着。陆影笑道："我就知道，杨先生不会高兴的。不过事到临头，我不能不说。露斯这个人，和别的女人并没有两样，她爱的就是钱，假如能拿出一笔款子来做引子，她可以随时引来的。"二春道："你胡说，她和别的女人并没有两样，难道别的女人，就都是她这个样子吗？"杨育权笑道："好了，好了，你也太占上风了，他已经答应把露斯找来，就算样样都退步了。"二春道："杨先生，你想陆影他不敢敲你的竹杠吗？"杨育权做一个狰狞的微笑，向陆影望着。陆影道："杨先生，你想我有几颗脑袋，敢骗你的钱。你可以开一张支票，给我带去，露斯若调皮的话，你尽可通知银行，不让她兑款。"杨育权道："好，就是这样说，三百块钱支票够不够？"陆影道："自然是越多越好啊。"杨育权笑道："我就开张五百元的，越是有手段的女人，我倒是越肯下本钱。"说着，他在床头枕头下面，掏出一册支票簿子，就取下大襟纽扣边插的自来水笔，走向桌边灯下，填写了一张支票，然后在票尾上签了一个英文字。

他撕下那张支票来，回转身正要递给陆影，见二春正站在身边，便笑道："这是为了你呀，能花上这样一大笔钱，就不过是为你出上一口气。"二春道："杨先生也就早想看看她的了，那于我有什么好处？"杨育权道："到了明天，我当然还要送你一笔礼，无论如何，我要更对得住你些。"二春瞅了他一眼，低声微笑道："更对得住我些，我看你怎样对得住我吧。"杨育权便伸手在她脸上摸了一把，向魏老八笑道："二春这孩子调皮得很，你这蠢牛一样的东西，哪里对付得了她。"魏老八站在一边，没有作声，杨育权沉着脸道："你不要不高兴呀，这还是我的人，我一不高兴，我就不把人给你了。"说着，左手把支票交给了陆影，右手搭在二春的肩上，魏老八笑道："杨先生怎么说这样的话？她就跟了我，还不也是杨先生的人吗？你高兴哪一天收回来，你就那一天收回来。"二春听了这话，把两眼瞪着荔枝样的圆，把脸涨得鲜血样的红。魏老八看了她的样子，知道她的用意何在，只是向着她笑笑，并没有说什么。

也不知道几时，陆影接着杨育权的支票溜出去了。这时，他又二次回转屋子来，笑道："大家分散了吧，天亮了。"二春听了这话，却不禁扑哧地一笑。杨育权握了她的手道："别的都还罢了，你每次突然一笑，倒让人有些莫名其妙了。现在说到天亮，你又笑了起来，这天亮了有什么好笑，你一听到，就扑哧地笑起来。"二春道："这有什么莫名其妙呢？在南京城里，我只觉得糊里糊涂天就黑了，到了你们这里，整个变过来，是糊里糊涂地过了一夜，天就亮了。"杨育权笑道："天亮了我们都去睡觉，醒过来已是下半天，那就糊里糊涂又天黑了，你不要看我们过着糊涂日子，但是我们打起算盘来，可是很精细。"说着，也啊呀一声，伸了一个懒腰。

二春回头一看，坐在屋子里沙发椅子上几个人，都已睡得呼呼打着鼾声。王妙轩手里拿了烟签子，半侧了身子，也睡在烟铺上。只有魏老八眯了两只绿豆眼向自己看过来。因道："杨先生，我要去睡觉了，还有什么事要我做的吗？"杨育权笑着想了一想，拍着二春的肩膀道："我没有什么事了，你请便吧。"二春听了这句话，并不等到杨育权说第二句，立刻就离开了他，向自己屋子里走去。远远地还听到了杨育权哈哈大笑，似乎他又奏着凯歌了。

二春头也不回，径自走向屋子里去睡着。也在心里有了一定的计划，倒上床去睡下，就昏沉着忘记了一切。等到睡足了醒过来，却看到黄黄的太阳影子，斜照在玻璃窗上。心里倒想着，睡的时候还不算多，太阳是刚刚起山呢，于是在枕上又犹疑了一会子，可是那太阳影子由金黄变到淡黄，渐渐地竟成了模糊的影子，将手在枕头底下摸出手表来一看，却是五点多钟。这仲秋的日子，不会在五点钟太阳高照，分明是太阳落山了。披衣起床，掀开窗帘子一看，见楼下院子里，却停放着好几辆汽车，走廊上人来人往的，也透着忙碌，这就浅浅地冷笑了一声。自己缓缓地把衣服穿好着，这才把房门打了开来。

当她把房门打开的时候，门外却有两三个人站了候着，看到她，就都深深地鞠着躬，说声"二小姐恭喜！"二春望了他们，还没有答话，早有好几个人随声叫着，"二小姐起来了，二小姐起来了"。看那样子，似乎全屋子的人都在等候着自己起来。脸上透着有点儿发热，然而想到自己的打算，就不能不镇定些。因之回转身到屋子里来坐着。本来杨育权很是客气，就派了两个女用人，专门在这屋子里伺候着的。今天是更为恭敬，又多派了一个女人来伺候。那女人黑黑的皮肤，高高的个儿，说了一口皖北腔，长脚裤子，细袖短褂子，倒有一把乌黑的长发，梳了一个椭圆髻，在鬓边倒插了一朵小红花，她仿佛很懂规矩，无事不进房来，端了一把方凳子，坐在房门口。二春看在眼里，心里却不住地冷笑。

一会子，由原来的女仆，送了一杯牛乳进来，二春笑道："我并没有什么事，有了你两个，已经觉得扯住了你们的工夫，现在倒又来了一个。"那女仆道："今天新来的这位仵大娘，是魏八爷叫了来的，她什么事也不会做，就是有几斤力气。"二春笑道："难道他怕人抢亲，找这么一个人来保镖吗?"女仆笑着，没有多说什么。过了一会儿，却听到窗户板呼咚地敲了几响。接着，杨育权问道："二小姐起来了，到我屋子里来坐坐吧。"二春道："你不知道今天我是新娘子吗?"杨育权道："我引你见一个人。"二春道："我不见客。"杨育权道："别人可以不见，这人你非见不可，你如不见，失了这个机会，就不要怪我了。"二春听了这话，心里倒有些跳动起来，因道："你说这是谁呀?"杨育权笑道："说破了就不值钱，反正你见到之后，绝不至于失望。"

二春心里一想："这准是徐亦进。昨晚上没有走得了，又让他们捉回来了。但听那杨育权的口吻，不怎么生气，又像不是徐亦进。是了，大概是那唯利是图的露斯，看到那五百元的支票，果然来了。这个猜法对了，倒要看看这刁货，今天见面，还有什么话说。于是整理了几下衣服，摸摸头发，就一鼓作气地，向隔壁屋子里直冲了来。人还没有进门，先就问着："客在哪里?"杨育权口里衔了烟卷，架着脚坐在沙发上，经她这一问，口里喷出一口烟，将脸向里面的椅子，偏着摇了一下。

二春看时，却是端端正正地坐着自己的母亲，心里不知何故，只管跳了起来。同时，两片脸腮也都红透了，站在屋子中间，不前不后地呆住。因道："妈知道了今天的事吗?"唐大嫂道："魏八爷派人到家里来拿你的衣服，我以为是杨先生有意思放你回去，叫我来接你的，我很高兴，还叫了一部汽车坐着来的呢。"杨育权笑道："你怎么说以为我要放她回去呢？我不早就当你娘儿俩的面说过，可以让她回去吗？她再三地说，不来就不来，来了就不回去，那我有什么法子。这一层，我倒也原谅她，她和小春不同，并不是个卖艺的，不回去就不回去吧，我的朋友很多，随便送给哪位朋友都可以。偏是魏老八这家伙看中了她，和我恳求了好几回，说是我既不留她，她又不肯回去，倒不如给了他，解决这层困难。"

唐大嫂插嘴道："哎呀，魏老八，他不但是有家眷，在上海还另外有一个女人呢，我二春怎好跟着他？杨先生，她姊妹两个总算对得起你，你何必一定要把她推下火坑去？"杨育权笑道："这件事，你不能怪我呀！我老早要她回去，她总是不肯走，难道我就让她老钉着不成？我总也要有个收场，喂，二小姐，不要发呆，坐下来慢慢地商量。"他说着这话，人就站起来，伸手将二春的手臂拖着，拖到椅子沿上，扯了她坐下，两个人紧紧地挨着，二春把头低了，两手环抱在怀里，并不作声。唐大嫂坐在斜对面，瞅了一眼，因道："杨先生，你还是让她回去吧。她不卖艺，你要放她回去了，她总是个在家里的姑娘，你什么时候高兴了，要她来伺候你，她什么时候就可来，那不很好吗？"杨育权拍了二春的肩膀道："你给我把她养在家里，预备养多少年呢？"唐大嫂道："她已经二十二岁了，日子多了，和你养一位老妈子在家里，何必多这番事呢？我的意思，总还可以替你养三年。"

杨育权昂着头喷出一口烟来，眼望着烟在半空里打着旋转地散开，散得清清淡淡的，以至于没有。这样总有五六分钟之久，然后猛可地向唐大嫂道："三年，她三年的工夫，是她黄金时代的最后一节了。那么，你打算要多少钱呢？"唐大嫂道："杨先生手上的钱，像我们家里的水一样，你还在乎吗？数目我倒不……"二春突然站起来道："你不要又想在杨先生手上讨好处。我告诉你，我是不回去的了，杨先生把我给魏八，我就跟魏八。人人有脸，树树有皮，你麻麻糊糊带了我回去，你不在乎，我可没有脸见人。"唐大嫂倒是怔怔地望了她。二春淡笑了一声道："你老人家也不想想，我这个脾气，不过你养了我一场，二十多岁的女儿，也不能白白给人。杨先生说魏八手上，有两三万呢，他想讨个小老婆，总要花几个钱，请杨先生做个主，给我娘一笔聘礼。"杨育权道："你娘早来了，一定要把你接回去，左说右说，我心让她说软了。昨天晚上的话，全部撤销，也没有什么关系。魏老八有我一句话，他也不好怎样违拗。既是你愿意跟他，当然他要出几个钱。不过他高兴得不得了，进城采办今晚上洞房花烛夜的东西去了。"

二春跑到床边去，摸出杨育权放在枕头下的一本支票簿，放到杨育权左手，又把他襟上的自来水笔抽下，塞在他右手心，向他微笑道："难道你做个主，写一张支票给我娘，他敢不承认吗？"杨育权手里拿了笔，偏了头向她望着微笑道："天下有这样的理，我开支票送人，叫人家来认这笔账。"二春道："你说的话，是你自己忘记了。你说过，我就是跟了魏老八去，什么时候叫我回来，他什么时候就要让我回来。据现在看起来，你和他出笔钱都不敢做主，人走了，你还有权管吗？我还是不跟他，就这样在这里住着，随便杨先生把我怎样打发。"说着，她在长沙发上坐下，紧紧地挨了杨育权，把头低下，把嘴又噘了起来。

杨育权笑道："你要知道钱财动人心，替人家做主，究竟冒昧一点儿。"二春道："钱财自然是动人心，难道女人就不动人心吗？你看我这样地哀求你，你也不肯帮我一点儿忙，你要知道我这个人，虽是秦淮河出身的人，倒还讲些旧道德，你叫我离开你，又去另外跟人，我是不愿意的，说出来了呢，回头你又说我灌你的米汤，你叫我离开你，我还真有些舍不得。虽然你说我跟了魏老八去，将来还可以叫我回来，究竟一个女人，有一个女人的身份，这样朝三暮四地跟人，那太不像话。到了那个时候，你虽然不嫌我残花败柳，我也不好意思回头来伺候了。"说着这话，不觉两行热眼泪，就由脸腮上直挂下来。她紧靠了杨育权坐着，那眼泪直滴到他手臂上去。

杨育权放下了笔，轻轻地拍着二春的手背道："你不要难过，我多多地拨你母亲一笔款子就是了。"二春虽然还在滴着眼泪，可是微微地点了头，向他道："谢谢你！"那声音很是轻微，透着有几分可怜的样子。杨育权心里一动，就提起自来水笔，在支票上开了一个两千元整的数目，签完了字，回头一看二春的脸色并没有和转过来，因笑道："若是由魏老八自己出手，决计写不出这样多的数目。"说着，撕下那张支票，交给了唐大嫂。

她原是愁苦了脸子，坐在一边的，接过支票看了，微微地笑道："多谢杨先生！这钱呢，是杨先生的，我就厚着脸又收下了。不过是魏老八的，我还是不收的好。二春。"她随了这话，把脸转过来，将目光注视到二春脸上，因道："我看，你还是跟了我回去吧。你说回家之后，不好意思见人，这当然也是实情，不过也就是初回去的几天有点儿难为情，把日子拖长一点儿，不就也没有事了吗？再说，有了杨先生给我们撑腰，人家也就不敢笑我们。杨先生这笔款子，还在银行里，尽管杨先生是十万八万也不在乎的人，但我决不能拿到了支票，又是一个说法。我自始至终都是劝你回去的，只要杨先生不离开南京，什么时候叫你姊妹两个来，你姊妹两个，什么时候来就是了，杨先生你觉得我对你这点儿诚心怎么样？从今以后，我们母女三个，都倚靠你吃饭了。"她注切地望了杨育权，表示诚恳的样子。

二春听到她母亲最后几句话，几乎气得所有的肺管都要爆裂。但她在脸皮涨得通红的情形之下，却微微地一笑，因道："你一定要我回去做什么？女儿养到老，也总是人家的人，回去了，将来让我再嫁人，现在就嫁人，不是一样的吗？我不回去，你不要关心我的事，你只当我死了。"唐大嫂道："你说为了这件事，有点儿不好意思，现在就算你不见人，难道这一辈子你都不见人吗？"二春没有答言，却在鼻子里哼了一声。唐大嫂向她出神了一会儿，倒看不出她是什么意思，无精打采的，把头点了两点，眼圈儿也红了，因道："那也好，不过你不能把这件事怨恨为娘，我是没有法子。"说到了这句话，将泪眼偷着向杨育权张望了一下，接着道："让你认识了杨先生这样一个大人物，你这辈子算没有白来。说起来，还是你的造化呢。"

二春听了这话，肺叶里的火，由两只鼻孔里冲出来，恨不得要把鼻孔都烧穿了。因笑道："认得杨先生，自然是造化，无奈杨先生不要我，还是高兴不起来。其实我并没有这个心事，要在杨先生脚下，当个三房四房，只要在杨先生脚下，当一名体面一点儿的丫头，我也就心满意足的。这样一来，上不上，下不下，真是弄得十分尴尬。"说着，也流下泪来。

这一下子，唐大嫂坐在东面椅子上哭，二春坐在西面椅子上哭，虽然她们并没有哭出声来，杨育权夹在中间，看这两副哭脸，究竟是扫兴。便站起来同摆了两只手道："好吧，好吧，你娘儿俩不要互相埋怨吧，这两千块钱，就算我送二小姐的礼，她愿意回去，就随了唐奶奶走，我自然会对付魏老八；你不愿走，你死心塌地地嫁魏老八，将来的事，将来再说，现在预先发起愁来也是无用。至于二小姐说爱上我，不管是米汤，是不得已而出此，那全是个笑话，我也不知道玩过多少女人，当时要的时候，非到手不可，过后就无论长得怎样好看的美人，我也会丢到一边的。"他把两手插在裤子岔袋里，一面说，一面在屋子里来回地走着。脸子沉了下来，小胡子上，在左右腮画着两道青纹，就是不说生气，也让人看到，心里有些抖颤。唐大嫂手里捏住那张支票，收起来不敢，放下来又舍不得，更是没有了主意。杨育权还在屋子里来回地踱着，似乎还有话要吩咐，她母女两人都不敢作声，弄成了一个僵局了。

第二十回

斗手法逐步破深谋
弄心机当筵递暗信

在大家僵持着的时候，屋子里外是悄静无声了。当当地响着，别间屋子里的时钟，连响了六下。二春借了这个钟声，倒有了话说了，因笑道："杨先生，你看，现在已经有六点钟了，魏老八还没有回来，这也不像个办喜事的人。"杨育权继续在屋子里来回地踱着步子，很随便地答道："他，他绝不会误事的。他对你，早是看得眼馋了。其实，你不过以没卖过的身份，让他看着稀奇，要说夫子庙的歌女，比你妹妹长得更好看些的还很多。"说着，露出尖白的牙齿，发了一声冷笑。二春觉得他这几句话，比当人面打了自己两个耳光，还要难受。一腔热血，真要由嗓子眼儿里直喷出来。但是她没什么法子可以对付他，只是直瞪了两眼向他望着。

好在这个时候，天气已经昏黑，虽是楼上的房间，门户洞开，可是还没有多少阳光追到屋子里面来。人在屋子里，只露出一个轮廓的影子，面部的表情，是看不出来的。这又有三五分钟，二春隔了窗户，老早地看到一位听差，手捧了一盏大罩子灯，将灯芯扭小，放在走廊远处的小茶几上，没有敢进来。在他后面，又有一个听差，缓缓地走到了房门口，看那样子，颇想进来，杨育权溜到门口，将他看到了，就高声问道："有什么事？"听差老远地垂手站定了答道："陆先生来了，还有一位小姐同来。"杨育权听说，就耸起上嘴唇的小胡子，微微地笑了，问道："他是不是说那位小姐叫露斯？"听差答应是的。杨育权道："那很好，请他们来，怎么还不拿灯来。"另一个听差，立刻将灯送着进来了，扭出了很大的灯头。杨育权一回头，看到唐大嫂母女，因笑道："我倒无须回避你们，不过你和她有仇，见面之后，我们的生意经没有谈好，你们先要冲突起来了。"二春立刻站起来道："那么，我引我的母亲到隔壁屋子里去先坐一会子。"杨育权笑道："只有这样，我也不怕你母女会打我什么主意。"唐大嫂这就随着站起身来道："杨先生，你不想想，我们有几颗人头，敢这样办吗？"杨育权将手挥着，笑道："你去吧，你去吧。我急于要看看这位露斯小姐，是怎样调皮的一位人物。"

二春牵了唐大嫂的衣袖口，就向外走。唐大嫂跟着到这边屋子来，见桌上放着高有两尺的大白瓷罩子灯照得屋子通亮。回头向外看看，门帘子半卷着，可以看到那位大个子女仆，还坐在门边的凳子上。二春一看到母亲那张望的样子，就知道她意思所在了。因向她丢了一个眼色，便高声道："多话不用说，等我结婚之后，叫魏老八预备一份重重的礼物，上门看丈母娘就是了。无论如何，杨先生做的媒是不会错的。喂，去打一盆水来。"她昂着头，向门外这样交代了一句。那大个子老妈，答应了一声，随着就笑嘻嘻地走了进来。二春道："已经六点钟了，客都来了，我该洗洗脸了。"那女仆听她这话，显然同调，满脸笑容，在梳妆台上端了脸盆走了。

二春等她一出门，就握住唐大嫂的手，低声道："妈，请你听我的话，就是今天晚上，带了小春坐火车到芜湖去，上水的船，明天早上可以到芜湖，你立刻换了船去汉口，到了汉口之后，你斟酌情形，能另找一个地方更好。有道是，有钱到处是扬州，你何必一定要在南京这地方混饭吃？"唐大嫂听了这话，望着二春，想不出她是什么意思，但手里握着她的手，觉得她的指尖冰凉，而且她周身都有些抖颤，便低声道："你怎么了？我的儿。"二春凝了一凝神，先笑了一笑道："我没有什么。"然后低声道："我说的话，太急了，没有想得清楚，你明天上午十二点钟走吧，除了这张两千块钱的支票，明天早上，你可以兑了现之外，就是你存在银行里的款子，明天也改存到汉口去，千万千万。"

唐大嫂道："到底为了什么？你的身体是送给他们了。小春也是让他们称心如意了，我在南京混一口饭吃，丝毫也不碍着他们的事，他们还不饶我吗？"二春道："你明白就是了。听到他们说，还不能这样饶放小春。有一个姓吴的，也是姓杨的保镖，不但是一个大黑麻子，而且身上还有狐臊臭，他已经在姓杨的面前，下好了定钱，只要等我嫁好了魏老八，就向小春动手，你们不逃走，还等什么?"唐大嫂道:"既是这样，你为什么不和我一路回去呢，回去了，不好大家逃走吗?"二春道:"这个我怎么不知道，你要晓得，那魏老八也不是好惹的，已经把人许给他了，他又预备了今晚上成亲，若是突然跑走了，他请了许多客，怎样下台? 今天晚上，我们想出这个门，恐怕不等进城，在这荒山上就没有了命，我就嫁了他再说吧。好在由起头一直到现在，只有他们欺侮我们的，我们并没有回手，你悄悄地躲开了，也就没事了。"唐大嫂道:"那不让你太受委屈了呢?"二春道:"你不要管我，你只说明天走不走? 明天你不走，惹下了大祸，我死都不闭眼睛。"

唐大嫂握住了她的手道:"既是这样说，我带着小春，暂时到上海去躲避一两天吧。"二春道:"你不知道上海还是他们的势力范围吗? 你要到上海去，那是送羊入虎口。"说时，皱了眉头，将脚在地面上轻轻地顿着。唐大嫂苦笑道:"你又何必这样子躁急? 既是你觉得我非走不可，我就依你的话到汉口去就是了。你还有什么话，快说吧，那个婆娘来了，我们就不好再谈了。"二春道:"我没有别的话说，就是你要到汉口去，你若是……"说到这里，听着外面走廊的楼板上，咚咚地有了脚步声，只好突然把话停止。等着那个走路的人，由窗户边过去了，陆续地有人来往，二春把两眼睁着望了母亲，随后那大个子老妈，也就把脸盆端了进来了，垂着两手，倒退两步，笑问道:"唐小姐，还有什么事吗?"她说话时的态度，倒是非常恭敬。二春向她看了一眼，淡淡地道:"没有什么事，你坐在房门口等着吧。"

老妈子出去了，唐大嫂坐在一边，望了女儿，也还是没有话说。彼此静坐了约十分钟，二春道:"现在没有什么事了，也没有什么话说了，你可以回去了。"唐大嫂对她呆望了，迟疑着说了一个你字，还是向她望着。二春倒也不去催她走，自向梳妆台边去梳洗头脸，搽抹脂粉。唐大嫂在身上掏出香烟来吸着，靠了沙发望住她。抽完了半支香烟之后，这才说出一句不相干的话来，因道："这屋子里有梳妆台了，连女人的化妆品都预备得很完全。"二春道："你才晓得这里是个奇怪地方吗？这样的屋子有好几间，全是预备临时来了女人用的。"唐大嫂耳朵听着她的话，眼睛可向门外面看看，这就轻轻地答道："不说这些闲话了，迟了怕进不了城，我该走了。"二春道："我不早就请你走了吗？"唐大嫂默然地坐着，心里可在想：二春的态度，究竟异乎寻常，匆匆忙忙见了一面，就要回去，这也显着太麻糊。站起来，踌躇了一会子，又坐下去。

可是杨育权派了一个听差来催驾了，他站在门口，就很恭敬地行了个鞠躬礼，他笑道："唐老太，我们有车子进城，马上就开。"说着，闪在一边，并不走开，有等着唐大嫂起身的样子。唐大嫂心里是很明白，这个地方要客人走，客人还是不能多留一秒钟，只好懒洋洋地站起来，向二春迟吞吞地说了一句道："我走了。"口里说毕，两脚是缓缓地向房门口走了去。二春紧随在她身后，走到房门口，手卷了门帘，撑着门框站着，望了她母亲，眼珠呆了不转动，显然有两行眼泪含在眼角里。但是她看到身前有那位壮健的老妈子在那里，把冲到嘴唇边的言语，都忍了回去。

唐大嫂一步一回头地走着，二春只是老做了那个姿势，撑了门框站住，呆望母亲的后影。直等唐大嫂转过长廊下梯子去了，才回转头来，不想一口气也不能松过，魏老八就站在手边，他满脸堆下笑来道："我忙了一下午了，好不容易我赶了回来，想和你商量商量今晚怎样请客？无如老泰水在那里，我又不能进去。"二春沉着脸子，略带了一丝冷笑道："你不要和我捧文，我不懂这些。"魏老八笑道："你知道我是粗人，一切都包涵一点儿；不过我的心眼儿不坏。"说着，将手摸摸胸口，就从她身边挤到屋子里来。二春回转身来看时，见他横坐在沙发上，把两只脚倒竖起来，放在椅子靠上，向她笑道："唐小姐，你嫁我有点儿勉强吧？喂，来，坐过来谈一谈。"说着，笑着，将手连招几招。

二春还是手撑了门框站着的，不过原来身子朝外，现在是掉着向里了。看到魏老八这样子，真恨不得一口水把他吞了下去。心里连转了几个念头，颇有了主意了，便笑道："吓，你这人，也不怕人家笑话，楼上楼下，来了许多朋友，你不去应酬他们，跑到这屋子里来坐着。结婚的仪式，一点儿也没有举行，人家倒要来闹新房了，那不是个笑话吗？"魏老八道："新房就是这个样子吗，那也太对不住你了。再说，这楼上是杨先生用的房子，我也不能带你在这里住。自从昨夜把话交代明白了，我是连眼皮都没有合一下，就把新房布置好了，我们一同下楼去看看，好不好？"二春道："这个时候我不能去。"魏老八道："你什么时候才能去呢？"他把两只脚由椅子背上放下来，身子在沙发上坐得端正了，面向了二春。二春先笑了一笑，没有答复。就在这时候，想着答复的词句。

魏老八站了起来，抬起手来，连连地搔着头皮，微微皱了眉道："真的，我也在想着，还是请客吃过酒席以后，才请他们到新房里去呢，还是我们先到新房里去招待着来宾呢？我看还是我们先到新房里去吧，客人都来了，新房还是空着的，这透着不大好。"二春看他口里说着话，人是慢慢向前移过步子来，颇有伸手牵人的意思。便突然地将手向隔壁屋子里一指道："你听。"魏老八以为杨育权在隔壁屋子里说着什么，也就怔怔地听下去，这就听到一个女子娇滴滴的声音，操了一口极流利的国语在说话。因笑道："是你的仇人在那里，其实她和你并没有什么仇恨，你何必一提到她就咬牙切齿？"二春道："是我妹妹的仇人，也就是我的仇人。"魏老八笑道："低声些，低声些。"二春道："低声些做什么？明人不做暗事，我还打算找她谈谈呢。"魏老八道："你和她还有什么话谈？"二春道："我鼓动杨育权先生把她找了来，最大的目的就是为了要和她谈谈。再过几小时，我们就是夫妻了。我心里难过，也就等于你心里难过。我若是不和露斯把话说开来，我心里就始终搁着块石头，就是在结婚的蜜月里也不会开心，难道你愿意这样吗？"

魏老八手搔着头皮，头皮屑子就像雪花一般地向下飞着，他将那从来不曾搔的头顶心，也着实地搔了一阵，将两嘴角吊了起来，嘶嘶地笑道："你说的这些话，真叫我无话可回，你要和她说什么，你就和她说什么吧。不过今天是个大喜的日子，你不要太生气了；

208

而且今天来的客有两三桌，新娘子大发其脾气，也不大好。我这话是好意，你看得出来看不出来？"二春看到他那种尴尬样子，又忍不住微笑。魏老八笑道："你也觉得我这人心里很好不是？"二春将手表看了一看，见还是七点钟，心里也就随着转了一个念头。这是逼得我不能不向那条路走了，于是她对镜子照着，又摸了两摸脸上的粉，再又扯扯衣襟，然后脸上带了几分笑容，出门来，向杨育权屋子里走去。魏老八要拦阻她，只说了一个喂字，二春已是走远了。

她到了杨育权屋子里，见陆影和主人斜对面坐着，斜角坐了一个二十岁相近的女子，上身穿藏青底子大红斑纹的薄线衣，胸脯高凸起，平胸敞口，微微露了里面的杏黄色绸衬衣。拦腰一根紫色皮带，将腰束得小小的，系了一条宝蓝色长裙子。瓜子脸儿，胭脂抹擦得通红，脑后面的头发，一直披到肩上。但头发是一支一支的，在杪上卷了云钩，在头上束了一根红色的小辫带，将头发束住，小辫带在右鬓上扣了一个蝴蝶结。看她全身，都带了一份挑拨性。

那女子的感觉也敏锐，见了一个女子进来，就知道是唐二春，便望了她先微微地一笑。二春进了门，刚站住着，杨育权便站起来笑道："我来介绍介绍，这是……"二春笑道："我知道这是露斯小姐，我们拉拉手吧，露斯小姐。"这句话说出来，不但陆影和杨育权愕然相向，便是随着二春后面，走到房门口的魏老八，也奇怪得不敢再向前进。可是那位当事人露斯小姐，并不感觉到什么奇怪，也笑盈盈地站起来，迎上前，伸手和她握着而且笑道："二小姐，恭喜呀！我特意赶来喝你一杯喜酒的，可以叨扰吗？"二春道："请都请不到的，说什么可以不可以！"说着，两人同在一张长的沙发上坐了。露斯道："陆影说，二小姐在这里，很想和我谈谈。我说，三小姐我有点儿不便见，二小姐倒是不妨谈谈的。"二春笑道："你就是见着小春，她也不会介意的，她对于陆先生的印象，那是大不如前了。"

露斯微笑了一笑，二春道："我们的事，露斯小姐总也听到说一点儿，差不多的人，总以为陆影对不起小春，其实一个当歌女的人，为的就是钱来抛头露面。这次陆先生介绍我姊妹两个认识杨先生，很得了杨先生一点儿帮助，小春给陆影的那笔款子，是向钱伯能经理借的，迟早是要还他的。"说时，眼光向她身上溜了两下。露斯微笑道："我也就为了这件事，觉得非当面和三小姐解释一下不可。三小姐不在这里，我和二小姐说说，也是一样的。我觉得社会上有一种专门欺骗女子的男人，我们应当在他身上，施一种报复的手段。我在陆影手上拿去那三百块钱，我只是对他一种打击。对于三小姐，并没有什么影响。因为三小姐的钱，反正是拿出来了的，我不来拿去，也是好了别个人。至于说我和她抢夺爱人的话，不但我不承认，我想她也不会承认。我对于陆影，根本上谈不上一个爱字。"二春笑道："那倒多谢你替小春出了一口气了。难道你就不怕人对你也用报复的手段吗？"二春说毕，两手环抱在怀里，脸上带了一份淡笑的意味。露斯也只微笑了一笑，没有答复出什么话来。

杨育权斜靠在沙发上，口角里斜衔了一支香烟，也是两手环抱在怀里，对这两位斗舌的女人望着，听到这里，就忍不住了，突然站起来笑道："你们都有本领，可是我比你们更有本领。无论如何，你总得听我的指挥。你们若是不服我的话，可以拿出本领来和我较量较量。"露斯抢着哟了一声笑道："杨先生，你怎么把这话来和我们说，那不太失了身份了吗？你是天空里一只神鹰，我们不过黄草里面一只小秋蝴蝶，我们自己飞来飞去，不知天地高低，那没有什么关系；若是和神鹰去比翅膀的力量，你想那是一种什么境界吧？"杨育权走到她身边，伸手摸了她一下脸腮，笑道："果然，你这张小嘴会说，今天晚上，你在这烟铺上陪我谈谈好吗？"露斯笑道："只怕小孩子不懂事，会谈出狐狸尾巴来。"杨育权笑道："露出狐狸尾巴来更好，那正是我要听的。你想，一男一女谈到了深夜，还有什么好听的话吗？哈哈哈。"说到这里，自己一个人笑得前仰后合，回头看到了魏老八，笑道："今天晚上，你也可以和二小姐谈谈了。"说着，又大笑了一阵。魏老八只是傻笑着站在房门口。

杨育权突然停住了笑声，向他望着道："我倒想起了正事，你到底请了多少客？到了半夜，你两个人双双入洞房，这些人都干坐到天亮不成？"魏老八道："吃过酒之后，有的可以打牌，有的可以打扑克，另外也预备了三间房，可以容纳一部分人睡觉。"二春就插一句嘴道："这个不烦杨先生挂心，招待客人我是会的。"杨育权笑道："我晓得你是很能体贴人情的，我和露斯小姐应该也谈谈了。"陆影听了这句话，首先站了起来。魏老八道："二小姐，我引你下楼，先去和朋友们打个招呼吧。"说着，他就不住地向二春丢眼色。二春抿了嘴微微地笑着，点头说了个好字，就和魏老八一路走了出去。陆影更比他们快，已经下楼去了。

魏老八强逼着二春换了一件衣服，然后一同下楼去招待客人。这魏老八虽是杨育权一位保镖，但他们的关系是特殊的，要联络杨育权，就不能不敷衍魏老八这种人。加之魏老八又很想要一点儿面子，所以接近杨育权的几个朋友，他都把他们请来了。楼下大小两个客厅，和两间客房都坐满了人。其中居然还有二位女宾，魏老八一一地介绍着，二春每到一处，大家就哄然地围着谈笑一阵。

二春周旋完了，一看手表，已是九点钟，魏老八向她低声商量着："我们可以请大家入席了吧。"二春道："哪两位是柴正普钱伯能先生，你再介绍我去和他们谈谈。"魏老八要抬手去搔头皮，看到二春向他望着，把手就缩下来，搔着耳朵，微笑道："那个……"二春道："我不配和他谈谈的吗？"魏老八笑道："哪里是这个意思，我怕你要谈起露斯的话。"他口里说着，眼看了二春的脸色，最后他的口风软下来了，笑道："我就介绍你去谈谈吧。但是他们也不在乎那两三百块钱，对于露斯拿那三百块钱的事……"

他说时，看到二春的脸色，就把话顿住了，把她引进小客厅，正好钱伯能和柴正普就在屋角里，坐在两斜对的沙发上谈话，他们倒不必介绍，一同站起来，向二春道喜，坐下来说了几句应酬话，她靠近钱伯能坐着，笑问道："小春所借钱经理的三百块钱，已经都还了吗？"钱伯能脸色，略微有点儿变动，立刻微笑道："这事过去了，不必提了，小问题，小问题。"二春两眉一扬，似乎有许多话要说出来，却听到身后有人笑道："钱先生，为什么不必提呢？亲兄弟，明算账。"回头看时，正是陆影走了来了。他就在钱伯能下首，一个锦墩上坐着。二春淡笑着，点了个头道："你也来了，我们正好谈谈。"

陆影笑道："二小姐，不用谈了，你的意思，是要今晚当了大众，大大地羞辱我一场，我有什么不明白的，自然，我对你应当让步。"说时，扭转头望了钱伯能笑道："我实说了，上次小春向钱先生借的那笔款子，不是她用，是我用了。我从认识杨先生以来，经济上是比较活动，这钱也无久欠之理。"说着，伸手到怀内，在哔叽西服袋里，掏出三叠钞票，放在茶几上，笑道："钱经理，我算还了这笔款子了，请你点一点数目。"钱伯能笑道："这也不是还钱的地方，你忙什么。"陆影道："正是还钱的地方。要不然，今天晚上我这一关，不好渡过去。"

魏老八坐在稍远的一张沙发上，正要看二春怎样对陆影、露斯报复，这一下子，把一个未曾说完的灯谜，就让人猜破了，觉得二春是加倍地难受，竭力地搔着头发几下，笑道："哎，这件事，不要提了，我告诉你们一件新鲜事吧。"钱伯能也觉得二春和陆影相逼得太厉害了，让自己夹在中间为难，因道："是一件极新鲜事，你的见多识广，说出来一定有趣。"魏老八继续地搔着头，他向了墙上挂着的画出神，看到画中一枝花上站了一只八哥儿，他手一拍腿道："我想起来了，我们这里的汽车夫，在夫子庙买了一只会说话的八哥儿回来。"陆影道："八哥儿会说话，是很多，也不算奇。"魏老八道："自然不算奇，奇在后半截。这鸟是连笼子买来的，笼子底有两个小活栓，原来以为是换底洗鸟屎用的，没有理会。哪晓得这鸟认主，它自己会把那活栓慢慢啄开，笼子底脱了，它就飞回去找主人去了。"

二春听了这话，心里一动，因道："怎么见得它是飞回去了呢？"魏老八道："鸟是早上挂在廊檐上飞了的，下午汽车夫遇到那个卖鸟的，把鸟扛在肩上，由小路偷进城去，现在连鸟连人都关在汽车间。"二春道："真有这样的事？"魏老八道："你不信，把那鸟取来你看，它见人就会说话。"二春道："不是我多嘴，前两天你们把个姓徐的无缘无故关了几天，于今又把这叫花子一流的人也关起来，这些穷人有什么能为，和他们为难做什么？"

魏老八道："提起了这话，又是一件奇事，那徐亦进不像有什么能耐的人，他关在那汽车间里，门是倒锁着的，昨晚上闹了一阵子，我们总以为有什么歹人来偷东西，不想白天打开门来一看，汽车间里竟是空的，原来半夜里有人出门，是他逃走了。但是门没开，锁没开，他是怎样出来的呢？"二春笑道："人不可以貌相，海水不可斗量，那个姓徐的，也许是一位剑侠，到你们这里来看看。"魏老八道："神仙剑侠，那是鬼话。"二春道："那么你说八哥儿自己会开笼子飞回家去，那也是鬼话。"魏老八道："一点儿也不鬼话。据那个卖八哥儿的人说，八哥儿很听他的话，他叫八哥儿做什么，八哥儿就做什么。我还想着呢，吃过酒后我们可以来一点儿余兴……"二春抢着道："对了，对了，回头你把他引出来，大家看看这稀奇的玩意儿。"

魏老八见她已转移了一个方向说话，便笑道："现在快十点钟了，来宾恐怕饿了，应该开席了吧。"二春对着陆影看了一看，回头向魏老八点点头道："我还要上楼去一次，你就在楼下照应吧。"又向钱伯能笑道："稍停我来陪你喝酒。"她交代完毕，便悄悄地起身走了。

二十分钟之后，她很高兴地，在楼下大客厅里招待客人。她换了一件粉红色的绸夹袍，而且在鬓角上插了一枝红菊花，自到这杨育权范围里来以后，哪一天也没有今晚这样浓妆过，粉脸擦得红红的，头发梳得光光的，在两盏大汽油灯下，照见得是春风满面。这大客厅里，品字形地摆了三个圆桌酒席，围住桌子，坐满了人。当然，杨育权是坐在正中一席的上座，魏老八和二春先在这席的主位相陪，等第一碗大菜上过了，魏老八邀着她向三席挨次敬酒。在这种宴会上，想找一个安分而持重的人，犹之乎要向染缸里去寻一块白布。大家早是哄成一团，拿新人开心，多数人是说这结合太快，要两人说出这个内幕来。魏老八回到正中席的主人座上，大家鼓了掌哄笑着，不容他坐了下去。二春本来是坐着的，她倒坦率地站了起来，这就更好，大家又吵着请新娘报告。

二春于是悄悄地向魏老八说了两句，魏老八本要抬手去搔头皮的，这就索性举了起来，因高声道："这当然是有点儿原因的。现在，我有点儿助酒兴的玩意儿，贡献给各位，然后我再报告。"在座的人，先是不依，有人说，看看到底他有什么玩意儿，也就答应了。于是魏老八告诉听差，把那个喂八哥儿鸟的叫了来，大家虽疑心魏老八是缓兵之计，但是也要看看到底是个什么玩意儿，也就静等了玩鸟的人来。二春心里，自然知道这是谁，在汽油灯光下老远地看到毛猴子肩上扛了一只八哥儿，随着听差后面，走到大客厅里，心房就随着跳动，自己突然胆怯起来，不敢抬头，却向魏老八道："你跟他说，他有什么玩意儿，只管玩出来，我们不但放他走，还要赏他的钱。"魏老八向对面的杨育权笑道："可以这样说吗？"杨育权笑道："这个人又没有得罪我，根本是汽车夫和他为难。"魏老八这就有了精神了，招招手，把毛猴子叫到面前来道："小皮漏，你也不睁睁眼睛，骗钱骗到太岁头上来了。上面是我们杨先生，你有什么玩意儿出来，杨先生一高兴，天亮就放你走，还可以赏你几个钱呢。"

毛猴子一看这个场面，就向上面鞠了一个躬，强笑道："也没有什么玩意儿，我轻轻地嘘了一口气，这八哥儿就会说话。"说到这里，他偏过头来，对肩上的鸟，轻轻地嘘了两声，那鸟头一冲，尾巴一翘，向杨育权叫着，先生你好。这一下子，全场哄然。杨育权也耸起小胡子来笑。毛猴子看看不必受拘束了，就分向三张桌子下站了，让鸟问好。随后他站在三席中间，就让鸟说过了客来了，早安，晚安，几句话。魏老八道："鸟说话，不算奇，怎么这鸟会飞着找你呢？"毛猴子听着这话，对四周看看，踌躇了一会子，二春道："你有什么本领，只管表演吧，难道你不想回去吗？"毛猴子向说话的人看来，这才见她艳装坐在席上，身子一呆，向后退了一步。二春却是瞪了两眼，脸色一点儿不动。毛猴子便向魏老八笑道："我勉强试一试吧。"于是把鸟放在一个听差手上，将缚了鸟脚的绳子，放在听差的手上，因道："请你到院子里去站着，它要飞，你就放绳子，不必管它。"听差听着去了，毛猴子于是站近一扇洞开的窗户，两手握了嘴，做了几声八哥儿鸟叫，忽然一道黑影子随了这声音飞

214

来，由窗户洞里落到毛猴子肩上。看时，正是那只八哥儿。大家这又鼓掌狂笑。

二春在大家哄笑声中，她离座走近了毛猴子，先偏了头向鸟看看，笑道："这小东西比人还灵啊，也难得你怎样教会了它。喏，赏你两块钱。"说时，抬起眼皮，向毛猴子望着，手在袋里，掏出卷好了的两张钞票交给他。当二春把手伸出又对毛猴子使了一个眼色，下垂了眼皮，望着自己的手，毛猴子看那钞票下，微微地露出一角白纸，他明白了，一鞠躬把钞票接过去。然而他吃惊非小，身上即涌出一身冷汗呢。

第二十一回

混长夜热酒留众客
劫武器灭灯捆醉人

这时已经到了中夜十一点钟了，魏老八坐在席上，眼见二春格外地带一份酒后的丰韵，觉得快快地把这席酒吃完就好。把毛猴子找来玩八哥儿，这本是一种搪塞来宾的玩意儿，自也不愿这件事拖延得很久。所以二春去赏钱，魏老八是在赞成的一边，打发他走了就算了。二春把两张钞票，交给了毛猴子，回身走到席上，向杨育权笑道："这种人靠了一只八哥儿在市面上骗钱，和讨饭的差不多，计较他做什么？把他放了，好吗？"杨育权道："我并没有关他，有什么放不放。"说毕，回头向站在一边的听差道："天亮让他走吧，不许为难他了。"二春向毛猴子招招手道："喂，那个玩鸟的人，杨先生放你走了，过来谢谢杨先生。"毛猴子手上，紧紧地捏住钞票，并不敢多望二春一下。走到这席下面，远远地对杨育权鞠了一个躬。二春道："以后改邪归正，做好人，不要做荒唐事了，给你的两块钱，好好拿着，听到没有？"毛猴子答应了一个是字，也向她点个头，然后退下去。

在席上的人，见这幕戏完了，大家又哄然地闹起来，说是还要二春报告。二春先故意低头坐着，俄延了有几分钟之久，才向杨育权笑道："杨先生，你看，这不是故意为难吗？我们的事，就是杨先生一句话，有什么可说的呢。他们，真要我说，就请杨先生代表说一声吧。"杨育权笑道："在你这方面，大概可以这样说，至于魏老八……"说着，他举起手上的筷子，隔住桌面指了她笑道："他自从看到了二小姐之后，就恨不得一口吞了下去，当面也好，背后也好，他那种想把二小姐弄到手的情形，那简直说一天也说不完。"杨育权在这种场面上说话，自然是为所欲为，毫无顾忌，所以他说话的声音，是洪大得满堂皆闻。他说完了，随了这话，就是噼噼啪啪一阵热烈的掌声，总有十几分钟没有间断。

接着就有人大喊魏老八报告、魏老八报告。魏老八长这么大，没有演说过一次；而且这种演说，不大好出口的，他怎肯说出来。经过了许多人的怂恿，他总不肯站起来，只是笑。二春低声道："你就随便说两句吧，也免得大家吵。"她的声音极低微，连挨近了她坐的魏老八也听不到几个字。不过在她的态度上，是可以看出来她的主张的。便伸过了头来轻轻地问道："你让我说，让我说些什么呢?"二春道："你自己先多想一会子吧。"魏老八也是让大家啰唆不过，就伸出一只手来搔着头笑道："诸位不要忙，等我先想个一二十分钟。"大家听到有个限期了，又鼓起掌来，有那更热心的，索性抬起手臂来看清楚了手表，叫道："现在是十一点三十五分钟，不能超过十二点呀。"接着他们划拳闹酒一阵，酒席中的菜已经是上完了。

来宾第三次鼓噪中，魏老八微笑着，手扶了桌沿，那身子摇撼不定颇有站起来的意思。二春反轻轻地向他道："难道你真要站起来说吗? 你……"她不再多说，只把眼睛微微瞪着，魏老八只好捧了拳头，向周围作了个罗圈揖笑道："我实在没什么可说的。诸位来宾如不肯放过我，我就受罚吧。"大家见一再受骗，又继续地鼓噪下去。二春偷偷地看着手表已经是夜半十二点多钟了，因向魏老八低声道："只说好话，是不会逃得过去的。我们还是向三席来宾再敬一遍酒吧。"说着，她先把酒壶拿起来，斟满了面前两只杯子，站起来向全席的人道："我敬各位一杯酒，算认罚吧。"席上就有人笑道："你们两杯酒，换全席这多杯酒吗?"二春道："我是不会喝酒的，不知道老八能喝多少，让他充量地陪一陪吧。"魏老八还没有答复出一个字来，坐在身边的来宾，早是随着站起来，伸手连连地拍了他两下肩膀笑道："听到没有? 新人有了命令，让你充量地陪了。我知道，你是有两三斤'绍兴'能力的。"魏老八笑道："二小姐除外，我每位奉陪一杯吧。"这话说出，虽然还有人挑剔，可是多数人看到三桌有三十多人，无论酒杯怎样小，也可以灌他一斤多酒下去，就把这个提议接受了。魏老八一手提壶，一手拿杯，对三桌来宾挨次各敬了酒。回到原席上，又对大家拱了手道："现在我总算交代完毕了。"

二春不等他再说下句，接着站了起来，因道："我还要敬一个人三杯酒。"杨育权笑道："你还要特别地谢一谢媒人呢。这种谢法，我不欢迎。"二春道："不，我敬的是这位。"说着，把酒杯端了起来，向杨育权邻座的露斯一举，露斯笑道："怎么会临到我头上来了呢？我是不会喝酒的。不过唐小姐真说出理由来，我可以勉力从命的。"二春两眉一扬，脸上带了三分酒晕，笑说道："并非是我借酒盖了脸，无话不说，我以为不说也是谁都知道的，所以我干脆地说了，在今晚以前，是我伺候杨先生，现在这个职务交给了露斯小姐了，这是一件可贺的事情。露斯小姐该不该喝一杯呢？"

在外貌上看起来，二春这个人是持重的，和大家周旋了许多天，除了不得已而说话的时候，她就很沉默地坐在一边。这时她这样大马阔刀地说话，大家都为之愕然。就是杨育权见她眉飞色舞，面红耳赤之下，说的是这一套很粗野的话，也只有手扶了酒杯，向着下方微笑。可是露斯一点儿也不踌躇，她向四周看了一眼，突然站起来了，手上举了自己面前的杯子笑道："唐小姐说得不错，可以陪我一杯吗？"二春道："应当是要陪的，不过生平很少饮酒，这样吧，我陪你喝一下，剩下的归魏老八代喝，这总也可以吧。"魏老八见露斯带了浅笑在沉吟着，因道："真的，她实在不会喝酒，让我来敬露斯小姐吧。"露斯笑道："照说是不可以的，唐小姐既然挑战，又不敢应战，未免示弱于我。不过我生平也是穷寇不追的，既然唐小姐临阵脱逃，就和魏先生比一比吧。不过你是援军，有道是来者不善，善者不来，你既然多事，我喝一杯，你要陪双杯，接受不接受，那在于你，不能你两位都闻风逃走吧，我这里先喝了。"她说着，端起酒杯，一仰脖子干了，最后还向全桌照了一照杯。

二春对她这些话，虽然，还是淡笑地答复着，魏老八可支持不住，把一张酒醉脸，涨得分外通红，抖擞着嘴唇皮道："打……打了一辈子的酒仗，很少遇到敌手，来来来，我们先比几杯，不用露斯小姐说，我……我……我接受你的条件，两，两杯换一杯。"说毕，把二春斟的那杯酒喝了，接着又把自己面前放的这一杯也喝了，两手举了两只杯子向全席照杯。露斯点点头笑道："不错，我这买卖可做，魏先生还愿意拼几杯酒？"魏老八将右手食指向天上指着，随后身子一耸，大声叫道："我们先拼十杯。"露斯笑着点头道："好，就是十杯。不过有话在先，我喝十杯，魏先生是要喝二十杯的。"魏老八将三个指头敲着桌沿道："那当然，那当然。"露斯见二春坐在他身边，虽然不说什么话，脸上还是带有笑意，因道："唐小姐，你看，魏八兴奋到这个样子，你愿他放量喝下去吗？"二春笑道："我在露斯小姐手上败下来了，难道让他又败下来不成？"魏老八回转脸来向她道："你放心我不会失败的。你们交涉，回头再说，我和她先比一比。"

说着，把各人面前的杯子收罗起来，在桌子中心，列成了两大排，提起酒壶，把每只杯子都斟得满满的，然后向露斯笑道："喝呀，我拿两杯，你拿一杯。"这时，三席上的来宾，都已酒醉饭饱，各人闲坐在席上，只看他们比酒。见魏老八自己这样起劲，倒不用得大家闹酒，就都含了微笑，在一旁观阵。有的索性离了席，走到魏老八这席边上来。露斯向魏老八点着头笑道："好汉好汉，我愿奉陪。"说着，在那两排杯子中间，端起一杯来，首先喝了。魏老八却是不等她照杯，就端起了两杯来喝着。不到三分钟，两个人都对喝了三十杯酒。魏老八将手掌一摸嘴唇笑道："露斯小姐，怎么样？我不含糊吧。"露斯笑道："果然不含糊。若不是为了是你的喜期，我就继续地和魏八爷再比十杯。"二春摇着头笑道："那没有关系，今天是彼此一样呀。"露斯笑道："不过，我装十杯酒下去的量还有。"魏老八又从座位上突然地站了起来，提着酒壶，手摇撼了两下，回转头向听差道："来来来，拿酒来。"

杨育权坐在上面看到，站起来，隔席把魏老八手上的酒壶夺去，因道："就是这样着，你酒就很够了，你还闹些什么？"魏老八笑道："不喝也可以，只要露斯小姐宣告失败，我就不喝。"二春在一旁鼓了掌道："对的对的。"魏老八望了露斯道："你觉得怎么样？"露斯笑道："我不能像唐小姐一样又挑战又怕战，喝喝喝，杨先生，你难道愿意我坍台吗？"说着，她回转头来向杨育权望着。杨育权左手拿住了酒壶，右手握了她的手笑道："别人拿了酒去拼新郎合算，你拿酒去拼新郎是不合算的。我来调停一下子，两方面都算没有输，彼此喝三杯和事酒吧。而且我也喝三杯。"魏老八道："不，我们已经说好了的，两杯换一杯，我决不能废约。露斯小姐喝三杯，我一定喝六杯。假使她肯喝三碗，我一定也就喝六碗。"说时，他身子连晃了几晃，伸出右手的拇指。

露斯回头一看，见旁边茶几上，放了几个茶杯，笑道："碗倒不必，我们就是用茶杯吧。"说着，就拿过三个茶杯放到桌上，笑对站在一边的听差道："拿了酒来，先把这三杯斟上。"魏老八道："不是说露斯小姐三杯我六杯吗？"露斯笑道："我想，剩着的酒，大概也不多了，就是这样你两盏，我一盏，把剩酒喝完了了事。若是两个人全不醉，彼此大话算说过去了。"

杨育权回转头来看看露斯态度还很自然，大概还没有到一半的酒量，因道："也应该收兵了，只管闹下去，和我就有很大的影响了，你们先把所有的酒拿来我看看。"他说时，望了站在左右的听差。听差笑着把放在旁边的酒瓶集拢，把酒归到一把赛银的提柄酒壶里，将手掂了两掂，笑道："刚好是一壶。"杨育权自伸手接过来，斟满了面前几只空杯子笑道："二春是有心把露斯灌醉，打算害我一下，但是我并没有这意思要把老八灌醉，老八实在是不能喝了，我来劝一次和，这壶酒代干了吧。"二春笑道："杨先生要卫护露斯小姐了。老八他当了大家的面说过有两三斤酒量的，难道现在就一杯酒都喝不下去了？"

魏老八听了杨育权的话，这倒有点儿恍然，原来这位新夫人是要灌醉当面这位仇人的，自己既是夸口有量，难道对于她这一点儿小忙都不能帮到。这就两手卷了袖子笑道："除非是杨先生不愿露斯小姐喝醉了，要不两杯拼一杯，至少我还可以拼她十杯。"露斯乜斜着眼睛，向杨育权笑道："你觉得怎么样？我还拼他三杯吧。"杨育权暗下在她衣襟底轻轻捏了两把，露斯笑道："没关系。"魏老八回转脸来看看二春，见她鼓了眼珠向露斯瞪着。心里想着，为什么不多卖一点儿力气呢？便不再做考虑，连端起面前放的两杯酒，抢着喝了下去。最后向露斯照着杯道："小姐，你看我为人怎么样？够得上你常说的干脆两个字吧。"露斯点头笑道："这是绝不能推诿的，我先喝这一杯。"说着，端起酒来喝着。魏老八回脸来看二春时，见她抿嘴微笑着，点了两点头，魏老八觉得这是极端嘉许的意思，两杯换一杯，竟是把两壶酒又拼完了。杨育权本来是不愿他和露斯拼下去的，可是看到他那一份嚣张的情形，脸上的笑容，也就再放不出来，只好微侧了身子望了桌上，一语不发。

魏老八在十分高兴的时候，他绝对没有计较到这上面去。酒喝完了，他伸手摸着嘴巴，口里还唉了一声，笑道："总算完成了使命。"说着，舌头尖上的声音，透着有些不能圆转自如，脸上显着得意的时候，那脑袋是不住地摇撼着，仿佛那颈脖子是铜丝子扭着的。二春心里很是高兴，便轻轻向他笑道："看你不出，倒很有一点儿酒量。"魏老八两手向天上一举，笑道："你们看，连新娘都佩服我了。"杨育权挽了露斯一只手，笑道："好了，好了，可以收场了，已经一点多钟了，可以送新娘进新房了。"二春笑道："我们往后的日子长呢，忙什么？这样满堂的宾客，我们丢了不管吗？若是杨先生觉得要先入洞房，那就请便。今天晚上，借杨先生的贵地，我们暂做一会子主人，杨先生尽管请便。这些宾客，归我们招待了。"

说着这话时，眼睛一溜由正面杨育权、露斯身上看起，转过来看到陆影身上。正好陆影好像有什么感触，也向她看来，于是她微微地一笑。陆影似乎也有点儿惭愧，脸腮上加着一层酒晕，把头低了下去。二春索性叫着他道："陆先生，今晚上在哪里睡呢？不打牌消遣消遣吗？要不，到我们新房里坐着谈谈天去？"有几位来宾，也是和陆影交情还厚的，觉得她这话过于讥讽，就扯开话锋来，大声笑着道："是的，是的，一夜去了大半夜，我们该送新娘新郎入洞房了，走吧走吧，有话到新房里去说。"群人乱哄哄地把魏老八和二春围着，推推拥拥，就蜂拥到预备好的所谓新房里去。

二春虽在大家笑谑包围中，可是不断地观察新房内外情形。这屋子是紧临楼下客厅的一间，平常也就是客人下榻之所，由总门进出，只转一个夹道的弯，门向里，窗户两面向着外面的院落。估量着，这窗户上面，就是楼上的长廊吧。屋子里是本来有招待来宾的陈设的，这却把铜床铺上了花红叶绿的被褥，也有一部分女人用的家具，如衣橱梳妆台之类，只看新旧不等，也看出了魏老八一日之间，忙了多少事情。心里也正有那么一个念头，这家伙今天是太辛苦了。

这一点儿念头没有转完，魏老八在人丛中三步两步抢了上前，看到大沙发，就奔到那里，倒身坐了下去。只看他抬起手来撑住了头，斜靠在沙发角落里，便知道他有些醉意了。来宾中就有人笑道："八爷醉了，拿两个水果他来吃吧。"魏老八把垂下的眼皮，用力张了开来，向大家瞪了眼道："哪个说我喝醉了，我再喝三百杯。"他昂起头望着人，表示他精神抖擞，手按了椅子靠，突然站起来，嘴张开了，他似乎有一句什么得意的话要说出来，就哇的一声，胃里翻出一股吃下去的食物，冲将出来，所幸他意识还清楚，立刻一回头，把那股子脏物，全吐在地板上。有两位来宾站得近些，溅了下半截衣服许多污点。魏老八这就顾不得失仪了，索性走近了屋角，对着痰盂大吐而特吐。于是把楼下全部男女佣工都惊动了，打扫屋子，打洗脸手巾帕子，端水果碟子，乱忙一阵。

二春见一部分宾客还没有散去，也就顾不得酒味，走近来搀住了他，低声问道："你觉得身上怎么样？太高兴了。"魏老八吐着痰道："没关系，吐出来了就好了。"二春扶着他在沙发上坐下，按了他的肩膀，轻轻拍了两下，笑道："老八，你先躺躺吧。"魏老八向屋子里一看，摇头道："用不着，我坐下定一定神就好了。"说着，他已闭上了眼睛。在屋子里的宾客，感到无聊，又走了一部分，只剩下两三个人了。二春在洗脸架上，拧了一把热手巾过来，两手托着，送到魏老八面前，他已经紧闭了双眼，倒在椅子上。二春送了热手巾来，他竟是动也不动。二春轻轻叫他两句，他只哼了一声。二春却也不走开，竟坐到他身边，伸着手巾和他擦脸。

在屋子里的客人，虽替魏老八庆幸，可是他们今晚是结合的初夜，这个十分殷勤，那个却是人事不知，未免太煞风景。又转想到大家若是走了，留着二春一人在新房里陪着醉鬼，那让她更难堪。两三个人私议一下，索性就在新房里陪了二春坐着谈话。在十几分钟之后，魏老八倒在沙发上，却睡得像死狗一样。大家和二春谈谈，又看看醉人。因为屋子里灯火通明，在别间屋子的人也陆续地来探望。这个所在，虽是常过着通宵不寐的生活的，可是二春和魏老八究竟是新婚之夜，大家绝不能在这里守着到天亮。因之到了三点钟，大家也就纷纷告辞出去了。

二春等人全走了，先将房门关上，然后，把老八预备的两支花烛吹灭了，只剩着那一盏煤油灯放在旁边方桌上子，二春把灯头扭小了，站在屋中间，对魏老八淡淡笑了一笑，而且鼻子里还哼上了一声，在他对面，还有一张小沙发，二春坐在那里，抬起手表看看，已是三点半钟，这就微闭了眼睛，斜着身子休息下去。到了这个时候，大部分的宾客，也都各找了安睡的所在。二春睁开眼，叫了一声魏老八，又接着骂了一声醉猪。但他一点儿回音没有，只有鼻子里呼呼出声，睡得很熟。二春又冷笑了一声，就这样睡了。

她约莫睡了两小时，突然地惊醒，桌上那盏煤油灯，只剩了豆大的灯光，照着屋子里模模糊糊，看见魏老八直挺挺地睡在沙发前地板上。且不去惊动他，走到灯边，将手表一看，六点钟不到。立刻把灯吹了，屋子里暗着。窗户上已现出鱼肚色一片白光，乡下人是起身工作的时候。而这屋子里的人，每日都是刚交好梦。走近窗户，伏身侧耳向外听听，果然一点儿声息没有。于是走到魏老八身边，轻轻喊道："喂，醒醒吧，应该上床睡觉了。"魏老八鼻子里呼噜呼噜地响着，一点儿也不会动弹。二春把藏在身上的一大卷布带子掏了出来，先用一根，把魏老八两只脚捆得结结实实的，然后把他两只手牵到一处，也给他捆结实了，再掏出手帕，蒙住了他的嘴。当那带子捆他手脚的时候，心房已经忐忑乱跳，现在不仅是心房跳，周身的肌肉，也跟着有些抖颤。但是一看窗户外面，那光亮越发充足，心一横，把牙关咬紧，又将脚一顿，自言自语地道："怕什么？事到如今，不是他就是我了。"两手一用力，把手帕两角，向魏老八后颈脖子操住，紧紧地拴着疙瘩。魏老八睁着眼睛，鼻子里哼了一声。

二春坐在地板上，两手环抱在胸前，咬紧了牙齿，瞪眼向他看着，身上一阵发热，觉得每个毫毛孔里都向外冒着热汗，两个脸腮也就发烧起来。这样，就不抖颤了，她突然站起来，低声喝道："魏老八，你不用害怕，你与我往日无仇，近日无恨，我不会害你的生命，不过你身上有一支手枪，我要借来用用，去对付我的仇人，我怕你拦阻我，不能不要你委屈一下。"说着，很快地掀开魏老八的上衣，在他腰带上，解开皮袋，抽出一支手枪，拿在手上一看，膛子里已上过子弹，向他点着头笑道："多谢你上次教给我打手枪，今天我用得着这本领了。"说着，又把手枪对准了他胸口，便道："你不许动，等我熬到十点钟，把事情办完了，自然会放你。最好你是听我的话，让我把你拖上床去睡。"

魏老八只有睁着两眼望了她。二春看不出他有什么抵抗的表示，就把手枪放在衣袋里，弯下腰伸出两手，打算把魏老八提了起来。可是两手抓着他衣袖，把他提到一尺高以后，就再也提不起来。赶快伸脚在他腰下一撑，也只能把他撑住和沙发平齐。歇了一口气，用着全副的力量，把他的身体向沙发上一推。好在那沙发不高，魏老八已有小半截身子在椅上。二春也不管他难受不难受，就这样把他搁住，然后站在椅子头，两手操住他的胁窝，将他向椅子上拉着。魏老八翻了眼睛，让她拉得哼了两声。二春连连拉了三把，总算把他拖着睡在沙发上，不过两只脚还悬搁在地板上。二春又转到椅子前面来，把他两只鞋子脱了，将他一双脚搬到椅子上，齐齐地放了。魏老八的头，睡在沙发靠手上，这长沙发倒勉强承受了他的身体。二春布置了这么一番，把怯懦的情绪就完全丢开了。这时在床上拿来两个枕头，塞在魏老八肩下，又拿来一床新红被，盖在他身上，笑道："我没有伤害你的意思，你放心。这是你预备着做新郎的东西，应该让你舒服一下。你的酒，大概还没有醒得清楚，你舒舒服服地睡上一觉吧。"说着，牵起了被头，把魏老八的脑袋也盖在里面。因用手轻轻地拍着被面道："你不要动，你若坏了我的事，我会

224

先把你结果的。"说完了，两眼注视了被头，在魏老八脚头斜靠了坐着。

那魏老八盖在被下面，也不知道二春做了什么姿势，总怕一扭身外面就开枪了，只好二十分地沉住气睡着。二春手插在衣袋里，紧握了手枪柄，向魏老八看看，又回头向窗子外面看看，好在这窗外面空的院落，很少人在那里经过，这又是魏八爷的新房，也没有什么人敢在早上来骚乱。二春聚精会神，就这样静静地向绑着的魏老八注视着，一守便是两三小时了，她掀起袖子，看看手表，已经到了九点三刻了，突然身子一挺，坐了起来，还自言自语地道："到了时候了。"掀开被头，见魏老八闭了双眼，倒睡着了，点点头笑道："我不信你这时睡得着，那也不去管你，我只要你再受屈二三十分钟就够了。"

说着，站起来，立定在屋中心凝神了一会儿，觉得所有这幢房子里的人，都在劳累一夜之后，睡死了没有醒。于是轻轻地走出房来，将门反带上，这门是有暗锁的，只一合，活锁簧就锁住了闩眼。二春还不放心，又用点儿暗劲，将门推了两下，果然丝毫不会闪动。手插在袋里，紧紧地握住手枪柄，就绕出了夹道，奔到上楼的梯口来，抬步只上了三级梯子，一个听差拿着扫帚竹箕由上面下来，老远地看到二春，就闪在一边，鞠着躬笑道："二小姐，恭喜!"二春这颗心突然猛跳，向后退着一步，呆望了他，听差笑道："杨先生睡着呢?"二春定了一定神，强笑道："谁管他，我上楼拿东西。八爷睡着了，你不要惊动他。"听差说是，站着不动，让二春上楼。她觉得不能老站在梯口，就昂着胸脯走上楼去，走过了几步，见屋外长廊，空荡荡的，再轻轻放着步子，回到楼口向下一看，那听差已去远，这才擦了一把汗。心里想着是时候了，手里拿住衣袋里的手枪，向杨育权房门口直奔了去。

第二十二回

烈烈轰轰高呼溅血
凄凄惨惨垂首离家

这一次报仇雪恨，二春是计划了很久时间的，当然在什么地点，什么时候下手，都拟定了在百发百中之内的。她直奔到杨育权的房门，屋里残灯未熄，隔着玻璃窗，向窗纱缝里张望，见钢丝床放下了帐子，帐子下面，放着一双男鞋和一双女鞋。于是先用手将玻璃窗推了两下，关得铁紧的，没有摇撼的希望。于是脱下脚上的皮鞋，手拿了鞋帮，对着大块玻璃，呛啷啷两下，把玻璃打得粉碎。窗户上立刻透出两个大窟窿。杨育权在床上惊醒了，隔着纱窗问道："什么人，把窗子撞碎了？"二春道："你快起来，魏老八醉得要死了。"杨育权道："这值得大惊小怪吗？"二春道："杨先生，你一定要起来看看，他快没有气了。"口里说着，左手捏着皮鞋，伸到玻璃窟窿里来，用鞋尖把窗子里的窗纱挑开，右手伸到衣袋里，将手枪柄捏住，由窟窿里向屋里张望。见杨育权两只脚伸出了帐子底，正在踏他自己的拖鞋，二春是认定最好的机会了，将手枪拔出衣袋来，伸到玻璃窟窿眼里，对准了杨育权站立的地方，食指钩着放射机钮带劲一按，啪的一粒子弹，射了出去，窗口到床边，不过两三丈路，帐子鼓起很高的人影子，目标很大，绝没有打不中的道理。果然接着啪的一声子弹响，就是咚的一声，人随了子弹倒地。二春看准已中彩了，不怕仇人不死，看定了那个倒下去的人，又是一粒子弹放出去。

然而，仇是报了，所打的仇人，却不是杨育权，帐子里面伸出脚来踏拖鞋的人，是露斯小姐。那露斯过于精细，听到二春说话的声音，有点儿异乎平常，抢着起来穿衣服，打算看一看究竟，可是她又没有踏着自己的鞋子，把两只赤脚踏在杨育权的拖鞋里，于是她在帐子里面，就成了杨育权的替身。二春的两枪，都打在她身上。杨育权睡在被里，本还没有起来，听到了第一枪响声，他就知道有变故，身子把被一卷，滚到了床前，赶快又向床底下一滚。同时，二春在窗子外面，也就看到了自己误杀了别人，仇人已经逃到床底下去了。然而枪已经放过了，绝不能随便中止，当然要继续地进攻。不过仇人已经逃到床底下去了，根本不知道他在哪里，绝不能对了床下胡乱射击着。而且手枪里的子弹有限，应当把没有放出去的子弹，留以后用。因之在对床下跟着杨育权的影子，放过一枪之后，就没有再放。同时离开了窗子，身子向旁边一闪，闪在墙壁下。

也就是这样一闪之间，啪的一粒子弹，由屋子里发射了出来，砰的一声，打得玻璃发响。分明是杨育权在屋子里头回击了。二春两脚在楼板上连连顿了两下，大声叫道："杨育权，你这恶贼，今天算你造化，露斯做了你的替死鬼。你是有勇气的，你把你平常那无法无天的本领拿出来，也不应当怕我一个秦淮河上的弱女子。"她这样说着，不觉身子向窗户靠近了一点儿，在窗户前面，露出半边人影子，这又是让窗户里面人一个还击的机会。唰一粒子弹，由耳旁穿了过去。二春再闪到墙边来，大声叫道："姓杨的贼子，你听着，这是你的贼窝子，你姑奶奶有胆子找你，你难道在你窝里不敢出来见我。你出来，和你姑奶奶比上两枪。你以为靠着你的狐群狗党，靠着你的钱，靠着你的势，什么人都可以欺侮吗，我告诉你，只有那些衣冠禽兽，贪生怕死，让你欺侮了算了，像我这样的人，要吃你的肉，要喝你的血的，那就多了。你以为逃开了我这两枪，你就逃出了命了吗？像我这样的人，正有整千整百的在那里等着你，你……"

二春还要继续向下说，偶然一转头，却看到楼梯口上拥过来六七个男人，便把手枪一举，喝道："你们都站着，哪个动一下我先打死他。"那些人听到楼上各种响声，又听到二春大骂，以为是杨育权发了脾气，又拿着手枪威吓她，就匆匆地拥上楼来，要和杨育权助威，不想到了走廊上，却遇着了二春的手枪口，只好呆呆地站着。二春把手枪凝准了，抬起左手臂，很快地看着手表，已是十点半钟了。因对那些人道："我与你们无怨，你们与我无仇，我不难为你们，你们也不要多我的事，你们跟着杨育权胡作胡为，也不过是没有饭吃，走上这一条路，但是良心总是有的，你们想想，他这种欺压良善的行为是对的吗？"那些人只望了她的手枪，没有谁来答复她的话。

这么相持着又有了十几分钟，忽听得杨育权在楼下哈哈大笑一声，叫道："唐二春，你果然不错，敢到太岁头上来动土。但是，你那本事太不行，我由屋子里后窗户下楼来了，我楼下至少有十支手枪，说一声放，立刻可以结果你的性命。你是知事的，把手枪丢下楼来，我们还有个商量。我认为你没有这胆量敢做出这样的事，一定有人在你后面主谋。你说出来，我就不难为你。"二春高声笑了一笑，向楼下叫道："姓杨的，你不要骗我，我现时在太岁头上动了土，我也不想活下去，但是我也不会死在你手上。你们打算捉我，还得拿几条人命来拼。若是不然，想我把手枪放了，那是不行的。"那走廊下面，得着这个答复，就没有了声音。接着却有好几粒手枪子弹，由走廊的楼下面，射穿了过来，打得楼板噗噗有声。唐二春紧紧地靠了墙挺直地站着，但她手上，依然拿了那支小手枪向面前站着的几个人瞄准，倒是那几个人听到楼下开枪，他们怕中了流弹，动又不能动，比二春却躁急得多。

其中有个精明的听差，就向二春哭丧着脸，告哀道："二小姐，你说得不错，我们和你无冤又无仇，你把我们逼得在这里站着，你就不打死我们，楼底下的流弹，不定什么时候，都会射到我们的头上，你可不可以放我们走下楼去？"二春想了一想，因点点头道："那也好，你们掉着身去，听了，我数着一二三四，我数一下，你们走一步。"他们听说要掉过身去，枪口对了后脑，那危险性更大了。呆望了二春，不敢动。二春道："走不走由你，再不走，楼下又要开枪。"这些人听了这话，觉得也是，就依了她的话，掉转身去，最后一个人，最是不放心，吓得周身抖颤，手扶了墙。二春道："你们不要站得太稀松了，一个挨着一个，站成一串，最前面的一个不许动，后面的人缓缓向前挤着。"自然，有些人总以为离着枪口远一寸，就增加平安性多一寸。都挤了上前。

　　二春看到他们挤成一串了，这就道："现在可以走了，你们听着，我叫一，你们就动一步。"说着，先数了一，大家移动一步，过了两三分钟叫声二，大家再动一步。但是她这个三，却不叫了。自己挨紧了墙只两步路一跑，就跑得和那些人站在一处，因轻轻地道："我先叫个一二三四，你们随了我喊，叫一个字，你们先走一步，第二遍，我不作声，你们抬一步叫一个字，记着。不然，我就开枪。"这些人全不知道她是什么意思，只得照了她的话办。二春高声叫着："一，二，三，四。"大家走了四步，随后这几个人，也就一二三四胡嚷着，抬了七上八落的步子走，二春也不管他，紧紧贴住最后面一个人走。那楼下的人，听到楼上人这些动作，也是莫名其妙。这几个下楼的人，由走廊喊上楼梯，由楼梯喊到了楼下夹道，只听到二春轻轻地在身后叫道："还要喊，不许离开我，向左边走，到门下为止。"喊的这些人总怕手枪随时在后脑放出了子弹，二春叫他们怎样做，他们就怎样做，一点儿也不敢违抗。走到要出这下层洋房的总门，就站住了。

　　杨育权已是找了别人一套西服穿上了，脸上气得发紫，两手握了两支手枪，只在楼下屋檐徘徊走着。他也怕二春会跑到栏杆边来，对地面发枪，让走廊掩蔽了身体。可是听到在楼上的人，同喊着一二三四向楼下走来，心里很是奇怪，这种时候，唐二春这女孩子，还有心开玩笑吗？不过她敢在这地方行刺，这丫头也的确有些胆量，她反正预备死，又怕什么？不管她是干些什么，总得寸步留心，不要走上了她的枪口，因之在那些人喊着到了楼下的时候，他却闪到墙角落里去。

　　原来他有两个保镖，一个是魏老八，一个是吴麻子。吴麻子因魏老八昨天晚上结婚，一怒而进城找消遣去了。现在家里出了事，就只好他自己出来应付。他用的那些家奴，平常对人很凶，可是现在真发生了事故，他们看到行凶的人居高临下，生命随时可以发生危险，都找了掩蔽身体的所在，偷着向楼上张望。有两三个胆大些的，也只站在杨育权一处，各拿了一支手枪，毫无目的向楼上做射

229

击的样子。杨育权回头看着，见这几个人都是些无知识的工役，料着也做不了大事，就回头向他们道："你们不行，找一位先生来。"

他说着，也就四处张望。却见陆影缩手缩脚，顺了楼下的墙基慢慢走过来，就向他勾勾头道："你来你来。"陆影见他在楼厢下，那是绝对的平安区域，就贴近墙走了过来。杨育权道："你也不会想到的，唐二春发了疯了，敢拿魏老八的手枪来打我，我没有让她打着，你的爱人露斯，让她打死了。"陆影呆了一呆，直了眼道："她真的敢打死人？"杨育权道："那她有什么客气呢？我是从楼房里后窗户里跳下来的。她原来守了房门包围着我，现在是我守着了楼下，包围着她了。楼上有几个听差，让她拿手枪逼住了，现在已经下了楼，但在屋门口站着不动，不知他们捣什么鬼？难道吃里爬外，他们也打到二春一路去了。你是客边人，与他们不发生关系，你可以过去问问他们，他们手上没有枪，你可以放心过去问问。"陆影道："也许是他们不敢出来，怕楼上对他开枪。"杨育权道："你去问问他们去。"说着，将手上的手枪向他指挥着瞪了两眼望着。

陆影见他眼睛里血管全涨得通红，这只要他的食指一钩，那粒子弹就要发射出来。也不必杨育权再催了，干脆自己，就挨了墙，向屋子门口走去，为了慎重一点儿起见，走到了门边，先探出半边脸张望了一下，见不过是这里几个工役，一串地向外站着，都垂了两只空手，料着没有什么关系，便在门前露出了全身，问道："你们这些人，有些疯病吧？不进不退，站在这里做什么？"听差瞪了两眼望着他，呆了脸不作声。陆影道："你们为什么不说话，杨先生转意叫我问你们的。"说着，近前两步一脚跨进了门槛，就在这一刹那，心里突然地狂跳一阵，却看到二春手里拿了手枪，把枪口对着自己，立刻脚一缩，就待转身出来。

二春睁了眼轻轻地喝道："你打算要你条狗命，就不许动！"陆影脸色青里变白，抖颤着声音道："二……二……小姐，有话，好……好商量。"二春冷笑道："有话好商量，现在你也知道有话好商量了。"说着，把声音低了一低道："好，就依了你好商量，你设法把杨育权引到这里来，我就饶你的命。"陆影也低声道："那么，

230

我去叫他。"二春低声喝道："不许动，大家都不许动！谁要动一动，我就开枪。姓陆的，你掉过脸去，背对着我。"陆影见她说话时，把手枪又向自己举了一举，只得慢吞吞地掉过脸去站着。二春道："你叫杨育权到这里来，你说这里的人都中了毒，身子动不得了。"

陆影只得照了她的话，大声喊叫了几遍，杨育权在远处问道："你怎么不走开呢？"陆影照了二春的话道："我来扶他们，他们扯住我不放，你快来救救我。"这话说出去了，总有十几分钟，却换了一个人答道："陆先生，你跑出来吧，杨先生，他不肯走动，他也不肯说话，他怕楼上的人听到他的声音在那里，会在楼上开枪的。"陆影这就再向二春哀告着道："你这是听到的，他不肯来，你何必呢？我来向你们双方面调停一下，和平了结吧。"二春冷笑道："和平了结，我要放一把火，把这贼窝子……"

这句话没说完，啪的一粒子弹，由身后射了过来，二春立刻觉得背上中了一枪，掣转身来看时，杨育权却在夹道的墙角里伸出半边身子来向这里啪啪乱放着手枪，只一抬手回过他一粒子弹，胸口连中两粒子弹，就倒了下去，在这时候，被她逼着站住的人，一阵乱跑，就有三个人中了子弹，倒在二春身边，其中一个，正是陆影。一粒子弹，中了他的脑袋，鲜血淋漓，流得满头满脸，遍地都是紫浆。二春虽然受着重伤，但是神志还是清楚的，抬起头来，看到陆影的头，正横倒在自己脚下，虽没有杀到正牌仇人杨育权，然而次等仇人陆影和露斯，都了结了，在能笑的一刹那里，她微微地一笑。她这一笑，还另有个感想。没有中弹以前，她是不断地看着手表，总算时间是熬炼过来了，已经到了十一点钟，杨育权虽然派人追到城里去找母亲和妹妹，可是照着预定的计划，她两人是离开秦淮河很久了。她为着家庭而牺牲，她安然地休息了。

她这个判断是没有错的。昨晚上，毛猴子得了她的开脱，在天亮的时候，离开了这座魔窟，一直走过了这道山岗子，才敢把怀里揣着那张纸条掏了出来，见那字条上写着："母亲，你们赶快走吧，明天早上十点钟，我要报仇，不是我杀了杨贼，就是杨贼杀了我，你们应当在十一点钟以前拿了一笔款子，远走高飞！儿二春上。"毛

231

猴子看到，全身出了一阵冷汗。另外有一张条子，也写了几个字："毛兄，字条务必带到，来生报你大恩，请代我告诉徐二哥一声，我是很爱他的！二春上。"毛猴子心里想着，想不到秦淮河上还出了这么一位角色，许多男子汉大丈夫都要愧惭死了。二春即是在报仇以前，从从容容有这样的布置，酒席筵前，还是那样态度自然，那实在可以佩服了。这样的女人，不和她帮忙，替什么人帮忙呢？

主意打定了，拔开了脚步，就赶快地走。不过在这里还有十多里路到城门口，进得城来，已经是八点多钟了。自己也是感到气力不济，雇了辆人力车子，直奔唐大嫂家来。唐大嫂为着二春昨晚交代的话，正和小春在计议着，是不是依了她预定的时间逃走呢？毛猴子在天井里只叫了一声唐家妈。唐大嫂隔了窗户看到他脸色苍白，喘气在那里站着，便道："你进来说，你进来说！"毛猴子走进屋子来，见屋子中间放了两只敞开箱盖的箱子，床上桌上，都乱堆了衣服，毛猴子道："很好，你老人家已经在拣行李了。"唐大嫂怔怔地望了他道："什么事？你得着什么不好的消息了吗？"毛手猴子伸手到衣袋里去掏那张字条，却很久没有掏出来，唐大嫂道："有什么东西？快拿出来，快拿出来！"毛猴子见小春口衔了一支烟卷，两手环抱在胸前，站在桌子里面，对了毛猴子呆望着。毛猴子便强笑道："我带了一张字条来，三小姐看看。"说着，把身上的字条递给了她，低声道："三小姐你先看看吧，看完了，有什么话问我，我可以答复你。"

小春看他瞪了两眼望着，脸上逞着一种恳切的样子，这就知道有很大的缘故，两手接了字条子看着，也是一阵冷汗涌出来，重复地看了三四遍，才道："你是怎么接着字条的？"她说话时，极力地镇定着，脸上不透出一点儿惊恐的样子。但是她那双眼睛，可发出了一种呆相。鼻子孔里，也觉得呼吸急促。毛猴子就把昨晚上的情形，略微说了一说。唐大嫂道："这也没有什么了不得，为什么她要逼着我离开这老窝子？"小春已是看过了两次手表，现在九点多钟了，因道："娘，你不用害怕，事到如今，不对你说也是不行了，我把字条念给你听吧！"于是两手捧了字条，向唐大嫂念了一遍。可是当她念那字句的时候，周身就在发抖，念的句子也是断断续续。

唐大嫂究竟是个秦淮老人，事情见过多了，听了字条上的话，叹了一口气道："二春这孩子，做事情太认真了。既然如此，毛猴子，你在家里帮着我一点儿，唐家妈不会亏负你们青年人的，我要到银行里去一趟，弄点儿盘缠来。"说着拉小春到里屋子去了，叮嘱过几句，就出门去了。小春到了这时，既怕母亲出去，会遇到了什么意外；又怕二春在城外已经发动了，杨育权的党徒立刻会派人到家里来报复，心房乱跳，两腿瘫软走不动路。毛猴子见她靠着桌子站了，手拿一支没有点着的烟卷，只管在桌面上蹾，这就在身上掏出火柴盒，擦着一根火柴，替她把烟点了，强笑道："三小姐害怕吗？"小春手夹了烟卷，放在嘴唇里深深地吸了两口烟，皱了眉道："你看，我姐姐太任性了，值得和杨育权这种人拼死拼活吗？这样一来，连累我母女两人，在秦淮河上也不能混了。"毛猴子道："不要紧的，我看二小姐在他们一处混着，非常地镇定，她说了十点钟动手，一定会拼到这时候。"

小春不作声，只是抽烟，王妈却奔进来了，望了小春道："三小姐，你还不把要用的东西赶快归并起来？"小春经她一问，反是倒在椅子上坐下了，因道："要用的东西，哪一样的东西，不是要用的呢？要带走，除非连房子都搬走我才称心。我真不知道带哪样放下哪样是好？"毛猴子道："王嫂子，你替三小姐收拾收拾吧，唐家妈一回来，你们就可以离开这里了。"王妈道："我离开这里做什么？这里还有许多东西，小姐，老板娘，待我都不错，我要代她们守着的。"她口里这样地说，两只手已是开始和小春检点衣服物件。毛猴子见小春站一会子坐一会子，十分不宁静，因道："这样吧，三小姐，我到大门口望着，万一有什么事，我立刻进来替你报信。"小春连连点头道："那好极了，那好极了！"毛猴子看到她那番情愿的样子，还有什么话说，就到大门口去等着。他的心里是坦然的，自然在门口静候着。

不到一小时，却见唐大嫂坐着人力车子回来了，她见毛猴子站在门口，下车付了车钱，打发车夫走了，低声问道："有什么事吗？"

毛猴子道："没有什么事，我替三小姐在这里望着，我和唐家妈叫部汽车来吧？"唐大嫂道："还那样铺张吗？难为你，还在这里站站就好。"说着，她匆匆忙忙地进去了。唐大嫂倒是有些办法的人，也一过二三十分钟，就和小春共提了三只箱子出来，毛猴子见她一手提了大箱子，便伸手接了过来。低声道："你送我到大街上叫好车子，你就走开。"说着，把小春手里的一只手提小皮箱接过来。

小春穿了一件八成新青绸长袍子，沿边的小红条子，都脱落了，烫卷着的长头发，披到了肩上，没有抹脂粉，鹅蛋脸儿黄黄的，高跟鞋也脱了，穿着平底青帆布鞋子，低了头在唐大嫂后面跟着。她回头向大门口看看，见前重院子里的一棵老柳树，拖着那苍老的黄叶条子，还在西风里摇曳作态。花台上几丛菊花，正开到半好，在淡黄的日光里望着出门的人。小春心里想着什么时候回来呢？回来的时候，菊花恐怕是没有了？却不知道这柳树那时是在发芽，是已成荫，或者又是黄叶飘零？她呆呆地出神，唐大嫂却扯着她的衣襟，轻轻说了个走字。小春低头跟了走，没有作声。

一个邻居的老妈子，手挽菜篮走了来，迎笑道："三小姐，不要忘了，今天晚上六点钟在我家吃便饭，我们烧杭州小菜你吃。"小春只微笑着点点头，并没有说什么。一路看看邻居，态度照常，有人叫着说："三小姐吃早点心去。"小春也还是笑笑。可是心里头包含着一股凄楚、两行眼泪，要由眼角里抢了出来。好在出了巷子口，就遇到了两辆人力车，坐着车子到马路上找着汽车行，雇了一辆汽车，直奔下关江边。毛猴子直送到汽车行，看她们坐的汽车开走了，方才回身走去。

小春和母亲坐在汽车上，不住地向车外两边张望，见一段段的街道，由窗外过去，心里觉得这每一段街道全和自己告别着。车出了挹江门，还回转头来，由座后车窗里看了出去。那城墙上四角飞檐的一座箭楼，还是那样兀立在半空，不觉看出了神。唐大嫂道："你看什么？"小春坐转来，只摇摇头叹了一口气。正是：离肠寸断江边路，日惨寒空望白门。

第二十三回

老邻妇端坐渡难关
贱女人挺身挡恶棍

　　唐氏母女，在万分的凄惨之下，她们到底是离开了这座愁城了。然而在她们去后，却留下了许多未了之事。第一自然是她那个家，除了木器家具不算，便是细软物件，也有几箱子。这倒急坏了那个王妈，不在这里看守着吧，主人家这么些个东西，实在舍不得丢下？在这里看守着吧，又怕杨育权那批人，不会随便饶人，一定要到家里来刨根问底。自己不过是个中年妇人，假如他们来了，还是平常一样，见女人就糟蹋，那可无味了。她越想越害怕，又不忍立刻走开，只得藏在厨房里，心里也是这样想着：万一他们走来找人，我不承认是唐家的用人，这就完了。唐家人待我不错，我不能不和她们看守着东西。

　　可是主意尽管想得周到，而心里头害怕还是不减，坐立不定地闹了一个多钟头。她也走唐大嫂的老路子，在最没有办法的时候，就去请教秦淮河上的唯一老前辈汪老太，汪老太总要到十一点钟以后才起床的，这时，她正漱洗完毕，泡了一盖碗好茶，放在桌上，自己却捧了水烟袋坐在桌子边，缓缓地抽烟，见王妈脸色苍白，匆匆忙忙地走了进房来，立刻放下水烟袋，站起来问道："什么事情？"王妈向屋子外面张望了一下，随后道："闹了这样一大个早上了，难道你老人家还不晓得吗？"汪老太道："我真不晓得什么事？"王妈看到她的门帘子是挂起来的，上前两步，将门帘子放下来，然后再回走到汪老太面前，低着声音，把过去发生的事情，一五一十说着。

　　汪老太不觉坐了下来，手捧水烟袋吸着，一声不响地听她说话。直等她说完了，才沉着脸道："你们荒唐！老早怎不给我来一个信呢？这件事，分明是二春一个人做的，与小春娘儿两个无关。现在一跑，倒是说明了是同谋的了。尤其不妙的，是两千块钱的支票，小春娘还有那个胆子，跑到银行里去兑现，将来姓杨的调查清楚了，他肯说与家里两个人无关吗？好在你和姓杨的人，没有见过面，你也究竟是个用人，他们不至于找你为难；但是你居然在这里看守老家，有意扛木梢，他们也许要找着你问问话。人心隔肚皮，哪个朋友是靠得住的？若是有熟人卖一点儿人情给姓杨的，说你和她母女很好，那你就是一场累。"

王妈脸色红中变青，瞪了眼，望着汪老太说不出什么来。汪老太静静地抽了几袋水烟，喷着烟道："你的意思怎么样呢？"王妈道："唐家妈待我那一番情义，我是不能忘记的。我并不能和她们出什么大力量，救她们一救；至于和她们看守看守东西，一点儿也不费力量，这一点儿事还不能做吗？"汪老太点点头道："你的良心不错！不过这样的事，也不必一定要你在这里做，我和她们几代的交情，唐嫂子差不多把我当老娘看待，我又不离开这里的，她们就是这样交一点儿东西让我代她看守着，那还能推辞吗？"王妈听说，情不自禁地向汪老太连鞠了几个躬，笑道："你老人家有这样好的意思，那我太感谢了，我现在就……"

她的话没有说完，忽听到外面有人叫道："王妈，你在这里，快出来，我有话说。"汪老太道："是徐二哥吗？请进来。"徐亦进走了进来，脸红红的，满额头是汗珠子。手上拿着帽子，和汪老太鞠了一个躬。汪老太道："二春的事，你知道了吗？"亦进喘了气道："我回家去，遇到了毛猴子，提起这事来的，我想二小姐为人是很稳重的，性情也是很激烈的，既然写了信回来，一定有她的成见，十之八九，这件事是已经做出来了的，我有点儿事要和王妈商量。汪老太肯出一点儿主意，那就更好。据我看起来，这个时候二小姐是不在人世了，她身后的事，我们怎么办呢？"说着，沉了脸，皱着眉头子。

汪老太淡笑道："孩子话，纵然她有个三长两短，杨育权手下的人还会让我们去收尸吗？"徐亦进道："假使他们不到这里来找唐家妈，我们自然只好装着麻糊，若是他们的人找得来了，自必要说个清楚明白，也许会要我们去看看的。再说，二小姐既下了决心，也许可以把姓杨的做到，只要一传说出来，那是翻江搅海的大风波，大概我们想装麻糊也不行。这件事，那还放开一边。还有一件事要商量的，就是唐家妈只带了两只小提箱子走，丢下了的东西，想是不少，我冒了很大的危险，要问王妈一句话，是不是趁了祸事没有出头，赶快移走一点儿？不过话要说明，我只是贡献这一点儿意见，并不想揽这件事做。唐家妈不在这里，银钱也好，物件也好，我全不敢过手的。我再说明白一点儿，东西最好是由王妈你来负责，若是平常为人不大靠得住的，最好是废了烧了，也不要拿出去。"

王妈听他的话，却是莫名其妙，十指交叉地放在怀里站了向亦进发呆，这两句话可把汪老太说动了心，呼噜呼噜的，低着头很长地吸了一口水烟，然后深深地点了两下头道："你这话很有道理。唐小春在秦淮河上是数一数二的歌女，哪个不猜着她娘儿两个手上有个相当的财产；而且越是这里走熟了的人，越是知道这里有些什么值钱的东西，越是要在这里打主意。"她一面说着，一面把右手捻动左手上烟袋下压住的长纸煤儿。王妈和徐亦进听了这话都不免呆上一呆，看汪老太脸上，带了淡淡的笑容，分明这里面另含有一种可资玩味的意思，于是面面相觑，也在另打主意。忽然听得一阵杂乱的脚步声，拥过了外面的堂屋，直走到后进屋子去。这后进屋子，就是唐家了。

大家全是有心人，自然脸色一动，汪老太很自然地捧了水烟袋坐着，看到王妈身子战兢兢的，轻轻咳了一声道："你这个样子，只有坏事，你跑是跑不了，就在我这里，拿几个茶碗在脸盆里洗洗。"回头见亦进坐着，手盘弄呢帽倒还镇静，因指着床后道："那里有间套房，套房外面，是个小天井，天井矮墙那边是张家豆腐店，你就说小孩子玩的皮球，落到他那里去了，翻过墙去找皮球，我知道你让他们抓去关过几天的，你和他们见不得面。"说着，她自己站起身来，在桌上帽筒里又取了一根长纸煤儿插在捧的水烟袋上，走到房门口的方凳子上架腿坐着，却把门帘子掀起了半截，挂在钩上。

亦进虽想到自己不要紧，立刻就顺着她指的路走去，也不知哪里来的力量，踏了窗户格子，只轻轻一耸，就翻过墙头。那边是豆腐店后一个大院子，在院子里向店前看，是和唐家门口隔了一条横巷子的所在，心里就定一点儿，装着寻东西的样子，满地张望，口里还道："这些孩子，把皮球丢了过来，哪里去找？"这就听到隔墙有着刘麻子的声音，他道："早上我看到毛猴子来了的，魏八爷说放走一个玩鸟的，那一定就是这个家伙来报的信，找到了毛猴子就知道她母女到哪里去了。"亦进估量墙那边，前半截是汪老太房，后半截就是唐小春天井里，那边墙角有一棵枇杷树的树梢伸出来，可以做目标。这又听到有人道："看看这房间里东西，一样都没有移动，分明她们匆匆忙忙走的，不会走远，可以找这里邻居问问。一面派人去找毛猴子，趁着时候不久，总可以把她们找到。"

　　亦进听到了这话，走出豆腐店，就向回家路上走。这里是夫子庙的东角，去阿金家里不远。心里一转念头，抢回家去，定是和那去找毛猴子的人，碰个正着。若不回去，恐怕毛猴子要吃亏。而且大狗的娘，也受不住惊吓，这只有找阿金帮忙了，但愿阿金正在家里就好。于是两脚随了这念头，直奔向阿金家去。恰好正在大门外巷子里，就和阿金对面遇着，阿金见他慌里慌张的样子，就老远地站住了脚，等他向前来，因道："徐老板，你们几弟兄都忙啊，好几天不看见，大狗呢？"亦进前后看看，身边没有人，走近低声道："遇到你很好，有件为难的事，要烦你一趟了？"阿金见他脸上通红，兀自喘着气，因正着脸色道："徐老板，你说吧，你们弟兄有事，就是到滚锅里去捞铜钱，我也不敢辞。"亦进道："我倒没有什么事要烦你，第一是大狗的娘。"阿金抢了接嘴道："这个倒不用烦你，这几天，我都是整天在你们那边，老娘都是我伺候着，我是早上回来一趟，马上就要去，现在去买点儿东西。"亦进一抱拳头道："不用买东西了，赶快去吧，如看到毛猴子，你叫他赶快去逃命！"

　　阿金站着一呆，问道："什么事？"亦进把二春大狗和自己的事，抢着说了几句。阿金也红了脸，微微地喘了气，向他身上看了一遍道："这样说，徐老板也是千万不能回去的了？"亦进皱了眉道：

"我自己无所谓，只是大狗的娘。"阿金脸一扬，挺起了胸脯道："这事你完全交给我了，若有一毫差错，我把棺材见你！我一个无挂无碍的女人，什么事都不含糊的。"亦进站着望了她，怔怔地没有话说。阿金道："事不宜迟，我立刻就要跑到你家去，你还有什么话说吗？"亦进皱了眉道："我要说的话很多，但是我一时又想不出来。"阿金又怔怔地站了一会儿，因道："不用想了，反正我明白。"说着，扭转身来就跑。

但是只跑了十几步，却又回转身来，连连地叫着徐老板，亦进回转身来向她望着，阿金跑到他身边，低声道："你当然要知道我的消息，我也要知道你们的情形，这一分手，我们再在哪里碰头呢？"徐亦进道："你这话倒说得有理，我倒没有打算到这个。你看我们应当在哪里会面呢？"说着，抓耳摸腮的，皱了眉头子出神。阿金道："这样吧，我的钥匙交给你，你今天晚上到我家来，开了房门……"阿金口里说话，伸手到怀里去摸钥匙，却见亦进脸上飞起一团红晕，阿金道："哟，你还难为情啦，这是讲难为情的时候吗？"说着左手拖过他的右手，她右手把钥匙向亦进手里塞了过来。亦进一时没有了主张，也就把钥匙接着。阿金睁大了眼，向他点点头道："记得，记得，不是今晚，就是明天早上，在我家里会面。"说毕一扭头，就跑走了。上了大街，看到一辆人力车，也不问钱多少，坐了车子直奔亦进家来。

恰好毛猴子站在大门口，向两头张望着，阿金老早地下了车，把两角钱扔在车上，直奔到他面前，低声喝道："哒，你还站在这里做什么？你没有想到今天做了一些什么事吗？"毛猴子看她那种情形，分明已很知道今天的事。因抬手乱搔着头发道："老娘今天又不大好过了，大狗不在家……"阿金拦着道："多话不用说了，你们三弟兄，不要让姓杨的狐群狗党看见了；若是看见了，就不要想着活命。你身上有钱没钱？没有钱逃命是不行的。把我这个金戒指去换了，这还可以值个十来块钱。"说着，她右手就向左手的指头上取戒指。毛猴子将手向外推着，笑道："大狗送你的那一点儿东西，你也该留着，我身上有钱。"阿金道："有钱你就快走，这里的事都交给我了。"说着，走向前就推了毛猴子一把。毛猴子道："我本来要躲开的，只是把老娘丢下来，不放心。"阿金连顿两下脚道："你还啰唆什么？你以为姓杨的不知道你住在这里？他们的消息灵通，已经有一大群人到唐家去找人了。徐二哥正碰着他们，翻了墙头跑出来的，不就快到这里了吗？你还是挑那冷静的路走，仔细在大街上碰到了他们。"毛猴子毛骨悚然，匆匆地在屋子里拿了一点儿零用东西，站在天井里向阿金一拱手道："诸事拜托！"没说第五个字，就跑走了。

这里是幢院落的老房子，前面一进，几户穷人家由大门进出，大狗住在后进，由后门进出。阿金站在天井里，还不曾动脚，就听到前进有人大声叫："毛猴子、王大狗在家吗？"阿金且不理会，立刻走到屋子里去。大狗娘靠了一堆折叠的破棉被，半躺在床上，将蓝布破褥子盖了腿，垂了头正在哼着。阿金走到床边，两手按了床沿，低声道："老娘，一会子有人来寻大狗，你只说他好几天没有回来，什么事你都推不晓得。"说着，将桌上一件破棉袄包围着的瓦茶壶掏了出来，因道："我留着的茶，还是热的，你老人家喝一口吗？"屋子外面倒有人接嘴道："房间里有人说话，有人有人！"阿金伸头向外看时，却见赵胖子敞了青绸对襟短夹袄，挺了大肚子站在堂房里，后面七长八短的，站着一群人，便哦了一声，点头笑道："是赵老板，找徐二哥吗？"

赵胖子见阿金穿了青布裤子，短蓝布褂子，挽了两只袖口，头发扎了两个小辫横挽在脑后，前面的刘海发蓬乱着，脸上黄黄的，没有一些脂粉，斜靠了房门框站住，态度很是自然，突然看到，还想不起来她是谁。身后有人问着："这妇人是哪家的？"赵胖子才想起来，摇摇头道："不相干，她是王大狗的女朋友。"阿金向众人看看，故意装个不知道，笑道："赵老板同了许多人找哪一个？"赵胖子向天井前后一看，前进是木壁堵死了，后门口有来人拦住，有人在家里，想逃出去是不可能的。便笑道："阿金，看你这样子好像嫁了大狗了，你简直在这里当家。"

阿金心里立刻转了一个念头，向赵胖子斜瞟了一眼笑道："赵老板和我做媒吗？我们现在是无人要的了，大狗他要我。"赵胖子脸色一沉道："阿金，你大概不晓得他们的事，他们闯下大祸了！你站开点儿，我们要找他们说话。"阿金笑道："哟，夫子庙天天见面的朋友，山不转路不转，什么事这样厉害，带了一大批朋友来。"赵胖子回转头来，向众人丢了一个眼色，头一晃道："不要理她。"大家随了这话，就分头向几间房里找了去。赵胖子倒领了两个粗人，直闯进大狗房里来，把阿金推到一边，三个人就站在屋子中间。这种破烂屋子，自然也是一览无余，除了床上躺着个生病的老婆子，并没有第三个人。赵胖子道："喂，你是哪家的？"大狗娘早是听到他们和阿金一番话，便道："是找大狗吗？他好几天没回来了。"赵胖子道："我们不找大狗，我们有两句话要问一问他，毛猴子哪里去了？"大狗娘道："毛猴子整天在外头做生意，白天哪里会在家里，有什么话你和我说是一样。"

赵胖子冷笑一声，回转头来，见阿金依然站在房门口，就向她点点头道："来，我们有话问你。"他拉了阿金一只手，拖到堂屋里站着，同来的人就拥在阿金前后，连找一条缝伸手出去，也不可能。阿金站在人中间，两手环抱在胸前，提起一只脚尖，在地面上颤动着，颤动得身体也一耸一耸，这就扛了肩膀，向赵胖子微笑道："你的意思怎么样？也给我一点儿罪受吗？"赵胖子道："不把你怎么样，只要你把毛猴子藏在什么地方告诉我，就放了你。"阿金笑道："你交毛猴子给我了。"赵胖子道："没有。"阿金道："我和毛猴子沾亲带故？"赵胖子道："也不沾亲带故。"阿金脸一偏道："那凭着什么？你问我毛猴子的消息？"赵胖子脖子一昂，提高了声音道："我们的事，不谈什么理由，觉得要找什么人便当的时候，就找什么人。我们知道你晓得毛猴子的所在，就要你告诉我。"跟着赵胖子来的人，都是红着面孔的。随了他这话，却不觉哄然一阵笑出来。而赵胖子也就神气十足，把两手叉着腰，瞪了眼望着她。只看他胖腮上两块肥肉向下坠落着，就知道他生的气不小。

阿金已拿准了主意，微笑道："赵老板，不是我和你抬杠，我们都生长在秦淮河边上，不是乡亲，也算乡亲，我有什么事得罪过你？要你这样逼我。我现在虽不做生意了，若是你赵老板看中了我，还

241

有什么话说。"赵胖子大喝一声道："你扯什么穷淡？唐二春在杨先生城外公馆里行凶，已经打死了。毛猴子昨夜也在那里，是今天天亮进城的，他必定和二春同谋，一早告诉了唐嫂子，让她们走了。二春已死了，杨先生本来也不去追究别人；但是唐嫂子在一大早把杨先生给的一张支票，兑了现走了，这分明也是同谋，必得找了她母女问个底细。"

阿金心里一跳，脸色也随着一动，失声道："哦，杨先生并没有受伤，二小姐倒不在了，唉！"在赵胖子后面，一个歪戴呢帽子，身穿灰哔叽夹袍的人，挈了手杖，直指到阿金的脸上道："听她的口气，就是幸灾乐祸的人。"赵胖子道："她和王大狗，受过唐家母女一点儿好处，王大狗也藏起来了，她也有点儿可疑。"阿金道："赵老板，你怎么说这种话？我们受过唐家一点儿好处，就有些可疑，你还有一大半靠着唐家吃饭呢！"赵胖子道："我有什么可疑。我还带了杨先生手下的人来找唐家母女呢！"阿金冷笑着头向后仰，打了一个哈哈，向他点点头道："哪个交朋友就得交你这种人，犯了罪，你会绑了他上公堂。"赵胖子被她说着，脸上倒是一红。

那个拿手杖的人，举起了棍子来，向阿金瞪了眼道："你明白点儿，我们是些什么人，由得你多嘴多舌吗？快说出毛猴子在哪里？没有毛猴子，王大狗、徐亦进两个之中，你交出一个也可以。你若不说，我就带了你走。"阿金道："我和他们非亲非故，听到大狗的娘病了，不过来看看她，就遇到了你们，你们要把我怎么样，那就把我怎么样吧！人，我是交不出来的。"就在这时，大狗娘手扶壁子战兢兢地站在房门口道："各位老板，你们不要乱扯好人，阿金是可怜我，来伺候我的病的，怎么能拉她去吃官司？"赵胖子对那拿手杖的人道："胡先生，这事我有点儿办法了！这个老婆子，是王大狗的娘，王大狗假仁假义，是个有名的贼孝子，把他的娘带了去，不怕他不出头？他和徐亦进、毛猴子是把兄弟，他出了头，又不怕找不着毛猴子。这女人从前当野鸡的，和毛猴子果然没有多大关系，带她去没用。"拿手杖的人，回转头向大家道："叫一部东洋车来，把这老鬼拖了去。"说时，就有两个同来的流氓，要向前拖大狗娘。

阿金侧了身子向外一挤，挤出了包围的人群，把两手交叉住了腰，站在大狗娘面前瞪了眼道："你们是什么地狱里放出来的恶鬼，六七十岁的老人家，病得站不住了，你们拖她去吃官司，你们不是娘肚子里钻出来的吗？"那个姓胡的，喝一声道："你这烂货，大爷们在这里做事，有你从中打岔的位分吗？"说着，将那手杖劈头打来。

阿金见他来势太凶，将头向旁边一闪，躲开棍子去，可是这棍子已经劈了下来，绝不能为了她已闪开而中止。那棍子由原处飞了过来，正好对了大狗娘的前额，老人家看到阿金一闪，也曾随着一闪，可是她只偏动一点点儿，脸微侧着，那棍子打中了她的太阳穴，她已经是只剩一口气的人了，这一下重劈，劈得她身子向后一仰，咚的一声，人倒在地板上。

阿金大叫一声打死人了，回过身跳到屋子里来搀扶大狗娘，只见她倒在破烂的地板上，脸贴了地，流了一摊紫血，一时慌了手脚，就拖着床上的破棉絮，扯下一块黑棉花，将伤口按住，口里喊着道："老娘，老娘，你怎么了？"大狗娘闭了双眼，呼吸微小，一点儿声音没有答复。阿金跪在地上，两手搂着大狗娘的肩膀，又叫了几声，她还是不答应。阿金哇的一声，哭了出来，回头看门外堂屋里时，那些流氓，已悄悄地向后退步。阿金道："你们打死了人，想逃走吗？"说着，放下了大狗娘，站了起来，跳了脚大叫道："强盗打死人了！邻居快来救命呀！"随着向堂屋里奔了来，那个姓胡的依然很凶横将手杖指着大狗娘道："你装死，我们就放过你们吗？我去叫警察来。"说着，他一扭身子，首先走了。赵胖子跟着在他后面，也就走了。阿金道："你们逃走呀，逃不了的，我认定了赵胖子，不怕你们不吃官司。"说着，也向他们跟了去。可是追出后门的时候，这一群人已经去远了。

阿金这一阵大哭大嚷，把前后邻居都惊动了，大家拥进大狗屋里来，见大狗娘脸躺在血泊里，都吃上一惊。好在邻居全是穷人，穷人就爱打抱不平，看到这种情形，有的去报告警察的，有的去报告红十字会的，有的亲自动手，将大狗娘搬上床去。然而由于流血太多，病里的老年人，究竟是无法挽救了。先来的两批警察，倒也依了阿金和众邻居的报告，说是要去找凶手。阿金知道大狗是绝不能出来收殓的，自己先收住眼泪，请了两位邻居看着尸身，就跑回家去，把自己的衣服首饰，当当卖卖，凑了三四十元，二次又代大狗当孝子，向邻居磕头，请帮一个忙。大家受着感动，又凑了二三十元，忙了一天，到晚算是把大狗娘收殓起来。

最后，第三次警察又来了，把阿金扯到后门外说话，阿金出门看时，昏沉沉的星光下，见巷子两头，有好些个人晃动。那警察站在面前不等她开口，先就轻轻一喝道："你们这一群人，全不是好东西，不是贼，就是扒手，你也是一个野鸡，早就该罚你们了，念你是个女人，我们不为难你，你懂事一点儿，在今天晚上，你就远走高飞，你要多事，先把你当强盗看待。"阿金道："我倒成了强盗。"那巡警后面，走过来一个黑影子，接着道："唐二春在杨公馆里拿手枪打人，还说不是强盗吗？你们这班人，都和她通气，你还要强硬，先把你带了去。"说着这话，一根木棍子的头，就按在阿金肩上。阿金虽然站在这些凶煞面前说话，心里却是不住地在打着主意，那木棍子头按在肩上的时候，便和软了声音道："各位先生有这样的好意待我，我是感激不尽；不过今天死的这位老太，真是可怜，棺材放在屋里，还……"警察不等她说完，拦阻了道："这不关你事，反正不会把棺材搁在屋里，你家在哪里，回去。"说着就有一只手伸了过来，挽住了阿金的手膀。阿金扑哧地冷笑了一声道："你把我当三岁小孩子呢？要我到什么地方去？你们只管明说。你们想掏出我的口供，还只有把我好好地款待着；你若哄了我去关起来，我拼了不要这条命，什么也不报告你。"这就有个人在暗中道："这也值不得你拼死拼活呀，你说一声毛猴子在哪里，就没有你的事了。"

阿金站在巷子里，把头低着，默然了很久。又有人道："是呀，你想想看，你值得拼了性命，和毛猴子帮忙吗？"阿金道："他们躲在什么地方我不敢断定，不过我心里猜着，有一个地方，他们是必去的。"立刻有人笑道："你说，你说，在哪里？"阿金道："地方我不愿说，我带你们去捉人就是了。"那人道："你倒怕说出来，走漏了消息。"阿金也不多说，只呆站在黑暗里，由巷子转角所在，反射过来一些电灯光亮，可以看到许多人影子围在前后，这些人也就不来逼她，交头接耳，唧唧地计议了一阵，有人拍了阿金一下肩膀道："去，哪里？我们走吧！"阿金低声说了一个走字，向巷子外移动了脚步，身后自然有几个人跟着；就是前面，也有三个人缓缓地走。因在鼻子里冷笑着哼了一声道："我不逃跑，你们倒用许多人围住我一个女人。"那些人也不睬她，只管在她前后包围着走，于是她引了这些人，向她自己的家里走了来。

第二十四回

发语双关拒奸救友
引刀一快纵火除魔

　　夜色黑沉沉的，小巷子里路灯稀少，走路的人本已另有一种不安的思想。阿金在这生死关头，前后都有流氓恶棍包围着，她怎能够不害怕？首先是这颗心不能镇定统率着周身的血脉，在衣襟底下乱跳。她只睁了眼睛看到前面路的弯度，把头低了下去。流氓们押着她，也是默然的。有时彼此说几句话，阿金也不加以理会。

　　约莫走了二三十分钟，阿金带了他们，始终在冷街冷巷里走着。在后面跟着的一个人，有点儿不耐烦了，便喝道："你带着我们巡街吗？"阿金道："快到了，转过前面一截小巷子就是。"大家依了她的话，转过了那条小巷子，出了巷口看时，左边是一道秦淮河的支流，斜坡相当地宽，上上下下，堆了许多垃圾和煤渣。在那里倒有两棵高大的柳树，遮了半边星斗的天空，越是显着这面前阴暗。右边是一带人家，这里全是古老的屋子，矮矮的砖墙，和凌乱的屋脊，一片片的黑影子，在星光下蹲伏着，就是所站着的地方，隔了那堵墙，却听到那边的人谈话声，仿佛那里是个穷民窟。一幢屋子里，倒住有好些人家。

　　押解阿金的人，都轻轻地问："到了吗？到了吗？"阿金向隔墙看去，有一片灯光，射在屋檐下。这边屋檐，正有一截白粉墙衬着，看得清楚。这就站定了脚，大声道："你们这多人围着我，要把我当强盗看吗？我不过是个可怜的年轻女人，不会钻地洞，也不会飞檐走壁，你们有许多人，还怕什么？"她口里说着，眼睛又望了那屋檐下的灯。这押解人当中，有一个头脑，便道："我们并不围着你，我们要带人到案，人手少了，怕他会逃走。"阿金道："你们要捉的人，也会逃走吗？他正点着灯，在屋子里呆等着你们呢？"那人道："别的闲话，不用多说了，你要带我们到哪里去，你就带我们到哪里去！"阿金道："你们要我捉人，你们算是交了差，得着功劳，我阿金卖了朋友，黑了良心，可得着什么呢？"那人道："哦，原来你是要求条件的。告诉你，捉到了主犯，把你放了，这就是条件。"那人也给阿金纠缠得火气了，提高了声音说话。阿金更把声音放大了，她道："假如你所要捉的三个人，毛猴子、大狗、徐亦进，我全找不到，你们把我怎么样？"她说这句话时，声音是非常清楚，眼睛向隔墙屋檐下看去，接着道："他们也不是那傻瓜，有个风吹草动，早就溜走了，能够真坐着点了灯等你们去捉吗？"她这句话是真的发生效力了。那墙上屋檐下的灯光一闪，突然地熄灭了。阿金在极悲愤的当中，却又是一喜，情不自禁地昂头笑了起来。

原来那隔壁发出灯光的所在，正是她的家，在她上午回家取衣服当卖的时候，敲脱了锁走进房去，想到下午或晚上，亦进若是来了，一定会疑心到门何以没了锁，于是在屋檐下，冷炉子里取来一块黑炭，在墙上写了几个字：老娘人打死了，我回来拿钱，你千万去不了。她把脑子里所知道的字，全使用出来了，还不能完成这三句话的意思。至于整个事情，更是没有叙述出来。阿金心里也明白，这字写在墙壁上，绝不能让来人看出所以然，因之就带了这批流氓，绕到自己家墙外边来，向家里张望。及至看到墙里有灯光，由自己房间的窗户里射了出来，就断定了是亦进赴约来等候消息的。故意几声大喊，把屋里人提醒，灯一灭，阿金就知道是亦进放着信号，答复了自己的话。她把这些流氓全瞒过了，怎么不笑呢？

为首的看到阿金的态度可疑，就伸手在她肩上拍了一掌道："你到底弄的是什么鬼？你不要以为这样东拉西扯，就可以把事情混过去！就是到了半夜里，你不把人交出来，也不能放过你。"阿金猛可地把身子一扭，昂了头向他道："不放我怎样？"那人道："不怎么样，把你拉了去抵罪。"阿金道："这样说，各位就带了我走吧！我混到半夜，也混不脱身，何苦把各位拖累一夜。"那人大声喝道："什么，你带我们混了许久，全是骗人的话吗？"阿金和软了声音道：

"实不相瞒，我并不知道他们藏在什么地方，只因为你们逼得我太厉害了，我只好撒一个谎，说是知道他们的地方。其实他们这时候是不是在南京城里，我全不能说定，哪里还知道他……"那个为首的流氓，一声"鹿嬷"骂出来，随了他一喝，就向阿金臀部一脚踢了过来。阿金猛不提防，身子向前一栽，只哎哟了一声，就躺在地上不动。一个年纪大些的流氓走近来，扯着她站起来，因道："你也心里放明白一点儿，我们这些人面前，你要手段耍得过去吗？"阿金靠了墙站着，等他一松手，又蹲到地上，最后是背撑了墙坐着。一群流氓将她围着，好说也好，歹说也好，她总不作声。

这虽是冷静的地方，也慢慢地惊动了左右住户，围拢来看，在黑暗中有人听出了阿金的声音，虽看到情形尴尬，不敢向前，却也在远处轻轻地议论着。流氓们看到有人，也不便动手打她，为首的道："好了，你既然交不出人，我们也不能逼你交出他的灵魂来，你同我到一个地方去交代几句话，就没有你的事。"阿金猛可地由地上站起来，因道："什么地方？要去就去，大概不会是阎罗殿吧。"流氓见她站起来了，想着她是可以随了大家去的，大家疏落地站着等候她。她猛可地把身子向后扑着，对河岸奔将过去。却是跑得太快，在那煤渣堆上一滑一个仰跌，等起来时，流氓又围上来了。阿金先道："你们看见没有？不要太为难我，你要弄僵了我，我随时随地，都可以撞死。除掉你们交不了卷，又是一场命案。"她不怕死了，流氓倒好说话了，就陪着她走上大街，找了一辆人力车子让她坐，随后又到了一家汽车行里，换了一辆汽车，由三个流氓押着同坐。汽车是经过了很长的一截道路，到了一个围着花园的洋式房子里。

阿金下了汽车，站在花园的水泥路上，抬头一看，三层楼的玻璃窗户，全放出通亮的灯光，映着五色的窗纱，笑道："我以为要我下地狱，倒把我带上天宫了。"那三个流氓到了这里，规矩得多，迎着一个短衣人说话，把他引到阿金面前来。阿金在树底的电灯光下，看清了那人，穿一套粗呢西服，红红的扁脸，在那刺猬似的兜腮胡子上看来，大概有五十岁了，他远远地送过一阵酒气来，张开缺牙的大嘴，笑道："是一个蛮漂亮的女人。"阿金在他那双见人不转的眼珠上，就猜准了他是什么样人，故意装成很害羞的样子，把头低着。一个流氓道："阿金，我打你一个招呼，这是赵四爷，你跟了他去，听他的话，他可以帮你的忙。"那人笑道："这些小石良的，又和俺开玩笑。"阿金听他说的是一口淮北话，料着又是一路人物。

那姓赵的说了一句随我来。带着阿金穿过了那西式楼房的下面一层，又过了一个小院子，后面另外又是两层小楼，看那情形，仿佛是些用人住的。阿金看到屋前这小院子没有人，便站住了脚低声道："哟，把我带到什么地方去？"她所站的地方，是高楼围墙转角的所在，墙缝里伸出了一个铁爪，嵌着一只电灯，倒照着这里很光亮。阿金故意抬起头来，四面打量着。那姓赵的站住脚向她看时，她眼睛向他一溜，微微地一笑。姓赵的见她笑了，也随着肩膀一抬，笑了起来。阿金不说什么，又把头低了。姓赵的道："本来呢，应当把你关在厨房隔壁的一间煤炭房里，我想你这年纪轻轻的女人，恐怕受不了。"阿金低声央告着道："你先生既然知道，就帮帮忙吧。"说着，又把眼睛向他一溜，然后把头低了下去。

那人回转身来向她望着，不由得伸起手来，直搔短桩胡子，笑道："你叫我先生，我不敢当，你看我周身上下，有哪一丝像先生呢？这里无上无下，都叫我赵老四。"阿金低头道："四爷，那我怎么敢？"赵老四弯了腰，将手拍了大腿笑道："对了，我最欢喜人家叫我一声四爷，女人叫我更是爱听。"阿金低声道："我们一个年轻女人，随便关在哪里，我们还逃跑得了吗？"赵老四笑道："你有多大年纪？"阿金和他说话时，已不必要他引路，只管向前走了去，这里上楼的梯子，却在屋外窄廊檐下，阿金径直就向那里走，笑向他道："你问我多大年纪吗？你猜猜看。"说着，向他点了两点头，赵老四笑道："让我猜吗？你站着让我看看相。"阿金上了几层楼梯，正手扶梯栏，扭转身来和赵老四说话，等他说到让他看看相这句话时，阿金反而透着不好意思，微笑着把头低了。赵老四将两手一拍，笑道："我猜着了，你十八岁。"他这话说得重一点儿，却惊动了楼下屋子里的人，有几个跑出来看。阿金好像是更不好意思，低了头径直地走上楼去。五分钟后，赵老四才回想过来，这是要被看管的一个女人，就跟着追上楼来。

阿金先走进了一个楼夹道，见两面都有房门对向着，就站在夹道中间，打量要向哪一间屋子走里去，赵老四上来了，笑道："你倒爽快，自己就上来了，你打算向哪里走？"阿金笑道："我晓得向哪里走好呢？楼下许多人望着我，窘得我怪难为情。"赵老四笑道："这样说起来，你倒是规规矩矩的人家人呢，他们怎么倒说……"他一伸脖子，把那下半句话吞了下去了，只是向阿金眯了眼睛一笑。阿金道："我现在是你们手上的犯人了，还不是要怎样说我，就怎样说我吗？"赵老四走到一间房门口，将手搭在门锁钮上，轻轻地把门推开了。阿金抢上前一步，就要进去，赵老四等她走到门口，抓住她的衣袖笑道："这是我的房，你到哪里去？"阿金道："你的房要什么紧！你做我的老子都做得过去，怕什么？与其在别的屋子里关着，就不如在你四爷屋子里。"她说着，由赵老四身边挤了进去。

这房间小小的，里面有一张小铁床，一张小长桌，占了半边。另半边却乱堆了一些大小布捆和竹篓子，像是一间堆物件的屋子。那赵老四随着走了进来，立刻将门掩上，笑道："你到我这屋子里来，简直是坐优待室了。这楼上都是三四个人一间屋子，只有我在这堆东西的屋子里住，凭了赵四爷这块招牌，没有人能进来。我要是出去了，你把这房门一锁，哪个能来麻烦你。"阿金对他微笑着，缓缓地向窗子前面走了去，见这外面，紧贴着围了一道矮院墙，院墙外面，就是菜园和小竹林子，心里就是一喜。

忽然一阵酒气由后面熏来，肩上早让赵老四拍了一掌。阿金身子一闪，鼓了嘴低声道："你这是做什么？"赵老四眯了两只酒眼，向她笑道："他们说，你在马路上做过生意，是吗？"阿金脸一沉道："四爷，你怎么也跟他们一样糟蹋人？你眼睛是亮的，你看看我。"赵老四笑道："这是他们的话，我拿来转告诉你。"阿金道："我一进门，看到了你，心里头就是一阵欢喜，以为遇到你这样的老实人，就有救了，我想你不会和他们一样的。"赵四笑着将手一拍桌子道："不错，你有眼力，只要我肯帮你的忙，大事化小，小事化了，包你没有什么了不得。杨先生根本没有要找你这么一个事外之人；不过

250

是他们拖了你来抵数的，总要让杨先生问你两句话。"阿金笑道："你们杨先生有什么权力，可以光天化日之下，这样霸道？"

赵老四听了她这句话，似乎已吃上一惊，向她呆着看了一下，伸着舌头道："你胆子不小，在这地方，你敢问出这句话来。告诉你说，十年之后，也许你懂得这是怎么回事了。"阿金道："哼，十年之后，现在我就明白，这都是你们拿了鸡毛当令箭，自己吓自己，吓成这个样子的。一个人只要不怕死，什么势力也压不倒他的。"赵老四脸色变得庄重了，瞪开两只酒眼，由阿金头上看到她脚下。阿金心里一跳，也就立刻明白过来，向他扑哧一笑道："哟，为什么吓成这个样子？我也不过和你闹着好玩儿的！你关着门的，屋子里也没有第三个人，说两句玩话，要什么紧？"赵老四摇摇头道："你倒说得好，说句玩话不要紧，你要是懂点儿事的，就小心些。要不，我做四爷的也不能替你做主，你还是下楼去到煤炭房里去蹲着。"阿金低了头不作声，鼻子塞窣两声，就流下泪来，因道："我这可怜的女孩子，受了冤枉，以为遇到了四爷，命中就有救了，不想说了两句玩话，你就要我坐地牢。"说毕，更是呜呜咽咽地细声哭着。

赵老四立刻上前一步，左手握住她的手，右手轻轻拍了她的肩膀，安慰着道："傻孩子，你和我说着玩，我就不能和你说着玩吗？你放心，你投靠了我，我一定帮你的忙。今天杨先生在这里大请其客，我知道，这里面有几个酒坛子，那还不是把他灌醉了算事。现在客人没有到齐，他还闲着，只要挨过个把钟头，他就没有工夫问你这件事了。过了一天，他的气就更要平些，我再和你想法子。"阿金故意微微退了一步，靠贴着赵老四的胸脯低了头，鼓起了腮帮子，轻轻地道："四爷，我就靠着你了！就是这两个钟头熬不过去，你一定替我想法遮盖过去的，将来我会重重谢你的，好四爷！"

赵老四被她这两句温存话说着，刚醒过来的酒意，却又加深了。一个上了五十岁的人，怎禁得他认为十八岁的女孩子来温存，因之他倒安慰了阿金一顿，把房门反锁着，去和她布置一切。不到一小时，提了一个食盒子走进房来，笑道："你饿了吧，我替你在大厨房里找了一些吃的来了。"说着，揭开盒子盖来，端出一大碗红烧全家福、一碗汤面、两双杯筷，他一齐在桌子上放下，对了阿金笑道："我怕你一个人吃得无聊，我陪你喝两杯吧。"说时，端了方凳子靠住桌子，让阿金正中坐了。他打桌子横头，坐在床沿上，一反手，却在床底下掏出一只酒瓶子来。他将酒瓶子举起，映着电灯看了一会儿，笑道："我今天下午喝得不少，这大半瓶酒，我们两个人喝了吧，秦淮河上来的女人，不至于不会喝酒。"阿金只是一笑，没有说什么。赵老四笑道："你不作声，更可以证明你是会喝的，来来来。"他说着，拿过两个酒杯，满满地把酒斟上。

阿金笑道："四爷，你不要为了陪我，把酒多喝了，晚上还有你的公事呢。"赵老四先端起杯子来，干了一杯，同她照着杯道："凭你这句话，我就该喝三杯。为了你，我已经在杨先生面前请了半夜假，说是我老娘由徐州来了，要去看看。有事，他也不好意思不准。"阿金把嘴向门外一努，笑道："你这些同事呢?"赵老四道："嗯，他们敢多我的事吗? 圆脑袋打成他扁脑袋。"阿金听了，心里十分高兴，情不自禁地端起杯子来，就喝了一杯。赵老四见她能喝，更是对劲，拿了酒瓶子不住地向两只杯子里斟下去。后来空瓶子放在桌上，陪着两只空碗，盛了半盘子香烟灰，五六个香烟头。虽然，阿金手指上还夹了半截香烟，斜靠住桌沿，侧了身子坐着，另一只手托住头，眼望了床上，那赵老四拥了棉被睡着，呼声大作，紧闭了眼睛，睡得像死狗一样。

阿金对着他，淡笑了一笑，自言自语地道："老狗，便宜了你!"这床头边也挂了一面小镜子在墙上，她把镜子摘下来，背了灯光照上一照面孔，又摸了两摸头发，放下镜子斜支在桌子上茶壶边。回过头来看看，牵扯了一阵衣襟，向床上笑着点了个头道："赵老爷，我再见了!"于是在枕头下悄悄地掏出一把钥匙，轻步走到门边，开门走了出去。在走廊上，回头看那大楼上的灯火，已经有一半的窗户，灭去了。这小楼上，各房门都紧紧地闭着。沿了各门口听着，全有鼾呼声，由门缝里传了出来。阿金站着凝神了一会儿，随手把走廊口上的电灯灭了。下楼转过了墙角，在人家屋子窗下的灯光射映着，可以看到屋外一道矮墙，开了一扇小门对外，阿金回头看看，并没有什么人影，于是手扶了墙角，大跨着步子，走近那矮墙。

在门上摸摸，正有一道铁闩，横拦着门，向门框的铁扣环里插了进去。在铁闩中间，正有一把大锁，将下面的扣环锁着。于是一手托了锁，将一串钥匙上的每一把，都插进锁眼去试上一试。昏暗中，摩擦得闩与锁簧，都咔嚓有声，这在心里虽很急，可是也不能因为有了声音就不开这门。尽管心里不安，自己却咬住了牙齿，把卜卜乱跳的心房镇定着，最后将满串钥匙都试过了，而锁还是不能打开，急得满头出汗，脚跟用力在地上站住。心想，也许另有一把钥匙呢？便扭转身打算再上楼去寻找，可是刚一扭身子，自己醒悟过来，手掌心里还握住一把较大的钥匙呢，于是复回身过去，把钥匙向锁眼里一插，咯的一响，锁就开了。锁落在地上，也无心去管它，将门轻轻向里拉开，侧过身子，就由门缝里挤将出去。

老远看到菜园里一片昏沉沉的，微微觉着地面中间有两道白影子，正是人行路。心里想着：这一下子出了鸟笼了。顺手拉了门环，将门向外带住，人是轻轻地走出，站在墙脚下，也就打量着要向哪里走去，但是立刻觉得身子后面，有点儿异乎寻常的样子，空气里仿佛有着什么。刚一回身，有一条明亮亮的东西，在眼前一晃，接着有个人影子站在面前。她虽然心里乱跳，晓得是跑不了的。轻轻啊呀一声，暂且站住。那人也轻轻喝道："不许作声，作声我就把你先杀死了！"阿金先看得清楚了，一个穿青色短衣服的人，拿了一把杀猪尖刀，在这门口先等着的。但是那人一说话，就更觉着奇怪了。因问道："你是……"那人走近了一步，也咦了一声，低声道："你是阿金，怎么会让你逃出来了？"阿金拉住他的手道："大狗，听说你受了伤，你怎么也来了？"大狗道："这贼子杀了我的娘，我能放过他？"阿金道："这事你知道了，那几个人不在这里。"大狗道："我知道，他们就在这楼上，闲话少说，现在是三点半钟，正好动手，我要闯下滔天大祸，你快去逃命。"

说话时，在屋边小竹林子里，又钻出两个人影子，一个影子向前，对阿金作了两个揖，他低声道："阿金姐，你好机警，上半夜我到你家去，正在房里等你，你在墙外打我的招呼，我就逃走了。"阿金道："徐二哥和毛猴子也来了，你们难道也要报仇？"徐亦进道："阿金姐，你是女流，你走。"阿金身子一闪，昂了头道："什么话？我走，我和大狗交情不错，要死，我们四个人死在一处，我身上有钥匙，我和你们引路。"大狗道："那也好，我们先找姓杨的，回头再找打死我娘的那小子。阿金你不用做别事，你就替我们看守好这条出路。"

阿金将手轻轻扯了大狗一下，自己先侧身推门走了进去，把后门大大地打开着，先站在楼下看了一看。可是大狗已不必她打招呼，紧跟她后面走进来了。在窗户灯光影下，阿金看到徐亦进和毛猴子短衣外面紧紧捆了腰带，在腰带缝里各插了两把刀，大狗向阿金做个手势，指指那后门，又回转身来，向亦进、毛猴子两人招着手，阿金会意，就在那后门口站住。亦进紧随了大狗走去，穿过这小楼面前的一条窄院子，就到了那大楼的下层左侧走廊。左廊屋脊，本有两盏电灯，兀自亮着，大狗眼明手快，只见他奔向一根直柱边，猛可地一抬手，那灯随着就熄了。他等后面两人走近了，低声道："你看，这三层楼有几十间房，我们知道哪一间屋子是姓杨的住着？不忙，我们得学一学施公案上的玩意儿，先在这里等一下。"亦进明白了，毛猴子只说了一个那字，大狗轻轻喝着道："莫作声。"

三个人在走廊黑影子里，贴墙站住。约莫有十分钟，也没有什么动静。大狗就叮嘱两人别动，他绕着墙角一躃，走回了小楼下去。亦进虽不明白他什么用意，却按住毛猴子不许动，竭力地忍耐着，又是二十分钟的光景。只看到小楼一个窗户，熄了电灯，随后有两个人向大楼正门走了来，后面一个就是大狗，他一手抬起来，手举了尖刀，放在那人的脖子上，一手抬起来，向这里招了两招。亦进会意，扯了毛猴子走过去，那楼下屋檐上的电灯正亮着，照见大狗尖刀逼住的一个人，满脸酒晕，一腮的短桩胡子，手里拿了一封信，走路已是有些歪歪要倒。大狗喝道："老狗，你看看，我们又来了两位朋友，这样的同道，今晚上就来了一百多，你若不听我的话，把你用刀剁碎了。"那人道："是是是，我引你们去。"大狗轻轻喝道："低声些，一路你把电灯都扭熄了。"那人立刻不作声，把墙上的灯钮一拨，熄了檐下的灯。于是亦进和毛猴子也拔出刀来，一边一个，夹了那人左右走。那人跌撞着走上楼梯，在他身后，可以听到呼哧呼哧，他鼻孔里发出急促的呼吸声。他还是不用大狗说第二次，一路走着，遇到电灯，就把它熄了。因之四人同走着，前面是光亮的，后面总是黑漆漆的。

到了二层楼，转过一个横夹道，在一扇门边，那人停下了脚步。门外垂着白绸印花边的门帘子，相当地可以想到这屋子是最精致的屋子。那人掀开门帘子，将手敲着门，三击一次，连敲了三次，却听到里面问道："谁？什么事？"那人从容地道："杨先生，我是赵四，汤公馆派人送了一封要紧的信来；来人还说有要紧的机密事，当面报告。"里面人没说话，但听到拖鞋踏着楼板响，大狗右手紧握了刀，左手将身后两人各扯了一下，亦进机警些，便紧一步，抓住赵四的衣服，拖鞋声近了门，有人问道："赵四，你不是请假的吗？"赵老四道："一点钟我就回来了。"随着这话声，那房门向里开了。在门帘子缝里，大狗就看到杨育权穿了一件条子花呢睡衣，头发微蓬着，他的态度是相当悠闲，两手举着，打了一个呵欠。接着，他就走近横在窗户边的写字台上，由香烟听子里取出一支烟卷子，口里很随便地道："进来。"

大狗知道亦进和毛猴子紧逼着赵老四了，在他手上夺过那封信，身子半隐在门帘子里，向前半步，赵老四是按了以先的叮嘱做，这时就说："这就是杨先生，你把信呈上去。"大狗左手举着信，没有再走。那杨育权回转身来，正按了打火机，将嘴角上衔的烟卷点着，见大狗不敢见阔人，便向前两步，伸手接那信。他看到信封上虽写着他的名字，似乎是拆看过的了，正想发问，可是他的眼皮不曾抬起来，大狗右手拿的那柄尖刀，已随他半侧的身子向前一正，伸了出来。就在杨育权微低头看信封的几秒时间里，屋梁下百烛光的电光，映着一条秋水，飞奔了他的颈脖，大狗已没有抽回刀来的工夫，向前一跳，人送着刀，刀扎着人，轰咚一声，倒在楼板上。

在门帘子外隐着的徐亦进，早就料到必有此着，跟了跳将进去。门外站着的毛猴子，周身都麻酥了，手里捏住的一把尖刀，扑笃落

255

下，而被他监视着的赵老四，酒色消耗之余，更是受不得惊吓，两脚软瘫着，人就蹲了下去。毛猴子耳朵里虽听到门帘子里面轰咚轰咚几下，但是既不敢走进房去帮忙，也不晓得退后溜走，就是这样站在赵老四身后，直到亦进走了出来，手拉着赵四道："走，我们下楼去。"那赵老四索性躺在楼板上不会动。大狗随着电灯一熄，走出来了，接着还悄悄地将这里房门带上。

亦进低声道："这脓包吓昏过去了，丢开他，我们走吧。"大狗道："不，我们还要借重他。"就向地面踢了一脚道："你再不动，我就杀了你。"赵老四哼着一声，爬了起来，却又跌下去，大狗道："二哥，我们搀着他吧。"于是两个各挟住他一只手膀，把他挟下楼去。这屋子里的人，荒淫了大半夜，这时已睡死了过去，外面平常的一种脚步声，谁也不会介意。四人到了那大楼外的小楼前，星光下见一个人影子靠了门，阿金在那里低声道："恭喜你们平安回来了，我们快走！"大狗道："快走，还有一个仇人在这楼上。再说，明天早上这案子一现了，我们怎样混出城。"于是低声喝道："咳，赵老四，汽油在哪里？你说，还有一个姓胡的小子，在楼上哪间房？"赵老四到了这里，神志清楚了些，因道："这楼下左边屋里就是，他一人住着，汽油在隔壁，汽车在大门口，让我上楼去拿钥匙。"阿金道："不用费事，我这里有。"说着，就把钥匙塞在大狗手上，大狗四人一路向左边屋子去了。阿金还在这里看守后门。

但是他们再出来，却只有三人，一个人肩上扛着一只汽油箱，由面前经过。那个杨育权的奴才赵老四却没有出来，阿金在暗中笑了一笑。约莫有二十分钟，一阵杂乱脚步声，由大楼下奔着向前来，阿金倒吓了一跳，但人到了面前，依然是大狗三人，他道："快走。"挽了阿金一只手，拉了向门外跑。门外原是菜园，大狗就拖着她，由菜叶子上踏了过去，一路窸窸窣窣地响。阿金不分高低地跑着，让一根菜藤绊住，就摔倒在菜地里。大狗把她拉起来，她拍了身上的尘土道："怕什么？铁门槛也闯过来了，满眼全是大小的路，只要我们不糊涂，向哪里走也是通的。"

说着，有一阵凉飕飕的风，由脸上拂过去。抬头看天上时，一片片的鱼鳞云，把天变着灰白色，两三点星，在云缝里闪动，一钩残月，像镀金的镰刀一般，在东边竹林角上挂了。云片移动着，仿佛这镰刀在天上飞奔地割着云片。在这朦胧月光下，看见远近一群高低不齐的屋脊，静沉沉的，立在寒空里。刚才那一番拿性命在手里玩的工作，没有惊动这大地上睡熟的任何一个人，阿金也觉得这件事没有一点儿影响，心里有点儿奇怪。

　　忽然眼前一亮，一阵白光，在大楼里反射出来。那光闪闪不定，火也就逐渐地强烈，这就有三四个黑头烟，直飞入天空，有千百颗火星，带了很大的火焰，由屋脊里向外伸吐。亦进笑道："这一个魔窟，给我们扫荡了，不要看我们是些下等社会人，做出来的事，上等社会的人，一百年也不会有！"大狗道："杀不死的那些鬼，逃不出来了，我们走吧！"说着，就向竹林子里走去。那高大楼房上发出来的火光，照得大地通红，在红光里，把这四个人影子，向遥远的大地上消失了。

　　他们留下来的一场大火，足足烧了三四小时。那屋子里的人，有一半在醉梦中消灭。那座华丽的大楼，也就只剩几堵秃立的墙，和架了几根焦黑的木柱。墙下是堆着无数的断砖残瓦，烧不尽的东西，还在土里，向外冒着焦煳的烟臭味。这烟臭味，也许有些杨育权的血肉的成分。在平常，他身上出一次汗，也有人跑来问候。现在是烟臭味散在半空里，有熟人经过，也掩着鼻子跑到老远去了。

　　不过是城市里，都有这样一句话，越烧越发，不到半年，这个废墟上，又建筑洋楼起来了。这地皮是杨育权好友钱伯能的，所以这所新房子，还是他投资建筑。这一天夕阳将下地时候，他坐了自己的汽车来看房子，因为自袁久腾家来，又同去赴一个约会，所以同坐在车子上，看完了房子，就到秦淮河边的复兴酒家去赴约。路过一家清唱茶社，见门口搭着小小的彩牌坊，牌坊边和立柱上，都装有电灯泡，这时已是大放光明。映着牌坊中间的匾额，有唐小春三个金泥大字。在汽车里只是一瞥就过去了，看不清其余的字。

　　到了酒家，主人翁尚里仁早和原班老朋友在雅座谈笑多时了，他握着钱伯能的手，首先笑道："看到鸣凤社的彩牌坊没有？"钱伯能微笑了笑。袁久腾道："小春这次回来，风头比以前还足，到底名不虚传，拿条子来，拿条子来。"他说着，便卷了两卷袖子。王妙轩由旁边迎向前道："尚翁早已代写了。"钱伯能躺在旁边沙发上，口衔了雪茄，架起腿来颤动着，笑道："她未必来。"尚里仁道："笑话，在秦淮河上的人，混一天就一天离不开我们。"袁久腾笑道："这话又说回来了。我们要混一天，就一天离不开秦淮河。"说毕，大家呵呵大笑。在笑声中，主人翁请大家入席，而所叫的歌女，也陆续跟着来了。

酒菜吃过了一大半，尚里仁在主席上回转头向一旁的茶房道："催一催唐小春的条子。"这句话没说完，门帘子一掀，唐小春随了这句话走进雅座。正是暮春天气，小春穿了一件白绸长衫，上带小小的樱桃点子，半蓬着的头发，垂在脑后，并没有平常少女擦着那样乌亮亮的。在鬓发下，仅仅斜插了一朵海棠花。那白净的鹅蛋脸上，仅有两个浅浅的胭脂晕，更显着出落得风流。她在门下一站，只向各人微微瞟了一眼，全场早是鼓掌相迎。尚里仁站起身来点着头招待。小春见他那身短装，又换了最细的青哔叽的了，口袋上圆的方的，又多挂了几块金质装饰品，先笑道："尚先生，你好？我今天有七八处应酬，晚到一步，请原谅！"尚里仁只是呵呵笑着，没话说。

小春看到钱伯能的好朋友都在座，袁久腾、柴正普自是穿了直挺的西服，而王妙轩这位漂亮的少年，也换了一套青色学生装。倒只有钱伯能服装没多大更换，依然是一件蓝绸长衫。几个月不见，大家的外表总算有进步。尚里仁笑道："唐小姐，你这一进门，为什么眼光四射？"小春笑道："几个月不会面，我觉得各位先生都发福了。"袁久腾笑道："唐小姐，你这话，我不欢迎，我原来胖得可以，现在又发了胖，可成了大象了。"小春笑道："凭袁先生这大象两个字，就该喝三杯酒。几个月不见，袁先生更会说话了。"她说着话，已是挨着圆桌子，和在座的人，一一地握着手，最后握着钱伯能的手，笑道："由汉口一回来，我就该来看你的，只是我又不敢到公馆里去，钱经理请原谅。"钱伯能没有回言，尚里仁已满斟一杯酒，高高举起来，齐着鼻子尖笑道："唐小姐大有进步，敬贺一杯。"小春说了声不敢当，尚里仁离席一步，打开楼窗，放进一阵管弦之声，因指着外面道："你看，多热闹啊！秦淮河为了你回来，又增加不少光彩了！"

那窗外的大街，红绿的霓虹灯，照耀着夜空是一种迷恋而醉人的颜色。远远地看到鸣凤社，座灯彩牌坊，正放着光亮。小春想到苦尽甘来，又开始看秦淮河上的另一页新史，也就眉飞色舞，举杯把那酒干了。自然，大家不免跟着闹下酒去，秦淮河上无非是这一套，不必赘述了。窗户正对面，是木架高支着电影院的霓虹广告，红光射出四个大字："如此江山。"光一闪一闪的，隐现不定，那正象征着秦淮河的盛会，一瞥一瞥地变换着。